HEYNE <

Adrian Tchaikovsky
DIE SCHWARMKRIEGE

Seit undenklichen Zeiten besitzen die Völker der Menschen die magischen Kräfte und Fähigkeiten der Insekten. Fähigkeiten, mit denen manche Völker jedoch ihren unermesslichen Machthunger stillen wollen. Die Schwarmkriege haben begonnen …

Erster Roman: *Invasion des Feuers*
Zweiter Roman: *Der gepanzerte Spion*
Dritter Roman: *Die geflügelte Armee*
Vierter Roman: *Schwarzer Glanz*

Mehr über Adrian Tchaikovsky und die Schwarmkriege unter:

www.shadowsoftheapt.com

ADRIAN
TCHAIKOVSKY

DER GEPANZERTE SPION

DIE SCHWARMKRIEGE

ZWEITER ROMAN

Aus dem Englischen von
Simon Weinert

Deutsche Erstausgabe

WILHELM HEYNE VERLAG
MÜNCHEN

Titel der englischen Originalausgabe:

EMPIRE IN BLACK AND GOLD –
SHADOWS OF THE APT, BOOK ONE (PART 2)

FSC
Mix
Produktgruppe aus vorbildlich
bewirtschafteten Wäldern und
anderen kontrollierten Herkünften

Zert.-Nr. SGS-COC-1940
www.fsc.org
© 1996 Forest Stewardship Council

Verlagsgruppe Random House FSC-DEU-0100
Das für dieses Buch verwendete
FSC-zertifizierte Papier *Holmen Book Cream*
liefert Holmen Paper, Hallstavik, Schweden.

Deutsche Erstausgabe 03/2010
Redaktion: Catherine Beck

Printed in Germany 2010
Umschlaggestaltung: Nele Schütz Design, München
Autorenfoto: Kate Eshelby
Karte: Herbert Ahnen
Satz: C. Schaber Datentechnik, Wels
Druck und Bindung: GGP Media GmbH, Pößneck

ISBN: 978-3-453-52632-7

www.heyne-magische-bestseller.de

Für Annie,
ohne die so vieles nicht möglich
gewesen wäre.

Eins

Die Stube des Quartiermeisters wurde nur von zwei funzeligen Lampen beleuchtet, doch der Quartiermeister selbst war so vernünftig gewesen, dem Treffen fernzubleiben. Thalric trat wenige Augenblicke nach Sonnenuntergang ein, aber die anderen erwarteten ihn bereits. Obwohl er nur einen der vier erkannte, hatte er keinen Zweifel, dass sie allesamt zum Rekef gehörten.

»Oberst Latvoc.« Er salutierte, was er schon lange nicht mehr hatte tun müssen.

Der bereits leicht ergraute Wespenmann trug bequeme und unscheinbare Zivilkleidung und forderte Thalric mit einer Geste auf, Platz zu nehmen. »Major Thalric«, sagte er mit unbewegter Miene. »Das ist Hilfsleutnant Odyssa.« Damit deutete er auf eine Spinnenfrau, die sich gegen einen Sack Datteln gelehnt hatte, aus dem sie sich zuweilen bediente. »Und Leutnant te Berro.«

In ihm erkannte Thalric den Fliegenmann, der ihm die Vorladung überbracht hatte. Vor allem der Auslandsrekef beschäftigte viele fremdländische Rekruten, die allerdings nur geringe Aufstiegsmöglichkeiten hatten.

Bei dem vierten Mann handelte es sich um einen Wespensoldat mit schmalem Gesicht, der einen geduldigen Eindruck machte und Thalric aufmerksam betrachtete. Thalric fiel auf, dass er ihm nicht vorgestellt worden war.

»Ihr wirkt nervös, Major«, sagte Latvoc.

»Nein, gar nicht, Oberst.« Mit unruhig klopfendem Herzen setzte sich Thalric. Ihm war durchaus bewusst, dass er mit seiner gelassenen Fassade niemandem etwas vormachen konnte.

»Nun gut, gemäß unserer Satzung erkläre ich die hier Anwesenden zum derzeitigen Rekef von Asta. Was wir hier entscheiden, diene dem Kaiser und sei für das Imperium bindend.« Nachdem diese Formalität abgehakt war, lächelte der Alte. »Wir haben ein Problem, Major, und dabei könnt Ihr uns helfen.«

»Selbstverständlich, Oberst.« *Bin ich etwa das Problem?* Er hatte erlebt, was passierte, wenn der Rekef seinen Stachel in jemanden hineinstieß. Da gab es weder Mitleid noch Schonung. Schließlich war er selbst einer seiner Agenten und hatte mit angesehen, wie Offiziere des Rekef in Ungnade gefallen waren. Der Rekef überwachte das Imperium und seine Armee, aber er hatte auch ein Auge auf den Rekef selbst.

Aber ich habe doch nichts getan! Dabei wusste er nur zu gut, dass das keine Rolle spielte.

»Ihr kennt doch einen gewissen Oberst Ulther, oder nicht?« Offenbar hatte Latvok ihn lange genug auf die Folter gespannt.

»*Oberst* Ulther? Ich hatte mit einem Major Ulther zu tun, das ist schon ein paar Jahre her, Oberst.«

»Genau den meine ich. Ihr kanntet ihn näher, nicht wahr?«

»Er war mein Vorgesetzter. Zumindest in der regulären Armee.« Damals war er zum ersten Mal befördert worden – kurz nach der Einnahme Mynas und bevor der Rekef entschieden hatte, dass er dem Imperium am besten als Geheimagent dienen würde. »Ich habe ihn zwar etliche Jahre nicht mehr gesehen, aber ich würde behaupten, dass ich ihn gut gekannt habe. Vor einiger Zeit habe ich gehört, er wäre zum Gouverneur von Myna ernannt worden.«

»Das ist korrekt, und diese Position wird er auch weiterhin innehaben.« Latvoc sah zu der Spinne hinüber, die den Gesprächsfaden aufnahm.

»Würdet Ihr sagen, dass Ihr Ulther geschätzt habt, Major?«, fragte Odyssa.

»Ja, damals hatte ich Achtung vor ihm.«

»Und mochtet Ihr ihn?«

An den Rändern seines Bewusstseins spürte er ihre Kunst. Sie wollte ihn aufs Glatteis führen und seine wunden Punkte finden. »Ich habe ihn respektiert, als meinen Vorgesetzten. Das ist schon Jahre her, und ...«

»Das ist uns bekannt, Major. Als Ihr zum Rekef berufen wurdet, hattet Ihr bezüglich Ulthers keine Bedenken?«

»Ich hatte keinerlei Bedenken.« Auf seiner Stirn bildete sich ein Schweißfilm. Anscheinend war mit Ulther etwas nicht in Ordnung. Blieb nur die Frage, ob jemand entschieden hatte, dass er, Thalric, beim Rekef nicht länger gelitten war, und seine frühere

Verbindung zu Ulther benutzte, um ihm den Stachel ins Fleisch zu treiben.

»Bald wird Krieg gegen die Städte der Tieflande ausbrechen«, sagte Latvoc langsam. »Das ist Euch gewiss nicht neu, schließlich habt Ihr getreulich dafür gesorgt, dass der Pfad zum Sieg für unsere Armeen so eben wie möglich sein wird.«

»Jawohl, Oberst.«

»Dem Rekef ist jedoch zu Ohren gekommen, dass nicht jedermann seine Pflicht so ergeben erfüllt«, erklärte Latvoc.

Odyssa warf erst dem Oberst und dann dem schweigenden Unbekannten einen Blick zu. Letzterer nickte kaum merklich. Thalric ertappte sich dabei, wie er mit den Fingern zuckte, als wolle er mit dem Stachel der Kunst einen Kampf vom Zaun brechen. Mühsam versuchte er, sich zu entspannen.

»Aus Myna haben uns Berichte erreicht, wonach es in der dortigen Stadtverwaltung zu einigen Unregelmäßigkeiten kommt«, sagte Latvoc. »Die für die Kampagne gegen die Tieflande vorgesehenen Vorräte und Erzeugnisse aus Myna werden nur schleppend und in zu geringen Mengen bereitgestellt. Im Einzelnen scheinen die Abweichungen geringfügig, aber ohne Zweifel wollen die Verursacher genau diesen Eindruck erwecken. Eine Armee kann jedoch nicht ohne Vorräte marschieren und auch nicht ohne Waffen kämpfen. Kleine Verstöße summieren sich und resultieren in einem entscheidenden Engpass. Die Bereitstellung einer Armee in Asta konnte nicht dem Zeitplan entsprechend erfolgen, da es an Stiefeln, Zwieback und Ersatzteilen für die Flugmaschinen mangelt.«

Offenbar wartete er auf einen Kommentar von Thalric, doch der hatte nichts zu sagen und wartete nur schweigend darauf, dass die Falle zuschnappen würde.

»Ein Mann, der vom Kaiser als Gouverneur einer Stadt eingesetzt wird, Major Thalric«, fuhr Latvoc schließlich fort, »erhält einen Posten, der mehr Verantwortung und Macht mit sich bringt als der eines Generals der Streitkräfte. Doch eine solche Machtfülle kann einem hochrangigen Militär schon einmal den Kopf verdrehen. Nur zu leicht unterliegt er der Versuchung, Ressourcen, Geld und Güter, die das Imperium verlangt, zurückzuhalten und uns stattdessen mit Ausreden abzuspeisen. Derlei Vorgänge sind nur allzu bekannt, und unglücklicherweise kursieren nun über Oberst Ulther solche Gerüche. Versteht Ihr?«

»Ich verstehe, Oberst«, erwiderte Thalric nervös.

»Obwohl Ihr formal zum Auslandsrekef gehört« – darin schwang die leise Mahnung mit, sich mit der Position im unbedeutenderen Zweig des Geheimdiensts zufriedenzugeben –, »seid Ihr aufgrund Eurer früheren Bekanntschaft mit Ulther der geeignete Mann für uns. Morgen früh bricht Leutnant Aagen vom Pionierkorps nach Myna auf, um Vorräte zu beschaffen. Ihr werdet ihn begleiten und herausfinden, was mit Eurem alten Freund Ulther los ist. Handelt nach eigenem Gutdünken, schafft das Problem aus der Welt und liefert uns einen Bericht.«

Thalric holte tief Luft.

»Irgendwelche Fragen, Major?«

»Ich habe zwei Gefangene. Ich hatte gehofft, sie hier verhören zu können.«

»Aagen führt bereits menschliche Ware mit sich. Wenn es Euch ein Anliegen ist, dann nehmt sie mit. Die entsprechenden Einrichtungen sind in Myna ohnehin besser. Ulther gegenüber könnt Ihr das sogar als Grund für Euer Auftauchen in Myna angeben. Weitere Fragen?«

»Nein, Oberst.«

»Dann könnt Ihr wegtreten.«

Thalric erhob sich, salutierte und ging hinaus. Erst als er schon ein paar Hundert Schritte gegangen war, wagte er, sich ein wenig zu entspannen. Doch der Gedanke ließ sich nicht abschütteln: *Heute nicht. Aber vielleicht beim nächsten Mal. Oder beim übernächsten Mal.* Er hatte nie Skrupel besessen, den Ruf des Rekef zu benutzen und als Waffe einzusetzen. Jedes Mal, wenn er diese Waffe wieder sinken ließ, war ihm bewusst, dass sie beim nächsten Mal gegen ihn selbst erhoben werden konnte.

Warum tue ich das? Die Frage überraschte ihn, da er die Antwort darauf doch bereits kannte. Er liebte das Imperium. Aber in seinen gehcimsten Gedanken, in denen selbst der Rekef keinen Verrat hätte entdecken können, erhob sich die Frage, was für ein Imperium sie da schufen, in dem sogar die Wächter Angst haben mussten, überwacht zu werden.

Die Morgendämmerung war noch nicht einmal angebrochen, als bereits Stimmen von oben zu hören waren. In Asta hatte man die Sklaven ausbruchssicher untergebracht. Ju, Salma und ein weiteres Dutzend Gefangene saßen in einer kreisrunden Grube mit hohen, völlig glatten Wänden. Wer wie Salma den Eindruck machte, herausfliegen zu können, bekam die Ellbogen auf den Rücken gebogen und wurde mit einer Kette gefesselt. Bei Ju hatte man sich diese Mühe nicht gemacht, darum hatte sie die ganze Nacht über versucht, ihren Libellenfreund zu befreien. Doch es war ihr nicht geglückt. Ebenso gut hätte sie probieren können, selbst aus dem Loch herauszufliegen.

Hätte ich mich doch bloß mehr konzentriert und weniger geträumt. Noch immer hatte sie die Flügel der Kunst nicht gemeistert. Und selbst wenn: Jeder wusste, dass Käfer lausige Flieger waren. Jetzt war es ohnehin zu spät dafür.

Als Erstes vernahm sie Thalrics Stimme, die sie oft genug gehört hatte, um sie zu erkennen. »Achtung!«, rief er, und dann: »Wenn das mal nicht Aagen aus Dinas ist.«

»Nun spuck mir einer ins Gesicht, das ist tatsächlich Kapitän Thalric«, sagte die andere Stimme mit stärkerem wespischem Akzent. »Tja, jetzt ist meine fünfjährige Glückssträhne wohl zu Ende.«

»*Leutnant* Aagen vom Pionierkorps, wie ich höre«, drang Thalrics Stimme zu Ju herab. Mittlerweile waren alle Sklaven erwacht. Außer ihr und Salma schien jedoch niemand dem Gespräch zu lauschen.

»Bin während des Aufstands in Maynes auf dem Schlachtfeld befördert wurden. Was kann ich für Euch tun, Kapitän?«, fragte Aagen.

»Ihr brecht nach Myna auf?«

»Sobald es hell wird. Aus den Teilen, die mir hier fehlen, könnte man eine komplette Automotive zusammenbauen. Ich glaube, ich muss den Leuten im Maschinenlager so lange mein Rangabzeichen ins Gesicht drücken, bis sie mir endlich geben, was ich brauche.« Trotz der fremden Umgebung und des starken Akzents erinnerte Ju das Gehörte so sehr an die Erfinder der Akademie, dass ihr schwindelte.

»Schön«, sagte Thalric. »Reist Ihr mit leerem Frachtraum dorthin?«

»Das wäre Verschwendung, und das gibt es in meiner Truppe nicht, Kapitän. Ich muss eine spezielle Ware befördern. Mir ist zu Ohren gekommen, dass Ihr Euch eventuell anschließen wollt.«

»Ich und zwei Gefangene. Könnt Ihr Gefangene transportieren?«

»Ich führe selbst welche mit mir. Jedenfalls eine Gefangene.«

Die Geräusche von oben ließen vermuten, dass größere Kisten hin und her geschoben wurden. Als man die Sklaven hier einquartiert hattc, hatte Ju einige wild durcheinandergeparkte Automotiven gesehen. Jetzt schien eine davon für Thalrics Weiterreise beladen zu werden. Der Gedanke, dass Salma und sie seine unfreiwilligen Begleiter sein würden, drängte sich ihr energisch auf.

Nach kurzem Schweigen sagte Thalric: »Nur eine Gefangene? Ich dachte, in Eurer Truppe gibt es keine Verschwendung, Leutnant?«

»Ich mache die Spielregeln nicht, Kapitän, sondern befolge nur Befehle. Wie ich schon sagte, spezielle Ware.«

Die Lampen der Arbeiter hatten Ju den Rand der Grube erahnen lassen, und allmählich erkannte sie den grau werdenden Himmel. Doch die Dämmerung vermochte sie nicht aufzuheitern. Die Ereignisse der letzten Zeit hatten dazu geführt, dass sie sich nach der Nachtruhe sehnte. In ihren Träumen trug sie wenigstens keine Ketten.

Über den Rand ragte die Silhouette eines Kopfes hervor. Jemand sah zu ihnen herab, aber erst an der Stimme erkannte Ju Thalric.

»Macht Platz für den Aufzug«, befahl er, bevor er einer Hebebühne auswich, die über die Grube geschwenkt und rasch herabgelassen wurde. Hektisch eilten die Sklaven zur Seite oder zogen ihre ausgestreckten Gliedmaßen aus dem Weg. Dann kam der Aufzug auch schon unten an.

»Jubelgut Werker und Salme Dien«, rief Thalric. »Und zwingt mich nicht, runterzukommen und euch zu holen.«

Salma warf Ju einen Blick zu. »Später«, flüsterte er. »Wir werden unsere Gelegenheit schon noch bekommen.«

Sie zuckte mit den Schultern, unsicher, ob sie ihm glauben konnte.

Auf der Hebebühne musste sie ihn umschlingen, da seine Arme gefesselt waren. Eine Fluchtmöglichkeit ergab sich eindeutig nicht. Auf dem riesigen Areal, von dem die Sklavengruben nur einen kleinen

Teil am Rande einnahmen, wimmelte es bereits von Wespen. Offenbar waren sie Frühaufsteher.

Salma stutzte, und als Ju seinem Blick folgte, erkannte sie, dass das Gewusel etwas weiter weg erstarrte. Immer mehr Wespen hielten in der Arbeit inne, um eine Gestalt anzugaffen, die man zu ihnen herüberführte. Es war die Schmetterlingsfrau Qual in Ketten.

»Das also ist Eure spezielle Ware?«, fragte Thalric den Aufseher der Frau, als sie sich genähert hatten.

»Ganz genau«, antwortete der Mann, der der Stimme nach Aagen sein musste. »Eigentlich sollte sie einen Laderaum für sich allein bekommen, aber Eure Befehle haben natürlich Vorrang, Kapitän.«

Tahlric klopfte dem anderen auf die Schulter, und die menschliche Geste überraschte Ju. Diesem barschen Mann hätte sie das nicht zugetraut.

Zwar hatte man Qual in Ketten nicht wie Salma die Arme gefesselt, doch sie trug ein Halsband, und an diesem war die dünne Kette befestigt, die Aagen in der Hand hielt. Der Wespenerfinder führte sie zum Heck einer Flugmaschine und öffnete eine Luke. Es handelte sich um ein hässliches, gedrungenes Gefährt, das die Form eines riesenhaften Ziegelsteins hatte und von den geschweiften Schloten der Dampfmaschine eingerahmt wurde. Am hinteren Ende waren zwei Propeller angebracht, und ein weiterer befand sich auf der Unterseite, nur wenige Zoll vom Boden entfernt. Er war so groß, dass er beinahe die vier plumpen Füße des Fliegers berührte. Ju konnte kaum glauben, dass jemand dem Himmel mit einem derart abstoßenden Ding verschandeln wollte.

In seinem Laderaum stand ihnen gewiss mehr Platz zur Verfügung, als sie in letzter Zeit gehabt hatten. Als Erste betrat Qual in Ketten das Gefährt, und man hätte sie für eine Spinnenprinzessin halten können, die zu ihrem Wagen eskortiert wird. Aagen befestigte ihre Kette an einem Ring an der Innenwand.

»Gut, dass Ihr mitkommt«, sagte er zu Thalric. »Wirklich. Wenn nur ich und der Heizer mit ihr unterwegs wären, wer weiß? Dieses Miststück ist ein scharfes Ding ...«

Thalric blieb äußerlich ungerührt. Auf sein Zeichen wurden Ju und Salma hineingeführt, und er musterte die gefesselte Libelle und das unbeholfene Käfermädchen kritisch. »Fesselt sie auch«, befahl er seinen Soldaten. »So wie die Frau. Macht sie mit Halsbändern an der Wand fest. Ich will kein Risiko eingehen.«

»Jetzt seht euch das an«, keuchte Stenwold, während er durch das Fernglas schaute. Er hatte geahnt, was er sehen würde – oder hätte es zumindest ahnen müssen. Dennoch erfüllte ihn der Anblick mit Entsetzen und Furcht. All die Jahre hatte er es gepredigt, und jetzt lagen die Beweise vor ihnen, so erdrückend, dass er sich wünschte, er hätte sich geirrt.

»Ist das etwa Asta?«, fragte Tisamon, der ihm über die Schulter blickte.

»Wenn sie es noch immer so nennen.«

»Was ist Asta?«, fragte Tynisa.

Neben ihr wälzte sich Totho im Schlaf. Er hatte die Nacht durchgearbeitet, um die Automotive zu reparieren.

Tisamon erstarrte, und Stenwold stieß insgeheim einen Seufzer aus. Soweit er wusste, hatte keiner von beiden versucht, auf den anderen zuzugehen. Anscheinend hatte Tynisa die Schweigsamkeit von ihrem Vater geerbt.

»Als wir das letzte Mal hier durchgekommen sind, war das noch ein kleiner Weiler, kaum mehr als eine Wegstation für Karawanen. Hier ging es ziemlich weltoffen zu, denn obwohl vor allem Käfer in dem Dorf wohnten, hat es den Namen von Skorpionen. Daneben liegt eine Oase, siehst du? Es ist die am weitesten nördlich gelegene der Sandschere. Und jetzt … na ja, schau es dir an.«

Mittlerweile befanden sie sich am äußersten Rand der Tieflande. Während das Territorium der Tieflande im Süden und Westen vom Meer und im Norden von der jähen Erhebung der Wallberge begrenzt wurde, stieß es im äußersten Osten auf die Wüste. Die weite, unfruchtbare Ödnis der Sandschere erstreckte sich über Hunderte und Aberhunderte Meilen, und es führten nur zwei Wege um sie herum. Südlich der Wüste, entlang der Küste, verlief die schmale Seidenstraße, auf der man in die Spinnenreiche gelangte. Und nördlich davon … Nun, das hier war der Norden.

Die Sandschere im Norden zu umgehen, war noch nie leicht gewesen, aber dennoch nicht ganz so schwierig wie heute. Das Land ließ nur zwei mögliche Routen zu. Die erste führte zwischen dem Tornosgebirge im Norden und dem südlichen Darakyonwald hindurch, doch der Weg war steinig und ging ständig hoch und runter. Die andere Route verlief südlich des Darakyonwalds, erst durch Gehölz, dann durch Buschland und schließlich in die Wüste und hierher, nach Asta, in die Oase des kleinen Karawanenweilers.

Nur war Asta nicht länger klein, und bei den vielen Durchreisenden aus dem Osten handelte es sich nicht mehr um Händler. Die ursprünglichen Lehmziegelhäuser des Dorfs waren mittlerweile von einer großen Ansammlung aus Baracken und langen, flachen Hallen umgeben, die alle aussahen, als wären sie in großer Eile errichtet worden. Jenseits davon erstreckte sich eine wahre Zeltstadt, und das Ganze war in Schwarz und Gelb getaucht. Die Wespen waren nach Asta gekommen und hatten das Dorf in einen Truppenstützpunkt verwandelt.

»Hier wird eine Invasion vorbereitet«, murmelte Stenwold. *Wenn doch nur die alten Männer aus der Versammlung hier wären! Wenn sie das alles sehen würden, könnten sie unmöglich länger an meinen Worten zweifeln.* Plötzlich hatte er Angst um seine Heimatstadt, um das arme, verblendete Collegium mit all seinen Fehlern. Würden die Versammlungsmitglieder die Gefahr wirklich erst erkennen, wenn die Wespen vor ihren Mauern aufmarschierten?

Schweigend beobachtete er die Automotiven und Versorgungszüge, die unablässig in das Lager strömten, das Hin und Her der fliegenden Boten, das donnernde Flügelschlagen der Orthopter und die exerzierenden Soldatentrupps. Selbst an den Maßstäben der Imperiumsstreitkräfte gemessen, handelte es sich hier um eine riesige Truppenkonzentration.

»Wie sollen wir sie da nur finden?«, fragte Tynisa.

»*Ich* werde hingehen«, antwortete Tisamon. »Bei Anbruch der Nacht.«

»Bist du dir sicher?«, fragte Stenwold.

Der Fangschreckenkrieger nickte. »Bis dahin haben wir ein anderes Problem. Wenn wir uns weiter nähern, entdecken sie uns. Vor allem in diesem Gefährt.«

»Wir lassen es erst mal hier«, pflichtete ihm Stenwold bei. »Im Schutz der Bäume können wir uns anpirschen.«

Hinter sich spürte er einen plötzlichen Stimmungswechsel. Er reckte den Hals und sah, dass Tisamon langsam den Kopf schüttelte. »Du vergisst, dass das der Darakyon ist«, erklärte ihm die Fangschrecke.

»O nein, fang nicht wieder damit …«

»Diesen Ort sollten wir nicht betreten«, unterbrach ihn Tisamon unwirsch. »Keiner von uns.«

»Genau das habe ich auch gesagt.« Achaeos hatte den ganzen Tag schweigend und mit tief ins Gesicht gezogener Kapuze im Heck der Automotive gesessen. Jetzt schob er sie zurück und kniff im Sonnenlicht die Augen zusammen. »Mein Volk weiß über solche Dinge mehr als irgendeiner von euch, und keine Motte begibt sich ohne guten Grund in den Darakyon.«

»Weil dein Volk abergläubisch ist«, erklärte Tynisa. »Das ist nur ein Wald.«

Tisamon blickte sie nicht an. »Einst herrschte mein Volk über den Darakyon; er war eine Feste der Fangschrecken. Doch das hat sich geändert. Jetzt ist er nicht mehr von Menschen bewohnt – nur Narren wandern ungewappnet auf seinen Pfaden. Und ihr seid alle ungewappnet.«

»Was ... was ist geschehen?«, fragte Tynisa, doch er wandte sich ihr nicht zu und schüttelte lediglich den Kopf.

»Tu doch nicht ...«, fing sie an, aber Achaeos berührte sie sacht am Arm. Sein Gesicht wirkte nicht mehr ganz so unnahbar.

»Gräueltaten haben dort stattgefunden«, sagte der Mottenkrieger. »Sein Volk und meines haben sie zusammen begangen, nach der Revolution, als wir um unsere ohnehin schwindende Macht fürchteten. Alles andere ist ein Geheimnis, das nur die Wahrsager kennen, die alles wissen und sehen. Nur so viel ist bekannt: Diejenigen, die diesen Frevel begangen haben, haben den Wald nie verlassen. Sie weilen immer noch dort und empfangen Besucher nicht mit offenen Armen. Wieso, glaubst du, wollen die Fangschrecken nicht mehr hier leben? Wieso haben die Wespen oder Käfer diese Bäume nicht schon längst gefällt, um mit ihrem Holz die Schmelzöfen zu befeuern? In diesem Wald steht die Zeit seit fünfhundert Jahren still.«

»Ich ...« Tynisa wollte ihn verhöhnen, aber der Mottenmann wirkte völlig überzeugt von seiner Geschichte, und ihr war klar, dass es bei Tisamon nicht anders war. »Das ist doch lächerlich.« Damit ließ sie die Sache auf sich beruhen.

Am Ende gingen alle einen Kompromiss ein, indem sie sich am äußersten Waldrand hielten. Doch selbst hier legten sich schwere Schatten auf sie. Totho schien nichts von alledem zu bemerken, aber als es immer dunkler um sie wurde, blickte sich Stenwold unruhig um. Tynisa erinnerte sich an seinen Umgang mit Doktor Nicrephos daheim in Collegium und kam zu dem Schluss, dass er ein Käfer sein musste, der sehr außergewöhnliche Erfahrungen gemacht hatte.

Sie gönnten sich nur ein winziges Feuer und fachten die Glut lediglich so stark an, dass sie der Kälte, die sie zu umklammern schien, nicht völlig ausgeliefert waren. Als die Nacht hereinbrach und der Wald in ihrem Rücken die Dunkelheit anzog wie eine Mutter, die ihre Kinder um sich schart, erhob sich Tisamon.

»Geh keine unnötigen Risiken ein«, warnte ihn Stenwold. »Das ist kein herkömmliches Dorf, sondern ein gut bewachtes Heerlager.«

»Du brauchst mir keine Vorträge zu halten, Herr Geschichtsgelehrter«, sagte Tisamon, und Tynisa hatte den Eindruck, dass er regelrecht darauf brannte, seine Fähigkeiten einzusetzen.

»Ich gehe mit ihm«, verkündete sie kurz entschlossen.

Zwischen den beiden Männern gefror die Luft.

»Ich glaube nicht, dass das eine kluge …«, begann Stenwold, aber sie verschränkte die Arme vor der Brust.

»Wir suchen immerhin meine Schwester und stehen kurz davor, sie zu finden. Sie würde … diesen Mann da nicht einmal erkennen. Deshalb ist es besser, wenn ich mitgehe.«

Stenwold verzog das Gesicht und warf Tisamon einen Blick zu. Dessen Züge verrieten keinerlei Regung, aber nach einigen spannungsgeladenen Sekunden nickte er knapp. Keine Antwort, keine Aufmunterung, aber wenigstens das. Kurz darauf schnallte er sich seinen Klauenhandschuh an den Arm und war verschwunden.

Tynisa warf Stenwold noch einen Blick zu, bevor sie der Fangschrecke in die zunehmende Dunkelheit folgte. Ihr Ziehvater sah unglücklicher aus denn je.

»Na schön …«, fing er an, hatte dem aber nichts mehr hinzuzufügen.

»Ich bin sicher, dass … Tynisa auf sich aufpassen kann«, presste Totho hervor.

»Ich fürchte nur, dass zwischen ihnen eine Bombe hochgehen wird. Eigentlich wollte ich die beiden nicht unbeaufsichtigt allein lassen.«

»Aber sie hat Recht, was … Na ja, wenn Ju Euren Mann dort sehen würde … Er ist nicht gerade …«

Da musste Stenwold ihm beipflichten. »Wir leben in einer unvollkommenen Welt.« Er legte die Stirn in Falten. »Wo ist Achaeos?«

Der Mottenkrieger war nicht mehr zu sehen.

Er hatte nicht geglaubt, dass er den Mut aufbringen würde, mit ihnen im Schatten dieser Bäume zu sitzen. Der fette Käfer und dieser Totho mit seinen ölverschmierten Fingern hatten ihn dazu getrieben. In bester Laune hatten sie das Lager aufgeschlagen, und sogar Tynisa hatte sich völlig unbekümmert daran beteiligt, obwohl sie eine Spinne war und es eigentlich hätte besser wissen müssen. Zu sehen, wie verblendet das Mädchen war, weil es unter Käfern aufgewachsen war, schmerzte ihn.

Tisamon hingegen wusste es sehr wohl. In ihm musste dieser Ort größere Schrecken hervorrufen, als sich selbst Achaeos vorstellen konnte. Fangschrecken wuchsen mit den abschreckenden Geschichten ihrer Väter über den Darakyon auf, die sie damit vor dem alten Übel, der Hybris, warnten. Unwillkürlich kribbelte es Achaeos in den Fingern, und er wollte zu seinen Knochen greifen, aber sie waren dahin. Er kam sich vor, als wäre er eines Sinnes beraubt.

Eben hatten sich der Fangschreckenkrieger und das Spinnenmädchen zum Wespenlager aufgemacht, um Jubelgut Werker zu finden. Was gaben die beiden nicht für ein lächerliches Pärchen ab! *Sollen sie das Käfermädchen nur schnell finden, damit das Ganze endlich ein Ende hat!* Er atmete tief durch, um sich zu beruhigen. *Mach dich bereit, Zauberer,* sagte er sich, auch wenn er diesen Titel kaum verdient hatte. Bisher hatte er die Weisheit seines Volkes nicht sonderlich gut gemeistert, doch das, was er wusste, reichte ihm. Allerdings kam ihm der Gedanke, dass die skeptische Haltung der Käfer durchaus begründet wäre, falls ihm dieses Wissen nicht weiterhelfen sollte, Ju zu finden.

Ich bin ein Seher von Tarn, ermahnte er sich. *Also lass mich sehen.* Wieder zog er sich vom Feuer zurück, ging jedoch nicht tiefer in den schrecklichen Wald hinein. Er ertastete die Fasern der Welt um sich herum. Er hatte Ju berührt, und sie hatte sogar sein Blut an den Händen gehabt, als sie seine Wunde behandelt hatte. Zwischen ihnen gab es ein Band – o gäbe es dieses Band nicht! Es hielt ihn fest, so dass er nicht entfliehen konnte.

Sein Bewusstsein schreckte vor der verworrenen Masse zurück, die sich hinter ihm erhob, aber der Darakyon schien friedlich zu sein. Offenbar schlief der alte Frevel, der in diesen Wald getragen worden war.

In Asta waren mehrere Tausend Seelen versammelt, doch sie waren nur Spreu – Wespen oder Sklaven der Wespen. Nur hin und wieder fand sich darunter der Funke von etwas Edlerem, und er erkannte den Spross einer älteren Rasse, der unter der Knechtschaft des Imperiums stand. Wenn er gewollt hätte, hätte er Tisamon und Tynisa aufgrund ihrer Abstammung sehr leicht finden können, denn Motten, Spinnen und Fangschrecken waren die einstigen Herrscher der Welt.

Ju trug zwar nicht das Erbe der Ungeeigneten in sich, aber er tastete nach dem Band, das ihr Schicksal mit dem seinen verknüpfte, seit sie ihn gepflegt hatte – *oder sind wir nicht nur deshalb miteinander verbunden?* Schnell unterdrückte er diesen Gedanken und streckte stattdessen seinen Geist nach der Zeltstadt aus, nach dem leblosen Grau ihrer Maschinen und den Legionen schlafender Soldaten, Sklaven und Erfinder. *Ju!*

Seine Kräfte waren geringer, als er gedacht hatte. Dennoch hätten sie ausreichen müssen, eine Bekannte aufzuspüren, vor allem aus so geringer Entfernung. Lag es an den vielen Maschinen? Brachten die seine Zauberkunst durcheinander? Oder war er tatsächlich ein miserabler Seher und nur Ballast für sein Volk? Er pirschte sich an, fand aber keine Fährte, nicht die geringste Spur, die zu Ju führte.

Sein Herz setzte einen Schlag aus. *Was ist das erste Merkmal des Toren?*, pflegte man in seinem Volk zu fragen, und sogleich fiel ihm die floskelhafte Antwort ein: *Dass er auf Toren hört.* Deshalb rotteten sich Toren zusammen, schmiedeten Komplotte und bauten Maschinen. Und deshalb war Achaeos in die Gesellschaft von Toren geraten. *Stenwold behauptet, dass sie sie nach Asta gebracht haben, aber sie ist nicht hier. Tisamons heimlicher Erkundungsgang ist umsonst, und wir verschwenden nur unsere Zeit.* Mit dieser Erkenntnis durchströmte ihn eine Woge der Erleichterung, da er seine Fähigkeiten offenbar doch nicht verloren hatte – und dann erfüllte ihn neuerliche Verzweiflung. *Sie ist weit weg, so weit, dass ich sie nicht mehr erspüren kann. Und ich bin weiterhin an sie gebunden.*

Als er sich erhob, um zum Feuer zurückzukehren, fühlte er, wie sich der Darakyon in seinem Rücken regte, sich streckte und erwachte.

Wir hätten niemals hierherkommen sollen! Er rannte auf das Feuer zu und sah, dass er nicht der Einzige war. »Werker! Halbblut!«, rief er.

Aber die beiden waren bereits aufgesprungen und griffen zu ihren Waffen.

»Weg vom Feuer, ihr Narren!«, bellte Achaeos.

Darauf stolperten sie in die Richtung, aus der seine Stimme kam, denn in der Dunkelheit waren sie blind. Er hingegen konnte mit seinen Mottenaugen sehen, alles stand in voller Klarheit vor ihm: die Bäume, das unebene Gelände, das Feuer und seine zwei ungeschickten Verbündeten. Ebenso klar sah er die Wespen, die sich, vom Schein der glühenden Holzscheite angelockt, leise angeschlichen hatten.

Als die Wespensoldaten das Feuer erreichten, waren Stenwold und Totho bereits in der Finsternis zwischen den Bäumen verschwunden. Einer der Krieger öffnete die Blende seiner Laterne und richtete den Lichtstrahl auf den Wald, doch seine Kameraden herrschten ihn an, die Laterne wieder abzublenden. Sie waren zu sechst, und einer kniete sich nieder, um den Boden an der Feuerstelle zu untersuchen. Achaeos konnte hören, wie er sagte: »Ich habe euch doch gesagt, dass ich ein Feuer gesehen habe.« Und ein anderer erwiderte: »Glaubst du, das sind Schmuggler?«

»Wir müssen tiefer in den Wald«, raunte Stenwold den anderen zu. »Aber leise!«

»Nein, nicht noch tiefer in den Wald …«, begann Achaeos, aber Stenwold und Totho flohen bereits in den Darakyon. Achaeos spürte, wie sich der Wald um sie regte. Doch es waren nicht die Bäume, die sich rührten, sondern das Blut, das hier vergossen worden war, das Entsetzen und der Schmerz derer, die hier gestorben waren. Er vermochte nur noch keuchend zu atmen, und sein Puls raste. Doch die Wespen hefteten sich an ihre Fersen, schlichen ihnen so leise wie möglich nach und lauschten darauf, ob irgendwo Zweige knackten.

»Dann also doch die Laterne«, flüsterte ein Wespensoldat. »Jagt sie!«

»Haut ab!«, zischte Stenwold, und die drei wichen stolpernd vor dem plötzlichen Licht zurück und schlugen sich tiefer ins Gehölz.

Der blendende Lichtstrahl wanderte über Achaeos hinweg, dann erscholl ein Schrei, gefolgt vom Knistern eines Wespenstachels. Eine Feuerlanze schoss an ihm vorbei, und er ergriff die Flucht. Er spürte, wie der Darakyon um ihn herum erwachte, und fing beinahe an zu schluchzen. Mit einem wilden Schrei nahmen die Wespen die Verfolgung auf.

Vor ihm torkelten Stenwold und Totho wie Blinde durch den Wald. Er versuchte, sie einzuholen. Eigentlich hätte es ihm leicht gelingen müssen, doch er stolperte immer wieder. Diese Ranken waren eben noch nicht da gewesen.

Während die Wespen in seinem Rücken schrien und Energiestacheln und Armbrustbolzen auf ihn abschossen, taumelte er weiter. Ständig schien ihm das dichte, dornige Dickicht im Weg zu sein. Als er versuchte, sich hindurchzukämpfen, zerkratzte ihm das Dorngestrüpp die Hände und zerriss die Ärmel seiner Kutte. Um es zu umgehen, wandte er sich zur Seite. Stenwold und Totho entfernten sich zusehends, doch während ihr Weg in einem Bogen zum

Waldrand zurückzuführen schien, geriet er selbst immer tiefer in den Darakyon.

Ich habe ihn geweckt. Ich habe seine Aufmerksamkeit erregt. Plötzlich wurde Achaeos die Unausweichlichkeit seiner Lage schrecklich bewusst. *Dann sollen mich lieber die Wespen töten.*

Doch für diese Entscheidung war es zu spät. Die Bäume um ihn hatten breite, verkrüppelte Stämme, deren schrundige Borke sich wild wuchernd bis übers mächtige Wurzelwerk erstreckte. Dazwischen wuchsen ganze Nester aus Gestrüpp und Dornenranken. Egal, wohin er sich wandte, ihm blieb immer nur der Weg tiefer in den Wald hinein.

Hinter sich hörte er ein Kreischen und blieb stehen. Obwohl er sich nicht umdrehen wollte, zwang ihn eine morbide Neugier dazu. Der Wald war so dicht, dass er nichts sehen konnte, aber die Schreie der Wespen wurden vor Panik und Entsetzen immer lauter. »Was ist das?«, konnte er hören. »Bring es um! Bring es um, bevor …« Einen Moment lang erkannte er eine Gestalt, die weder Insekt noch Mensch noch Pflanze war, und ihre dornenbewehrten Arme bewegten sich mit tödlicher Geschwindigkeit auf und ab.

Dann war es still, und Achaeos stellte sich all das Blut vor, das in den Boden des Darakyon sickerte. Er schloss die Augen und wartete.

Der Darakyon wartete ebenfalls, und als Achaeos die Augen wieder aufschlug, erblickte er kein Ungeheuer und keine furchterregende Chimäre, doch zwischen den Bäumen lauerte eine Finsternis, die selbst er nicht durchdringen konnte. Es waren Schatten, Schatten, die eine Form hatten. Nachdem er das begriffen hatte, vermied er es, sie anzuschauen.

»Was habt ihr mit mir vor?«, versuchte er zu fragen, doch er brachte kaum mehr als ein Rasseln in der Kehle heraus. Wieder schienen sie zu warten, bis ihm bewusst wurde, dass sie – wer sie auch waren – ihm dieselbe Frage stellten. Er hatte die Frechheit besessen, ihre Aufmerksamkeit zu erregen, und nun wollten sie wissen, wieso.

Hundert Jahre lang hat im Darakyon niemand mehr seine Stimme erhoben.

Sein Volk hatte es aus gutem Grund verboten. Seit Jahrhunderten nagte die Zeit an diesem Ort, schwarzer Frevel vergiftete ihn mit seiner Fäulnis.

Während er sich als Lebender in diesem unaufhörlich sterbenden Wald befand, der auf seine Antwort wartete, kam Achaeos ein Gedanke. *Seit hundert Jahren hat niemand mehr mit dem Darakyon gesprochen. Woher wollen sie dann wissen, zu was dieser Ort in der Lage ist?* Sämtliche Geschichten, die man sich in seinem Volk über den Darakyon erzählte, dienten dazu, Kindern Schrecken einzujagen, aber alle stimmten darin überein, dass der Wald *mächtig* war.

Ich kam mit einer gewissen Absicht hierher. Während ich nach Ju gesucht habe, habe ich gespürt, dass der Wald erwachte. Auch wenn ich ein schwacher Seher bin und außerstande, sie zu finden, bin ich doch ins Herz der größten Zauberei vorgedrungen, die mir jemals begegnet ist.

Die Nacht war unwirklich geworden; er befand sich außerhalb der Zeit und aller Gesetzmäßigkeiten, und in diesem Augenblick spürte er, dass er alles vollbringen, dass er die Verluste seines Volkes überwinden und die Revolution wieder rückgängig machen konnte. Und vielleicht war noch viel mehr möglich.

»Gebt mir eure Macht«, bat er die Bäume. »Leiht mir eure Kraft, nur für diese eine Nacht.« Schon streckte er die Hand aus, um danach zu greifen.

Doch der Darakyon fragte: *Wer bittet darum?* Die Stimme des Waldes klang wie ein Chor aus hundert Kehlen. Ob sie von den Bäumen kam oder aus Räumen zwischen den Stämmen, vermochte Achaeos nicht zu sagen, aber ihr Klang ließ ihn erstarren. Sie hörte sich an wie dürres Laub, trockene Hülsen und fünfhundert verflossene Jahre.

Wer möchte etwas von unserem Vorrat abhaben?, brauste die Stimme des Darakyons, doch Achaeos brachte keine Antwort hervor. Auf einen Schlag wurde es kalt, sein Atem bildete Dampfwolken in der Luft. Eben hatte er noch gemeint, die ganze Welt in Händen zu halten, aber dieses stolze Gefühl hatte sich zusammen mit der Wärme verflüchtigt, war verwelkt wie Laub, wenn der Winter hereinbricht.

»Ich bin Achaeos, ein Seher der alten Pfade von …«, stotterte er.

Pst! Du bist nichts weiter als ein Novize. Was sollte uns dazu bewegen, dir unsere Kraft zu verleihen?

Vergeblich suchte er nach einer Antwort, bis sie schließlich sagten: *Was sollte uns dazu bringen, dich zu verschonen?*

»Ich bin ein Seher ...«, begann er noch einmal, aber sie lachten, und ihre Stimme klang dabei noch schrecklicher.

Niemand würde dich vermissen. Du bist ein treibendes Blatt, das weit vom Stamm fortgeweht worden ist, kleiner Novize.

Er zitterte vor Furcht und Kälte. Immer noch hatte er die Arme ausgestreckt, doch die Macht jenseits seiner Fingerspitzen war so gewaltig und so anders, dass er sie ebenso wenig bezwingen konnte, wie er der Sonne befehlen konnte.

Glaubst du, dass der Träger des Mals dich immer noch vor uns beschützen kann, dich, der du uns aus dem Schlaf heraufbeschworen hast und in unser Herz eingedrungen bist?

»Nein ...«, keuchte er, denn die Angst schnürte ihm die Kehle zu. »Ich war nur ... auf der Suche nach ...«

Hast du geglaubt, dass diese Opfer uns mit ihrem Blut tränken würden, kleiner Novize?

Opfer? »Die Wespen ... Ja, sie gehören euch«, stotterte er. Um ihn herum erscholl sprödes Kichern.

Und die anderen beiden, die in unseren Gefilden herumtorkeln und nach einem Ausweg suchen? Die beiden Sklaven – gehören die auch uns?

Achaeos brauchte einen Moment, bis er begriff. Dann aber war die Versuchung schmerzhaft groß. Das Blut Stenwolds und Tothos, eines Käfers und eines Mischlings für den Darakyon? *Wenn es sich nur um diesen hässlichen Totho handelte ...* Stenwold jedoch war Teil *ihrer* Familie. Wichtiger noch:

Stenwold war der Einzige, der den Fangschreckenkrieger im Zaum halten konnte, und dieser würde bestimmt um den Handel wissen. »Die sind nicht für euch!«, würgte er hervor, und wieder erklang das raschelnde Gelächter.

Du verlangst allerhand, wo du doch so wenig in der Hand hast, um uns aufzuhalten. Du befiehlst uns, was wir zu tun und zu lassen haben. Womit willst du ihre Leben erkaufen, Novize? Was erflehst du von uns?

Angesichts dieses abrupten Richtungswechsels wurde ihm flau. »Ich wollte ... sie finden.« Selbst er merkte, wie mitleiderregend er sich anhörte.

Wir werden sehen, was du tun möchtest.

Die Gestalten zwischen den Bäumen bewegten sich, und etwas unsäglich Kaltes brannte sich durch seinen Kopf, von der Stirn bis zum Nacken. Es zischte wie Säure. Er riss den Mund auf, konnte aber keinen Schrei ausstoßen. Dann wurde sein Oberkörper nach hinten gerissen. Keuchend stürzte er zu Boden. Wie unter Krämpfen zog er die Gliedmaßen zu sich heran und konnte sich nicht mehr rühren.

Und dann war es vorbei. Bebend und japsend lag er auf der Seite, inmitten der verworrenen Wurzeln des Darakyons.

Du bist erbärmlich, verkündete die spukhafte Stimme. *Du weißt nicht einmal, weshalb du suchst, was du suchst. Aber wir haben es gesehen. Alles haben wir gesehen, auch das Leid, das dir auf dem Weg bevorsteht, den du gewählt hast. Man kann uns nicht befehlen, dir unsere Kraft zu verleihen.*

Zusammengerollt und zitternd lag Achaeos auf dem Boden und wartete darauf, dass das Beil auf ihn herabsausen würde.

Aber wir haben dich durchschaut, kleiner Novize. Mittlerweile hatten die Schatten zwischen den Bäumen deutlichere Formen angenommen, doch er wollte ihre Gestalten nicht in klaren Umrissen sehen. *Du bist tapfer, und Tapferkeit und Wagemut schätzen wir hoch. Schon seit jeher.*

In diesem letzten Wort schwang der jahrhundertealte Verlust mit, der Verrat und das Ende eines Zeitalters. Achaeos musste daran denken, dass hier einst Fangschrecken gewohnt hatten, und auch wenn sie jetzt nicht mehr hier *lebten*, waren sie doch noch hier.

Weder du noch diejenigen, die mächtiger sind als du, vermögen uns dazu zu zwingen, kleiner Novize. Dennoch werden wir dir geben, was du verlangst. Dafür wirst du in unserer Schuld stehen, und das werden wir nicht vergessen.

Er machte den Mund auf, um zu sagen, dass er ihre Geschenke nicht wollte, aber es war bereits zu spät. Er hatte gefragt, und man gab ihm, worum er gebeten hatte. Die Kälte, die zuvor kreischend durch seinen Schädel gefahren war, hämmerte nun in seiner Brust und füllte ihn aus. Sie ließ ihn aufheulen, verbrannte ihn und brach sich Bahn in sein Inneres.

Er hatte so wenig Zeit. Auf dem Rücken liegend und inmitten der Eingeweide dieses furchtbaren Ortes schrie er – nicht mit seiner eigenen Stimme, sondern erfüllt von einer fremden Macht.

Jubelgut!

Zwei

Es war ein Gefühl, als hätte sich ihr eine eiskalte Hand auf die Stirn gelegt. Ju erwachte. Oder wenigstens versuchte sie es, doch auf halbem Wege zwischen dem Abgrund ihres Schlafs und der Höhe des wachen Bewusstseins wurde sie aufgehalten wie von einem Spinnennetz.

Jemand sprach mit ihr. *Jubelgut!* Sie meinte, die Stimme zu kennen. Allerdings wurde sie von einem Chor weiterer Stimmen begleitet, die alle ihren Namen flüsterten.

»Was ... was soll das? Wer ...?« Sie wusste, dass sie nicht sprach, und doch brachte sie Worte hervor.

Hör zu. Du musst mir zuhören. Wieder dieser Tonfall, der ihr bekannt vorkam, den sie aber nicht zuordnen konnte.

»Ich höre dich.«

Fürchte dich nicht, Jubelgut, denn ich eile zu dir, um meine Schuld zu begleichen. Ich komme, um dich zu befreien.

»Das verstehe ich nicht ...« Es war, als würde sie von einer kräftigen Sturmflut erfasst und davongetragen, ohne dass sie das Geringste dagegen tun konnte.

Jedes Raum- oder Zeitgefühl fehlte ihr. Tiefe, absolute Dunkelheit umgab sie.

Du musst mir sagen, wo du bist, Jubelgut, sagte die Stimme – oder vielmehr die Stimmen. *Wo bist du, damit ich dich finden kann?*

Und endlich begriff sie. Doch während sie in ihrem Gehirn nach der Antwort fischte, spürte sie, dass sie sich weiter auf die wache Welt zubewegte, in der solche Dinge unmöglich waren.

»Myna. Ich gehe nach Myna.«

Sie sprach es aus, und gleichzeitig spürte sie, wie sie sich entfernte, zur Oberfläche emporschwebte und immer schneller darauf zutorkelte. Erst im letzten Moment fiel ihr ein, wem die Stimme gehörte.

Achaeos!

»Achaeos!« Als sie erwachte, dröhnten ihr sein Name und ihre eigene Stimme in den Ohren.

Sie schlug die Augen auf und sah den Teil des Laderaums, der ihnen als Zelle diente. Salma saß ihr im Schneidersitz gegenüber und blickte sie an, als wäre er ebenfalls gerade erst aus dem Schlaf gerissen worden. Die Schmetterlingsfrau Qual in Ketten lag auf der Seite, auch sie hatte sich mit weit geöffneten Augen auf einen Ellbogen gestützt. »Nachtbruder …«, sagte sie leise.

»Ju, ist alles in Ordnung mit dir?«, fragte Salma.

»Ich weiß nicht.« Japsend schnappte Ju nach Luft, als wäre sie gerannt. »Was ist da eben passiert?«

»Hier war etwas«, erwiderte Salma.

»Etwas ... aber was? Warum hat sie ...« Sie wandte sich der Schmetterlingsfrau zu. »Warum hast du das eben gesagt?«

Qual in Ketten stierte sie nur an.

»Ich habe gespürt ... Salma, sag's mir!«, flehte sie.

»Das kann ich nicht«, sagte er. »Ich weiß darüber nicht genug, und du würdest mir sowieso nicht glauben.«

»Willst du mir etwa weismachen, es wäre .... Das war nur ein Traum, nichts weiter.«

Schließlich fand Salma zu seinem üblichen Lächeln zurück. »Natürlich.«

Qual in Ketten setzte sich vollends auf. »Du bist berührt worden«, erklärte sie. »Die Dunkelheit hat dich berührt.« Sie wirkte beunruhigt. Während der Reise tags zuvor hatte sie nur wenig gesprochen, und als Salma ihr seine Hand hingehalten hatte, hatte sie sie ergriffen und festgehalten.

»Das war nur ... ein Traum«, beteuerte Ju. *Ein guter oder ein Alptraum?*, fragte sie sich, bekam aber keine Antwort.

Plötzlich hämmerte jemand gegen die Luke. »Ihr bleibt gefälligst ruhig da drin!«, bellte einer der beiden Soldaten, die Thalric mitgenommen hatte. »Ihr wollt den Kapitän lieber nicht aufwecken, das könnt ihr mir glauben.«

Ju machte den Mund zu und legte die Stirn in Falten. »Aufwecken? Es ist ... es ist doch schon Tag ...«

»Tag?«, fragte Salma verwundert.

»Es ist hell.«

»Ju, es ist dunkel.«

Fassungslos glotzte sie ihn an. Ganz deutlich konnte sie ihn sehen, genau wie Qual in Ketten und die kahle Wand ihres Gefängnisses. Allerdings herrschte eine eigenartige Helligkeit. Sie erinnerte sie an starkes Mondlicht, und ihr fehlten sämtliche Farben. Selbst die irisierende Haut der Schmetterlingsfrau und ihr sich ständig veränderndes Haar waren nur wie Marmor in verschiedenen Graustufen.

Salma zeigte nach oben. An zwei Wänden zog sich eine Reihe schmaler Schlitze entlang. Als sie sich hingelegt hatten, war noch ein wenig Licht hereingefallen, doch jetzt waren die Schlitze nicht heller als der Rest der Zelle. Das eigenartige Licht kam von nirgendwo.

»Salma«, sagte sie langsam. »Ich glaube, ich habe die Kunst gefunden – die Kunst der Ahnen. Oder sie hat mich gefunden. Salma, wie hast du zum ersten Mal erfahren, dass du …«

»Ich konnte in die Luft springen und oben bleiben«, sagte er gelangweilt, aber sie war zu aufgeregt, um auf seinen Sarkasmus zu achten. Es war noch immer Nacht, und sie konnte deutlich sehen. Sie wusste, dass das eine der Käferkünste war, auch wenn sie nicht häufig vorkam. Und warum sollte sie sich bei ihr nicht in diesem Gefängnis manifestieren?

Natürlich gab es auch Menschen, die von Geburt an im Dunkeln sehen konnten und keine Kunst dafür benötigten, denn sie waren Geschöpfe der Finsternis. Erst kürzlich war sie einem solchen Menschen begegnet und hatte sein Blut an den Händen gehabt.

Nachtbruder, hatte die Schmetterlingsfrau gesagt. Und Ju hatte geträumt, Achaeos Stimme zu hören, an die sie sich von dieser seltsamen, kurzen Begegnung her noch erinnerte.

Sie lehnte sich gegen die Wand und musste feststellen, dass sich auf ihr eine Frostschicht gebildet hatte, die allmählich schmolz – dabei war die Nacht nicht kalt, sondern lediglich verhangen.

Vor Anbruch der Dämmerung schlichen sie Richtung Lager zurück. Tisamon trottete schweigend voraus, während Tynisa ihm folgte. Für sie war die Nacht ganz unwirklich gewesen. Mit ihm Schritt zu halten, war nicht leicht, und dennoch war sie ihm den ganzen Weg bis Asta gefolgt. Zusammen waren sie durch den Ring der Wachtposten geschlüpft und hatten sich unter der großen Laterne hindurchgestohlen, deren Lichtstrahl hin und wieder über die provisorischen Straßen des Militärlagers huschte. Die ganze Zeit über hatten sie kein Wort miteinander gewechselt. Anfangs hatte es den Anschein gemacht, als hätte Tisamon sie gar nicht wahrgenommen, aber im Verlauf der Nacht hatte sich zwischen ihnen ein wortloses Einverständnis entwickelt. Allmählich hatten sich seine Späherhaltung und sein Gang verändert, und er hatte zunehmend mehr darauf geachtet, dass sie ihm folgen konnte. Zu Beginn hatte er an der Ecke einer Lagerhalle oder einer Baracke stets still in beide Richtungen gespäht. Jetzt schaute er nur noch nach links, während sie nach rechts sah. Er hatte sich daran gewöhnt, ihr zu vertrauen, zeigte keine Zweifel an ihren Fähigkeiten, und das, obwohl er sie immer noch nicht als seine Tochter anerkannt hatte. Schließlich hatten sie die Sklavengruben erreicht, wo er zurückgeblieben war, um aufzupassen, während sie nach Ju und Salma gesucht hatte.

Allmählich verstanden sich die beiden Jäger ganz gut, und als sie zum Waldrand zurückkehrten, empfanden sie vielleicht sogar mehr füreinander als nur gegenseitiges Verständnis. Obwohl die Dämmerung bereits heraufzog, war es im Wald so finster wie um Mitternacht. Immerhin konnte Tynisa noch die Bäume erkennen.

Und mehr als nur die Bäume. Sie hielt plötzlich inne, im selben Moment, als Tisamon stehen blieb und ihr ins Gesicht blickte.

»Ja«, sagte er. »Du kannst sie auch sehen, nicht wahr?«

Vorher war sie sich nicht sicher gewesen, ob sie es tatsächlich sah, doch jetzt erkannte sie Gestalten zwischen den Baumstämmen. Sie waren nicht besonders nahe und bewegten sich nicht. Im Dunkeln hatte sie Mühe, ihre Umrisse auszumachen. Allmählich wurden sie deutlicher oder kamen näher, und Tynisa gab den Versuch auf, herauszubekommen, was für Gestalten es waren. Sie waren menschlich oder machten jedenfalls einen menschlichen Eindruck. Der Haltung nach waren es Fangschrecken, aber sie glichen auch richtigen Gottesanbeterinnen, hatten einen glänzenden Chitinpanzer und schimmernde Facettenaugen. Sie schienen gleichermaßen aus knorrigem Holz und Dornen zu bestehen.

Tynisa blieb stehen und wandte den Blick ab. »Das ist … Das kann nicht wahr sein.« Als Mädchen aus Collegium, das in einer Welt der Vernunft und Wissenschaften aufgewachsen war, war es ihr unmöglich zu begreifen, was sie sah.

»Dein Blut ist da anderer Meinung«, entgegnete Tisamon gelassen, bevor sie schweigend weitergingen.

Sie mussten erst einigen Fährten folgen, bis sie Stenwolds neue Lagerstätte fanden. Als sie dort ankamen, hob der Käfer den Blick, und Tynisa sah in seinen Zügen nur das kurze Aufflackern einer Hoffnung, die im nächsten Atemzug wieder erstarb.

»Irgendein Zeichen von ihnen?«, fragte er ruhig.

Tisamon schüttelte den Kopf und setzte sich neben das heruntergebrannte Feuer.

»Sie halten die Gefangenen in Gruben, und wir haben jede davon abgesucht«, berichtete Tynisa. »Kein Zeichen. Sie könnten in einem der Gebäude sein, aber das konnten wir nicht herausfinden.«

Als sie sich neben Tisamon setzen wollte, schaute er zu ihr auf, und in seinem Blick lag nichts Einladendes. Vielmehr trug er die übliche kalte Maske zur Schau, die er der Welt stets präsentierte, das Gesicht eines Mannes, der jeden Moment mit einem Kampf rechnet. Das wortlose Einverständnis, das sie diese Nacht geteilt hatten, war verschwunden, und in seinen Augen war nichts, was darauf hindeutete, dass es jemals existiert hatte. Nur wenige Minuten zuvor waren sie noch wie ein Wesen durch den Wald geschlichen. Jetzt löschte sein Blick dies alles aus und überschrieb alle Erinnerungen nach seinen eigenen Vorstellungen. Wut und Bitterkeit stiegen in ihr hoch.

Was hatte das dann alles zu bedeuten? Was haben wir vorher geteilt, und wo ist es uns abhanden gekommen? Doch sie konnte die Fragen nicht aussprechen, und er hätte sie ohnehin nicht beantwortet. Immer wieder ballte sie die Fäuste und wünschte sich nicht zum ersten Mal, mit Ju darüber sprechen zu können. Ju war die Einzige, bei der sie sich ausheulen konnte.

Umso wichtiger war es, sie zu retten.

Sie erhob sich und setzte sich stattdessen neben Stenwold.

»Warum habt ihr das Lager verlegt?«, fragte Tisamon. »Nicht dass es schwerer zu finden wäre.«

»Wir hatten nächtlichen Besuch.« Schwermütig schüttelte Stenwold den Kopf. »Eine Patrouille hat uns in den Wald hinein verfolgt.« Er sah, wie Tisamon zusammenzuckte, und runzelte die Stirn. »Das ist nur ein Wald, Tisamon. Bäume, die findest du überall.«

»Ach wirklich?« Der Fangschreckenkrieger musterte ihn. »Dann seid ihr beide also in den Darakyon hinein- und wieder herausgekrochen?«

Stenwold und Totho warfen sich betrübte Blicke zu. »Na ja … du kannst dir ja vorstellen, ich und der Junge im Wald, mitten in der Nacht …«

Tisamons Miene verriet, dass er sich damit noch nicht zufriedengab.

»Was willst du denn hören?«

»Ich weiß nicht. Was hast du mir zu sagen?«

»Es war dunkel. Da waren Geräusche. Nachts im Wald ... nicht gerade der Ort, an dem ich mich zu Hause fühle.« Stenwold versuchte, sich herauszureden. *Da waren Geräusche. O ja, und was für Geräusche.* Er fragte sich, ob auf seinem Gesicht noch Spuren des Schreckens sichtbar waren, den er empfunden hatte, als er mit Totho durch den Wald gestolpert war und nach einem Ausweg gesucht hatte. Doch sie hatten keinen gefunden. Hinter ihnen hatte es nichts als Dornranken gegeben, bis sie mit den Händen eine stockfinstere Lichtung ertastet hatten. Von dieser Lichtung hatte jedoch kein Weg zurück in den Wald geführt. Sie waren von einem verkrüppelten Baumstamm zum nächsten gegangen, bis ihre Handschuhe zerrissen und die Borken mit ihrem Blut besudelt waren. So waren sie ein ums andere Mal in der Dunkelheit im Kreis gelaufen, bis Totho beschlossen hatte, die Laterne anzuzünden. In den Schacht mit den Wespen! An diesen Augenblick konnte sich Stenwold besonders gut erinnern, denn die Funken, die der Stahl geschlagen hatte, hatten zwar geleuchtet, nicht aber den Docht entzündet. Darauf waren sie in Schweigen verfallen, und in der Stille hatten sie ein Geräusch vernommen, beinahe melodiös. Es war von überall gekommen. Es hätte das Atmen des Waldes sein können.

»Da war ... da sind alle möglichen Tiere durch den Wald gerannt«, beendete Stenwold müde seinen Bericht, der Tisamon ein überhebliches Schnauben entlockte.

»Wo ist die Motte?«, fragte er.

»Achaeos?« Stenwold betrachtete seine Hände. »Er war nicht bei uns. Ich kann mir nicht vorstellen, dass ihn die Wespen erwischt haben. Schließlich kann er fliegen und im Dunkeln sehen. Er ist bestimmt ganz in der Nähe, denn er wollte sowieso nicht in den Wald gehen.«

Stenwold und Totho hatten sich auf den Waldboden gesetzt, um auf den Morgen zu warten, umgeben vom lichtlosen, kalten Darakyon, der unaufhörlich ächzte und knarrte. An Schlaf war nicht zu denken gewesen, bei jedem Krächzen und Knacken waren sie zusammengeschreckt. Die Zeit, die sie so verbracht hatten, war ihnen länger vorgekommen als eine Nacht.

Dann hatte es sich ihnen genähert. Sie hatten gehört, wie sich etwas Großes langsam und vorsichtig auf sie zubewegte – dann das Klappern, als Totho blind versucht hatte, seine Armbrust zu spannen. Indessen hatte Stenwold sein Schwert gezückt, auch wenn er damit in der Dunkelheit nicht viel ausrichten konnte. *Ich glaube nicht an Tisamons Märchen,* hatte er sich eingeredet. Aber selbst die Logik hatte sich als Verräterin erwiesen: *Wieso denkst du an eine Geisterscheinung? In der stofflichen Welt existieren genügend Dinge, die dich töten können.* Vor seinem geistigen Auge hatte er ein sich anschleichendes, zehn Fuß großes Insekt gesehen, eine Gottesanbeterin mit riesigen Augen, die auch nachts sehen konnten, und mit eingeklappten, mörderischen Fangarmen. Ohne etwas zu sehen, hatte Stenwold sein Schwert nach vorn gestreckt, während Totho neben ihm immer verzweifelter herumhantierte und das *Ding* stetig näher kam.

Sie hatten die Beine in die Hand genommen. Wie auf ein Zeichen waren sie losgerannt, und plötzlich war der Rand der Lichtung durchlässig gewesen. Ohne anzuhalten, waren sie durch Dornenranken und stacheliges Gestrüpp geprescht, immer weiter, bis sie schlagartig und ohne Vorwarnung aus dem Blätterdach der Bäume herausgetorkelt waren. Eine halbe Meile weiter östlich von ihrem ursprünglichen Lager waren sie aus dem Wald herausgekommen. Die Zeit bis zur Dämmerung hatten sie damit verbracht, die Automotive zu suchen.

»Es ist nur ein Wald«, sagte Stenwold, aber seine Worte klangen wenig überzeugt. »Im Dunkeln geht deine Vorstellungskraft mit dir durch. Aber wir waren ja beide bewaffnet, deshalb bestand keine Gefahr für uns. Viel mehr Sorgen mache ich mir um Achaeos.«

»Vielleicht ist er getürmt«, sagte Totho mit finsterer Miene. »Schließlich ist das nicht seine Angelegenheit.«

»Wenn er zurückkommt …« Stenwold zögerte. »Wenn er nicht zurückkommt, stehen wir vor einer anderen Wahl, aber wenn er zurückkehrt, müssen wir uns auch entscheiden. Wir wissen nicht, ob Ju und Salma in Asta festgehalten werden. Oder, falls etwas Schlimmes passiert ist, ob Achaeos dorthin gebracht wurde. Oder ob man sie bereits weiter nach Osten und ins Imperium geschickt hat. Dass man sie von den anderen Gefangenen absondert, kann Gutes wie Schlechtes bedeuten.«

»Was meint Ihr damit?«, fragte Totho.

»Ich meine, dass man sie vielleicht von den anderen getrennt hat, um sie zu verhören«, entgegnete Stenwold. »Tut mir leid. Aber es könnte auch heißen, dass sie einfach nur eine andere Behandlung erfahren als die anderen. Oder dass man sie besser bewacht. Ich habe keine Ahnung ... Tisamon und ich wissen, wie die Wespen vorgehen.«

»Vielleicht ... sollte ich morgen Abend ins Lager schleichen«, schlug Totho etwas zögerlich vor. »Ich meine, ich bin zwar nicht ... kein so guter Schleicher, aber ich habe Werkzeug, um ein Schloss zu knacken.«

Stenwold verzog das Gesicht. »Es könnte durchaus so weit kommen.«

Da erklang eine weitere Stimme: »Wo oder was ist Myna?«

Achaeos war zurück. Er sah aus wie ein wandelnder Toter, seine graue Haut war leichenblass, die Augen waren nur noch schmale, weiße Schlitze.

»Im Namen der Vernunft, wo habt Ihr nur die ganze Nacht gesteckt?«, wollte Stenwold wissen.

Achaeos bedachte ihn mit einem kühlen Blick. »Myna. Sagt euch dieser Name etwas?«

»In der Tat.« Tisamon erhob sich, wobei die Klinge an seinem Arm ausklappte.

»Sie ist auf dem Weg nach Myna«, sagte der Mottenkrieger. »Sie sind nicht mehr in der Stadt da unten.«

»Wie habt Ihr das herausgefunden?«, fragte Stenwold.

»Alte Mittel und Wege.« Achaeos zuckte mit den Schultern. »Ihr würdet es nicht verstehen.«

Tisamon und Stenwold schauten sich an. Sie waren von den gemeinsamen Erinnerungen an Myna gezeichnet, und beide sahen nicht besonders glücklich aus.

»Das ist lächerlich«, sagte Totho. »Das *kann* er gar nicht wissen.«

»Sie sind nach Myna aufgebrochen«, beharrte Achaeos eisern.

»Vielleicht hast du dich … nach Asta geschlichen und etwas belauscht«, sagte Tynisa nachdenklich. »Aber so war es nicht, oder?«

»Es gibt Mittel und Wege«, sagte Tisamon. »Meister des Grauen«, fügte er hinzu.

»Diener des Grünen«, vollendete Achaeos die Formel beinahe automatisch. »Ja, es gibt Wege.« *Wenn ihr wüsstet, was ich aufs Spiel gesetzt habe, um diese Wege zu beschreiten.* »Wenigstens glaubt Ihr mir, Fangschrecke.«

Irgendetwas bewegte sich plötzlich so schnell, dass Achaeos es nicht genau sehen konnte, und im nächsten Moment spürte er die schlanke, kalte Klinge Tisamons im Nacken. Er rührte sich nicht, und während er die eigene Zunge verschluckt hätte, blieb er nach außen so unnahbar wie immer.

»Ich bin kein Narr und darüber hinaus sehr misstrauisch«, erklärte ihm Tisamon. »Es stimmt, es gibt Wege, und einer von ihnen ist, sich vom Feind bezahlen zu lassen. Motten sind gerissen. Deshalb würde es mich nicht überraschen, wenn Ihr ein Spiel mit uns treiben würdet. Vor allem, wenn es ein Spiel ist, das uns nach Myna führen soll. Es gäbe keinen besseren Ort, um Stenwold anzulocken und ihm eine Falle zu stellen.«

»Ich sage nur, was ich gesehen habe, Diener des Grünen. Wenn Ihr mein Volk so gut kennt, dann solltet Ihr Euch hüten, mir zu drohen«, stieß Achaeos trotzig hervor. Da zuckte die Klinge, und an seinem Hals bildete sich ein winziger Blutstropfen.

»Glaubt nicht, dass Ihr mir Angst einjagen könnt«, warnte ihn Tisamon. Nur Stenwold, der ihn schon lange kannte, hörte die kleine Unsicherheit in seiner Stimme.

»Das letzte Mal, als Ihr Eure Waffe gegen mich erhoben habt, war ich kein Meuchler«, sagte Achaeos. »Und jetzt bin ich kein Spion. Um Euch davon zu überzeugen, kann ich Euch etwas verraten, aber das ist nur für Eure Ohren bestimmt.«

Argwöhnisch und ohne die Klinge zu bewegen, beugte sich Tisamon nach vorn. Als der Mottenmann ihm etwas zuflüsterte, zuckte er sichtlich zusammen. Augenblicklich hob er das Schwert von Achaeos Nacken und faltete es an seinen Arm zurück.

»Er sagt die Wahrheit«, verkündete er.

»Nur weil er sich geheimnisvoll gibt?«, fragte Totho. »Jetzt hört doch mal, Ju könnte in einem der Gebäude sein. Vielleicht foltern sie sie gerade. Und wir sollen aufbrechen … in eine ganz andere Stadt, nur weil der im Traum irgendetwas gesehen hat? Stenwold, Ihr werdet doch bestimmt nicht auf diesen Unsinn hören?«

Zu Tothos Entsetzen wirkte Stenwold eher besorgt als ablehnend. »Es gibt Dinge unter der Sonne, die wir nicht kennen«, sagte er leise. »Ich habe mich lange gegen diese Schlussfolgerung gesträubt, aber irgendwann musste ich mir eingestehen, dass ich Dinge gesehen habe, die ich mir nicht erklären kann. Tisamon, du glaubst ihm wirklich?«

Tisamon antwortete mit einem knappen Nicken.

»Tynisa?«

Sie schaute Tisamon mit zusammengekniffenen Augen an. »Ich gebe Totho Recht. Wir sollten uns erst noch einmal in Asta umsehen.«

»Tja, in Collegium richtet man sich nach der Mehrheit, und es sieht so aus, als hätte ich die entscheidende Stimme«, sagte Stenwold. »Wenn es um arkane Dinge geht, kann ich nicht mitreden, aber die Logik sagt mir Folgendes: Asta ist ein Truppenstützpunkt und Sammelplatz. Wichtige Gefangene würde man tatsächlich eher in die nächste richtige Stadt bringen. Und das ist Myna, die uns an Trauriges gemahnt. Tisamon ...« Er zögerte und biss sich auf die Lippe.

»Sprich«, sagte der Krieger.

»Ich ... kann mich nur schwer mit Dingen abfinden, die ich nicht verstehe.«

»Das war bei dir schon immer so.«

»Aber noch nie zuvor hatte ich eine so folgenschwere Entscheidung zu treffen. Was hat der Mottenmann dir gesagt? Was hat er dir verraten, um dich zu überzeugen?« Er warf einen Blick zu Achaeos hinüber, der wie stets teilnahmslos wirkte.

»Ich glaube nicht, dass es dir helfen würde, wenn du es wüsstest.«

»Bitte sag es mir«, bat Stenwold, worauf Tisamon mit den Schultern zuckte.

»Er meinte, diejenigen, die ihm erzählt haben, dass Ju und Salma nach Myna aufgebrochen sind, hätten ihm auch gesagt, dass sie uns wegen meines Abzeichens verschonen würden.« Kurz berührte er es: die goldene Nadel in Form eines in einen Kreis eingeschriebenen Schwerts, das Zeichen eines Waffenmeisters. »Das habe ich mir verdient, Stenwold. Mit Blut und Feuer habe ich es mir verdient.«

Lange Zeit starrte Stenwold ihn an, bevor er den Blick von ihm lösen und auf die anderen richten konnte. Totho machte immer noch einen aufsässigen Eindruck, aber Tynisa war anzusehen, dass etwas, das sie jüngst erlebt hatte, sie zu einem Meinungswandel bewogen hatte. Stenwold stieß einen tiefen Seufzer aus. »Wir gehen nach Myna.«

Nie hätte er geglaubt, dass er Myna je wiedersehen würde. Und gewünscht hätte er es sich auch nicht.

Über dem Flugfeld, auf dem sie gelandet waren, wehten Fahnen in Schwarz und Gelb. Der schwerfällige Heliopter bebte und ächzte bei der Landung. Obwohl Aagen am Abend zuvor zwischengelandet war und Reparaturen durchgeführt hatte, quietschte das Gefährt, als es viel zu schnell zum Stehen kam.

Grelles Tageslicht schlug ihnen entgegen, und sie stolperten blinzelnd aus dem Dämmerlicht ihrer Zelle. Da Salma sich nicht beschatten konnte, hielt

Ju ihm die Hand über die Augen, denn sie wusste, dass sie empfindlicher waren als ihre eigenen. Qual in Ketten dagegen zuckte nicht zusammen und blinzelte nicht – stattdessen schaute sie mit ihren weißen, pupillenlosen Augen geradewegs in die Sonne und erstrahlte, während sie das Licht trank. Im Laufe des vergangenen Tages war sie verblasst und verwelkt, doch jetzt leuchtete sie wieder, als trüge sie ein Stück der Sonne selbst in sich. Für einen Augenblick wichen die Wespensoldaten vor ihr zurück, alle Köpfe auf dem Flugfeld drehten sich zu ihr um.

Thalric stieß sie vorwärts und befahl seinen Soldaten, sie wegzuführen. Mit Ju und Salma sprangen die Wachen nicht zimperlich um, Qual dagegen schienen sie mit einer gewissen Unsicherheit zu eskortieren. Sie war wunderschön, das musste Ju ihr lassen, und geradezu vollkommen. Farben flossen über ihre seidene Haut.

Ju gewann nur ein konfuses und verschwommenes Bild von Myna. Erst wurde sie übers Flugfeld geführt, wo fast nur Militärflugmaschinen landeten. Dann wurde sie mehrere enge Treppen mit kleinen Stufen hinuntergezerrt und strauchelte mehr, als sie ging. Dabei erhaschte sie flüchtige Blicke auf die Bewohner der Stadt, Männer und Frauen mit blaugrauer Haut, die weder Käfer noch Ameisen waren. Schon wieder ein ihr unbekanntes Volk. Mit hängenden Köpfen gingen die Leute ihrem Tagwerk nach.

Wespen waren ebenfalls viele zu sehen. Die meisten waren Soldaten, und die, die keine Rüstung trugen, waren wahrscheinlich ebenfalls welche, wenn es stimmte, was Thalric über sein Volk erzählt hatte. Doch auch Abkömmlinge anderer Völker trugen die Farben des Imperiums: etliche Fliegen, die als Laufburschen dienten oder mit Bogen und Pfeilköcher auf dem Rücken auf hohen Aussichtspunkten Wache hielten. Und Ju erkannte noch mehr hagere, hochgewachsene Männer und Frauen, die dem Musiker ähnelten, der wie sie Sklave in Brutans Konvoi gewesen war. Sie gingen barfuß und trugen gelbe Hemden und schwarze Hosen, als wollten sie den lächerlichen Versuch unternehmen, ihre Wespenmeister zu imitieren. Dazu führten sie Stöcke und Dolche mit sich. Auf die Schnelle hielt Ju sie für eine Art Garde oder Stadtwache.

Aber klar, fiel ihr plötzlich auf, als sie in den Schatten einer großen Mauer trat, *wenn es nicht gerade um wichtige Dinge geht, ist es unter der Würde einer Wespe, ihre Untertanen selbst zu überwachen.* Die fremden Wächter hatte das Imperium sicher bei einer anderen Eroberung rekrutiert.

Jetzt erst schaute sie zu dem Gemäuer auf, das sich neben ihr erhob. Sie musste husten, so unglaublich hässlich war es. Alle anderen Gebäude im Umkreis waren niedrig und bescheiden und besaßen Flachdächer, ganz im spartanischen Stil einer Ameisenstadt. Dieses Ungetüm dagegen wirkte so fremdartig, dass es sich um Wespenarchitektur handeln musste. Ein riesiges, pyramidenartig abgestuftes Monstrum, das hier so fehl am Platz wirkte, als wäre es vom Himmel gefallen. An der Vorderseite führte eine breite, sich nach oben hin verjüngende Treppe zu einem Portal, dessen überdimensionierte Ausmaße geschmacklos waren. Wäre man mit einer Automotive die Stufen hochgekommen, hätte man durch das Portal fahren können. Seitlich wurde das Tor von zwei Statuen flankiert, die weder zueinander noch zu dem Gebäude oder der Stadt passten. Die eine zeigte ein abstraktes Gebilde, das Werk eines Genies oder Verrückten, der den Stein unter seinen Händen wie Wasser hatte zerfließen lassen. Die andere stellte einen Krieger in einer sonderbaren Rüstung dar, und als Salma sie erblickte, verfehlte er prompt eine Stufe und fiel beinahe rücklings die Treppe hinunter. Daraus schloss Ju, dass die Statue aus dem Bund stammen musste und die Beute des jüngsten Eroberungsfeldzugs darstellte.

Balken aus Sonnenlicht fielen in das Innere, und die wenigen kurzen Blicke, die Ju hineinwerfen konnte, offenbarten ihr eine Ausstellungshalle, eine Art Museum. Die Exponate wurden allerdings offenbar mehr nach der Menge des verwendeten Goldes bewertet als nach ihrer eigentlichen Bedeutung.

Danach ging es bereits wieder unter die Erde. Qual wurde von Aagen in eine andere Richtung geführt und warf Salma einen letzten Blick zu. Irgendjemand packte Ju am Kinn und riss ihr den Kopf grob nach hinten, so dass sie Thalric ins Gesicht blickte.

»Ich habe Geschäfte zu erledigen«, sagte er. »Und wenn ich zurückkomme, müssen wir unser Gespräch fortsetzen. Also, denkt darüber nach.«

Das tat sie, während sich die Tür der Zelle hinter ihr schloss.

Auf der anderen Seite der Zellentür hielt Thalric kurz inne, um seine Möglichkeiten abzuwägen. Der Inlandsrekef hatte ihn nach Myna gesandt, um seinem alten Freund Ulther auf den Zahn zu fühlen. Myna war eine der Städte, die im Krieg gegen die Tieflande für den Nachschub sorgten – in diesem Krieg, den Thalric schon seit Jahren vorbereitete. Offenbar kam er jedoch nicht so richtig in Gang. Lag das wirklich daran, dass Ulther gierig und korrupt war? Es zählte sowieso nur, dass der Rekef dieser Meinung war – wenn er Ulther nicht vertraute, sollte Thalric es auch nicht tun.

Auf dem Weg zum Gouverneurspalast hatte er die Leute auf der Straße genau beobachtet, dennoch wäre es ihm beinahe entgangen – schließlich gab es überall Fliegen. Genau deshalb beschäftigte der Rekef Fliegen. Da Thalric aber so aufmerksam Ausschau gehalten hatte, hatte er te Berro entdeckt, der wiederum ihn beobachtet hatte. Also misstraute der Rekef auch Thalric, obwohl er ihn hierhergesandt hatte. Also würde er in naher Zukunft eine Entscheidung treffen, wenn auch ungern.

So seltsam eine solche Einstellung bei einem Spionagechef auch anmutete, Thalric war es lieber, wenn das Leben unkompliziert verlief. Am meisten sehnte er sich nach Klarheit bezüglich der Frage, auf wessen Seite er stand – deshalb hatte er sich so fleißig in die Arbeit des Auslandsrekef gestürzt. Das Imperium war gut, und die streitsüchtigen, unorganisierten und barbarischen Ausländer waren schlecht. Hatte man diese einfache Wahrheit erst einmal im Kopf, lösten sich viele Probleme in Luft auf.

In Wirklichkeit hatten die Probleme nur auf den rechten Augenblick gewartet, wie er jetzt feststellen musste.

Er und Ulther teilten eine lange Geschichte. Thalric war gerade fünfzehn geworden, als er vor Myna gestanden hatte, der jüngste aller Jungoffiziere. Man hatte ihm einen Trupp von zehn Mann unterstellt und ihn nahe der Frontlinie postiert, als das Tor gefallen war. Er hatte sich gut geschlagen.

Wie der Oberst geheißen hatte, der den Angriff befehligt hatte, wollte Thalric nach so langer Zeit nicht mehr einfallen, aber es spielte auch keine Rolle. Er war damals sowieso gefallen. Allerdings nicht durch die Klinge eines Käfersoldaten aus Myna, sondern von der Hand eines umherstreunenden Meuchlers, der gegen das Imperium gearbeitet hatte. Es gab Gerüchte über eine Verschwörung des Bundes. Warum auch immer, Ulther hatte die Führung des Angriffs übernommen und Straße um Straße erobert. Zwar waren die Mynaner nicht so durchtrieben wie die Ameisen und hatten keine Gedankenverbindung, mit deren Hilfe sie Ausfälle und Verteidigungsstrategien koordinieren konnten, aber sie wehrten sich, sogar die Kinder. Dieses Problem hatte man auf die übliche Art gelöst: indem man große Verwüstungen angerichtet und dem Anführer eine Klinge an die Kehle gehalten hatte. Ulther hatte sowohl für die Verwüstungen gesorgt als auch die Klinge gehalten. In Thalrics Augen hatte er brillant gehandelt, und so hatte die Eroberung nur halb so lange gedauert und nur halb so viele Leben gekostet.

So richtig bewährt hatte sich Thalric freilich erst jetzt bei den Straßenpatrouillen, als es darum ging, Widerstandszellen auszumerzen und ihre Rädelsführer zu jagen. Und als die Stadt endgültig in der Hand des Imperiums lag, hatte man ihn zum Leutnant befördert, worum ihn seine Kameraden sehr beneidet hatten. Daraufhin hatte Ulther ihn ins Vertrauen geschlossen und in seinen inneren Zirkel aufgenommen, wo Thalric eine Menge über das Imperium und seine Politik gelernt hatte.

Ulther hatte dem Rekef auch seinen Namen genannt, zumindest glaubte Thalric das. Welche Ironie! Zwar konnte er sich noch an die Hoffnung klammern, dass die Gerüchte falsch waren und Ulther noch immer ein Pfeiler der Vaterlandstreue darstellte, aber sehr wahrscheinlich war das nicht.

Ein kalter Schauer überlief ihn. Angenommen, Ulther hätte sich in den letzten siebzehn Jahren keinen einzigen Fehltritt geleistet – was würde der Rekef tun, wenn Thalric ihm diese Nachricht überbrachte? Was würden sie von ihm halten? Hätten sie ihn überhaupt ausgesandt, wenn sie nicht schon ein vorgefasstes Urteil hätten? Vielmehr war doch die Frage, wer hier in Wahrheit unter die Lupe genommen werden sollte? Zu viele Fragen und kaum fester Grund.

Er suchte Aagen und traf ihn an, als er gerade das Beladen seines Fliegers überwachte. »Leutnant Aagen.«

Aagen salutierte geistesabwesend, während er eine Ladungsliste durchblätterte.

»Leutnant, ich möchte, dass Ihr einen anderen Piloten einsetzt, der diese Maschine nach Asta zurückfliegt.«

»Thalric?« Jetzt drehte sich Aagen hastig zu ihm um. »Ich meine: Kapitän?«

»Ich benötige Eure Anwesenheit in Myna. Betrachtet Euch als abberufen«, setzte er hinzu.

»Aber ...«

Thalric legte ihm die Hand auf die Schulter und führte ihn ein Stück beiseite. »Hört mir zu, Aagen, ich kenne Euch schon lange ...«

»Ja und?«

»Und ich brauche hier jemanden, dem ich vertrauen kann.«

Aagen warf einen Blick über die Schulter auf die einheimischen Soldaten, die das Beladen überwachten. »Aber der Gouverneur ...«

»Weder dem Gouverneur noch einem seiner Männer, versteht Ihr?«

Dem Erfinder erschlafften die Gesichtszüge. »O Spieß, so ist das also? Hört, ich gehöre zum Pionierkorps. Ich bin keiner von Euren Spitzeln.«

Thalric lächelte. »Wer weiß, Leutnant, vielleicht werdet Ihr befördert. Und übrigens, Ihr als Erfinder habt doch auch schon bei Verhören gearbeitet, oder nicht?«

Aagen nickte, auch wenn man ihm ansah, dass er es nicht gern zugab.

»Dann könnt Ihr Eure Notizen noch einmal durchgehen«, sagte Thalric grimmig. »Es könnte sein, dass ich Eure Fähigkeiten in Anspruch nehmen muss.«

Letztlich waren sie froh über die Automotive, mit Ausnahme von Achaeos, der sie am liebsten zurückgelassen hätte. Die Straßen konnten sie nicht mehr benutzen, denn zwischen Myna und Asta strömten in beiden Richtungen unablässig schwarz-gelbe Kolonnen. Die auf Stelzen gehende Maschine, die Scuto für sie aufgetrieben hatte, war durchaus in der Lage, über Land zu ruckeln, solange Totho und Stenwold zweimal täglich die Feder aufzogen.

Sind wir schon im Imperium? Wann haben wir die Grenze überschritten? Doch Stenwold ging von falschen Voraussetzungen aus. Ihm war bewusst, dass die Grenzen auf den Karten wie in Stein gemeißelt erschienen, in Wirklichkeit aber beweglich waren wie Wasser. Die Grenzen waren dort, wo das Imperium sie haben wollte, es sei denn, jemand trat ihm mit der nötigen Entschlossenheit entgegen.

Und werden sie sich ihm entgegenstellen? Wenn ich zur Versammlung gehe und ihnen berichte, dass sich die Wegstation Asta in ein Soldatennest verwandelt hat? Oder werden sie wieder weghören und mich hinauswerfen?

Östlich des Darakyon lag ein raues Land, das nur von wenigen Familien bewohnt war, vor allem Ziegenhirten und Viehhändlern aus dem Volk der Käfer. Abseits der Straße sah man keine Anzeichen der Unterdrückung durch das Imperium. *Ich wüsste auch nicht, wie man diese Menschen noch ärmer machen sollte.*

Einmal teilten Stenwold und seine Gefährten das Feuer mit einigen Einheimischen, schweigsamen, mürrischen Männern mit der blaugrauen Haut der Mynaner. Unter ihnen befanden sich viele Halbblüter, Mischlinge aus Käfern und Wespen. Sie schienen Erben eines Elends zu sein, das durch den Verlauf politischer Grenzen nicht beeinflusst wurde. Aber sie stellten keine Fragen und hatten frisches Fleisch, und das machte sie zu mehr als erträglichen Gefährten am Lagerfeuer.

Als sie schließlich von einer kaiserlichen Patrouille entdeckt wurden, waren sie vorbereitet. Tisamon, Tynisa und der Mottenkrieger hatten sich abgesetzt und ihre Klingen mitgenommen, falls die Lage kompliziert werden sollte. Währenddessen hatten Stenwold und Totho geduldig zugesehen, wie ein halbes Dutzend leichter Luftsoldaten im Kreis um sie gelandet war.

Von nun an war sich Stenwold sicher gewesen, dass sie sich innerhalb des Imperiums befinden mussten. Außerhalb wäre Blut geflossen, und im Falle eines überraschenden Hinterhalts wahrscheinlich auf beiden Seiten. Aber diese Männer waren gelangweilt, waren von einem Konvoi mit irgendeinem Auftrag in erobertes Gebiet geschickt worden. In den beiden Eindringlingen hatten sie lediglich einen reisenden Erfinder und seinen Lehrling gesehen, die auf einer antiquierten Maschine durch die Gegend zogen, um ihre Dienste in Myna anzubieten. Ob es dort viel Arbeit gäbe, hatte Stenwold sie gefragt. Der Wespenfeldwebel hatte mit den Schultern gezuckt und ein paar leere Drohungen ausgestoßen, bis sie ihm ein paar kaiserliche Münzen gegeben hatten. Kurz darauf hatte sich die Patrouille wieder in die Lüfte erhoben und war in der Ferne verschwunden.

»Warum haben sie uns nicht festgenommen?«, hatte Totho gefragt.

»Wen sollten sie denn festnehmen? Einen alten Erfinder und seinen Gehilfen?«

»Aber Ihr seid Stenwold Werker. Das müssen sie doch gewusst …«

»Müssen was gewusst haben? Wer Stenwold Werker ist? Ich glaube nicht, dass jeder Soldat des Imperiums ein Bild von mir in der Tasche hat, Totho. Und außerdem wissen sie gar nicht, dass wir hierherkommen, denn …« Er hatte sich umgedreht, um Achaeos und den anderen entgegenzublicken. Das Gesicht des Mottenkriegers war unter seiner Kapuze verborgen. »Denn das haben wir bis vor kurzem ja selbst nicht gewusst«, sagte er schließlich.

Als sie Myna bereits sehen konnten, aber noch weit genug entfernt waren, um sich gut verstecken zu können, brachten sie die schnaubende Automotive zum Stehen. Wie sich Stenwold und Tisamon nur zu gut erinnerten, lag Myna auf einer Bergkuppe, an deren höchstem Punkt sich das Flugfeld befand. Also stiegen sie auf eine Kuppe, von der man über ein paar Hügel hinweg eine gute Sicht auf die Stadt hatte.

Jahrelang war Stenwolds Fernrohr unbenutzt geblieben, bis er es kürzlich abgestaubt hatte. Jetzt zog er es aus seinem Beutel. Mit zusammengekniffenem Auge betrachtete er die Stadt durch das Glas. »Die Mauern wurden wieder befestigt. Sieht aber aus, als hätten sie weniger Artillerie. Wahrscheinlich fürchten sie sich mehr vor inneren Unruhen als vor einer Belagerung. Von den Türmen weht die gestreifte Wespenflagge …« Behutsam schwenkte er das Fernrohr, so dass sein Blick über die Stadt glitt. »Und dort, wo früher der Consensus stand, hat jemand die größte architektonische Pestbeule der Welt hingestellt. Damit wollen sie wohl ein Zeichen ihrer Macht setzen. Auf dem Flugfeld ist viel Betrieb, deshalb nehme ich an, dass dies ein wichtiger Stützpunkt für den Nachschub in Richtung Asta und Tieflande ist.« Er nahm das Fernrohr herunter, klappte es zusammen und verstaute es sorgfältig. »Das wird nicht leicht.«

»Das ist es noch nie gewesen«, pflichtete ihm Tisamon bei.

Die beiden Männer musterten ihre jüngeren Gefährten. Eine Spinne, eine Motte und ein Halbblut-Erfinder – nicht gerade die unauffälligste Reisegesellschaft.

»Ich schleiche mich hinein …«, setzte Tisamon an, aber Stenwold schnitt ihm das Wort ab.

»Diesmal nicht. Jetzt bin ich dran.«

»Stenwold«, erwiderte Tisamon. »Du hast absolut kein Talent zum Schleichen.«

»Du vergisst, dass ich einen Vorteil habe. Ich bin ein Käfer, und Käfer leben im gesamten Imperium. Ein reisender Erfinder kann überall arbeiten, wo es Maschinen gibt.«

»Aber sie suchen doch nach dir«, warnte ihn Tynisa.

»Kann schon sein«, räumte Stenwold ein. »Aber in einer Stadt mit so vielen Durchreisenden ist es schon eine Kunst, einen einzelnen Mann zu entdecken. Darüber hinaus rechnen sie entweder mit mir allein oder mit einer ganzen Gruppe. Deshalb werde ich Totho als meinen Lehrling mitnehmen. Ein Kesselflicker mit seinem Gehilfen dürfte keinen Verdacht erregen, stimmt's, Totho?«

Der junge Erfinder schluckte nervös, bevor er nickte.

»Und was machst du, wenn du erst einmal drin bist?«, fragte Tisamon.

»Ich werde ein paar Namen fallen lassen. Es muss ja noch Leute geben, die wir von damals kennen, und wenn sich ein Widerstand organisiert hat, gehören sie bestimmt dazu.«

»Sei auf der Hut«, warnte ihn Tisamon. »Du kannst dir nicht sicher sein, dass sie dich mit offenen Armen empfangen.«

»Dazu haben sie keine Veranlassung, aber ich habe keine andere Wahl. Allein können wir nicht in die Gefängnisse von Myna einbrechen. Sobald ich mit einigen Leuten Verbindung aufgenommen habe, überlegen wir uns, wie wir euch drei einschleusen. Sollte uns das nicht gelingen, sind immerhin Totho und ich, die wir ohnehin nicht gut schleichen können, bereits in der Stadt. Und ihr könnt es dann auf eigene Faust versuchen. Einverstanden?«

»Und wo treffen wir uns? Ich will nicht wieder so eine Panne wie in Helleron«, sagte Tynisa. »Vor allem nicht in einer Stadt, in der es von Wespen wimmelt.«

»Es gibt zwei große Plätze in Myna, zumindest gab es sie damals. Auf dem östlichen befand sich eine Warenbörse, die von einem alten Skorpion namens Hokiak betrieben wurde. Womöglich betreibt er sie immer noch.«

Tisamon erinnerte sich daran. »Das war ein heruntergekommener Laden.«

»Ich hoffe, das ist er noch«, sagte Stenwold. »Hokiak handelte mit schwarzer Ware, bevor die Wespen kamen, und wenn wir Glück haben, macht er oder sein Nachfolger das heute noch. Für Unzufriedene und Revolutionäre ist der Schwarzmarkt sehr nützlich, deshalb sucht man am besten dort nach ihnen. Wenn ich kann, werde ich euch dort eine Nachricht hinterlassen.«

Drei

Der Thronsaal glich den kaiserlichen Gemächern in Capitas wie eine Kopie. Allerdings war sich Thalric nicht sicher, ob der Kaiser damit geehrt werden sollte, oder ob es sich um reine Anmaßung handelte. An den Längsseiten der Halle reihten sich Säulenarkaden, und in die hohe Decke waren mehrere Öffnungen eingelassen, so dass sich zwei weitere Säulenreihen aus schräg einfallendem Licht durch den Raum zogen. Die ockerfarbenen Pfeiler setzten sich von den blassen Mauersteinen ab, und über drei Wände erstreckte sich ein Fresko im hiesigen Stil, wie Thalric erkannte.

Ein ebenfalls einheimischer Dienstknabe in schlichter, dunkler Kleidung meldete seine Ankunft. Thalric machte sich auf den langen Weg von der Tür zu den sieben Stühlen am gegenüberliegenden Ende der Halle. Zwar hielt der Kaiser inmitten von elf Thronen Hof, aber Thalric fand, dass sich Ulther mit sieben schon einiges herausnahm.

Nur fünf der Stühle waren besetzt. Auf dem mittleren Thron lümmelte Ulther, neben ihm saßen drei weitere Wespen. Auf der anderen Seite hatte ein Käfer Platz genommen. Sie alle sahen dem Neuankömmling aufmerksam entgegen.

»Thalric!« Obwohl Ulther nicht laut gesprochen hatte, hallte seine Stimme durch den ganzen Saal. Anscheinend hatte der Baumeister gute Arbeit geleistet. »Kapitän Thalric, so wahr ich hier sitze! Erzählt schon, wie ist es Euch ergangen, seit sich unsere Wege getrennt haben?«

Vor den Stufen, die zu den Thronen führten, blieb Thalric stehen und salutierte elegant. Es kostete ihn einiges, sich den Schock über das veränderte Aussehen des Mannes nicht anmerken zu lassen. *Immerhin sind seit damals mehr als zehn Jahre vergangen,* rief er sich in Erinnerung, aber das war kaum eine Entschuldigung. Das Amt des Gouverneurs von Myna schien Ulther zu gut zu behagen, und dass sein Haar nicht mehr grau, sondern weiß war, war den Jahren anzulasten. Doch der Gürtel um seinen Wanst war zum Reißen gespannt, und sein Leibesumfang ließ sich nicht einmal mehr von dem kunstvoll geschnittenen, güldenen Hemd kaschieren. Aus dem mit Topasen besetzten Ringkragen quoll ein Doppelkinn hervor, und während Ulther bei der Eroberung Mynas lediglich ein rundliches Gesicht gehabt hatte, waren seine Wangen nunmehr aufgedunsen.

Thalrics Zögern fiel auf. »Setzt Euch, setzt Euch«, drängte Ulther, ohne verstimmt zu wirken. »Wenn Ihr erst einmal in meinem Alter seid, werdet selbst Ihr Euch um einen sesshaften Posten im Imperium bemühen. Dann werdet Ihr schon sehen, was aus Euch wird. Wenn Ihr mich fragt: Wäre ich zu meiner Familie zurückgekehrt und hätte mich um den Hof gekümmert, sähe ich heute genauso aus, und niemand würde sich darüber Gedanken machen. Ich verstehe nicht, wieso ich es anders handhaben soll, nur weil ich ein öffentliches Amt bekleide.«

Thalric stieg die Stufen hinauf und nahm auf einem leeren Stuhl Platz. Dabei ließ er den Blick über die anderen Anwesendcn gleiten.

»Kapitän Thalric hat während der Eroberung unter mir gedient, und er war ein ausgezeichneter Offizier«, erläuterte Ulther den anderen. »Thalric, dies sind meine Berater. Kapitän Oltan ist von der Nachschubtruppe und Kapitän Rauth von der Aufklärung.« Die beiden Wespen nickten Thalric argwöhnisch zu. »Und das sind Meister Kutscher und Meister Freigen vom Consortium der Rechtschaffenen.«

Eigentlich war das Consortium vom Imperium eingerichtet worden, um den Handel zu kontrollieren, aber nach allem, was Thalric aus Rekefkreisen wusste, war nicht ganz klar, ob nicht vielmehr der Handel das Consortium kontrollierte. Er nickte dem Käfer und der gelangweilten Wespe mittleren Alters zu. *Vielleicht ist einer von den beiden für den schleppenden Nachschub verantwortlich? Vielleicht kann ich Ulther doch noch entlasten? Aber will der Rekef das überhaupt?*

»Was führt Euch hierher, Kapitän? Wollt Ihr befördert werden?« Ulther grinste ihn an, und trotz seiner gealterten und aufgedunsenen Züge erkannte Thalric dieses Grinsen wieder. Innerlich zuckte er jedoch zusammen. Eigentlich hatte er den Gouverneur unter vier Augen treffen wollen, um offen mit ihm sprechen zu können. »Eine andere Gangart einlegen, Oberst«, sagte er. »Ich war sehr lange an der Front. Seit Monaten bitte ich schon darum, mich ein wenig erholen zu dürfen. Jetzt haben sie mich hierherbeordert. Wird mir mein Wunsch hier erfüllt?«

»Wir haben hier immer alle Hände voll zu tun, Kapitän«, entgegnete Ulther und fügte onkelhaft hinzu: »Aber ich kann Euch sicher für zehn Tage freistellen, damit Ihr Eure Wunden lecken könnt. Fühlt Euch in meiner Stadt wie zu Hause.« Thalric zog die Augenbrauen hoch, und Ulthers Lächeln wurde breiter. »Ich halte Myna fest in der Hand, Thalric, und wenn es sich rührt, drücke ich zu. Die Lektion ist so einfach, aber sie scheinen es nie zu lernen.« Er klatschte in die Hände, und einige Augenblicke später erschien ein Dutzend Frauen mit Schalen, Karaffen und Pokalen. »Gestattet, dass ich Euch zeige, was Myna zu bieten hat?«

»Es überrascht mich ein wenig, dass Ihr nicht näher an die Hauptstadt gezogen seid«, sagte Thalric. Ihm fiel auf, dass die Dienerinnen allesamt jung waren. Keine einzige stammte aus Myna, was zweifellos nicht unklug war. Ulther schien sich seine Sklavinnen im ganzen Imperium nach ihrer äußeren Erscheinung ausgesucht zu haben. Sogar Wespenmädchen waren darunter.

»Wer sollte mich hier denn ersetzen?« Ulther griff nach einem Pokal und schaute genießerisch zu, wie ihm eine Spinnensklavin Wein einschenkte. »Ich kenne Myna besser als jeder andere, besser noch als die verlausten Eingeborenen selbst. Ich halte den Deckel auf dem Topf, egal, wie sehr es kocht. Vor ein paar Jahren, als in Maynes der Aufstand war, wollten sie hier auch aufbegehren. Sie hatten schon alles vorbereitet, aber ich wurde informiert. Also habe ich ein paar auf gekreuzte Speere gespießt, etliche eingesperrt und die Familien der Rädelsführer als Sklaven in die Große Grube deportiert. Wenn man ihnen rechtzeitig eine kräftige Ohrfeige verpasst, bekommen sie nachher keinen Anfall.«

»Äußerst verdienstvoll«, lobte Thalric. Er bediente sich von dem Tablett mit Zuckerwerk, das ihm gereicht wurde. Dabei warf er der Sklavin einen Blick zu. Sie war wie er eine Wespe, hübsch und blond, hielt aber die Augen niedergeschlagen, wie es sich für eine Sklavin gehörte.

»Die beiden da«, sagte er und zeigte auf die beiden Wespensklavinnen. »Verschuldete oder Oppositionelle?«

»Schulden, soweit ich weiß. Von der Sorte gibt es derzeit haufenweise auf dem Markt, vor allem aus der Hauptstadt. Schlimm, schlimm.« Ulthers Mitleid hielt sich in Grenzen. »Wo ich kann, gebe ich ihnen ein gutes Zuhause.«

Die junge Frau blieb völlig regungslos, und Thalric stellte sich vor, an welches Trauma sie im Moment wohl zurückdachte. Ob sie wegen der Schulden ihres Ehemanns verkauft worden war? Oder wegen der ihres Vaters?

»Wenn Ihr möchtet, schicke ich sie Euch später in Euer Quartier«, bot Ulther an. »Schließlich soll Euer Aufenthalt hier unvergesslich werden.«

»Dieses Angebot nehme ich gern an«, antwortete Thalric und spürte, wie sich die Frau neben ihm versteifte. Wie eine Ware von Hand zu Hand gereicht zu werden, verletzte den Stolz einer Wespe. Doch sie war nun eben eine Ware, eine Sklavin, ein Gebrauchsgegenstand – daran gab es nichts zu rütteln.

Thalric hob seinen Pokal und stieß vor Kapitän Oltans Gesicht mit Ulther an.

»Auf meinen ›unvergesslichen‹ Aufenthalt«, sagte Thalric, empfand dabei aber ein gewisses Bedauern. *Unvergesslich, ja, aber aus den falschen Gründen.*

Ulther lehnte sich auf seinem gepolsterten Thron zurück. »Da wir gerade von ›unvergesslich‹ sprechen, ich habe eine kleine Zerstreuung für Euch: ein neues Juwel aus meiner Sammlung. Man hat mir berichtet, dass Ihr selbst sie in meine Stadt begleitet habt.«

Thalric hob eine Augenbraue, beschloss aber, auf das erneute *»meine Stadt«* später einzugehen.

Ulther klatschte in die Hände, und die Sklavinnen zogen sich hinter die im Halbkreis angeordneten Stühle zurück. Kurz darauf traten zwei Männer ein, die offenbar aus Myna stammten. Der eine besaß einen Bart und weißes Haar und trug ein Saiteninstrument im Arm, das Thalric nicht kannte, ihn aber an eine lang gezogene Lyra erinnerte. Der andere war fast noch ein Knabe und hatte eine kleine Trommel bei sich. Sie setzten sich ganz unauffällig zwischen zwei Säulen und warteten. Thalric hatte richtig vermutet: Gleich darauf wurde die Schmetterlingstänzerin von zwei Soldaten in den Saal geführt. Aagens Speziallieferung. Im Geist machte er sich eine weitere Notiz.

»So nehmt ihr doch wenigstens die Kette ab«, befahl Ulther. »Sie ist doch kein abgerichteter Felbling.«

Einer der beiden Soldaten schloss die Tür, während der andere der Frau vorsichtig die Kette vom Halsband löste.

Thalric nippte an dem Wein, der für seinen Geschmack zu süß war, und lehnte sich abwartend zurück. Tanzvorführungen hatten ihm noch nie besonders gefallen. Die Schmetterlingsfrau hatte er zwar schon einmal kurz bei einer Darbietung gesehen und musste zugeben, dass sie gut war, aber er bevorzugte andere Arten der Unterhaltung.

Qual in Ketten hieß sie, fiel ihm wieder ein, als sie nach vorn und direkt in eine der Lichtsäulen trat. Das Sonnenlicht ließ die wechselnden Farben ihrer Haut aufflammen und schimmern. Die zwischen den Säulen versteckten Musiker begannen zu spielen, erst ein langsames Zupfen der Saiten, dann gesellte sich der komplizierte Rhythmus dumpfer Trommelschläge dazu.

Als sich Qual in Ketten bewegte, nahm sie das Sonnenlicht mit. Es funkelte auf ihrer Haut und ließ einen geisterhaften Nebel zurück, der hinter ihr herwehte. Der Tanz begann.

Thalric blieb desinteressiert, bis sich das Tempo änderte und die Musik von Takt zu Takt schneller wurde. Qual wirbelte und sprang von Sonnenstrahl zu Sonnenstrahl und erhob sich plötzlich in die Luft. Als sie ihre irisierenden Flügel der Kunst ausbreitete, blieb Thalric unwillkürlich die Spucke weg.

Da sie zuvor stets gefesselt gewesen war, hatten die Sklaventreiber nur einen Teil ihrer Kunst gesehen. Zum Klang der sich aufschwingenden und dahinjagenden Musik, dem gläsernen Zupfen der Saiten und dem Getrappel der Trommel tanzte und kreiste die Schmetterlingsfrau, sauste durch die Luft und segelte um die Säulenkapitelle. In gespielter Liebesglut schien sie die Luft zu umarmen. So etwas hatte Thalric noch nie gesehen. Selbst er war von ihrem Luftballett ergriffen.

Schließlich verneigte sie sich wieder ehrerbietig, und der letzte Ton der Musik verklang. Verärgert schüttelte Thalric das Netz ab, in das ihn der Tanz eingesponnen hatte. Als er seine Genossen anblickte, sah er ihre weit aufgerissenen Augen, doch keiner war verzückter als Ulther. Was hatte er bezahlt und was getan, um dieses Juwel zu erlangen? Mehr noch – was würde es ihn kosten, sie von den anderen Wespen fernzuhalten?

Plötzlich flackerte in Thalrics Geist eine Antwort auf, eine sehr schmerzhafte, aber es war die Antwort auf eine Frage, die er sich noch gar nicht gestellt hatte.

Unvergesslich. Er musterte die Schmetterlingsfrau, während sie wieder angekettet wurde. Auf einmal betrachtete er sie mit ganz neuem Interesse.

Nur selten war es Thalric möglich, Arbeit und Vergnügen zu verbinden, doch er ließ dem Vergnügen den Vortritt, indem er, auf dem versklavten Wespenmädchen liegend, immer schneller zustieß. Die Tatsache, dass sie die Willige spielte, weil es von ihr verlangt wurde, das Ganze aber nur ihm Vergnügen bereitete, vergällt ihm den Spaß ein wenig. Zwar empfand er Lust, doch selbst diese Lust vermochte er gleichzeitig aus einer distanzierten Position zu betrachten. Als er dem Höhepunkt entgegensteuerte, dachte er mit Bedauern an die Fleischtöpfe Hellerons, deren mannigfaltige Laster er vermissen würde. Ihm fiel ein, dass er seit vielen Jahren nicht mehr mit einer Frau aus seinem eigenen Volk geschlafen hatte.

Als es vorbei war, saß sie mit dem Rücken zu ihm auf dem Bettrand und sammelte ihre Kleider zusammen. Er berührte ihren Arm, doch sie drehte sich nicht um. Sie blickte ihn erst an, als er sagte: »Bleib.«

»Es ist besser, wenn ich gehe. Sonst fragen sie …«

»Das war keine Bitte.«

Das ließ sie aufhorchen. Sie schaute ihn an, und da entdeckte er, dass in ihren Zügen noch eine Spur des Imperiums zu sehen war: Stolz, zwar unterdrückt, aber nicht ganz gebrochen. Die Knechtschaft hatte in ihrem Innern noch nicht alle Schutzwälle niedergerissen.

»Wie heißt du, Frau?«, fragte er, indem er sich aufsetzte.

Für einen Moment glitt ihr Blick von seinem Gesicht zu der ausgefransten Narbe unter seinem rechten Schlüsselbein. »Hreya«, antwortete sie leise. »Man sagt, dass Ihr zum Rekef gehört.«

»Lass sie reden.« Da Ulther ihn hier aufgenommen hatte, war zu erwarten, dass Gerüchte über ihn kursierten. »Wie bist du in die Sklaverei geraten, Hreya?«

Ihr Gesichtsausdruck verriet, dass sie diese Frage eigentlich vorher erwartet hätte, aber die oberste Maxime seines Lebens war effizientes Handeln – in allen Dingen. Schließlich sagte sie: »Mein Vater hat gespielt. Ihr kennt die Gesetze, Herr.«

Es waren strenge Gesetze, die das Imperium noch aus der Zeit übernommen hatte, als es nur ein paar Dutzend zerstrittene Bergstämme gegeben hatte, die sich Wespenvolk genannt hatten. Da Frauen das Eigentum ihrer Väter oder Ehemänner waren, waren sie an Gläubiger verpfändbar und wurden gegen Geld verheiratet oder versklavt. Zwar wäre es Thalric nie in den Sinn gekommen, das Recht des Imperiums infrage zu stellen, aber er hätte ebenso gut ohne diese Tradition leben können. Seiner Meinung nach hatten die Mütter des Wespenvolks ein besseres Los verdient. Auch wenn sie Frauen waren, gehörten sie schließlich zur selben Rasse, somit hatten sie Anteil am Geschick des Imperiums.

»Wie viele Sklavinnen hält sich Ulther?«, fragte er.

»Als ich das letzte Mal gezählt habe, waren es fast dreißig, glaube ich«, antwortete sie. »Für sich und seine Gäste.«

»Auch Einheimische?«

»Bisher nicht. Herr, mir ist kalt.«

Dass sie ihn um Erlaubnis bitten musste, ihre Kleider anziehen zu dürfen, war erniedrigend. Doch ihn rührte, dass sie mit aufrechter Haltung gefragt hatte, als würde jede Scham von ihr abgleiten. »Natürlich, zieh dich an. Ich möchte mich nur ein bisschen mit dir unterhalten. Über den Gouverneur, wenn du nichts dagegen hast?« Während sie sich in ihr Kleid hüllte, warf sie ihm einen argwöhnischen Blick zu, worauf er hinzufügte: »Davon wird kein Wort zu ihm dringen.«

»Ihr seid sein Freund, Herr, und habt ihn früher gekannt.«

»Und nun interessiert mich, wie er jetzt ist. Mit mir kannst du ganz offen über ihn sprechen. Es sei denn, du willst, dass ich ihm sage, du hättest mich enttäuscht.«

Ihre Gesichtszüge versteinerten. »Und wenn ich ihm erzähle, dass Ihr mir Fragen gestellt habt?«

Er lächelte, da sie gewillt war, das wenige, was sie gegen ihn in der Hand hatte, zu benutzen. »Vielleicht möchte ich ja, dass er es erfährt. Allerdings würde er es dir nicht danken.« An ihrer Reaktion erkannte er, wie Recht er hatte. Ulther würde es gar nicht gefallen, wenn seine Sklavinnen zu Spitzeln wurden, solange er es ihnen nicht befahl. »Dann erzähl mir etwas über seine Gäste.«

Das war unbedenklich. »Die meisten sind Offiziere oder Händler vom Consortium, Herr. Er bewirtet sie.«

»Oltan und Rauth. Die beiden gehören zum Nachschub und zur Aufklärung, nicht wahr?«

»Das behaupten sie.« Darauf hatte er gewartet, auf diesen leisen Spott in ihrer Stimme.

»Du bist eine gute Untertanin des Imperiums, stimmt's?«, fragte er sanft.

»Ich bin eine Sklavin.«

»Aber du weißt gleichwohl, was dem Imperium nützt und was nicht«, drängte er. »Deshalb erzähl mir nicht, was sie behaupten, sondern was du zu sagen hast.« Er hätte ihr Geld angeboten, aber Sklaven durften kein Geld besitzen. Sie hätte es nicht ausgeben können, ohne Verdacht zu erregen. Also musste er eine stabilere Währung finden. »Wenn du ehrlich zu mir bist, werde ich für dich tun, was in meiner Macht steht. Das verspreche ich dir.«

Zunächst lag nicht die leiseste Spur von Vertrauen in ihrem Blick, aber er ließ sie in seinem Gesicht und in seinen Augen lesen. Bis zu diesem Moment hatte sie selbst nicht gewusst, wie verzweifelt sie war. Er hatte eine winzige Tür zu der Finsternis aufgestoßen, in die sich ihr Leben verwandelt hatte. Was blieb ihr anderes übrig?

Salmas Lächeln wurde schwächer und schwächer. In der Zelle war es dunkel, denn die Nacht kroch bereits durch die Gitterstäbe hoch oben in der Wand herein, aber Ju konnte sein Lächeln wie durch eine getönte Glasscheibe immer noch sehen.

»Es geht um das Mädchen, stimmt's?«, fragte sie, obwohl ihr bewusst war, wie eifersüchtig das klang. »Ich verstehe nicht ... Ich meine, du kennst sie doch erst seit ein paar Tagen und hast fast kein Wort mit ihr gesprochen.«

»Ach, aber man kann auch in die Abgründe zwischen den Worten fallen«, erwiderte er. »So sagt man bei uns Libellen, doch bis jetzt habe ich das nicht recht geglaubt. Vielleicht liegt es daran, dass sie mich an zu Hause erinnert.«

»Wirklich?«

»Die Schmetterlinge ... Das ist schwer zu erklären. Innerhalb des Bundes gibt es ein paar Schmetterlingsenklaven, aber sie bilden eher eine Welt für sich.«

Er erinnerte sich, dass sie kamen und gingen, wie es ihnen gefiel. Noch nie hatte er einen Schmetterling aus der Nähe gesehen, denn es gab nur sehr wenige von ihnen. Sie waren sehr genügsam, trieben keinen Handel und arbeiteten nicht – sie brauchten es nicht. Sobald sie der Muttermilch entwöhnt waren, vermochten sie sich von der Sonne und ihrer Kunst zu ernähren. Sie lebten, um zu tanzen, zu singen und zu frohlocken. Sie waren etwas Besonderes, die Lieblinge des Lebens selbst, und im Bund wurden sie hoch geachtet. In die Welt zogen sie nur hinaus, um ihren Tanz darzubieten, was sie für ihr Leben gern taten. Dafür wurden sie mit Stoffen, Juwelen und Applaus beschenkt. Ihm war nicht bekannt, dass sie auch außerhalb des Bundes lebten.

Aber die Grenzen des Bundes hatten sich verschoben. Irgendeine Schmetterlingsgruppe musste eines Morgens aufgewacht sein und festgestellt haben, dass sich der Schatten des Imperiums über sie gelegt hatte.

Von seinen Volksgenossen hatte er Berichte über ihre ätherische Schönheit und ihren faszinierenden Zauber gehört, hatte ihnen aber keinen Glauben geschenkt. Jetzt musste er immer und immer wieder an Qual in Ketten denken. Ju hatte Recht, sie war etwas ganz Neues für ihn, erst vor kurzem in sein Leben getreten. Jetzt, wo er im Dunkeln saß, fehlten ihm ihre Farben.

Allmählich begriff er, dass sie irgendetwas mit ihm *gemacht*, ihn irgendwie berührt hatte. Sie war eine in Ketten geschlagene Sklavin gewesen, und er hatte die Hand nach ihr ausgestreckt. Das war für sie

Einverständnis genug gewesen, um ihm ihr Mal aufzudrücken. Dass Ju eifersüchtig war, amüsierte ihn und brachte wieder etwas Leben in sein Lächeln.

»Jetzt lachst du mich aus«, bemerkte sie.

»Ganz und gar nicht«, entgegnete er wenig ernsthafter. »Du hast Recht, wir haben kaum miteinander gesprochen.« Aber das stimmte nicht. Solange Ju gedöst hatte, was in einer derart laut dröhnenden Maschine wohl nur Käfer fertigbrachten, hatten sich Salma und Qual eng zusammengesetzt. Dann hatte das Schmetterlingsmädchen versucht, ihm ihre Heimat zu beschreiben. Was sie ihm in ihren eigenen Farben schilderte, kannte er nicht. In seinem Bund gab es keinen derart leuchtenden Ort. Sodann hatte er ihr von sich erzählt, von seiner Familie, seinem Vormund und seiner Arbeit für Stenwold.

Er hatte versprochen, ihr zu helfen, so gut es ging, sogar, wenn er sich selbst nicht helfen konnte. Irgendwie hatte er das Gefühl, dass das Universum die Erfüllung dieses Schwurs von ihm einfordern würde. Die Libellen glaubten ebenso an Schwüre wie die Fangschrecken, mit denen sie sich auch viele andere Bräuche teilten. Schwüre hatten magische Kräfte.

Jemand rüttelte an der Tür, und Ju schreckte auf. Das kalte Licht einer Lampe fiel herein, und die Umrisse zweier Soldaten zeichneten sich in der Tür ab.

»Du da«, sagte der eine und deutete auf Ju. »Los, mitkommen.«

Sie brachten sie in einen Raum, der früher einmal ein Arbeitszimmer gewesen sein musste. In der östlichen Wand gab es ein großes Fenster mit geschlossenen Läden, während an den anderen nur noch ein paar leere Regale und Tapetenfetzen hingen. Die gesamte Einrichtung war in andere Räume gebracht worden, bis auf den verzierten Tisch, hinter dem Thalric stand. Er war in einen langen Uniformrock gekleidet, und in seinem Gürtel steckte kein Schwert, sondern lediglich ein Messer. Die Hoffnung, die kurz in ihr aufflackerte, erstarb sogleich wieder, als ihr einfiel, dass Wespen niemals unbewaffnet waren, denn sie konnten mit bloßen Händen töten.

»Lasst uns allein«, befahl er, noch während die Wachen Ju ins Zimmer schoben.

Sie gingen hinaus und schlugen die Tür hinter sich zu. Thalric blieb mit verschränkten Armen und ausdrucksloser Miene stehen und musterte ihre zerzauste und schmutzige Erscheinung. Dabei kam er ihr verändert vor, angespannter und verbissener. Offensichtlich hatte er Probleme, die nichts mit ihr zu tun hatten.

»Was wollt Ihr von mir?«, fragte sie, indem sie all ihren Mut zusammennahm, doch ihre Stimme bebte. Die Reise war lang gewesen, und sie hatte viel Zeit in einer dunklen Zelle verbracht. Sie war hungrig, müde und verzweifelt und fühlte sich weder in der Stimmung noch auch nur annähernd bereit für diese Begegnung. Im Moment hatte sie den unguten Eindruck, dass sie nicht in der nötigen emotionalen Verfassung war, um mit ihm fertig zu werden – oder sich von ihm fertigmachen zu lassen. Doch er schien ihren Trotz nicht zu bemerken.

»Ich bin hier, um Euch zuzuhören«, sagte er knapp.

»Könnt Ihr nicht schlafen? Möchtet Ihr, dass ich Euch eine Gutenachtgeschichte erzähle?« Ihr Trotz entsprang schierer Hoffnungslosigkeit. Etwas in ihr wollte, dass es schnell zu Ende ging. Sie hörte ihren eigenen Spott und versuchte, sich auf alles gefasst zu machen, aber er ließ sich nicht aus der Fassung bringen. Seltsamerweise schien ihn etwas abzulenken – er wirkte abwesend.

»Eine Geschichte? Durchaus«, sagte er. »Jetzt behauptet nur nicht, ich hätte Euch nicht genug Zeit gegeben, Euch vorzubereiten.« Er klang verärgert, als hätte sie ihn mitten in der Nacht herbeirufen lassen.

Sie verschränkte die Arme vor der Brust und ahmte damit unabsichtlich seine Haltung nach. »Ich habe nichts zu sagen, das habe ich Euch bereits erklärt. Ich werde meine Freunde nicht verraten.«

»Ganz im Gegenteil, Ihr habt eine Menge zu sagen. Lasst uns zum Beispiel mit Stenwold Werkers Plänen beginnen.« Jetzt klang er doch gereizt. Allerdings rührte sein Zorn von etwas anderem her, etwas, das ihn wurmte.

Was ist dir über die Leber gelaufen, Kapitän? »Die hat er mir nie verraten«, sagte sie. »Wahrscheinlich genau deshalb. Er hat uns nicht in seine Pläne eingeweiht – ich sollte Collegium eigentlich gar nicht verlassen. Wenn Eure Ganoven damals nicht in unser Haus eingebrochen wären, wäre ich immer noch dort.« *Und würde immer noch jammern, dass ich nicht mitkommen durfte. Wenn ich damals nur gewusst hätte …*

»Das wäre zu schade. Und Eure Gefährten, die wir nicht geschnappt haben – das Spinnenmädchen und das Halbblut –, über die habt Ihr doch bestimmt so manches zu sagen.« Er beugte sich über den Tisch, und sie tat es ihm gleich, so dass sich ihre Nasen fast berührten. Obwohl sie den ganzen Tag als Sklavin eingepfercht gewesen und in keiner guten Verfassung war, wollte sie plötzlich etwas riskieren. Sie spürte, dass er verwirrt war.

»Was ich Euch über die erzählen könnte, habt Ihr doch bereits selbst herausgefunden«, sagte sie. »Haben Euch Eure Spitzel in der Akademie nicht Bericht erstattet?«

»Hört mir zu, Mädchen, ich gebe Euch hier zum letzten Mal Gelegenheit, aus freiem Willen zu handeln. Also sagt mir, was Ihr wisst.«

»Was ich *weiß*? Ich weiß etwas über Geschichte, Kapitän, und über angewandte Mechanik, ein bisschen was über Medizin und Naturkunde. Mehr habe ich Euch nicht zu bieten.« Sie spürte, dass seine Geduld aufs Äußerste strapaziert war.

»Fräulein Werker …«

»Was? Ich weiß, dass sie meine Freunde sind, und dass sie mir helfen würden, wenn sie könnten, und ich hoffe, dass sie wohlauf sind, und ich freue mich, dass Ihr sie nicht erwischt habt, denn sie sind meine *Freunde*, und Freunde verhalten sich so. Sie liegen mir am Herzen. Ich hoffe, dass ich ihnen auch am Herzen liege. Das bedeutet *Freundschaft*.«

Ein Detail ihrer Rede, irgendeine ihr unbewusste Spitze ließ ihn zusammenzucken, als hätte sie ihm eine blutende Wunde geschlagen. »Treibt keine Spielchen mit mir, Mädchen«, warnte er sie.

Ju sah ihm an, dass die Wut, die in ihm aufstieg, nicht ihr galt, sondern schon in ihm gebrodelt hatte, bevor man sie zu ihm gebracht hatte. Ihr Gespräch war gegenüber einer anderen Auseinandersetzung in seinem Innern zweitrangig. Er hatte sie weggesperrt, um sie nun vor sich zerren zu lassen, doch er richtete seine Aufmerksamkeit gar nicht richtig auf sie und horchte nur auf, wenn ein Wort zufällig seine Gedankengänge durchkreuzte.

»Spielchen? Wer treibt hier Spielchen? Was ist das hier denn anderes als ein Spiel?«, brachte sie hervor. »Ich bin Eure Gefangene. Soll ich das etwa vergessen und Euch meine Lebensgeschichte erzählen? Wenn hier jemand Spielchen spielt, dann seid Ihr das, Kapitän. Wahrscheinlich besteht Euer ganzes Leben aus nichts anderem.« Sie stotterte, weil sie über ihre eigene Kühnheit stolperte. Doch etwas von dem, was sie gesagt hatte, hatte bei ihm einen Nerv getroffen, denn plötzlich wirkte er nachdenklich und starrte sie gleichzeitig mit beinahe verzweifeltem Widerwillen an.

Sie hatte genug. »Was habt Ihr denn, Kapitän?«, fragte sie und konnte kaum glauben, dass er ihr das durchgehen ließ. »Vielleicht solltet Ihr es mir erzählen. Ich jedenfalls habe Euch nichts zu sagen.«

»Jetzt ist der denkbar schlechteste Zeitpunkt, um aufsässig zu sein«, presste er hervor.

»Besser jetzt als nie …«

Da war ein Zucken in seinem Gesicht, und dann explodierte der Tisch. Ju wurde zurückgeschleudert und flog in einem Schauer aus Holzsplittern durch das Zimmer, bis sie so heftig gegen die Wand prallte, dass es ihr den Atem raubte. Sie sah, wie er durch die Trümmer auf sie zuschritt. Seine Handflächen waren rußgeschwärzt und von Rauch umwabert.

»Da, seht, was Ihr mir angetan habt«, stieß er zwischen zusammengebissenen Zähnen hervor.

»Daran bin ich nicht schuld«, keuchte sie. Sie wusste, dass er sie verstand, sich aber nicht darum kümmerte.

»Und wer sollte mich aufhalten, wenn ich Euch dennoch dafür büßen lassen wollte?«, fragte er. Mit rauchenden Händen stand er über ihr.

»Aber welchen Nutzen ... Was hätte das Imperium mit meinem Tod gewonnen?« Bisher hatte sie nie wirklich Angst vor ihm empfunden, aber das änderte sich schlagartig. Alle Kultiviertheit war von ihm abgefallen, und sie erhaschte einen Blick auf seine Wespenseele mit all ihren scharfen Kanten und ihrer gefräßigen Glut.

Seine Augen waren so weit aufgerissen, dass sie beinahe sehen konnte, wie sehr er am Leben litt. Knisternde Funken spritzten von seinen Fingern. Sie verbarg ihr Gesicht.

»Das Imperium hat mehr Nutzen von einem glücklichen Thalric als von einem unglücklichen«, presste er zähneknirschend und mit äußerster Selbstbeherrschung hervor. »Und im Moment würde es mich glücklich machen, ein Käfermädchen, das nicht reden will, in eine Leiche zu verwandeln.«

Aber er tat nichts dergleichen, und nach einigem Zögern wagte sie, zu ihm aufzublicken. Seine Züge waren immer noch hart und unerbittlich, und seinen Worten fehlte jegliche Ironie. »Das ist die Geißel meines Volkes, Fräulein Werker, dieser Jähzorn. Nur weil ich mich besser beherrschen kann als die meisten anderen, solltet Ihr daraus keine voreiligen Schlüsse ziehen.«

Zitternd hob sie die Hand, um sich einen fingerlangen Splitter aus dem Haar zu ziehen. Ihr Herz pochte wild und unregelmäßig: Immer noch war er im Begriff, sie zu töten. »Kapitän Thalric …« Ihre Stimme bebte, und sie verachtete sich dafür, aber mehr noch verachtete sie sich für ihre nächsten Worte: »Bitte hört mir zu. Ich weiß nichts von all dem, was Ihr von mir erfahren wollt. Ich kenne Stenwolds Pläne nicht, weiß nicht, wo er jetzt ist oder was er vorhat. Ich weiß nichts, was für Euch von Nutzen wäre. Könnt Ihr das nicht …« Sie hielt sich gerade noch zurück.

Er starrte sie an, während sie ihre Kleider ordnete und die scharfen Holzsplitter abwischte. »Salma und ich«, fuhr sie mit beinahe wieder fester Stimme fort, »wir sind nichts weiter als Studenten der Akademie in Collegium, die in eine Sache hineingestolpert sind, die zu groß für sie ist. Was für einen Schaden könnten wir dem Imperium schon zufügen? Ihr … mit Euren Verhören bringt Ihr Euch doch nur um Zeit und Nerven. Das Imperium trüge keinen Schaden davon, wenn Ihr uns freilassen würdet. Dann müsste es uns auch nicht länger durchfüttern.«

Diesen Vorschlag beantwortete er mit bellendem Gelächter. Als sie ihn anzuschauen wagte, war seine

Miene jedoch immer noch so abweisend wie die Sandscherenwüste.

»Fräulein Werker, Ihr gehört zu Stenwolds Schergen, und er ist ein Feind des Imperiums. Selbst wenn Euer Beitrag noch so klein ist, was Ihr an Hilfe zu bieten habt, würdet Ihr ihm zukommen lassen. Bevor ich Euch laufen lasse, ließe ich Euch lieber kurzerhand töten. Selbst wenn in Euch nur einundfünfzig von hundert Teilen gegen das Imperium wären, würde ich Euch eher ein Messer in den Hals rammen, als Euch freizulassen.« Er wandte sich ab. »Deshalb könnt Ihr Euch glücklich schätzen, dass Ihr uns als Informationsquelle noch von Nutzen seid.«

»Und danach?«, fragte sie, indem sie sich aufrappelte. »Was geschieht dann? Welche Hoffnung habe ich danach?«

Bei dem Wort »Hoffnung« schüttelte er lachend den Kopf. Er war ihr halb abgewandt, und seine Züge waren so voller Verachtung und Spott, dass sie sich auf ihn stürzte.

Sie wusste selbst nicht, woher sie den Mut nahm, wusste nur, dass sie ihm glaubte: Früher oder später wäre sie tot, ihr blieb keinerlei Hoffnung. Ohne Vorwarnung griff sie nach seinem Messer, schloss die Hand um das Heft, und während sie zum Stich ausholte, schmetterte sie ihm die andere Faust gegen das Kinn.

Augenblicklich hatte er ihr Handgelenk umklammert, und einen Moment lang schwankten sie vor und zurück, während sie mit beiden Händen versuchte, ihm die Klinge in den Leib zu rammen. Doch er war um einiges stärker. An seinem entblößten Arm konnte sie die straff gespannten Muskeln erkennen, als er sie nach hinten stieß und sie erneut gegen die Wand prallte. Das Messer fiel ihr aus der Hand, und mit einem Klirren, das ihr in den Ohren schrillte, landete es auf dem Boden. Thalric packte sie unterm Kinn, und sie spürte, wie sich seine Finger in ihre Haut gruben. Dann wartete sie auf das Knistern des sengenden Feuers.

Aber es kam nicht. Sein Jähzorn, der vorhin nur einen Fingerbreit unter der Oberfläche gelauert hatte, hatte sich während des Kampfes nicht gezeigt. Im Gegenteil – als sie die Augen öffnete, lächelte er sogar ein wenig. Entsetzt wurde ihr bewusst, wie nah er ihr war und wie stark.

»Sehr gut« flüsterte er beinahe. »Und was dann? Vor der Tür stehen meine Wachen. Der ganze Palast wimmelt von meinen Leuten. Diese Stadt gehört dem Imperium. Und Ihr fragt nach *Hoffnung*? Für Euch gibt es keine Hoffnung, nicht mal, wenn Ihr es fertigbrächtet, mich zu töten.«

»Vielleicht bestand meine ganze Hoffnung ja allein darin«, sagte sie ebenfalls flüsternd, aber in seinem Blick lag jetzt noch etwas anderes. Bildete sie es sich nur ein, oder war da tatsächlich eine Spur Achtung?

»Euch bleibt nur eine Hoffnung«, sagte er. »Dass das Imperium, wenn wir mit Euch fertig sind, dringender eine lebende Sklavin als einen toten Käfer benötigt. *Das* könnt Ihr noch hoffen, Fräulein Werker.«

»Ihr droht mir schon wieder«, murmelte sie.

Unvermittelt ließ er sie los, hob das Messer auf und steckte es ein. »Ihr habt Recht«, sagte er, plötzlich die Ruhe selbst. Es war, als hätte er nie einen Tisch zertrümmert, nie einen Angriff auf sein Leben abgewehrt. »Drohungen nutzen sich ab und werden stumpf, wenn man sie zu oft wiederholt. Deshalb genug davon. Ich lasse Euch nun wieder in Eure Zelle bringen, und das nächste Mal, wenn ich Euch rufe, wird es keine Drohungen mehr geben, das verspreche ich Euch.«

Die Wachen brachten sie zurück. Salma warf sich unruhig hin und her, wachte kurz auf und schlug wild um sich, bevor er sich erneut erholsamen Schlaf erkämpfte.

Morgen werden sie es tun, dachte sie. *Ich muss stark bleiben.*

Sie fragte sich, wie stark sie sein müsste, um den Foltermethoden des Imperiums standzuhalten. *Wo ich doch von Natur aus eine so robuste Persönlichkeit bin. Ich strotze ja geradezu vor Kraft und Willensstärke.*

Sie schlang die Arme um die Knie und schlotterte. In dieser Nacht fand sie keinen Schlaf.

Als die Schritte der Wachen vor der Zelle verrieten, dass ein neuer Tag angebrochen war, hob das ihre Stimmung nicht. Das widerwärtige Essen, das man ihnen gab, brachte sie nicht hinunter. *Bei Einbruch der Nacht werden sie mich holen.*

Salma versuchte, sie zu ermuntern, aber seine Worte waren leer. Was sollte er ihr auch sagen?

Und natürlich holte man sie am helllichten Tag. Dies war das Imperium, und Folterknechte waren hier keine Gestalten, die im Mondlicht herumschlichen, sondern normale Bedienstete mit einem normalen Arbeitstag. Mitten am Vormittag zerrte man sie von Salma fort, und sie spürte gleich, dass es diesmal anders sein würde als sonst.

Salma musste es auch gefühlt haben, denn er versuchte, die Wachen daran zu hindern. Seine Arme waren immer noch gefesselt, obwohl er in der Zelle ohnehin nicht fliegen konnte. Nur wenn er die Hände gebraucht hatte, hatten sie ihn für kurze Zeit losgebunden. Deshalb rammte er die Wachen nun mit den Schultern. Aber sie warfen ihn zu Boden und traten auf ihn ein, bis sich Ju ihrerseits wehrte, um sie von ihm abzulenken.

Bisher hatte man sie immer hinauf Richtung Sonnenlicht geführt, doch dieses Mal schleppten die Wachen sie weiter den Korridor entlang. Unterwegs sah sie etliche weitere Zellentüren. Alle waren mit Luke und Gitterfenster versehen, manche standen offen, andere waren geschlossen und verbargen andere Gefangene oder leer stehende Verliese. Einmal fiel ihr Blick auch auf eine luftigere Zelle, bei der die Gitterstäbe vom Boden bis zur Decke reichten, so dass alle Vorbeigehenden die Insassin sehen konnten. Die einheimische Frau klammerte sich an die Gitterstäbe und sah Ju nach.

Am Ende des Korridors befand sich eine Tür ohne Luke. Ju sträubte sich aus Leibeskräften, aber die beiden Soldaten hoben sie hoch, verdrehten ihr die Arme und bugsierten sie mühelos durch die Tür.

Zunächst konnte Ju nicht erkennen, wozu die ganzen Gerätschaften dienen sollten. Kurz dachte sie, es handle sich um eine Werkstatt, denn der Raum wurde von einer Werkbank dominiert, verschrammt und zerkratzt durch jahrelange Abnutzung. An der Seite besaß sie Halterungen für Werkzeuge, Klemmen und Schraubzwingen. Der Anblick war ihr aus den Maschinenhallen Collegiums so vertraut, dass sie keine Gefahr witterte.

Das änderte sich erst, als man sie zu dem Tisch zerrte und hinaufhievte. Sie schrie und kreischte und wehrte sich mit aller Kraft, so dass ein dritter Soldat herbeieilen musste, um die Haltegurte festzuzurren, während die beiden anderen alle Hände voll zu tun hatten, sie auf die Bank zu pressen.

Und dennoch war alles so, wie Ju es kannte. Es war eine Werkbank, wie man sie sich vorstellte, und über ihr ragten die bei Erfindern so beliebten Schwenkarme mit Werkzeugen aus der Wand: Bohrer, Sägen, Klemmen, Zangen und Feilen – nichts, was man nicht in jeder Werkstatt finden würde.

Die Soldaten schnallten sie auf der Bank fest.

Vier

Hokiaks Warenbörse befand sich noch immer in der schmuddeligsten Ecke des östlichen Platzes, genauso, wie Stenwold sie in Erinnerung hatte. Und auch Hokiak gab es noch, obschon die vergangenen Jahre sehr an ihm genagt hatten.

Er war der älteste Skorpion, dem Stenwold je begegnet war, womöglich sogar der älteste überhaupt. Skorpione waren ein unbarmherziges, ursprüngliches Wüstenvolk, und wem die Kräfte zu schwinden begannen, der hatte bei ihnen nicht mehr lange zu leben, es sei denn, er besaß gegenüber seinen Volksgenossen irgendeinen anderen Vorteil. Hokiaks Vorteil war sein selbst gewähltes Exil. Schon damals, als Stenwold ihn kennengelernt hatte, war er zu alt gewesen, um in seine Heimat zurückzukehren. Heute wirkte er regelrecht verfallen. Tiefe, farblose Falten durchzogen seine wächserne Haut, und die einst leuchtenden gelben Augen waren braun und ermattet. Sein zerfurchter Hals glich einem zerknitterten Hemd, und von dem typischen stattlichen Körperbau seines Volkes war nichts mehr zu sehen. Stattdessen war er zusammengesunken und fett geworden, und selbst das Fett schien zu verebben, denn die entblößte Brust bestand nur noch aus unansehnlichen Runzeln und alten Narben. Statt einer seiner Scheren sah man nur noch einen zerklüfteten Stumpf, und der vorspringende Unterkiefer zeigte ein grauenhaftes Dickicht aus verfaulten Zahnstummeln und hervorquellendem Zahnfleisch. Rauchend saß er auf einem Korbstuhl und spießte mit seiner Daumenklaue gelegentlich kandierte Insekten in einer Dose auf, die er genüsslich verzehrte.

Die Börse selbst schien in einem besseren Zustand zu sein als ihr Namensgeber. Stenwold und Totho schoben sich in einen kleinen Raum, der von etlichen Stapeln aus Büchsen und Kisten noch zusätzlich verengt wurde. In der Luft hingen der schwere Duft von Gewürzen und der beißende, benebelnde Tabakrauch aus Hokiaks Pfeife. Seine Leute waren gerade dabei, einige Kisten aufzubrechen und ihren Inhalt zu katalogisieren, um sie hernach wieder zuzunageln. Die eigentliche Arbeit wurde von drei Jugendlichen verrichtet, zwei Fliegen in Tothos Alter und einer Mynanerin von allenfalls dreizehn Jahren, während ein Spinnenmann sie überwachte. Dieser schien kaum jünger als Hokiak selbst zu sein, wobei Spinnen nicht so schnell alterten wie Skorpione. Er besaß langes, silbernes Haar und ein beinahe aristokratisches Auftreten, obwohl er fast zum Skelett abgemagert war.

»Stenwold, seid Ihr Euch sicher? Das sieht aus wie eine Piratenhöhle«, flüsterte Totho, während er den Blick durch den Raum schweifen ließ. Und es stimmte – das meiste, was an den Dachsparren hing oder hastig in Kisten verstaut worden war, bestand aus exotischem Kram aus aller Welt. Doch Stenwold wusste, dass die wahre Schmuggelware im Hinterzimmer zu finden war.

»Unser Freund Hokiak«, murmelte er, »war Schwarzmarkthändler – und ist es immer noch, wenn ich ihn richtig einschätze. Die Leute, die wir suchen, nehmen die Dienste eines Schmugglers, der Dinge in die Stadt hinein- und wieder hinausschaffen kann, gern in Anspruch. Hier geht es einzig um Verbindungen, Totho.«

»Steht da nicht rum und lasst Sand rein«, beschwerte sich Hokiak mit erstaunlich tiefer Stimme. »Entweder rein oder raus, Meister Käfer.«

Stenwold schloss die Tür hinter sich, während Totho ihm nervös hinterherdackelte. »Nun gut, Meister Skorpion, wie sieht's hier denn mit Arbeit für einen reisenden Erfinder und seinen Gehilfen aus?«

»Taugt Ihr was?« Hokiak blinzelte ihn mit entzündeten Augen an. »Für 'nen guten Erfinder finde ich jederzeit Arbeit. Habt Ihr Zeugnisse bei Euch?«

»Ich kenne einen uralten Skorpion, der sich früher für mich verbürgt hat«, sagte Stenwold. »Sein Name ist Hokiak. Womöglich ist er Euch sogar bekannt.«

Der Alte kniff die Augen zusammen und musterte ihn. »Hol dich der Sandsturm! Ich weiß nicht …« Er beendete den Satz nicht und kratzte sich mit seiner verbliebenen Schere am zerknitterten Hals. Der Spinnenmann sah zu ihnen herüber, die Hand am Dolchgriff. Von ihm ging keinerlei Bedrohung aus, er hielt sich nur bereit, falls sich Stenwold als solche entpuppen sollte.

»Stenwold Werker?«, sagte Hokiak leise. »Das kann nicht wahr sein. Stenwold Werker muss inzwischen schon dreimal gestorben sein.«

»Wenn sich einer von uns beiden ein zu langes Leben zuschulden kommen lässt, alter Mann, dann seid Ihr es«, entgegnete Stenwold. »Ich war mir nicht sicher, ob ich Euch noch hier antreffen würde.«

Hokiak hatte zittrig nach einem Stock gegriffen, der sich besorgniserregend durchbog, als er sich beim Aufstehen darauf abstützte. Das Gesicht nur eine Handbreit von Stenwold entfernt, betrachtete er ihn genau. »Hol mich Sturm und Wind, wenn das mal nicht der alte Stenwold höchstpersönlich ist!«, sagte er schließlich, und die Spinne nahm die Hand vom Dolch. »Hätte nicht geglaubt, Euch jemals wiederzusehen. Tja, Gryllis, der alte Junge und ich haben vor der Besatzung 'ne Menge Geschäfte gemacht.«

Der Spinnenmann nickte bedächtig. »Freut mich, Euch kennenzulernen, Meister Werker«, sagte er vornehm. Mittlerweile hatten die Jugendlichen ihre Arbeit unterbrochen, um zu lauschen, doch Gryllis wandte sich ihnen wieder zu und gab einem der Fliegenjungen eine Ohrfeige. »An die Arbeit, ihr kleinen Schmarotzer. Glaubt bloß nicht, die Ankunft eines Käfers würde bedeuten, dass ihr Urlaub habt!«

»Was in aller Öde führt Euch den weiten Weg hierher zurück?«, fragte Hokiak. »Dachte, Ihr hättet Euch aus dem Staub gemacht, als die Stadt unter das neue Regiment gekommen ist.«

»Ich dachte, Ihr hättet vielleicht dasselbe getan.«

Der Alte zuckte mit den Schultern. »Wo soll unsereiner denn schon hin? Und außerdem braucht jeder einmal die Dienste eines Ein- und Ausfuhrunternehmers. Das Geschäft der Schwarzen Gilde läuft sogar besser denn je.«

Mit Schwarzer Gilde bezeichnete man in den Tieflanden den Schmuggel, auch wenn dieser Wirtschaftszweig nie eine Gilde im herkömmlichen Sinne gebildet hatte. »Dann verschiebt Ihr jetzt also Waren für die Wespen?«, fragte Stenwold etwas unbehaglich.

Hokiak grinste ihn an und bot dabei einen grauenerregenden Anblick. »So ist das nicht, nur damit Ihr's wisst. Ich schiebe für den, der mich drum bittet. Ich habe mein Herz noch nie an einen Fahnenmast genagelt, damit wir uns recht verstehen. Also, wenn Ihr Geschäfte habt, von denen diese Streifenhansel nichts wissen sollen, dann seid Ihr bei mir genau richtig.«

Stenwold nickte. Womöglich war es ein Fehler, diesem alten Gauner zu vertrauen. In kürzester Zeit konnte er in Jus Nachbarzelle landen, falls sie überhaupt noch in dieser verfluchten Stadt war. Aber seine Möglichkeiten zerrannen ihm wie Sand zwischen den Fingern.

»Lasst es uns so sagen«, erwiderte er. »Ich würde gern mit ein paar Leuten Kontakt aufnehmen, die keinerlei Kontakt haben sollten, wenn es nach den Wespen ginge.«

Hokiak nickte wissend. »Keine Geschäfte, die ich in meinem Laden sehen möchte. Wäre also nicht schlecht, wenn Ihr mir helfen würdet, meine Augen zu bedecken.«

Auf eine der Kisten legte Stenwold zwei goldene Münzen, die mit einem geflügelten Schwert und der Inschrift »Zentrale Münze Helleron« geprägt waren.

Pfeifend nahm Hokiak das Geld an sich. »Echte Zentrale, Stenwold, das sind gute Münzen. Härter als das kaiserliche Zeug, das man heutzutage bekommt. Wenn das so ist, rate ich Euch, ins Hinterzimmer zu gehen und mit Eurem Jungen etwas zu trinken. Ich komme mit euch. Gryllis, passt Ihr so lange auf den Laden auf.«

»Ich glaube, das schaffe ich«, war die lakonische Antwort.

Im hinteren Bereich von Hokiaks Haus befand sich nicht nur das Lager für die Schmuggelware, sondern auch eine Schankstube, die bereits existiert hatte, bevor der Skorpion das Gebäude übernommen hatte. Keine der sieben Gestalten, die dort zechten, lud zu einer näheren Betrachtung ein. Stenwold bemerkte zwei Ameisen, die er aufgrund ihrer Hautfarbe nicht zuordnen konnte, und drei Karten spielende Fliegen, die ihre Messer auf den Tisch gelegt hatten, um anzuzeigen, dass sie eine geschlossene Partie spielten. Die Käferfrau mit der enormen Narbe im Gesicht und der großen, zweiläufigen Armbrust hielt Stenwold für eine Jägerin. Sogar einen Wespenmann hatte es hierher verschlagen. Er hatte sich die Rüstung übermalt und war bestimmt ein ehemaliger Söldner oder Deserteur. Hinter dem Tresen stand eine Frau, deren stämmige Figur sie als einheimische Mischung aus Käfern und Ameisen auswies. Gegen ein paar

Münzen servierte sie ihnen zwei Tonbecher mit einer sauren, klaren Flüssigkeit.

»Trink das nicht«, warnte Stenwold den jungen Erfinder, als sie sich an einen Tisch setzten.

»Ich habe schon Alkohol getrunken«, entgegnete Totho irritiert.

»Aber nicht diesen. Als ich das Zeug zum ersten Mal probiert habe, war ich danach einen Tag lang blind.« Erst jetzt merkte Stenwold, dass er sich genau richtig postiert hatte, um die Tür im Blick zu behalten. Offenbar stellten sich alte Gewohnheiten ein.

»Wie weit traut Ihr dem Alten über den Weg?«, erkundigte sich Totho.

»Wenn ich das wüsste«, seufzte Stenwold. »Wenn ich das nur wüsste. Ich glaube nicht, dass er von seinen Grundsätzen abrücken und uns ausliefern würde. Aber es kommt auch darauf an, ob eine Belohnung auf uns ausgesetzt ist oder nicht. Mach dich auf alles gefasst.«

Totho nickte. Stenwold blickte auf und sah Hokiak mit seinem Stock auf sie zustaken. Mit einem pfeifenden Seufzer ließ er sich auf einen Stuhl sinken. »Schaut mich nicht so an, Werker. Ich habe immer noch ein paar Jährchen vor mir«, keuchte er.

»Ihr werdet uns beide überleben«, pflichtete ihm Stenwold bei, hoffte aber, dass es nicht so kommen würde. »Nun sagt, Euer Stellvertreter …«

»Partner«, verbesserte ihn Hokiak. »Der alte Gryllis ist die Verschwiegenheit in Person. Er zieht keine Aufmerksamkeit auf sich. War mal Spieler, weit im Süden, und hat sich Feinde gemacht, die immer noch hinter ihm her sind. Jetzt will er nur noch ein ruhiges Leben, so wie wir alle.« Er zog eine plumpe Tonpfeife hervor und zündete sie an. Kurz darauf schwebte ein Rauchwurm über den Tisch hinweg. »Passt auf, Ihr scheint es auf etwas mehr Lärm abgesehen zu haben. Was Ihr sucht, sind die Jungs vom Roten Banner.«

»Tatsächlich?«

»So nennen sie sich neuerdings – weil sie am Tatort immer ein rotes Banner zurücklassen. Seid Ihr sicher, dass Ihr Euch mit denen einlassen wollt? Versteht mich nicht falsch. Das sind gute Kunden von mir, haben immer etwas, das man ihnen beschaffen soll, oder Leute zum Rausschmuggeln. Aber sie sind nicht gerade das, was man brave Jungs und Mädels nennen würde.«

»So wird man wohl, wenn man unter der Knute der Wespen steht«, bemerkte Stenwold. »Gibt es noch irgendjemanden von damals?«

»Ein paar, nur noch ein paar«, erwiderte Hokiak. »Passt auf – heutzutage halten vor allem die jungen Leute das Heft in der Hand. Gebt mir 'ne Handvoll Zentrale, klar, dann kann ich Euch mit ihnen zusammenbringen. Aber ich warne Euch. Könnte Euch nicht gefallen.«

»Dieses Risiko gehe ich ein. Ich brauche ihre Hilfe. Vielleicht kann ich ihnen im Gegenzug sogar helfen. Wie viel sind eine Handvoll, Hokiak?«

Lächelnd entblößte der Alte seine faulenden Zähne. »Hol mich der Wind, ist schon lange her, was? Ihr habt immer diesen Haufen Tollköpfe dabei gehabt, nicht wahr? Die Spinne, die so scharf ausgesehen hat, und der Fangschreckenmann, der in dem Jahr den ersten Platz beim Fechtwettkampf gemacht hat. Hab seinetwegen ordentlich Geld gewonnen. Wenn Ihr Neukunde wäret, hätte ich größere Hände, aber da Ihr Euch nach all der Zeit noch an 'nen alten Mann wie mich erinnert, sagen wir ein Dutzend, und alle sind zufrieden.«

Das war viel Geld, mehr Geld, als Totho je auf einem Haufen gesehen hatte. Dennoch zählte Stenwold die Summe willig und ohne Bedauern auf den Tisch.

Der alte Skorpion hatte alles eingefädelt und ihnen gesagt, wo sie hingehen sollten. So waren sie im Mondlicht auf einen dunklen Platz gelangt. Stenwold blickte unverwandt geradeaus, während sein Atem in der Nachtluft kleine Wölkchen bildete. Abseits von Mynas Zentrum, den Hauptstraßen und der grotesken Warze des Gouverneurspalasts gab es viele derart heruntergekommene Plätze. Vor dem Einmarsch war dies ein reiches Stadtviertel gewesen. Viele der Häuser in dieser Gegend waren dreistöckig, und an einigen hingen noch eiserne Körbe, die man früher mit Blumen bepflanzt hatte. An den Tür- und Fensterstürzen fanden sich zuweilen die Reste gelber oder dunkelblauer Farbe, und die meisten Fensterläden hingen gefährlich schief in ihren Angeln oder fehlten ganz. Stenwold vermutete, dass die Hälfte dieser Häuser leer stand, und der Rest wurde von den ursprünglichen, vornehmen Familien nicht mehr bewohnt.

Aber Hokiak hatte ihn hierhergeschickt, also würde er sie hier treffen.

Neben ihm stand Totho mit Scutos Schnellfeuerarmbrust, deren Magazin gefüllt und auf die Waffe aufgesetzt war. Allmählich wünschte sich Stenwold, er hätte ebenfalls eine Armbrust und nicht nur sein Schwert mitgebracht. Sollte der Skorpion sie verraten haben, war dies kein guter Ort, um von Wespensoldaten umringt zu werden.

»Meister Werker«, warnte ihn Totho flüsternd.

Stenwold zuckte zusammen, drehte sich und sah, wie zwei hochgewachsene Männer mit gelben Hemden und schwarzen Hosen auf den Platz traten. Einer trug einen Stab in der Hand, der andere eine Laterne. Ohne Stenwold und Totho die geringste Beachtung zu schenken, zündeten sie mit übertriebener Sorgfalt zwei Kohlenpfannen an und gingen dann weiter. Allerdings vermochte das trübe, rötliche Licht die Szenerie nicht besonders zu erhellen. Stenwold und Totho hatten etliche solcher Männer – und Frauen – in Myna gesehen. Sie hielten auf den Märkten Wache oder patrouillierten durch die Straßen. Für die niederen Tätigkeiten, die die kaiserlichen Soldaten verachteten, rekrutierten die Wespen Hilfssoldaten aus anderen Teilen des Imperiums. Stenwold vermutete, dass es sich bei den beiden um Heuschrecken aus Sa handelte, denn diese Stadt lag so weit entfernt von Myna, dass der Anreiz, zu rebellieren oder überzulaufen, sehr gering war. Zwar nannte man sie Hilfstruppen, aber in Wahrheit waren sie Sklaven des Imperiums.

Die Lampenanzünder gingen an ihnen vorbei, benahmen sich dabei jedoch so eigen, dass Stenwold daraus schloss, dass sie ihn erwartet hatten. Allmählich wurde er nervöser. In diesem Viertel Mynas gab es zu viele Schatten, und seine Nachtsicht war nicht gerade die beste – dieser Aspekt der Kunst war ihm immer verborgen geblieben. In Richtung Stadtzentrum waren die Straßen von hellen Gaslaternen erleuchtet, aber hier draußen gab es nur eine flackernde, ungeschützte Flamme, die nicht viel gegen die Dunkelheit ausrichtete.

»Meister Werker«, sagte Totho erneut, nachdem er eine Weile gewartet hatte.

»Stenwold – nenn mich Stenwold. Oder noch besser: Sten«, sagte der Ältere.

»Sten« war eindeutig zu viel für Totho, deshalb sagte er nach einer weiteren Pause: »Also dann, Stenwold ... Das ist etwas, das ich ... das heißt, als ich die Gelegenheit hatte ...«

Stenwold ließ die Umgebung zwar nicht aus den Augen, signalisierte Totho aber mit einem Nicken, dass er ihm zuhörte. »Sprich weiter.«

»Es ist nur, dass ... Wenn wir Ju befreit haben ... ich meine, wenn wir Jubelgut befreit haben ... und Salma natürlich auch. Also wenn wir das getan haben ...«

Was immer der Junge sagen wollte, er ließ sich dafür wahrlich eine Menge Zeit. Stenwold umklammerte den Griff seines Schwerts. Allmählich wurde es kälter, denn die Wolken waren vom Nachthimmel verschwunden und gaben den Blick auf die Sterne frei.

»Es ist nur so, dass ich ihre Eltern noch nie gesprochen habe, versteht Ihr … du?«

Das kam so unvermittelt, dass Stenwold nicht verstand. »Ihre Eltern?«, fragte er und wandte sich mit verdutzter Miene zu ihm um.

»Und … ich habe noch gar nicht mit ihr gesprochen. Sie weiß … sie weiß noch gar nichts davon, glaube ich.« Totho verzog das dunkle Gesicht. »Aber da Ihr … du ihr Onkel bist, dachte ich …«

»Totho, sprechen wir gerade über einen *Antrag*?«, fragte Stenwold, der hier und jetzt mit allem, nur damit nicht gerechnet hatte.

»Ich …« Wäre Stenwold bewusst gewesen, was ihm so deutlich ins Gesicht geschrieben stand, hätte er versucht, es zu verbergen. Aber der junge Erfinder sah es nur zu gut und senkte beschämt den Kopf. Stenwolds hochgezogene Augenbrauen sprachen Bände: Welche Zukunft er für Ju auch geplant hatte, ein Halbblut in die Familie aufzunehmen, hatte er nicht vorgesehen.

Stenwold interpretierte die Reaktion des Jungen richtig. »Totho, ich wollte nicht …«

»Ist schon gut, Meister Werker.«

»Du bist ein braver Junge, aber …«

»Sie sind da, Meister.«

Stenwold hielt inne und wandte sich um. Tatsächlich.

Aus den Schatten auf der gegenüberliegenden Seite des Platzes erschienen Männer und Frauen. Sie bewegten sich nicht so lautlos wie Tisamon, und dennoch hörte man nicht mehr als das gelegentliche

Klirren von Metall und schabendes Leder. Stenwold zählte insgesamt fünfzehn Gestalten.

Es waren vor allem junge Leute, in der Mehrzahl Männer. Fast alle hatten sich die Gesichter zur Hälfte mit Tüchern oder Stoffstreifen verhüllt. Darüber hinaus trugen sie Kapuzen und Mäntel. Kampfbereit hielten sie Klingen in der Hand, selbst wenn es nur Küchenmesser waren. Zwei von ihnen hatten sogar Armbrüste mit eingelegten Bolzen.

Stenwold verharrte nahezu reglos. Ihm fiel auf, dass Totho seine Repetierarmbrust gelassen nach unten gerichtet hatte, wofür er ihm schweigend Beifall zollte. Wie Hokiak angedeutet hatte, wirkten die Ankömmlinge äußerst übellaunig und reizbar.

Er musterte die wenigen unverhüllten Gesichter. Nur bei einer älteren Frau hatte er den Eindruck, dass er sie von früher kannte. Beim Anblick einer schlaksigen Heuschrecke kam ihm der Verdacht, dass diese jungen Kämpfer Kontakte zu den Hilfstruppen hatten, die sicherstellten, dass sie hier nicht gestört wurden.

Unter denen, die das Gesicht nicht verhüllt hatten, entdeckte er einen, der ihr Anführer sein musste – jedenfalls der Haltung nach. Dafür sprach auch die Art, wie sich die anderen um ihn scharten. Er war jung, höchstens fünf Jahre älter als Totho, und hielt ein altes Mynaner Kurzschwert in der Hand, wie es heute nicht mehr geschmiedet wurde. Auf dem Kopf trug er einen spitzen Helm aus schwarz bemaltem Stahl, und sein ausgebeulter Mantel ließ darauf schließen, dass er einen Brustpanzer darunter verbarg. Die Masken und Tücher waren in Schwarz und Rot gehalten, deshalb vermutete Stenwold, dass die Rüstung dieselben Farben hatte. Plötzlich sah er wieder vor sich, wie er den Verteidigern von Myna vor vielen Jahren durch das Fernglas zugeschaut hatte, wie sie sich gewappnet hatten. Damals war dieser Mann noch ein Kleinkind gewesen.

Mit der freien Hand zog er einen Dolch aus dem Gürtel, worauf sich Stenwold absurderweise verkrampfte. Dabei waren schon die ganze Zeit Klingen und Armbrüste auf ihn gerichtet gewesen. Wortlos warf ihm der Mann die Waffe zu Füßen, so dass sie klappernd auf der Steinplatte landete. Um ihren Knauf war ein Band geknotet. Stenwold ging davon aus, dass dies das »rote Banner« sein musste, das sie, wie Hokiak ihm erzählt hatte, als Zeichen zurückließen.

»Der Alte meinte, Ihr wolltet uns sehen«, sagte der Anführer. »Ein alter Käfer und ein Halbblut? Warum?«

So alt nun auch wieder nicht. Noch nicht. »Weil ich eure Hilfe brauche.«

»Und woher nehmt Ihr das Recht dazu?« Der Mann machte einen Schritt nach vorn, so dass ihm der Dolch direkt zu Füßen lag und Stenwold in die Reichweite seines Kurzschwerts geriet. »Ich bin Chyses, Alter, und das sind meine Leute. Wir helfen uns selbst und unserer Stadt, aber keinen Fremden.«

Stenwold versuchte, das Schwert und die stillschweigende Drohung auszublenden und ruhig zu bleiben. »Ich heiße Stenwold Werker, und ich war schon einmal hier – allerdings vor der Eroberung.

Kennt keiner von euch meinen Namen? Ihr.« Er wandte sich der älteren Frau zu. »Vielleicht habt Ihr mich gekannt. Ich habe hier einige Zeit verbracht.«

Sie musterte ihn mit gerunzelter Stirn, bevor sie zu Chyses hinüberschaute. Der gab ihr ein Zeichen, dass sie sprechen solle. »Ich erinnere mich an einen Stenwold Werker, einen Käfer«, sagte sie gedehnt. »Ich könnte jetzt nicht sagen, ob Ihr es seid. Würde meine Hand dafür nicht ins Feuer legen.«

Auf der Suche nach einem anderen ergrauten Kopf ließ Stenwold den Blick über den Halbkreis aus Widerstandskämpfern gleiten. *Sonst niemand?* »Damals habe ich alles versucht, um eurem Volk zu helfen.«

»Ich erinnere mich an einen Stenwold Werker«, polterte einer der Männer los. »Zur Zeit der Eroberung war ich Erfinderlehrling. Und ich kann mich an einen Stenwold Werker erinnern, der uns zu einem verrückten Plan überredet hat, der nicht funktioniert hat. Ich erinnere mich daran, wie wir verraten wurden.«

Stenwold wagte nicht, sich zu rühren, denn eine der Armbrüste war geradewegs auf seinen Kopf gerichtet. »Nicht von mir«, sagte er und spürte, dass Totho gespannt wie ein Drahtseil war. Schlagartig wurde ihm bewusst, dass die derzeitige Stimmung nicht anhalten würde. Entweder sie würde abebben, oder es würde Blut fließen. »Ich habe euch nicht verraten. Ich habe mein Bestes gegeben, euch zu unterstützen, und es tut mir leid, dass ich nicht mehr tun konnte.«

»Ich glaube, die Wespen wollen uns damit nur hereinlegen«, sagte Chyses an alle gerichtet. »Das hört sich alles so einfach an. ›Oh, ich war schon einmal hier vor der Eroberung‹, ›Oh, ich habe mein Bestes für euer Volk gegeben.‹ Und dann zeigen wir Euch unser Versteck und was wir so machen, und bevor wir wissen, wie uns geschieht, fällt der Rekef über uns her. Der sagt Euch doch bestimmt etwas, Alter?«

Stenwold holte tief Luft, doch bevor er etwas erwidern konnte, unterbrach ihn Chyses.

»Ich möchte es gar nicht hören. Man hat uns schon einmal ausgetrickst, aber das wird uns nicht noch einmal passieren. Tötet sie und werft ihre Leichen in die Kanalisation.«

»Chyses!« Es war weniger ein Schrei als ein Quietschen. Der Anführer drehte sich um und sah, dass der Armbrustschütze, der eben noch Stenwold bedroht hatte, nun seinerseits als Geisel herhalten musste.

»Tisamon«, entfuhr es Stenwold so erleichtert, dass er sich fast dafür schämte. Der Fangschreckenkrieger hatte dem Mann den freien Arm gerade so fest um den Hals geschlungen, dass seine Dornen ihm leichte, blutige Stiche zufügten. Den rechten Arm mit dem Panzerhandschuh und der eingeklappten Klinge hatte er erhoben und war bereit, jeden Angreifer damit zu empfangen.

»Tötet ihn«, befahl Chyses, aber Tisamons Gesichtsausdruck ließ sie zögern.

»Kennt ihr mich etwa nicht?«, fragte der Fangschreckenkrieger. »Nicht einmal Ihr, Khenice?« Die Frage war an die ältere Frau gerichtet, deren Namen Stenwold eben wieder eingefallen war. »Ich habe deinen Sohn gerettet, als er in eine Rauferei mit zwei Ameisensöldnern geraten war. War das etwa umsonst?«

Khenice glotzte ihn an, was Stenwold daran gemahnte, wie wenig sich Tisamon im Vergleich zu ihm oder den anderen verändert hatte.

Schließlich kam ihr sein Name über die Lippen. »Tisamon. Es war umsonst. Er ist im Kampf gegen die Wespen am Tor gefallen, weil euer fremdländischer Plan schiefgegangen ist. Aber ja, Ihr habt ihn gerettet. Daran kann ich mich erinnern.«

Die Widerstandskämpfer waren durcheinandergeraten. Einige behielten Stenwold im Auge, andere wandten sich Tisamon zu. Wieder andere entdeckten Tynisa, die sich lautlos, unsichtbar und mit gezogenem Rapier in ihren Rücken geschlichen hatte. Stenwold vermutete, dass Achaeos in der Finsternis zwischen den höheren Häusern stecken würde, da ihn Nacht und Schatten nicht behinderten.

»Ich war schon immer ein Freund Mynas«, beharrte Stenwold. »Ich habe hier etwas zu erledigen. Dabei könnt ihr mir helfen oder nicht. Vielleicht habt ihr sogar selbst etwas davon – ich hoffe es. Also hört mich wenigstens an.«

Chyses sah von ihm zu seinen Verbündeten und dann zu Khenice. Die nickte. Nach langem Zögern erklärte er sich widerstrebend einverstanden.

Offenbar war es für die drei sehr einfach gewesen, nach Myna hineinzugelangen, so einfach, dass sich

Stenwold fragte, ob es nicht besser gewesen wäre, wenn er sie geschickt hätte und selbst zu Hause geblieben wäre. Sobald die Nacht angebrochen war, hatte Tisamon den Entschluss gefasst. Darin sah er keine Missachtung von Stenwolds Anordnungen, er wollte lediglich selbst einen Blick auf die Lage werfen. Zu seinem Ärger musste Stenwold zugeben, dass sein Freund das Richtige getan hatte.

Schnell und leise waren sie die Mauer hochgeklettert, während Achaeos fliegend Wache gehalten hatte. Zwar verfügte Tisamon nicht über die Kunst, sich an glattem Stein festhalten zu können, aber Tynisa konnte es. Oben angekommen, hatte sie ihm ein Seil herabgeworfen, und nach nur wenigen Minuten und einem getöteten Wachmann waren sie in der Stadt gewesen.

Danach war es nicht schwierig gewesen, Stenwold aufzuspüren, denn Tisamon erinnerte sich an den alten Hokiak und wurde von dem auch gleich wiedererkannt. Zunächst hatte der Alte keine Details über seine Geschäfte herausrücken wollen, doch aufgrund der alten Bekanntschaft und mit Hilfe von Tynisas Charme war es ihnen schließlich gelungen, ihn zu überreden. Der Rest war für sie nicht mehr als Fangen spielen gewesen, denn Stenwold und Totho waren schon zum Treffpunkt unterwegs gewesen. Wie viel schneller und sicherer sich Tisamon und seine Gefährten im Dunkeln bewegten, war geradezu schmerzhaft.

Ich sollte dankbar sein, ermahnte sich Stenwold. Stattdessen verstärkte sich nur das Gefühl, dass er in diesem Spiel weder so jung noch so gut war, wie er geglaubt hatte. Chyses hätte ihn und Totho ohne Skrupel töten lassen, wenn Tisamon nicht so entschlossen und flink gewesen wäre.

Das Rote Banner hatte sie in noch zweifelhaftere Winkel der Stadt geführt, in Viertel, die seit der Besatzung unaufhaltsam verfallen waren. Vermutlich zahlten die Wespen nun dafür, dass sie sich um nichts gekümmert hatten. Er sah viele Gestalten herumlungern und nahm an, dass der Widerstand hier praktisch ganze Straßenzüge unter seiner Kontrolle hatte. Allmählich fragte er sich, wie kampfstark Chyses' Leute wohl sein mochten.

Myna. Er hatte erlebt, wie die Stadt gefallen war. Damals war er kolossal gescheitert und hatte deshalb den Weg der Spionage gewählt. Er zwang sich, jeden Gedanken, er könne Myna womöglich dieses Mal retten, fortzuschieben. *Ich bin wegen Ju und Salma hier. Die Schlachten dieser Leute kann ich nicht für sie ausfechten. Schließlich habe ich das beim letzten Mal auch nicht sonderlich gut hinbekommen.*

Und der nächste Gedanke war: *Wenn ich hier nichts gegen das Imperium ausrichten kann, wird mein nächstes Scheitern den Untergang Collegiums bedeuten.*

Als er ihnen die ganze Geschichte erzählte, stellte er fest, dass es viel einfacher war, als er gedacht hatte. Wenn er es in Worte kleidete, wurde deutlicher, was auf dem Spiel stand und was wirklich zählte.

Seine Nichte und einer seiner Studenten waren in Helleron von den Wespen gefangen genommen worden. Sie glaubten – und an dieser Stelle musste Stenwold unwillkürlich zu Achaeos blicken –, dass man sie nach Myna gebracht hatte, um sie zu verhören. Deshalb mussten sie unbedingt befreit werden.

Das Rote Banner und die anderen Widerstandsgruppen in Myna hatten gute Gründe, dem Himmel zu misstrauen. Die Wespen flogen selbst Patrouillen und beschäftigen darüber hinaus etliche Fliegen in ihrer Armee. Deshalb waren die Aufständischen Mynas in den Untergrund gegangen. Diese Widerstandszelle umfasste ungefähr dreißig Männer und Frauen, die in loser Verbindung zu anderen Zellen der Stadt standen. Im Moment verbargen sie sich im feuchten Keller eines heruntergekommenen Warenhauses neben dem Fluss. Die Wände erzählten eine eigene Geschichte. Oben waren sie aus dem schlichten, hellen Stein, den die Mynaner so sehr schätzten, weiter unten jedoch bestanden sie aus bröckelndem Gemäuer, das ein paar Jahrhunderte älter war. Wo sich heute Myna erhob, hatte es früher bereits eine Stadt gegeben, die gefallen und in Vergessenheit geraten war, lange bevor sich die Wespen zusammengeschlossen hatten, um ihre Nachbarn zu tyrannisieren.

Im Gegensatz zu der Gruppe, die zuvor Stenwolds Leben bedroht hatte, traf man hier einen vollständigeren Querschnitt der Mynaner Gesellschaft an. Die meisten waren zu jung, um sich an die Eroberung erinnern zu können, aber die Wespenbesatzung hatte sie dennoch gezeichnet. In ihrer eigenen Stadt waren sie als Bürger zweiter Wahl aufgewachsen. Nichtsdestotrotz hatten ihre Eltern ihnen Stolz mitgegeben, sofern sie nicht umgekommen oder in die Sklaverei geraten waren. Diese Last ertrugen sie nur schwer. Ganz offensichtlich war Chyses ihr Anführer, aber Stenwold erkannte, dass dies nur eine einstweilige Absprache war. Obwohl er sie mit starker Hand führte, waren seine Anordnungen nicht endgültig, sondern konnten diskutiert werden, was eben jetzt geschah, indem sie Stenwolds Worte immer wieder von Neuem abwägten.

Schließlich kehrte Chyses mit dem Mitglied der fremdländischen Hilfsmilizen zurück, einer Frau mit schmalem Gesicht und kurz geschnittenem Haar.

»Ihr habt Glück«, teilte er Stenwold mit. »Wie Ihr seht, haben wir Freunde bei den Aushilfstruppen.«

»Das ist mir bereits aufgefallen«, gab Stenwold zurück. »Und ich war überrascht.«

»Die Wespen haben keine Fantasie«, sagte Chyses mit breitem Grinsen. »Eine Abteilung der Hilfstruppen, die aus Mynanern besteht, dient im äußersten Osten, und um Ärger zu vermeiden, schicken sie ein paar Heuschrecken aus Sa zu uns, als wäre das dasselbe. Sie betrachten uns alle als Dreck und machen keinerlei Unterschiede.«

Stenwold nickte. Ihn hatte es zwar noch nie nach Sa verschlagen, aber er hatte schon ein paar Heuschrecken kennengelernt. Wenn sie wollten, konnten sie durchaus kämpfen, aber sie waren von Natur aus ein friedfertiges Volk und eher grüblerisch veranlagt. Kämpfer vielleicht, aber keine Krieger. Doch es lag nicht im Wesen der Wespen, irgendwelche Ausnahmen zu machen, wenn es darum ging, wie ihnen die Untertanenvölker zu dienen hatten.

»Je stärker sie uns unterdrücken, desto enger schweißen sie uns zusammen«, sagte Chyses und wiederholte damit offenbar eines ihrer Schlagworte. »Das ist Toran Awe. Sie ist Hilfsfeldwebel bei der Miliz. Erzähl es ihm.«

Die Heuschrecke verneigte sich kurz vor Stenwold. »In den Palastverliesen werden nicht viele ausländische Gefangene gehalten«, sagte sie, »sondern vor allem Einheimische. Alles andere gibt Stoff für Gerüchte. Vor kurzem kamen drei neue: ein Kätermädchen, eine Libelle aus dem Bund und eine Tänzerin.«

»Von der Tänzerin weiß ich nichts, aber die anderen beiden müssen unsere Leute sein.« Unwillkürlich sah Stenwold zu Achaeos hinüber, der im Schneidersitz auf einem Steinblock saß und seinen Blick erwiderte.

»Dann können wir Euch helfen«, sagte Chyses. »Und Ihr könnt uns helfen. Denn auch wir müssen jemanden befreien.«

Fünf

Mit den Fußgelenken und einer Hand war sie bereits auf die Bank gefesselt. Verzweifelt wandte sich Ju dem Mann zu, der die Riemen festzurrte. Sie kannte ihn. Es war derselbe, der sie nach Myna gebracht hatte und mit dem Thalric gesprochen hatte. Bestimmt wäre ihr sein Name nicht eingefallen, wenn sie nicht so verzweifelt gewesen wäre.

»Aagen! Ihr seid doch Aagen, oder nicht?« Sie bemühte sich, mit beherrschter Stimme zu sprechen, brachte aber nur ein abgehacktes Keuchen hervor.

Er warf ihr einen kurzen Blick zu, bevor er den Riemen festzog.

»Thalric hat gemeint, Ihr wäret … Erfinder? Stimmt das? Ihr seid kein Soldat? Bitte hört mich an. Ich bin auch Erfinderin. Ich habe Mechanik studiert. Bitte …« Sie riss an dem Riemen, aber er gab kein bisschen nach.

Mitleidig schaute er sie an. »Selbstverständlich bin ich Erfinder«, erklärte er ungerührt, und sie fröstelte. Natürlich – bei den Wespen gehörte dies genauso zu den Aufgaben eines Erfinders wie das Reparieren einer Automotive oder das Bauen einer Pumpe, und jeder gelernte Fachmann würde es mit Sorgfalt ausführen.

»Ihr wollt mich … foltern?«

Er machte ein unglückliches Gesicht, aber dieses Zugeständnis an die allgemeine Menschlichkeit war zu gering, um sie zu trösten. Er war eine Wespe des Imperiums, deshalb würde er es tun, egal, ob er dabei glücklich war oder nicht.

»Gute Arbeit, Aagen«, erklang die verhasste Stimme Thalrics, während er hereinstolzierte und das Werk betrachtete. »Ich habe Euch doch gesagt, dass alles wieder auf Euch hinauslaufen würde.«

»Jawohl, Kapitän.«

»Nur Mut!« Thalrics Sorgen vom vorigen Abend schienen sich in Luft aufgelöst zu haben. Heute sprühte er geradezu vor Energie. »Ihr beide könnt uns allein lassen«, teilte er den beiden Soldaten mit. »Das geht nur uns etwas an.«

Die beiden schienen darüber leicht verärgert zu sein. Vielleicht hatten sie sich schon darauf gefreut, den Qualen eines Käfermädchens beizuwohnen. Doch Thalric blickte sie mit steinerner Miene an, so dass sie sich schließlich trollten. Hinter ihnen verriegelte der Kapitän die Tür.

»Thalric.« Jus Stimme war vom vielen Schreien bereits heiser. »Ihr müsst das nicht tun.«

Er zog eine Augenbraue hoch.

»Thalric, *bitte*«, flehte sie, und ihre Augen füllten sich mit Tränen. Schaudernd beobachtete sie, wie Aagen neben ihr ein Tuch ausrollte, in dessen eingenähten Taschen lauter chirurgische Instrumente steckten. Die Spitzen der Kanülen, Klemmen und Skalpelle glänzten gefährlich. »Bitte tut es nicht. Ihr seid doch ... ein intelligenter Mensch, ein kultivierter Mann.«

Thalric bedachte sie mit einem furchtbar spöttischen Lächeln. »Ist all Euer Kampfgeist durch das Bodenloch in Eurer Zelle abgeflossen, Fräulein Werker? Was für ein Verlust für die Menschheit!«

»Kapitän Thalric, das ist ... unter Eurer Würde«, erklärte sie, doch trotz größter Anstrengung bebte ihre Stimme.

»Ihr meint also, dass ich nicht zu diesem zweckmäßigen Mittel greifen sollte, um an das zu kommen, was ich möchte?«

»Nein ... nein ...«

»Also seid Ihr bereit zu reden?«

»Ich ...« Sie schluckte. »Ja, ja doch, ich bin bereit.«

»Wie dumm nur, dass ich nicht mehr bereit bin, Euch zuzuhören«, sagte er immer noch lächelnd. Sein Blick war eiskalt. »Werft Eure Maschine an, Aagen.«

Zunächst zögerte der Erfinder einen Moment, und Ju war ihm zutiefst dankbar dafür, denn es bedeutete einen Aufschub der Schmerzen. Dann ging er zur Wand und betätigte einige Hebel. In einem Raum unter ihnen befand sich ein Dampfkessel, der bereits eingeheizt worden war. Beinahe im selben Augenblick begannen die metallenen Schwenkarme über ihr, sich zitternd, klappernd und zischend in Bewegung zu setzen.

»Lauter!«, rief Thalric. »Ich möchte, dass es richtig dröhnt!«

Aagen warf ihm einen wütenden Blick zu, gehorchte aber und erhöhte den Dampfdruck. Irgendwann war der Lärm so gewaltig, dass Ju ihnen keine Antwort mehr hätte geben können. *Vielleicht wollen sie mich nur zum Schreien bringen.*

Aber das war nicht Thalrics Stil. Mit zusammengekniffenen Augen beobachtete sie ihn. Ohne Ju überhaupt wahrzunehmen, winkte er Aagen wieder zu sich heran.

»Nun ist die Zeit gekommen« hörte sie ihn sagen. »Jetzt benötige ich Eure Dienste, Aagen.«

Aagen blickte sein Opfer an, aber Thalric schüttelte ungeduldig den Kopf. »Nicht als Fachmann, sondern als treuer Bürger des Imperiums.«

Seinem Gesichtsausdruck nach schien Aagen dies noch viel weniger zu behagen. Thalric dirigierte ihn ans andere Ende des Raums, wo er sich zu ihm gesellte. Während die Kammer vom Röhren der Dampfmaschine und dem Klappern der Schwenkarme erfüllt wurde, beugte sich Thalric zu dem anderen Mann. Er sprach laut und deutlich, aber Ju konnte lediglich Fetzen aufschnappen. Was sie hörte, reichte jedoch aus, um ihr zu denken zu geben.

»Ich möchte, dass Ihr einen bestimmten Ort ausfindig macht …«, konnte sie verstehen, und dann: »… in Erfahrung bringen. Dann geht Ihr zu … wartet dort auf Euch … in Ketten …« Mittlerweile hatte sie den Kopf zur Seite gedreht und versuchte, jedes Wort aus Thalrics Mund aufzuschnappen.

»... niemandem, nicht einmal mir selbst ... lasse ich Euch wissen, wenn ich kann ... dann aber nicht ... aus dem Staub machen.«

Selbst wenn jemand sie durch die Tür oder durch ein geheimes Loch in der Wand belauscht hätte, hätte er das Gespräch nicht verfolgen können. Von draußen hätte es sich angehört, als würde Thalric einen Gefangenen foltern und die Maschinen all seine Quälereien übertönen.

Offenbar wollte Thalric wissen, ob Aagen alles verstanden hätte, denn dieser nickte ihm immer noch unglücklich zu und äußerte einen Einwand, den Ju nicht verstand.

Darauf zeigte Thalric ein boshaftes Grinsen. »... sagen, dass ich mich ebenfalls angezogen fühle ... niemals erfahren ...« Wie zuvor gab er Aagen einen kameradschaftlichen Klaps auf die Schulter.

Endlich verstand Ju einen vollständigen Satz, auch wenn er ihr nicht weiterhalf. »Kümmert Euch auf der Stelle darum«, befahl Thalric, worauf Aagen nickte. Doch es war kein militärisches Nicken, sondern das eines Freundes, der einen Auftrag bekommen hatte. Er entriegelte die Tür und ließ Thalric mit ihr allein.

Der Wespenkapitän schlenderte zu der Dampfmaschine und betrachtete die Hebel. Ju war klar, dass er den Dampf ablassen wollte, damit der Lärm aufhörte, aber nicht so recht wusste, wie er das anstellen musste. Über ihr zitterten die Werkzeugköpfe, und sie malte sich furchtsam aus, wie einer der Schwenkarme plötzlich ausklappen und mit der Bohrerspitze voraus auf sie herabstoßen würde ... »Thalric!«, kreischte sie verzweifelt. »Thalric!«

Er sah zu ihr herüber.

»Der ganz rechts! Der mit dem roten Band!«

Seine Lippen zuckten, und für einen Augenblick glaubte sie, dass er nicht auf sie hören würde. Dann zog er den Hebel nach oben, und der Dampf entwich irgendwo über ihr. Das Dröhnen ebbte ab, bis der kleine Raum von betäubender Stille erfüllt war.

Er ging zur Folterbank, seine Schritte hallten wie Donnerschläge. Viel länger, als es ihr lieb war, starrte er sie wortlos an, doch sein Gesichtsausdruck sprach Bände. Vielleicht dachte er gerade darüber nach, wie sehr sie seiner ganz persönlichen Gnade ausgeliefert war.

Sein starrer Blick machte ihr Angst – sie ertrug ihn nicht länger. Irgendetwas musste sie sagen, und sei es nur, um seine düsteren Gedankengänge zu unterbrechen.

»Ihr schickt sie also weg?«

Er zog die Augenbraue hoch.

»Qual in Ketten«, fuhr sie fort, was ihn sichtlich verärgerte. Obwohl er es hastig zu verbergen versuchte, hatte sie es doch bemerkt.

»Ihr habt gute Ohren, Fräulein Werker«, sagte er trocken.

»Vielleicht bin ich stärker an Maschinengeräusche gewöhnt, als Ihr glaubt.«

Abermals betrachtete er sie nachdenklich, schien sie allerdings vor allem zu taxieren. In diesem Blick lag nicht mehr so viel Dunkles. »Das muss ich mir merken, wenn ich das nächste Mal einen Käfer foltern will.«

»Ihr setzt großes Vertrauen in Aagen, nicht wahr?«

Für einen Sekundenbruchteil zeigte sich ein aufrichtiges Lächeln auf seinem Gesicht, flüchtig zwar, aber dennoch sichtbar, und es passte ganz und gar nicht zu diesem Unmenschen Thalric, dem Agenten des Imperiums. »Wir kennen uns schon seit vielen Jahren, Aagen und ich, deshalb vertraue ich ihm.«

»Selbst wenn es um Qual in Ketten geht?« Ju vermochte die Bitterkeit in ihren Worten nicht ganz zu verbergen. »Anscheinend macht sie auf Männer großen Eindruck.«

»Auch was sie angeht, vertraue ich ihm. Er ist ein guter Diener des Imperiums.«

»Ich verstehe Euch nicht, Thalric.« Obwohl sie ihm ausgeliefert war, war ihre Neugier einfach zu groß.

»Ihr müsst mich auch nicht verstehen«, sagte er schroff, aber sie blieb hartnäckig.

»Ihr könnt nicht nur für das Imperium leben. Jeder Mensch lebt auch für sich selbst. Aagen ist nicht nur ein guter Diener des Imperiums, er ist auch Euer Freund.«

»Genug«, sagte er. »Oder ich bediene die Maschine selbst.« Er seufzte und löste mit ein paar raschen Handbewegungen die Riemen an Jus Händen und Füßen. Mit zusammengebissenen Zähnen setzte sie sich auf und ließ sich von der Bank herunter auf den Boden gleiten.

»Lasst mich raten, jetzt lasst Ihr mich wieder in meine Zelle sperren.«

»Vorerst.« Offenbar hatte er sein Ziel erreicht, doch zufrieden schien er dennoch nicht zu sein.

Er brachte sie selbst in ihre Zelle zurück; wahrscheinlich wollte er nicht, dass die Wachen sie genauer zu Gesicht bekamen. Sie schätzte sich glücklich – hätte er es gewollt, hätte er ihr genug Wunden beibringen können, die jeder Betrachtung standgehalten hätten.

Noch glücklicher war sie darüber, dass es ihr gelungen war, eine Kanüle zu ergreifen, als er ihre Fußgelenke losgemacht hatte. Sie war zwar keine Expertin im Schlösserknacken, aber Salmas Fesseln waren grobschlächtig und einfach, und immerhin hatte sie eine Erfinderausbildung.

Vor der Zelle wandte sich Thalric den Wachen zu. Diese beiden Soldaten hatte er aus Helleron mitgebracht, und sie unterstanden allein seinem Befehl. »Außer mir darf niemand die Gefangenen sehen«, erklärte er. »Sollte jemand darauf bestehen und sich von der Nennung meines Namens nicht abschrecken lassen, dann tötet vorher die Gefangenen. Ohne jedes Pardon.« *Das Mädchen weiß jetzt schon zu viel, und ich habe nicht genug Zeit, mich vollends um sie zu kümmern.* Unvermittelt ging er davon, denn er hatte eine längst überfällige Verabredung.

Er traf Ulther im Kriegszimmer. Der Raum legte beredtes Zeugnis vom dramatischen Gespür des alten

Mannes ab. Er befand sich im selben Kellergeschoss wie die Verliese, abseits der neugierigen Blicke der Kammerdiener. Das kalte Licht der blauen Glaslampen erinnerte Thalric an Abgründe unter der Meeresoberfläche. Am einen Ende des langen Tisches türmten sich Diagramme, Listen und Berichte, während am anderen Ende eine Karte ausgebreitet war, die das Gebiet zwischen Myna und Helleron zeigte. Darauf waren mit hölzernen Spielfiguren Schlüsselpositionen in dem detailliert dargestellten Gelände markiert und Bänder angeheftet, die Marschrouten anzeigten. Mit Reißzwecken hatte man auch einige Zettel mit erklärenden Notizen darauf gesteckt.

»Das ist wohl Euer Gebiet«, sagte Ulther. »Um die Wahrheit zu sagen – ich lasse denen gern den Vortritt. Mit einer Stadt habe ich schon genug zu tun.«

Thalric nickte und war dankbar für die Gelegenheit, sich darüber zu informieren, wie weit die Pläne des Imperiums gediehen waren. Der Klang der Namen allein weckte in ihm die Sehnsucht nach Helleron – dort passierte wirklich etwas. Ursprünglich hatte er nur einen kurzen Abstecher nach Asta machen wollen, um die Verhöre vorzunehmen, aber dann hatte Oberst Latvok ihn in die Finger bekommen, und jetzt steckte er in dieser Sache drin. Seine Spione in Helleron wunderten sich bestimmt schon, was mit ihm los war.

Er ging um den Tisch herum und versuchte, in dem meerblauen Licht Details auszumachen. Hinter ihm stand der ausgestopfte Körper einer großen Waldfangschrecke, eines Insekts, das mit Leichtigkeit ein Pferd verschlingen konnte. Das Tier war so aufgestellt, als würde es sich gerade auf seine Beute stürzen. Die Arme ragten über Thalrics Kopf in den Raum und warfen Schatten auf die Landkarte, so dass er nicht alle Details erkennen konnte.

»Was sagt Ihr dazu?«, fragte Ulther. »Auch eine neue Anschaffung. Er soll später einmal in den Thronsaal.«

»Muss das wirklich sein?«, fragte Thalric und beäugte das Insekt nervös.

»Ihr wart also noch nie im nördlichen Teil des Imperiums, nehme ich an? Bei den Bergstämmen?«

»Meine Arbeit hat mich nie dorthin geführt.«

»Das ist eine lehrreiche Erfahrung. Das Imperium hat es in drei Generationen nicht geschafft, die Stämme maßgeblich zu ändern. Wenn sie nicht gerade Besuch von den Steuereintreibern haben, schlitzen sie sich gegenseitig die Kehlen auf, oder einer raubt dem anderen das Weib.«

»Mir ist nicht unbekannt, dass sie immer noch ein Haufen wilder Barbaren sind, falls Ihr darauf hinauswollt«, ließ Thalric wissen. »Doch wie ich höre, werden dort gute Stoßtruppen rekrutiert.«

»Sie besitzen allerdings etwas, das wir verloren haben«, bemerkte Ulther, worauf Thalric ihn erstaunt anblickte. »O ja«, fuhr der Gouverneur fort, »sie sind vielleicht Wilde, aber sie wissen dennoch zu leben. Dort ist das Leben rau und kurz, deshalb wissen sie es zu schätzen. Ihr werdet keinen Häuptling finden, der nicht eine Trophäe wie diese hinter seinem Thron stehen hat. Sie soll ihm Kraft und Tapferkeit verleihen.«

»Sagt bloß nicht, dass Ihr das alles glaubt.«

»Das brauche ich gar nicht. Wenn einer zu mir kommt, sieht er meinen hageren Freund hier, und dann wird *er* es glauben. Das ist der Trick.«

Thalric gab ein unverfängliches Geräusch von sich, doch Ulther grinste breit. »Wenn Ihr damit fertig seid, Kapitän, dann möchte ich Euch noch etwas anderes zeigen. Ein weiteres Juwel meiner Sammlung. Vielleicht sogar *das* Juwel.«

Das weckte Thalrics Interesse. »Nach Euch«, sagte er.

Sie gingen nicht weit, denn Ulther führte ihn in den Zellenblock. Für einen Moment befürchtete Thalric, jetzt würden die Probleme beginnen, aber es ging um eine andere Gefangene, eine Einheimische.

»Sie heißt Kymene«, sagte Ulther genussvoll. »Aber man nennt sie die Maid.«

Thalric war sofort fasziniert von ihr – allerdings weniger wegen ihres Aussehens als vielmehr aufgrund ihres Verhaltens. Sie hatte auf der Strohmatte geruht, und als sie ankamen, war sie augenblicklich aufgestanden und hatte genau in der Mitte der Zelle Kampfhaltung eingenommen. Sie besaß die typische blaugraue Haut der Mynaner, und ihre dunklen Haare waren von ungeschickter Hand kurz geschoren worden. Gekleidet war sie in ein ärmelloses Hemd und eine Hose, so dass sie etwas Knabenhaftes hatte. Zum Korridor hin bestand die Zellenwand lediglich aus Gitterstäben. Wie ein wildes Tier im Käfig war sie allen Blicken ausgeliefert, und dennoch starrte sie Thalric herausfordernd und verächtlich ins Gesicht. Das beeindruckte den Kapitän. Für eine Gefangene war es gefährlich, ihren Trotz so offen zur Schau zu stellen. Ihre Augen funkelten wie Stahl. Als sich ihre Blicke trafen, durchfuhr es Thalric beinahe wie ein körperlicher Schlag. *Ich ergebe mich nicht,* schien sie sagen zu wollen.

»Was ist daran so besonders?«, fragte er den Gouverneur, bemüht, unbeeindruckt zu klingen.

»Besonders? Mein lieber Thalric, sie ist der Widerstand. Sie ist ihre hochverehrte Anführerin, und es war wahrlich nicht leicht, sie zu fangen. Fast eineinhalb Jahre lang stand sie auf der Liste der gesuchten Personen ganz oben. Der Rekef hat sich die Füße wundgelaufen beim Versuch, sie zu schnappen. Alles haben wir probiert. Wir haben Leute bei ihren Anhängern eingeschleust – sie hat die Spione gelyncht. Wir haben ihre Familie gefoltert – sie haben uns angelogen. So etwas habe ich noch nie erlebt. Um sie schließlich zu fangen, musste ich Kopfgeldjäger anheuern, dieses widerliche Pack.«

Thalric runzelte die Stirn. »Ihr habt gut daran getan, sie zu schnappen. Wann fangt Ihr mit ihrer Befragung an?«

Ulther stieß ein erheitertes Lachen aus. »Nicht so voreilig, alter Freund. Sie ist seit zwanzig Tagen hier. Wir werden sie ganz allmählich und Stück für Stück auseinandernehmen.«

»Zwanzig Tage, und Ihr habt sie noch nicht verhört?«, fragte Thalric ungläubig, doch Ulther schien es zu ignorieren.

»Ich breche ihren Willen lieber langsam«, erklärte der Gouverneur. »Kein Sonnenlicht, keine Luft, keine Bewegungsfreiheit – und niemals ungestört. So bearbeiten wir nach und nach ihren Geist. Mit jedem Morgen wird sie etwas weniger rebellisch und dafür etwas fügsamer. Bald wird sie uns für einen Sonnenstrahl alles versprechen.«

Er will sie in seine elende Sammlung aufnehmen, dämmerte es Thalric, und der Gedanke amüsierte ihn auf eine bitter-ironische Art. Bisher war der Alte klug genug gewesen, seine Sammelleidenschaft mit Schmuckstücken aus fernen Ländern zu befriedigen. Wenn er sich diese Frau allerdings in sein Bett holen würde, wäre das höchstwahrscheinlich sein Todesurteil. Witzigerweise hatte sie das nicht begriffen. Sie klammerte sich so sehr an ihren Stolz, dass sie die sich ihr bietende Fluchtmöglichkeit gar nicht bemerkte.

Und doch ... Wenn er in Kymenes Augen sah, verstand er, weshalb Ulther sie so begehrenswert fand. Nach Thalrics Maßstäben war sie nicht einmal im eigentlichen Sinne schön. Sie besaß weder das verführerische Funkeln von Qual in Ketten noch die wohlproportionierte Wespentaille der Sklavin Hreya. Doch ihr stechender, verächtlicher Blick ließ sie unerreichbar erscheinen, und das übte eine größere Anziehungskraft aus als bloße Schönheit.

Dennoch spielte Ulther ein gefährliches Spiel. »Aber hätte sie nicht umgehend verhört und über ihre Gefährten im Widerstand befragt werden sollen?«, fragte Thalric.

»Dafür ist noch genug Zeit«, entgegnete Ulther ausweichend.

Thalric bemerkte, dass die Frau mit einem kalten Lächeln ganz leicht den Kopf schüttelte. *Würde sie überhaupt reden?*, fragte er sich. Womöglich war sie gegen Schmerzen und die Androhung von Folterqualen gefeit, gerüstet mit ihren Überzeugungen.

»Wollt Ihr mich Eurem neuen Speichellecker denn nicht vorstellen?«, fragte Kymene höhnisch. »Ihr liebt es doch, sie an mir vorbeiparadieren zu lassen.«

»Meine Liebe, das ist Kapitän Thalric vom Auslandsrekef. Er war dabei, als ich diese Stadt eingenommen habe«, klärte Ulther sie auf. »Ihr seid ihm fast ebenso viel schuldig wie mir.«

Sie musterte die beiden Männer, fand aber offenbar nichts, weshalb sie den einen dem anderen hätte vorziehen sollen. »Dann werde ich meine Schuld begleichen. Wünscht Ihr, dass ich einen Knicks mache?«, fragte sie. »Vielleicht sollte ich aber auch auf die Knie fallen, weil ich so geehrt werde.«

In diesem Moment erschien ein Soldat, der an der Seite verharrte, und Ulther trat zu ihm. Während Thalric ihn beobachtete, dachte er: *Jetzt geht es los.*

Kymene beobachtete die Szene ebenfalls. Obwohl sie unter der Erde hinter Gittern saß, hielt sie unermüdlich Ausschau nach etwas, das ihr helfen konnte. Er bildete sich ein, dass er es an ihrer Stelle genauso machen würde.

»Was wollt Ihr damit sagen, verschwunden?«, fragte Ulther plötzlich und packte den Soldaten am Schultergurt seiner Rüstung. »Wer hat sie mitgenommen? Und wohin?«

Der Soldat antwortete leise. Sein Blick in Thalrics Richtung sagte jedoch alles.

Ulther ließ den Mann abrupt los. »Raus hier!«, bellte er, worauf er sich mit gespielter Heiterkeit zu seinem alten Freund umwandte. »Thalric, dieser Kamerad hat mir etwas Seltsames berichtet.«

»Tatsächlich?« Insgeheim machte er sich auf alles gefasst.

»Er meinte, dass jemand meine Schmetterlingsfrau, meine Tänzerin, aus ihrem Zimmer geholt hat. Und jetzt weiß keiner mehr, wo sie ist.«

»Ich weiß«, erwiderte Thalric. »Das habe ich angeordnet.«

»Ihr habt das angeordnet.« Der Gouverneur atmete langsam aus, bevor er auf ihn zutrat. »Da habt Ihr Euch ziemliche Freiheiten genommen, Kapitän. Und warum, wenn ich fragen darf?«

»Ihr habt Recht, sie ist äußerst bemerkenswert«, gestand Thalric ganz offen. »Und wie es der Zufall so will, könnte sie mir bei meinen weiteren Vorhaben im Westen als Agentin von Nutzen sein. Euch ist ja bekannt, dass der Auslandsrekef Verwendung für die unterschiedlichsten Leute und Fähigkeiten hat. Helleron befindet sich bereits in einer angespannten Lage, die sie zum Kippen bringen könnte. Deshalb habe ich sie requiriert.«

Ulthers Selbstbeherrschung war bewundernswert, er brachte sogar ein Lächeln zustande. »*Requiriert* nennt Ihr das also? Muss ich Euch daran erinnern, dass ich der Gouverneur von Myna bin, Thalric? Aber nein, das wisst Ihr, schließlich seid Ihr ein alter Freund. Wer gibt Euch also das Recht, meinen Besitz zu *requirieren*, Kapitän?«

»Ich bin Kapitän der kaiserlichen Armee, doch gleichzeitig auch Major des Rekef. Meine Arbeit im Westen führe ich im Auftrag des Rekef aus.«

»Ich weiß, dass Ihr zum verdammten Rekef gehört. Ich habe Euch dort empfohlen, falls Ihr es vergessen habt.«

»Dann solltet Ihr es verstehen. Die Bedürfnisse des Imperiums sind wichtiger als persönliche Belange, Gouverneur.«

»Aber ich habe sie doch noch nicht einmal …« Hilflos rang Ulther die Hände, und Thalric vollendete den Satz insgeheim: *gehabt*.

»Es tut mir leid, Gouverneur«, sagte er und versuchte, dabei zugleich geschäftlich und gelangweilt zu klingen. »Aber sie ist wirklich einzigartig, wie Ihr sicherlich bemerkt habt. Wenn ich Helleron einnehmen soll, geht es nicht nur um Menschenleben und Schwerter, sondern auch um Herzen und Köpfe. Euch ist bestimmt klar, von welchem Nutzen sie mir dabei sein kann.«

Und dann lächelte er, während Ulther ihn anstarrte, als sei er giftig geworden – was in gewisser Weise auch zutraf.

»Ich erkenne Euch nicht wieder«, sagte der Ältere.

»Tja, es ist viel Zeit vergangen.« Thalric hielt seinem Blick stand. »Ihr werdet dem Imperium doch nicht wegen dieser Kleinigkeit grollen, nicht wahr?«

Jetzt lächelte Ulther, auch wenn sein Blick eisig blieb. »Ganz und gar nicht, *Major*, obwohl ... Ihr hättet natürlich fragen können. Wann wird sie mir zurückgegeben, wenn ich fragen darf?«

»Zurückgegeben?«, entgegnete Thalric. »Schwer zu sagen, aber ich vermute, dass sie, wenn sie mir ausgedient hat, mehr wissen wird, als eine Sklavin wissen sollte. Wir alle müssen Opfer bringen, Gouverneur, zum Wohle des Imperiums.«

Ulther nickte schwerfällig. »Ah, natürlich, das kann ich verstehen, Major.« Während er sich umwandte, um in die lichteren Stockwerke zurückzukehren, lächelte er noch immer. Thalric wollte sich lieber nicht ausmalen, welchen Gesichtsausdruck er haben würde, nachdem er ihm den Rücken zugedreht hatte.

Bevor er sich ebenfalls auf den Weg machte, warf er noch einmal einen Blick auf Kymene, die ihn genau beobachtete. Kurz blitzte in ihrer Miene etwas beinahe Komplizenhaftes auf. *Ihr hat diese Szene gefallen.*

Als er sich aufraffte, um Ulther zu folgen, spürte er die Blicke der Gefangenen im Rücken.

Sechs

»Sie heißt Kymene«, erklärte Chyses. In der letzten halben Stunde hatte Stenwold viele Mynaner Namen gehört, doch er spürte, dass dieser etwas Besonderes sein musste.

»War sie die Anführerin eurer Gruppe?«, vermutete er und gemahnte sich gleichzeitig daran, dass es in erster Linie um Ju und Salma ging. So sehr war ihm das Spionagewesen in Fleisch und Blut übergegangen, dass sich in seinem Kopf Ideen zum Widerstand in Myna formten. Die Macht des Imperiums war nur so stark wie das Podest, von dem sie ausging.

»Sie ist das Leuchtfeuer der gesamten Widerstandsbewegung«, erläuterte Chyses. »Fast eineinhalb Jahre lang haben sie versucht, sie zu fangen. Kymene hat auch das Rote Banner erfunden, das Symbol, das die Wespen in Angst und Schrecken versetzt. Von uns allen ist sie die Beste.«

»Wie haben sie sie dann geschnappt?«

Chyses lächelte kalt. »Jedenfalls nicht mit ihren dümmlichen Soldaten. Der Fettkloß heuerte Kopfgeldjäger aus dem ganzen Imperium an, und einer von ihnen hatte Glück.«

Mittlerweile hatte Stenwold herausgefunden, dass sie den derzeitigen Gouverneur als »Fettkloß« bezeichneten. »Und sie ist seit zwanzig Tagen in Gefangenschaft?«

Chyses nickte. »Sie wird gut bewacht, tief im Innern des Palastes. Sie gehen davon aus, dass wir nicht zu ihr gelangen können.«

»Könnt ihr das etwa?« *Und könnt ihr auch zu Ju und Salma gelangen?* Doch das sprach er nicht aus, denn er ging ohnehin davon aus, dass ihm dieser Gedanken ins Gesicht geschrieben stand.

»Um uns klarzumachen, dass wir erobert waren, haben sie den Palast in Windeseile hochgezogen.« Chyses schlug die Faust gegen seine Handfläche, eine Geste, die ihm zur Gewohnheit geworden war. »Aber sie haben nicht viele Gedanken daran verschwendet, was sich darunter verbarg. Seht Ihr das?« Er deutete auf die verwitterten Steine der unteren Mauerschichten des Kellers. »Bevor wir Myna gebaut haben, gab es hier bereits eine andere Stadt aus der Zeit vor der Revolution, an deren Erbauer sich niemand mehr erinnert. Fest steht, dass sie gerne Tunnels bauten. Die unterirdischen Abwässerkanäle waren ihre Straßen, sie durchziehen die ganze Stadt und führen deshalb auch bis unter den Palast. Auf diesem Weg werden wir hineingelangen.«

»Abwasserkanäle?« Stenwold sah zu Tynisa und Totho hinüber, die etwas abseits standen und dem Gespräch gelauscht hatten. »Wie schön.«

Sein Sarkasmus entging Chyses. »Unser Problem ist, dass wir ohne Kymene verwundbar und ohne

Zusammenhalt sind. Wenn der Fettkloß die Lage unserer Verstecke und Hintertüren herausbekommen und beschließen würde, uns heute anzugreifen, dann …«

»Dann wäre es beinahe unmöglich, den Widerstand zusammenzuhalten«, beendete Stenwold den Satz.

»Wenn wir in der derzeitigen Situation einen Rettungsversuch starten, wird der Fettkloß die Stadt unter Druck setzen, und es würde das passieren, was vor einigen Jahren in Maynes geschah.«

»Ihr könnt also zu ihr gelangen, aber das Volk müsste dafür büßen«, sagte Stenwold. »Das ist erstaunliches Verantwortungsbewusstsein für einen Revolutionär.«

Chyses funkelte ihn zornig an. »Wenn es nach mir ginge, Meister Käfer, würde ich das Feuer höchstpersönlich entzünden und die Häuser ausräuchern, um das Volk auf die Straße zu treiben«, sagte er eisig. »Doch das würde *sie* nicht wollen. Wenn Kymene nicht wäre, würde ich mich keinem Gouverneur oder Kaiser beugen.«

»Ich verstehe. Und ich begreife, worauf Eure Logik hinausläuft.« Plötzlich empfand Stenwold eine gewisse Abneigung gegen diesen Mann, aber er rief sich in Erinnerung, dass sie ihn brauchten. »Leistet Myna Widerstand und tauchen rote Banner auf, dann schlagen die Besatzer mit aller Macht zu. Aber wenn ein paar Ausländer in den Palast eindringen und Gefangene befreien, zu denen zufällig auch Kymene gehört …«

»Wir verstehen uns.« Chyses nahm die Hand vom Schwertgriff, und da erst bemerkte Stenwold, dass der junge Mann danach gegriffen hatte. Immer noch machte er den Eindruck, als wolle er jemanden umbringen. Offenbar hatte er seine Menschlichkeit nach und nach verloren. *Sie brauchen ihre Anführerin dringend zurück.* Myna würde sich nicht in einer Nacht erheben, vermutete Stenwold, aber ebenso wenig würden die Tieflande über Nacht erobert werden. *Wenn ich doch nur mit dieser Frau sprechen könnte, mit dieser unangefochtenen Anführerin der Widerstandsbewegung … Haben wir etwa die Waffe gefunden, nach der ich so lange gesucht habe?*

»Und ihr würdet uns helfen …?«, wagte sich Stenwold vor.

»Mit Lageplänen der Abwasserkanäle, Führern, die euch begleiten, und ein paar Bewaffneten ohne Erkennungsmerkmale. Mit abdunkelbaren Laternen, Selbstschlüsseln …«

»Ihr scheint gut ausgerüstet zu sein.«

»Hokiak versorgt uns gut.« Chyses blieb völlig humorlos. »Kymene ist uns wichtiger als all das.«

»Na gut.« Stenwold lehnte sich zurück. »Ich muss mit den anderen darüber reden, glaube aber nicht, dass wir ein besseres Angebot bekommen.« Er schaute auf, da er Tisamon kommen sah, und der Fangschreckenkrieger wirkte noch ernster als sonst. Als er sich näherte, stand Tynisa auf. Zwischen den beiden war das Verhältnis immer noch nicht geklärt, und es herrschte eine derart angespannte Atmosphäre, dass Stenwold sie beinahe zu schmecken glaubte.

»Ich habe mich mit Khenice und anderen unterhalten, die sich an den Einmarsch erinnern«, sagte Tisamon. »Wir haben über deine damaligen Pläne gesprochen.«

»Und?«, fragte Stenwold.

»Sie erkennen an, dass … dass niemand von uns sie verraten hat.« Nur ein kleines Zögern verriet, dass Tisamon dies erst vor kurzem hatte selbst anerkennen müssen. »Wir haben unsere Erinnerungen miteinander abgeglichen. Totho?«

Der Erfinder schreckte zusammen. »Ja, Herr?«

»Erzähl ihnen von Helleron. Von dem Mann, den du dort treffen solltest.«

Tynisa öffnete den Mund, als wollte sie etwas sagen, und blickte von Tisamon zu Totho. Der Junge sah sie kurz an, aber Tisamon erwartete eine Antwort, und der Fangschreckenkrieger schüchterte ihn eindeutig mehr ein als das Spinnenmädchen. Mit seiner typischen stockenden Sprechweise berichtete er von Bolwyn und davon, dass ihnen auf dem Gabenplatz ein Mann begegnet war, der eigentlich bereits gestorben war. Obwohl er nur Fakten darstellte, die er selbst bezeugen konnte, klang er etwas ungläubig.

Chyses und die anderen Mynaner waren ebenso skeptisch und blickten Tisamon voller Erwartung auf eine Erklärung an.

»Wir haben alle aufgezählt, die von dem ursprünglichen Plan gewusst haben«, sagte er. »Viele sind während der Eroberung gestorben. Wir können keine Schwachstelle erkennen, und doch wurde unser Plan verraten. Deshalb glaube ich, dass es tatsächlich einen Spion gab, der womöglich das Gesicht eines anderen getragen hat.«

»Aber das ist unmöglich«, sagte Khenice, die sich hinter ihn gestellt hatte. »Wir haben alle sehr gut gekannt, und keiner kann sich so verkleiden ...«

»Dieser Mann kann es«, unterbrach sie Tisamon. »Ihr habt die Geschichte eben gehört: Er glich Bolwyn bis aufs Haar.«

Doch sie schienen immer noch nicht überzeugt zu sein, was Stenwold ihnen nicht verübeln konnte. Schließlich weigerte sich auch sein eigener Verstand, solche Dinge für möglich zu halten. Allerdings war er viel herumgekommen, und das in Gesellschaft seltsamer Menschen. Dabei hatte er lernen müssen, dass es unter der Sonne Dinge gab, die er sich nicht erklären konnte. »Worauf willst du hinaus?«, fragte er Tisamon.

»Wir können uns nicht sicher sein. Selbst jetzt könnte uns jemand verraten.«

Stenwold legte den Kopf in die Hände. »Alles ist möglich, aber ich kann ihnen Jubelgut und Salma nicht überlassen. Ich muss es wenigstens versuchen.«

»Dann lass mich den Weg erst auskundschaften, mehr verlange ich gar nicht. Ich mache mich sofort auf, wenn unsere Freunde mir sagen, wohin ich gehen muss. Noch ist nicht genug Zeit vergangen, um mir eine Falle zu stellen.«

Chyses erhob sich. »Noch etwas.« Er und Tisamon standen sich gegenüber, und zwischen den beiden wurde eine gegenseitige, tiefe Abneigung spürbar. In diesem Keller schien nicht genug Raum für zwei derart aggressive Menschen zu sein. »Ihr wollt damit sagen, dass ihr uns nicht vertrauen könnt. Aber wir können euch ebenso wenig trauen. Solange ihr loszieht, um eure Freunde zu befreien, wird Meister Stenwold als Sicherheit hier bei uns bleiben. Wenn ihr ohne Kymene zurückkommt, wird es ihm schlecht ergehen.«

Stenwold seufzte. Von Minute zu Minute wurden ihre Beziehungen zu der Mynaner Widerstandsbewegung komplizierter. Als Antwort auf Tisamons fragenden Blick nickte er. *Sollen sie mich eben für einen fetten alten Mann halten.* Falls es hart auf hart käme, würde er sie vielleicht noch überraschen.

»Erklärt mir den Weg so genau wie möglich«, verlangte Tisamon. »Eure Pläne und Skizzen sagen mir nichts.« Chyses reagierte mit einem wütenden Schnauben, nickte dann aber und ging, um die Karten zu holen.

Als sich Tisamon ebenfalls entfernte, ging ihm Tynisa hinterher.

Schwierigkeiten über Schwierigkeiten. Stenwold lagen sie wie eine schwere Last auf den Schultern.

»Meister Werker«, meldete sich Totho neben ihm.

»Ich habe dir doch gesagt, dass du mich nicht …« Da fiel ihm ihr letztes Gespräch ein, und er verzog das Gesicht. »Ja, Totho?«

»Wir wissen immer noch nicht, woher die Motte wusste, dass Ju und Salma hier sind, Meister.«

Stenwold runzelte die Stirn. »Was willst du damit sagen?«

»Dass es sich um eine Falle handeln könnte, so wie Tisamon gemeint hat. Eine Falle, die *er* uns gestellt hat.«

Stenwold schaute sich nach Achaeos um. Er saß allein zwischen altem Gemäuer, fast völlig in den Schatten verborgen.

»Wenn er uns den Wespen ausliefern wollte, hätte er dazu reichlich Gelegenheit gehabt. Vor Asta hat er uns sogar vor dem Hinterhalt gewarnt. Ich kann nicht mit Bestimmtheit sagen, weshalb er sich unserem Pfad angeschlossen hat, Totho, aber ich bin mir sicher, dass er uns nicht ausliefern will, zumindest nicht an das Imperium.«

»Aber … ich traue ihm trotzdem nicht über den Weg, Meister Werker. Ich kann einfach nicht. Alles an ihm …«

Stenwold blickte in das ehrliche Gesicht des Jungen, dem der Makel seiner Abstammung eingeprägt war, der Makel, für den ihn andere verachteten. *Haben sie dir das mit ihrem Hass beigebracht?* Doch das war nicht der Grund. Totho und Achaeos hatten sich vom ersten Moment an nicht ausstehen können, und Stenwold hatte keine Ahnung, warum.

Achaeos hatte große Mühe, seine Beweggründe auseinanderzudröseln. Er hatte genug von Chyses' Plan gehört, um ihn für gefährlich zu halten. Es war so weit, dass er sich fragen musste, ob er überhaupt hier sein sollte, ganz zu schweigen davon, ob er die anderen bei diesem wahnsinnigen Unternehmen begleiten sollte. Die Mynaner, die sich selbst Soldatenkäfer nannten, hatten sich allesamt als feindselig und hässlich entpuppt, und er setzte kein Vertrauen in sie oder ihre gefangene Anführerin.

Und doch hatte er das ungute Gefühl, dass er das Band nicht einfach kappen und davonfliegen konnte. Allerdings nicht, weil er schon zu weit ins Imperium vorgedrungen war, das sich die Wespen errichtet hatten. Zweifellos gäbe es zwischen hier und Tharn genug Schatten, um seinen Rückzug zu decken. Vielmehr konnte er nicht gehen, weil er den Darakyon in einem Moment geistiger Umnachtung um Hilfe angebettelt hatte. Und die hatte er erhalten – aus einem bestimmten Grund. Er hatte den Wesen des Waldes erzählt, dass er Jubelgut Werker retten würde, und mit der Kraft des Darakyons hatte er außerdem ihr selbst mitgeteilt, dass er ihr zu Hilfe eilen würde. Eigentlich hatte er nicht vorgehabt, sich so unwiderruflich an diesen Weg zu binden, doch wenn er daran dachte, wusste er, dass genau das geschehen war.

Seit seinen Kindertagen war ihm bewusst, dass Zauberei eine Kraft war, die *drückte.* Sie drückte gegen das Gewebe, das unter der Welt verborgen war, das Gespinst jenseits des Gespinsts. Heutzutage war das Gewebe nicht mehr so fest wie einst, da es der Geist und die Maschinen der Geeigneten abgenutzt hatten, aber es war immer noch da, und die Klugen lernten, wie man an seinen Fäden zog und es anders aufhängte. Dies war das Geheimnis der Spione. In der Zeit des Alten Wissens, vor der verfluchten Revolution, hatten sie einen verehrten Berufsstand gebildet. Achaeos staunte, dass es immer noch jemanden gab, der diese Kunst praktizierte. Wer sonst konnte sich schon so gut vor der Welt verbergen?

Er ließ den Blick, der weder Schatten noch Masken kannte, über die Rebellen und ihre nervösen Gäste schweifen, doch er spürte kein Zupfen am Gewebe der Zauberei. Wenn diese Spione wirklich so gut waren, wie es in den Legenden hieß, würde er sie womöglich ohnehin nicht wahrnehmen.

Er bemerkte, dass ihn der halbblütige Erfinder düster anstarrte. Totho konnte ihn nicht ausstehen. Wieso das so war, wusste Achaeos nicht. Natürlich gab es genügend Gründe, das Halbblut ebenfalls zu hassen; schließlich trieben die Geeigneten sein Volk und seine Kultur an den Rand des Untergangs. Deshalb war es eigentlich an ihm, sich zu beklagen. Stattdessen grollte dieser junge Mann, dem offenbar die ganze Welt zur Verfügung stand, und Achaeos fragte sich, was ihm wohl fehlte.

Wäre er ehrlich gewesen, hätte er sich eingestehen müssen, dass er die Antwort kannte. Doch dazu war er noch nicht bereit, denn Ehrlichkeit war eine Wunde, die nur langsam heilte.

Wieder benahm er sich wie beim letzten Mal, und Tynisa verlor allmählich die Geduld.

Wenige Minuten, nachdem sie den Rebellenunterschlupf verlassen hatte, waren sie in denselben Schritt verfallen wie bei der Erkundung der Sklavengruben in Asta. Wie beim Eindringen nach Myna und dem Anschleichen an Chyses' Leute. Augenblicklich hatte er sich Tynisa angepasst, und ohne ein Zeichen oder ein Wort waren sie zu Zwillingsjägern geworden. Jede seiner Bewegungen war auf ihre abgestimmt und umgekehrt. Er brauchte sie nicht anzusehen, ihr keine Zeichen zu geben und auch nicht auf sie warten. Etwas in ihm schien bedingungslos darauf zu vertrauen, dass sie immer am rechten Fleck war und das Richtige tat.

Ihr war klar, dass diese Verbindung wieder verschwunden wäre, sobald sie zu den anderen zurückkehrten. Nicht einfach nur verschwunden – er würde nicht einmal eingestehen, dass sie jemals existiert hatte. Er würde sie ausblenden und sich weigern, sich mit ihr auseinanderzusetzen.

Sie spürte einen Haken in sich, der an ihr zerrte, seit sie die Wahrheit herausgefunden hatte. Aus der angenehmen Illusion, Stenwolds Tochter zu sein – wie unwahrscheinlich das auch gewesen sein mochte –, war sie in eine vollkommen andere Welt gestoßen worden. In eine scharfkantige Welt, in der sie eine längst verstorbene Mutter hatte und diesen distanzierten, unmöglichen Mann als Vater. Sie musste sich dieser Welt stellen, doch er ließ es nicht zu. Tisamon wich ihr einfach aus.

Er ist ein Feigling. Natürlich war er der große Waffenmeister aus dem Volk der Fangschrecken und konnte mit einem Niesen hundert Menschen töten. Und trotzdem war er ein Feigling. Er war etwas begegnet, das seinen Mut überstieg, und deshalb ignorierte er es.

Sie wählten den Weg, den Chyses ihnen beschrieben hatte. Die unterirdischen Kanäle Mynas waren nicht nur uralt, sondern auch riesig. An manchen Stellen waren sie weiter als die Korridore in der Großen Akademie, und ihre enormen Steinquader waren mit Algen und schlüpfrigem grünen Moos überwachsen. Manchmal war zwischen den beiden Gehsteigen rechts und links ein drei Schritt breiter Wassergraben. Myna war zwar eine Stadt, doch sie war bei weitem nicht so groß, dass eine derart verschwenderische Kanalisation gerechtfertigt gewesen wäre. Gelegentlich sah man Einmeißelungen an den Wänden, die Alter und Elemente unkenntlich gemacht hatten. Deshalb lieferten auch sie keinen Hinweis auf die Erbauer dieser Kanäle, die selbst die meisten Mynaner vergessen hatten.

Einmal öffnete sich der Kanal zu einem Platz – als wäre das Abwassersystem eine Stadt für sich gewesen. Hier ragte der Stumpf einer Statue vor ihnen auf, der nur noch ein Paar verwitterter Füße und darüber den Saum einer Robe zeigte. Doch die Zeit blieb stumm und behielt ihr Geheimnis für sich.

Im Wasser bewegten sich Wesen, die sie nicht erkennen konnte, und ein Schritt lange Kakerlaken nahmen krabbelnd Reißaus vor dem trüben Licht der abgedunkelten Laterne in Tisamons Hand. Sie verströmte nicht mehr als einen leichten Schimmer, aber beide konnten in dem Dämmerlicht genug sehen.

Man hatte ihnen den Weg gut beschrieben, und Tisamon erinnerte sich an alles. Die Widerstandsbewegung hatte viel Zeit damit verbracht, die Abwässerkanäle zu erkunden, die mittlerweile zu ihren

Hauptverkehrswegen geworden waren. Schneller als Tynisa gedacht hatte, stießen sie auf jüngere Architektur. Bevor Gouverneur Ulther an dieser Stelle den großen Palast als Wahrzeichen seiner Macht hatte errichten lassen, hatte hier der Consensus gestanden, in dem sich die Senatoren und Tribunen Mynas versammelt hatten, um über Stadtpolitik zu diskutieren. Doch selbst ein Regierungssitz braucht Abwasserkanäle, und nicht nur das. Auch wenn man den oberirdischen Teil des Gebäudes zerstört hatte, waren die Keller geblieben. Jetzt befanden sie sich unter den Verliesen und Lagerräumen, die die Wespen später angelegt hatten.

Genau dort, wo Chyses es ihnen beschrieben hatte, befand sich die schmale Treppe. Tisamon kletterte hinauf und öffnete die Luke, die ein Sympathisant innerhalb des Palasts für sie aufgeschlossen hatte. Ohne weitere Umstände schlüpften sie in den eigentlichen Palast und standen in einem Getreidekeller, in dem Wespen ein- und ausgingen. Somit hatte sich die Karte der Rebellen als richtig erwiesen.

Tynisa wollte weitergehen und Ju und Salma suchen, doch ein einziger Blick zu Tisamon brachte sie davon ab. Sie brauchten Unterstützung, und sie waren mit Chyses einen Handel eingegangen. Tisamon nahm ein gegebenes Wort so ernst wie das eigene Leben. Das war zwar eine typische Eigenheit der Fangschrecken, aber wenn sie sich bemühte, konnte sie es nachvollziehen.

Bald waren sie auf dem Rückweg, um zu verkünden, dass der Plan aufgehen und ihr Vorhaben gelingen konnte – und sobald sie angekommen und die Hülle des Schweigens aufgehoben wäre, würde sie wieder Luft für Tisamon sein. So wie damals in Asta oder nachdem sie die Mauern von Myna erklommen hatten. Er würde es zurücknehmen, würde alles zurücknehmen und sie wieder hassen.

Da fasste sie einen Entschluss. *Wenn Ju und Salma befreit sind, werde ich dich zwingen, mich anzuerkennen, du Mistkerl. Mit der Waffe werde ich dich dazu zwingen. Entweder das, oder ich bringe dich dazu, mich zu töten, denn mit deiner Gleichgültigkeit kann ich nicht mehr leben.*

Sieben

Als Thalric in sein Zimmer zurückkehrte, kümmerte er sich darum, dass alle unentbehrlichen Habseligkeiten für den Fall eines plötzlichen Aufbruchs bereitlagen. Er legte sein Schwert, seinen Waffengurt, ein Bündel mit Papier und Schreibutensilien und die kaiserlichen Dokumente, die er bei sich hatte, nebeneinander auf den Tisch und kramte seinen wertvollsten Besitz hervor: ein kurzärmliges Hemd aus Kupferstahlmaschen, das in weiter Ferne zum Imperium hergestellt worden war. Die Nachfrage nach solchen Hemden war sehr groß und konnte von den mageren Lieferungen, die das Imperium über die Seidenstraße erreichten, nicht gedeckt werden. Er konnte von Glück sagen, dass er eines ergattert hatte, denn normalerweise waren Kupfermaschenrüstungen ein Privileg der Generäle und hohen Staatsmänner.

Er legte seinen Rock ab und zog sich das Hemd über. Der dünne Stoff der Innenseite lag kühl auf der Haut. Wenn er einen Uniformrock mit halblangen Ärmeln darüberzog, kam keiner mehr auf die Idee, dass er eine dünne Metallschicht am Körper trug.

Danach schnallte er sich den Waffengurt um. Dabei fragte er sich, wie viel Zeit ihm wohl noch blieb. Der Gedanke, Ulther könnte am Ende doch zu ihm halten, kam ihm gar nicht. Er hatte lange genug mit Verrat gelebt, um zu hören, wenn er die Treppe heraufkam.

Wie leicht es doch war, den Gouverneur von Myna zu überführen – man musste ihm nur sein Spielzeug wegnehmen und auf seinen Wutausbruch warten. Wäre Thalric sentimental gewesen, hätte er jetzt bittere Enttäuschung empfunden. Allerdings musste er sich eingestehen, dass er tatsächlich enttäuscht war. So etwas sollte er nicht tun müssen, und schon gar nicht wegen Ulther, seinem alten Freund und einstigen Gönner.

Doch die Geschichte, die Hreya ihm erzählt hatte, war nur allzu deutlich: Ulther war ein Mann, der den Genuss liebte. Aus dem Krieger, der er vor zwei Jahrzehnten gewesen war, war ein kleiner Tyrann geworden. Myna war seine Stadt, die nur seinem Vergnügen und dem seiner Spießgesellen – oder seinen Speichelleckern, wie Kymene sie genannt hatte – diente. Für einen Mann mit Thalrics Berufserfahrung hatte es nicht viel gebraucht, um die Zeichen richtig zu deuten. Die Abgaben für das Imperium wiesen Fehler auf. Waren und Geld gingen verloren – weit mehr Waren als nur die Maschinenteile, die Aagen hier besorgen sollte. Der Aufbau der Invasionsarmee in Asta hinkte dem Zeitplan einige Monate hinterher, da es immer wieder zu Stockungen beim Nachschub kam. Und Myna war das schwache Glied der Versorgungslinie. Was Ulther nicht hinterzog, wussten die Schmarotzer an seinem Hof an sich zu reißen. Der Schwarzmarkt Mynas war von Armeevorräten gesättigt, die das Imperium schmerzlich vermisste.

Während sich seine Gefolgsleute an den kaiserlichen Steuergeldern und der Kriegskasse bereicherten, war Ulther machttrunken geworden, und schon seit Jahren stand die Stadt kurz vor dem Ausbruch einer Rebellion. Zwar hatte Ulther mit geschickter Hand dafür gesorgt, dass die Situation nie eskaliert war, aber sie schwärte stetig, wie Thalric aufgrund der häufigen Schadensmeldungen wusste. Selbst die Gefangennahme Kymenes hatte der Widerstandsbewegung keinen nennenswerten Schlag versetzt, da Ulther sie nicht als Gelegenheit, sondern als Trophäe betrachtet hatte. Aus dem guten Mann, den Thalric einst gekannt hatte, war ein Unsicherheitsfaktor und eine Belastung der kaiserlichen Kriegsmaschinerie geworden, ein Krebsgeschwür, das man unverzüglich herausschneiden musste, wenn das Imperium seine ganze Kraft gegen die Tieflande einsetzen wollte.

Oberst Latvok hatte also doch Recht behalten, und wahrscheinlich war es auch richtig gewesen, Thalric hierherzuschicken. Das hieß allerdings noch lange nicht, dass er auch Gefallen daran fand.

Er zog sein Schwert und suchte die Klinge nach rostigen Stellen ab. Es wurde zu selten gebraucht, denn ein guter Rekefagent focht nur wenige Kämpfe selbst aus. Dieses Mal würde es anders sein.

Er schaute auf. »Ihr könnt jetzt herauskommen«, sagte er. »Ihr macht niemandem etwas vor.«

Zwar hätte er nicht sagen können, aus welcher Richtung er beobachtet wurde, aber an der Tatsache selbst hatte er keinen Zweifel. Da draußen bewegte sich ein Schatten, und er entdeckte, dass jemand neben der kleinen Fensteröffnung auf dem Sims kauerte. Mit beeindruckender Geschicklichkeit zwängte sich eine kleine Gestalt durch den Spalt, der nicht als Eingang gedacht war. In einem Wirbel glitzernder Flügelschläge sprang der Fliegenmann zu Boden. Es war te Berro, Latvoks Spion.

»Wie schlage ich mich?«, fragte Thalric trocken.

»Warum sagt Ihr mir das nicht?« Te Berro klopfte sich den Staub von den Kleidern. Wie viele der einheimischen Fliegen trug er eine formlose weiße Robe, aber Thalric entdeckte eine Ausbeulung, die auf einen Dolchgriff hindeutete.

»Die Fronten sind klar. Bald werden sie etwas gegen mich unternehmen«, sagte Thalric. »Ulther wird zunächst eine Weile mit seinem Gewissen ringen, bevor seine Gier es zum Schweigen bringt. Dann wird er seine Leute nach mir schicken.«

»Benötigt Ihr Hilfe?«, fragte te Berro. »Der Inlandsrekef hat ein paar Leute in der Stadt, vor allem niedere Dienstgrade.«

Welch verlockende Vorstellung, seiner Verantwortung derart enthoben zu sein und einfach nur zur Seite treten zu müssen, während sich der Rekef um seinen alten Mentor kümmerte. Doch Thalric schüttelte den Kopf. »Ich erledige das selbst, falls es mir möglich ist. Aber haltet ein Auge offen, nur für den Fall.«

»Dann könnte es aber sein, dass wir zu spät kommen.«

»Dann soll es eben so sein.«

»Das habt Ihr zu entscheiden.« Te Berro nickte. »Viel Glück, Major Thalric.« Die Fliege flatterte mit den Flügeln und sprang auf das Fensterbrett.

»Leutnant …«

»Major?«

Thalric holte tief Luft. »Wie lange seid Ihr schon bei Latvoks Leuten, Leutnant?«

»Über ein Jahr, Major.« Te Berro kauerte auf dem Fensterbrett, und man konnte unmöglich entscheiden, ob ihm die Frage unangenehm war.

»Wenn er Ulther tot sehen möchte, warum lässt er ihn dann nicht einfach umbringen?« Die Worte schienen schwer wie Blei zu sein. Te Berro starrte ihn an. Plötzlich war er in ein Gespräch verwickelt, das er gar nicht führen wollte.

»Major?«

»Wir sind der Rekef, te Berro. Gouverneure anderer Städte verschlucken sich an einem Stück Fleisch, fallen aus dem Fenster oder schneiden sich beim Rasieren die Kehle durch, wie jeder andere auch. Wieso hier diese Scharade?«

»Glaubt Ihr, dass er mir irgendetwas erzählt?« Te Berro schien die Worte so schnell ausstoßen zu wollen, dass man sie nicht gegen ihn verwenden konnte. »Ihr habt Eure Ermittlungen durchgeführt und Beweismaterial gefunden, um ihn schuldig zu sprechen.

Gebt Euch damit zufrieden, Major. Gebt Euch damit zufrieden, dass alles rechtens aussehen wird, wenn Ulthers Freunde Euch einen Besuch abstatten.« Er verzog leicht das Gesicht. »Außerdem interessieren sie sich ja nicht wirklich für Ulther. Vielleicht interessieren sie sich vielmehr für Euch, Major?« Seine Flügel wirbelten Staub auf, und dann zwängte er sich zum Fenster hinaus und war verschwunden.

Im unruhigen, geisterhaften Schein der künstlichen Laternen hörte Achaeos, wie sie sich flüsternd über die Erbauer dieser alten Kanäle unterhielten. Er verdrehte zwar die pupillenlosen Augen, hielt aber wohlweislich den Mund.

Für ihn war von den in den Stein gemeißelten, verwitterten und von Flechten überwachsenen Reliefs noch genug zu erkennen, und darum wusste er, dass diese alten Gänge einst von seinem Volk gebaut worden waren. Vor Urzeiten, an die man sich in Tharn nicht einmal mehr erinnerte, war Myna demnach eine Mottenstadt gewesen. Doch nein, bei den höchsten seiner Meister wurde das Wissen um Myna sicher noch gehütet. Sie wussten über kaum ein Detail der Vergangenheit nicht Bescheid, denn Wissen war die Währung Tharns, und es wurde eifersüchtiger bewacht als Gold, selbst vor den eigenen Volksgenossen.

Achaeos fragte sich, ob sie überhaupt noch an ihn dachten, ihm Glück wünschten oder sich um ihn sorgten. Doch heute Abend spielte das keine Rolle mehr.

Er, der die Welt so oft um Auskunft über die Zukunft gebeten hatte, fand sich nun gefangen in den Fäden des Schicksals. Durch eine Kette aus Zufällen war er so fest an diesen Augenblick gefesselt, als wäre er ein Sklave der Wespen. Nichts davon hatte er beabsichtigt. Er hatte sich lediglich in Ehrlas Krämers Ställe geflüchtet, um für kurze Zeit unterzuschlüpfen. Bei Einbruch der Nacht wäre er wieder weggewesen, und niemand hätte sich darum geschert – wenn ihm nicht diese Frau hineingepfuscht hätte.

Selbst ihr Name ärgerte ihn. Nur ein Käfer brachte es fertig, ein Mädchen »Jubelgut« zu nennen – Käfer besaßen weder Anstand noch Geschmack.

Wäre sie doch nur nicht in den Stall gekommen. Wäre sie doch nur nicht so stark gewesen, sich gegen seine Kunst zu wehren, mit der er sie hatte in Trance versetzen wollen. Hätte sie, als sie sich von seiner Kunst befreit hatte, doch nur nicht geschwiegen und ihm damit ebenfalls die Freiheit geschenkt. Hätte sie ihm doch nur nicht die Wunden versorgt und sich die Hände mit seinem Blut besudelt. Hätte er sie doch nur daran gehindert.

Das Schicksal hat mir schlechte Karten an die Hand gegeben, und ich habe sie auch noch schlecht ausgespielt. Aber es hatte keinen Sinn, deshalb hartnäckig gegen die Scheibe zu fliegen. Er hatte sich so gut es ging ausgerüstet, und in Chyses' Keller hatte er einen billigen Fliegenbogen und ein Dutzend kurze Pfeile bekommen. Damit musste er zurechtkommen.

Er ging etwas voraus, um das Licht der Lampe hinter sich zu lassen. Noch weiter vorn suchten die Fangschrecke und das Spinnenmädchen nach dem Weg, den sie schon einmal gegangen waren. Ihm entging die Feindschaft zwischen den beiden nicht, auch wenn er sich nicht im Geringsten für ihre Querelen interessierte. Ihre Aufgabe war allerdings leichter auszuführen, wenn sie sich nicht gerade gegenseitig an die Kehlen sprangen. Hinter ihm hörte er das plumpe Stapfen der Geeigneten. Der halbblütige Erfinder hielt eine groteske Armbrust umklammert, gefolgt von Chyses, dem Anführer des Widerstands, und zwei seiner Gefährten. Wie Reisende auf einer staubigen Straße trugen sie Kapuzen und hatten sich Tücher vor den Mund gewickelt. Das Schlusslicht bildete, barfuß und mit ihrem Schlagstock bewaffnet, die Heuschrecke Toran Awe, die abtrünnige Milizenfrau. Ihre Schritte waren kaum zu hören, und Achaeos traute ihr ebenso wenig über den Weg wie den anderen.

Offenbar näherten sie sich ihrem Ziel, denn Tisamon und Tynisa wurden langsamer und warteten, bis das Licht sie eingeholt hatte. Achaeos blieb neben ihnen stehen und schaute zu der Luke hinauf. Hier umgaben ihn nicht mehr die Steine, die ihn an den Niedergang seines Volkes gemahnten, und dafür war er dankbar.

Bald hatten die anderen zu ihnen aufgeschlossen, und Chyses entrollte einen Plan der unteren Stockwerke des Palasts. Mit Hilfe ihrer Komplizen, die als Diener in dem Gebäude arbeiteten, hatten die Rebellen ihn gezeichnet. Achaeos wusste damit nicht viel anzufangen.

»Von diesen Lagerräumen aus müssen wir zunächst nach oben«, erklärte der Mynaner. »Es gibt mehrere Kellerkomplexe, die nicht miteinander verbunden sind. Die Verliese, auf die wir es abgesehen haben, liegen hier – vorausgesetzt, die Gefangenen wurden in den letzten Wochen nicht verlegt. Wer hat den Selbstschlüssel?«

»Ich«, sagte Totho und zeigte das gezahnte Werkzeug kurz vor. »Wissen wir, in welchen Zellen sie eingesperrt sind?«

»Laut unseren Informationen ist Kymenes Zelle nur vergittert, aber was Eure Freunde angeht – öffnet einfach jede Tür, an der Ihr vorbeikommt. Meiner Meinung nach hat ohnehin jeder, der von den Wespen eingekerkert wurde, die Freiheit verdient«, sagte Chyses.

»Aber dann werden uns die Wespen früher entdecken«, warnte Tynisa.

»Dann haben sie aber auch mehr zu tun«, entgegnete Chyses. »Und ich wäre nicht ihr wahrer Feind, wenn ich nicht auch den letzten ihrer Gefangenen freisetzen würde, ganz gleich, ob er mein Freund ist oder Eurer oder gar ein Verbrecher oder Mörder.«

Totho warf Tynisa einen beunruhigten Blick zu, aber Tisamon stand bereits unter der Luke und lauschte angestrengt. Kurz darauf öffnete er die Falltür, linste kurz hinein und schwang sich dann hindurch.

Im Lagerraum selbst war es ruhig, aber von weiter oben waren viele Geräusche zu hören. Gebäude von der Größe dieses Palasts schliefen nie, denn etliche Diener versahen die nächtlichen Arbeiten und waren damit beschäftigt, alles für den nächsten Tag vorzubereiten: putzen, reparieren, einheizen, backen. Chyses hatte gemeint, der Gouverneur hätte einen Hang zur Opulenz, und je mehr Leute beschäftigt waren, desto höher war die Wahrscheinlichkeit, dass jemand sie entdeckte.

Allerdings beteuerte Chyses auch, dass die meisten Diener Einheimische wären und den Mund halten würden. Tisamon hatte er damit jedoch nicht überzeugt.

Nachdem er sich einen Moment lang gesammelt hatte, ging er leisen Schrittes die Stufen hinauf. Von oben drang ein schwacher Lichtschein herab. Er schlich sich an die Tür heran. Sie war von der anderen Seite verriegelt, aber er ließ die Klinge seiner Schwertklaue in den Spalt zwischen Tür und Rahmen gleiten und spürte, wie angespannt Tynisa und die Heuschrecke Toran Awe hinter ihm waren.

Der Riegel hob sich, und Tisamon schob die Tür auf. Sanfter Lampenschein fiel an ihm vorbei, als er in den Schatten neben der Tür zurückwich. Toran Awe huschte in den Korridor, denn sie trug die Uniform ihrer Einheit, ein gelbes Hemd und eine dunkle Hose. Tisamon und Tynisa hörten, dass sie etwas murmelte, dann folgte das peitschende Geräusch von Holz, das auf Fleisch trifft, ein unterdrückter Schrei und ein weiterer Schlag.

Augenblicke später kehrte die Heuschrecke zurück und schleifte einen leblosen Diener aus Myna hinter sich her. Zwischen Kapuze und Nasentuch funkelte Chyses sie wütend an.

»Versucht nur nicht, uns weiszumachen, dass jeder aus Eurem Volk, der vom Brot des Gouverneurs isst, nur darauf wartet, seine Fesseln abzustreifen«, warnte ihn Tisamon.

»Er ist nur bewusstlos«, versicherte ihm Toran, während sie den schlaffen Leib an Chyses Gefährten übergab. Diese legten ihn in den Getreidekeller.

»Und auf diese Weise muss er nicht für das büßen, was wir tun werden«, fügte Tisamon hinzu.

Chyses wirkte zwar immer noch genauso wütend, aber immerhin nickte er.

»Ab jetzt tickt die Uhr«, sagte Tisamon. »So lange, bis er vermisst wird. Was sagt Eure Karte? Wo müssen wir als Nächstes hin?«

Achaeos hätte es ihnen sagen können, wenn sie ihm geglaubt hätten und sich durch Stein und Erdreich hätten bewegen können. Das Labyrinth des Palasts war ihm fremd, aber selbst durch die Kellerwände hindurch spürte er ihren Herzschlag. Sein Blut, das auf ihre Hände getropft war, rief nach ihm.

Thalric musste noch bis Einbruch der Nacht warten, doch er hatte keine Ahnung, ob Ulthers schlechtes Gewissen sie so lange aufgehalten oder ob sie bisher nicht den Mut dazu gehabt hatten.

Er hatte sich nicht versteckt. Wo immer er sich tagsüber bewegt hatte, waren Dienstboten gewesen, die über sein Tun und Lassen Auskunft geben konnten, denn an diesem Punkt war es wichtig, dass sie ihn leicht finden konnten.

Sein Plan war aufgegangen, noch ehe er ihn so recht geschmiedet hatte.

Diesmal hatte er einen ummauerten Garten in einem der oberen Stockwerke des Palasts gewählt. Der Anblick machte ihn fassungslos, denn es musste allein ein Vermögen gekostet haben, Erde und Pflanzen hier hoch zu schaffen, ganz zu schweigen von der anhaltenden Pflege, die man den Gewächsen in dieser unnatürlichen Umgebung angedeihen lassen musste. Dieser Ort war so gut wie jeder andere, um sich dem zu stellen, was Ulther ihm zugedacht hatte.

Als er sie sah, war er augenblicklich erleichtert. Soldaten wäre er nicht gewachsen gewesen. Ulther hatte viele Soldaten unter seinem Befehl, dazu kamen noch die Hilfsmilizen. Offenbar traute er der Garnison jedoch nicht über den Weg. Der Ruf des Rekef hatte wohl ganze Arbeit geleistet, denn Ulther ahnte, dass es in seinem Umfeld Rekefagenten gab, nur wusste er nicht, wer, und so konnte er sich auf keinen seiner Männer verlassen. Stattdessen hatte er seinen Gefolgsleuten und Speichelleckern eröffnet, dass die Stunde gekommen war, sich für die erhaltenen Gnadenerweise erkenntlich zu zeigen.

Vorsichtig stakste ein halbes Dutzend Männer in den Garten. Thalric hatte darauf geachtet, dass er nicht unbemerkt hierhergekommen war. Im Garten aber hatte er sich günstig hinter einem Kasten mit verkrüppelten Ostbäumen positioniert. Von dort hatte er gute Sicht.

Als Ersten erkannte er Oltan vom Nachschub. Bei den Unterschlagungen, die Aagen hierhergelockt hatten, war seine Rolle sicher führend gewesen. Die für den Feldzug bestimmten Rüstungsgüter hatte er für sich abgezweigt und in den Schwarzmarkt umgeleitet. Damit hatte er die Gesetzlosigkeit in der Stadt und das Erstarken der Widerstandsbewegung begünstigt. Hinter Oltan pirschte Freigen vom Konsortium der Rechtschaffenen herein. Dessen Tod würde Thalric nicht den Schlaf rauben, denn der Kapitän verabscheute wichtigtuerische Kaufmänner, selbst wenn sie ihre Pflicht erfüllten. Sein käferstämmiger Partner Kutscher war nicht dabei – entweder war er nicht kämpferisch oder nicht zuverlässig genug. Dafür erkannte er Rauth von der Aufklärung, der sich wohl ebenfalls am Besitz des Imperiums bereichert hatte. Sein Gang wirkte so selbstbewusst, dass Thalric ihn als Gefährlichsten der Verschwörer einschätzte. Schließlich waren da noch zwei ihm unbekannte Männer derselben Sorte.

Hinter Freigen schob sich eine weitere Gestalt herein, die die anderen um mindestens einen Kopf überragte: ein massiger Skorpion mit entblößter Brust, vermutlich ein gedungener Schläger oder Leibwächter. Er wirkte kampferprobt, und allein die Tatsache, dass er weder Waffen noch Rüstung trug, beunruhigte Thalric, denn es ließ darauf schließen, dass ihm die Scherenhände vollauf genügten.

Da Thalric nicht gleich zu sehen war, blieben sie im Eingang des Gartens stehen. Rauth blickte suchend nach oben. Offenbar fragte er sich, ob ihr Opfer durch die Luft geflohen war. Kurz diskutierten sie miteinander, dann trat Freigen einen Schritt nach vorn. »Kapitän Thalric, seid Ihr hier? Der Gouverneur sendet uns, um … mit Euch zu reden. Würdet Ihr Euch bitte zeigen?« Durch das Zögern geriet die Ansprache lächerlich, und Thalric entging nicht, dass die anderen verärgert darauf reagierten.

Jetzt oder nie. Er streckte die Hand aus und trat hinter dem Kasten hervor, um sie besser ins Visier nehmen zu können. In seinem Geist bündelte sich die Kunst der Ahnen, und er entfesselte sie. Goldenes Licht schoss aus seiner Hand hervor.

Eigentlich hatte er auf den Skorpion gezielt, aber wie es der Zufall wollte, trat Oltan in diesem Moment nach vorn, um Freigen am Ärmel zu ziehen, so dass der Energiestoß stattdessen den Nachschuboffizier traf. Da Thalric auf die Brust des Hünen gezielt hatte, bekam Oltan den Treffer im Gesicht ab, wurde zurück und gegen den Söldner geworfen und brach schließlich zusammen. Noch bevor er wusste, wie ihm geschah, war er tot.

»Da!«, kreischte Freigen und schleuderte Thalric seinerseits eine Lichtlanze entgegen. Doch er traf ins Leere, und Thalric, der immer noch zur Hälfte hinter den Bäumen verborgen war, hatte bereits das Schwert gezogen. Ein paar seiner Gegner rannten auf ihn zu, während die anderen selbst nach Deckung suchten. Der Skorpion stieß Freigen mit der Schulter zur Seite und stürmte mit gesenkten, aber nach vorn gerichteten Scheren auf Thalric zu. Ein weiterer Energiestoß des Kapitäns traf den Angreifer zischend an der Schulter, was diesen allerdings nicht aufhielt. Darauf erhob sich Thalric in die Luft. Zu beiden Seiten schossen Feuerstacheln an ihm vorbei, doch sie konnten ihm nicht gefährlich werden. Als er nach unten blickte, sah er, dass drei von ihnen ebenfalls die Flügel ausbreiteten. Er fragte sich, wie gut sie wohl waren und ob sie in den langen Jahren der Prasserei genügend Zeit zur Selbstertüchtigung gefunden hatten.

Rasch entschloss er sich, auf der nächsthöheren Stufe des pyramidenartigen Palasts zu landen, denn er war nicht der beste Flieger. Gerade als er aufsetzte, fielen sie auch schon über ihn her.

Den ersten Angreifer, der sich plump und mit beinahe geschlossenen Augen und ausgestrecktem Schwert auf ihn stürzte, kannte er nicht, doch war er ganz bestimmt kein Krieger. Geschickt trat Thalric zur Seite und ging in die Hocke, so dass der Mann über ihn hinwegtorkelte und umständlich landen musste. Noch bevor er sich aufrappeln konnte, war Thalric auf ihn zugehechtet. Dabei schlug er kurz mit den Flügeln, um den Sprung zu verlängern. Sein Schwert traf den Mann, der unter dem Uniformrock die leichte, an der Seite offene Rüstung der Lufttruppen trug, zwischen den Rippen. Die Klinge drang beinahe bis zum Heft ein, und er schrie erschrocken auf.

Erst als die Parierstange gegen die Rippen stieß, ließ Thalric den Schwertgriff los und schnappte sich stattdessen die herkömmliche Soldatenwaffe des Mannes. Gerade als er herumwirbelte, traf ihn ein weiterer Angreifer an der Schulter, doch der Schlag glitt wirkungslos an seiner Kupfermaschenrüstung ab. Von Thalrics Wendigkeit oder der Rüstung überrascht, verzog sein Gegner das Gesicht. Gleich darauf landete der Ellbogen des Rekefagenten darin, der ihm mit solcher Wucht die Nase brach, dass Blut spritzte.

Mittlerweile stand Rauth auf dem äußersten Rand der Stufe. Von Zeit zu Zeit flackerten seine Flügel auf, mit denen er das Gleichgewicht hielt, und als der andere Mann mit blutigem Gesicht davontaumelte, trat Rauth mit gezogener Klinge nach vorn. Die freie Hand hatte er erhoben und nach vorn gereckt. In Thalric weckte diese Haltung bittersüße Erinnerungen.

Er musste daran denken, dass das Käfermädchen Jubelgut in Collegium in einer Duellgruppe gekämpft hatte, wenn auch ohne nennenswerten Erfolg. Doch die Käfer waren nicht die Einzigen, die rituelle Kämpfe veranstalteten. In seiner Zeit als Jungoffizier war Thalric selbst Mitglied der Waffenbruderschaft gewesen. Dort hatte er das Fechten erlernt und sich darin geübt, gesellschaftliche Kontakte zu pflegen. Rauth hatte die Haltung eines Duellanten der Waffenbruderschaft eingenommen und erwartete von Thalric, dass er sie erwiderte.

Da sich alte Gewohnheiten schlecht ablegen ließen, sogar dann, wenn sie nicht angemessen waren, nahm Thalric, ohne es zu wollen, dieselbe Haltung ein und näherte sich Rauth vorsichtig.

Dieser griff als Erster an, indem er sich in die Luft stieß und das Schwert nach unten richtete, so dass er mit der Spitze voraus auf Thalric herabstürzte und auf sein Schlüsselbein zielte. Dabei benutzte er natürlich keine der stumpfen Tierbeinklingen, mit denen man sich in den Sandkreisen der Waffenbruderschaft gegenübertrat. Stahl rauschte an ihm vorbei, als er nach hinten auswich. Sein Gegenangriff ging fehl, aber er setzte mit drei weiteren wild geführten Rundumschlägen nach, denen Rauth allesamt auswich, bis er wieder auf dem Stufenrand stand. Bei den Waffenbrüdern kannte man keine Parade, mit dem Schwert wurde nur angegriffen. Wenn man sich verteidigte, benutzte man die Füße oder Flügel.

Wieder erhob sich Rauth in die Lüfte und flog über Thalric hinweg. Als er über ihm war, wirbelte Thalric herum und hieb mit der Klinge quer zur Flugrichtung. Dabei traf er Rauth lediglich an der Wade. Im selben Moment stürmte plötzlich der Mann mit der gebrochenen Nase heran, beinahe blind und in wilder Raserei. Thalric trat zur Seit, verlagerte das Gewicht auf das Standbein und ging in die Knie. Als der Mann an ihm vorbeipreschte, schlitzte er ihn mit einer einzigen Bewegung unterhalb des Brustbeins auf. Wieder wirbelte er herum und gab dem Mann dabei einen Fußtritt, mit dem er ihn über die Kante stieß. Schreiend fiel er in den arglosen, sechs Schritt tiefer gelegenen Garten.

Rauth hatte sich die Ablenkung zunutze machen und erneut auf Thalric herabstürzen wollen, doch der Fall seines Kameraden kam ihm in die Quere. Er schwenkte um, und Thalric setzte ihm nach. Einen Augenblick lang umkreisten sie sich fliegend, wobei ihre Schwerter komplexe Muster in der Luft beschrieben. Schließlich landeten sie wieder auf der Pyramidenstufe und nahmen die vertraute Kampfhaltung ein.

Es wird Zeit, dass ich die Sache hinter mich bringe, beschloss Thalric. Obwohl es nicht den Regeln der Waffenbruderschaft entsprach, feuerte er aus der freien Hand eine Energielanze auf Rauths Brust ab. Dieser sprang zwar zurück, aber der Blitz versengte ihn dennoch. Verwundet, aber nicht geschlagen, fiel er über den Rand und entschwand aus Thalrics Sichtfeld. Einen Moment später tauchte er am anderen Ende der Stufe wieder auf. Thalric wandte sich um und sah dem hünenhaften Skorpion geradewegs ins Gesicht.

Wie …? Der Mistkerl muss heraufgeklettert sein. Mehr konnte er nicht mehr denken, ehe sich eine der Scherenhände in seine Schulter bohrte.

Vor Schmerz ließ Thalric beinahe das Schwert fallen. Die Klinge des Zeigefingers drang ihm tief unter das Schulterblatt, während sich die Daumenschneide an seinem Schlüsselbein verkeilt hatte. So hielt ihn der Skorpion gepackt und versuchte, ihn hochzuheben. Über die Schulter seines Gegners hinweg sah Thalric Rauth mit vorgestrecktem Schwert auf ihn zuschießen. Verzweifelt flatterte er mit den Flügeln, ergriff das Handgelenk des Skorpions und stieß sich von der Stufenkante ab. Durch die Bewegung wurde der unbeholfene Skorpion herumgeschleudert, so dass ihm Rauths Waffe den Rücken zerfetzte.

Der Skorpion brüllte vor Schmerz und stieß Rauth mit einem Rückhandschwinger zur Seite. Darauf rammte ihm Thalric sein Schwert in die Brust und griff mit der anderen Hand nach seinem Hals. Er drückte ihm die Kehle zu, dann jagte er einen Energiestrahl hinein. Der Schock warf den Skorpion schlicht um, und Thalric wurde davongeschleudert und fiel in die Tiefe.

Die Schmerzen in seiner Schulter waren so heftig, dass er kaum einen klaren Gedanken fassen konnte. Nur mit Mühe gelang es ihm, die Flügel auszubreiten und sich mitten im Fall aufzufangen. Er war schon unterhalb der Baumwipfel. Während er sich wieder zu der Stufe hocharbeitete, wurde ihm bewusst, dass er, wenn er einmal oben wäre, nicht mehr die Kraft hätte, erneut zu fliegen.

Rauth kam gerade wieder auf die Füße und hatte eine Waffe in der Hand. Sein Blick huschte zwischen dem heranfliegenden Thalric und dessen Schwert, das im Körper des Skorpions steckte, hin und her.

Zwar fühlte sich Thalric mehr tot als lebendig, und jede Bewegung verursachte ihm höllische Schmerzen, aber dennoch gelangte er als Erster zu seinem Schwert, zog es aus der Leiche und reckte es Rauth entgegen, der gerade auf ihn zustürzte. Plötzlich gemahnten ihn Schritte in seinem Rücken an seine tatsächliche Lage. Er hatte den Kaufmann Freigen völlig vergessen – wahrscheinlich konnte er nicht fliegen und war inzwischen die Treppe heraufgerannt. Jetzt jedenfalls war er hier, und Rauth hielt inne und lauerte auf den Moment, in dem Thalrics Aufmerksamkeit nicht mehr ausreichen würde, sie beide im Auge zu behalten.

Als Thalric mit letzter Kraft auf ihn zuschoss, stand Rauth ungläubiges Entsetzen ins Gesicht geschrieben. Erst schabte die Klinge gegen die Rüstung, doch dann fand sie die Lücke zwischen den Metallplatten, durchstieß das Lederpolster und drang tief in seinen Leib ein. Zum dritten Mal glitt Thalric das Schwert aus der Hand. Er fiel auf die Knie und rang einige Augenblicke nach Atem. Erst dann drehte er sich um.

Freigen lag auf dem Bauch, aus dem Rücken ragte ein Pfeil. Am anderen Ende der Pyramidenstufe hockte die kleine Gestalt te Berros. Gelassen löste er die Sehne von seinem Bogen. Kein schlechter Schuss, musste sich Thalric eingestehen.

Schließlich, als er wieder ein wenig Kraft gesammelt hatte, erhob er sich und zog sein Schwert aus dem ersten Gegner, den er erstochen hatte. Als er auf den Fliegenmann zuging, um ihm zu danken, lächelte dieser ihn zaghaft an.

»Nicht der Rede wert«, sagte te Berro. »Euer Verdacht hat sich also bestätigt. Und was ist mit Ulther?«

»Das erledige ich«, erwiderte Thalric.

»Verzeiht mir, aber Ihr scheint nicht gerade in der Verfassung dafür zu sein.«

Thalric stieß ein heiseres Lachen aus. Er fühlte sich mindestens hundert Jahre alt. »Ich erwarte nicht, dass Ihr das versteht oder gar gutheißt, aber ich muss es selbst tun. Das bin ich ihm schuldig.«

»Euer Einsatz, Eure Entscheidung«, pflichtete ihm te Berro bei. »Er wartet in seinem Harem auf die Neuigkeiten seiner glorreichen Meuchelmörder.«

Thalric nickte, sammelte seine Kräfte wie ein Feldherr, der seine Armeen um sich schart, wischte sein Schwert an Freigens Kleidern ab und steckte es in die Scheide. Auf dem Weg zur Hinrichtung ihres Meisters brauchten ihn die Dienstboten nicht zu sehen.

Acht

Um ihren Rückzug zu decken, ließen sie die beiden Männer der Widerstandsgruppe im Getreidelager als Wachen zurück. Anhand seiner Karte führte Chyses den Rest der Gruppe über Treppen und durch Korridore, die nur vom schräg einfallenden Mondlicht erhellt wurden. Das Feuerzeug mit Mineralöl, das er mitgebracht hatte, zündete er nur an, wenn es zu dunkel war, um die Karte zu lesen. Ansonsten ging er ihnen mit beinahe blinder Zuversicht voran.

Doch noch ehe sie in den großen Korridor traten, spürte Achaeos, dass sich Chyses nicht ganz sicher war, wo sie sich befanden. Erst im Korridor stutzte er. Er war zwei Stockwerke hoch, und die Hälfte nahm eine breite Treppe ein. Chyses stieß ein unterdrücktes Schnauben aus und zog den Plan wieder hervor. Tisamon und Tynisa flankierten ihn in einigem Abstand rechts und links.

»Ich glaube …«, begann Chyses, indem er versuchte, die Karte ins Mondlicht zu halten. Doch die Fenster waren so hoch in der Wand hinter ihnen, dass die bleichen Mondstrahlen ans andere Ende der Halle und auf die Stufen fielen. Verärgert schlug er erneut Feuer, um die Karte lesen zu können.

»Lasst mich mal sehen.« Totho trat heran und nahm die monströse Armbrust umständlich in eine Hand. Gereizt riss Chyses die Karte aus seiner Reichweite. Genau in diesem Moment erschien ein Wespensoldat am oberen Ende der Treppe.

Anstatt fortzulaufen und Hilfe zu holen, stürmte er mit einem zornigen Schrei die Treppe hinunter. Später war Tynisa der Überzeugung, dass er nur Totho und Chyses gesehen hatte, nicht aber Tisamon und sie selbst, weil sie regungslos im Schatten gestanden hatten.

Sie hatte bereits einen Schritt auf den Wespenkrieger zugemacht, als Totho die Armbrust abfeuerte. Der Glückstreffer erwischte die Schulter des Mannes mit dem ersten Schuss. Der Soldat strauchelte und stürzte klappernd und kreischend die Treppe hinunter auf sie zu. Der zweite Bolzen zerschellte zwar an einer Steinstufe, aber der dritte traf den Mann mitten in die Brust, als er sich gerade aufrichten wollte. Das perfekte Ziel. Das Geschoss schleuderte ihn wieder zu Boden und erstickte den Hilferuf in seiner Kehle.

Zwar hörten sie noch keinen Lärm aus ihrer Nähe, lange würde er jedoch nicht auf sich warten lassen. »Wo geht's lang, Chyses?«, zischte Tisamon, und womöglich half die unterschwellige Drohung in seiner Stimme dem Anführer, sich zu konzentrieren, denn er deutete in den Gang, aus dem sie gekommen waren.

»Die nächste Tür«, erklärte er. »Dann die Treppe runter, und wir müssten da sein.«

Tisamon war bereits an ihm vorbei und verschwunden, während Totho noch damit beschäftigt war, das aufgesetzte Holzmagazin seiner Armbrust neu zu bestücken. »Komm schon!«, drängte ihn Tynisa, bevor sie begriff, dass Toran Awe keine Anstalten machte, ihnen zu folgen.

»Was …?«

»Ich rede mit ihnen, wenn sie kommen«, sagte die Heuschrecke gelassen. »Ich werde sie auf eine falsche Fährte locken. Immerhin gehöre ich zur Miliz und in den Palast.«

Tynisa nickte ihr knapp zu und folgte Totho in den Korridor.

Dieses Mal lag Chyses richtig, oder zumindest stimmte seine Karte. Über die schlichten Steinstufen ging es wieder unter die Erde und in einen weiteren Flur. An einer Wand befanden sich lauter kleine Türen, und Totho lief sogleich auf die erste zu. Er steckte den Selbstschlüssel, ein schlankes Werkzeug von ungefähr einem Fuß Länge, ins Schlüsselloch und regulierte ihn. Als es klickte, fletschte Totho die Zähne und probierte es weiter, indem er alle möglichen Bartkombinationen austestete, um die Riegel zu bewegen. Allerdings machte das Schloss keinen sonderlich anspruchsvollen Eindruck. Vielmehr handelte sich um eine herkömmliche und einfach gestrickte Mechanik, so dass es wahrscheinlich nicht allzu lange dauern würde.

Endlich klickte es erneut, und diesmal schwang die Tür auf, als er den Schlüssel herauszog. In der

Zelle lagen zwei zerlumpte Fliegenmänner, die ihnen schlaftrunken entgegenblickten.

»Wer sind denn die?«, fragte der eine den anderen, aber Tynisa deutete seitwärts in den Korridor.

»Kommt. Haut ab und stellt keine Fragen«, sagte sie, und die beiden, die ihr Glück nicht recht fassen konnten, machten sich aus dem Staub.

Im nächsten Verlies fanden sie drei Einheimische, darauf folgten zwei leere Zellen. Von Ju und Salma fehlte jede Spur.

»Kymenes Zelle ist weiter unten«, teilte ihnen Chyses mit. »Wir müssen vorwärts kommen.«

»Und was ist mit unseren Freunden?«, fragte Tynisa, worauf ihr Anführer mit den Schultern zuckte.

»Wir wissen nicht, wo sie stecken. Aber wir wissen, wo Kymene gefangen gehalten wird.« Die Einheimischen, die sie befreit hatten, waren bereits in die Richtung geflohen, aus der sie gekommen waren.

Etwas weiter vor ihnen im Korridor hörten sie ein erschrecktes Japsen. Zwei Diener waren heraufgekommen. Jetzt machten sie auf der Stelle kehrt und rannten davon. Wie ein Pfeil schoss Tisamon ihnen hinterher.

»Nein!«, bellte Chyses, und am anderen Ende des Korridors ruderten die Dienstboten erneut zurück, weil ein Soldat vor ihnen auftauchte. Er streckte die Hand aus, die gefährlich knisterte. Tisamon warf sich auf die glatten Bodenplatten und schlitterte auf den Knien weiter, so dass die Energielanze über ihn hinwegpfiff. Erst rammte er dem Wespenkrieger seine Klappklinge in die Seite, und als der Getroffene niederstürzte, schlitzte er ihm die Kehle auf.

Im Stockwerk über ihnen brach Lärm aus, der aber rasch leiser wurde. Tynisa hoffte, dass Toran Awe mit ihrer Irreführung möglichst lange erfolgreich sein würde, ohne dafür bezahlen zu müssen.

»Hinunter«, zischte Chyses, und bald hatten sie die Treppe nach unten gefunden.

Mittlerweile hatte Tynisa jedes Gefühl dafür verloren, ob sie sich über- oder unterhalb des Lagerraums befanden, durch den sie hereingekommen waren. Eben gelangte sie zu der Überzeugung, dass sich Chyses schon wieder verlaufen hatte, da tauchte Achaeos neben ihr auf.

»Das ist es«, sagte er. »Wir nähern uns.«

Sein graues, weißäugiges Gesicht blieb ausdruckslos.

Da sie die Geräusche von weiter oben daran gemahnten, dass ihre Zeit ablief, legte Chyses eine schnellere Gangart ein. Er rannte beinahe, ohne auf irgendwelche Sicherheitsvorkehrungen zu achten. Tynisa und Tisamon konnten zwar leicht mit ihm Schritt halten, der trampelnde Totho fiel jedoch immer weiter zurück. Achaeos konnte überall sein, im einen Augenblick sah sie ihn, im nächsten schon nicht mehr.

Dann wurde vor ihnen eine Tür aufgestoßen, durch die Wespensoldaten herausdrängten. Chyses, der einen langen Dolch in der Hand hatte, erwischte den ersten in vollem Lauf. Selbst wenn er gewollt hätte, hätte er nicht mehr abbremsen können. Noch während die beiden Männer zu Boden gingen, stach er erbarmungslos auf den Wespenkrieger ein. Der Zweite, der durch die Tür trat, wollte wieder zurückweichen, wobei er beinahe über Chyses stolperte und mit den Flügeln schlagen musste, um nicht das Gleichgewicht zu verlieren. Im selben Moment stürzte sich Tynisa auf ihn. Ihr erster Schlag kratzte nur über seine Rüstung, und das verschaffte ihm Gelegenheit, sein eigenes Kurzschwert aus der Scheide zu ziehen. Doch bevor er es ihr in den Leib rammen konnte, war sie ihm schon zu nahe und stieß ihm das Rapier zwischen die Rippen, bis nur noch ein kurzes Stück der Klinge zu sehen war. Der Soldat schlug trotzdem nach ihr, obwohl ihm die Beine bereits den Dienst versagten. Doch sie wich der Waffe mit Leichtigkeit aus und trat ihm gegen die Schulter, um ihr eigenes Schwert aus ihm herauszuziehen.

Als sie sich umdrehte, stellte sie fest, dass Tisamon zwei weitere Wespenmänner ohne Rüstung gefällt hatte und sich gerade auf einen weiteren stürzte, der versuchte, wieder durch die Tür zurückzuweichen. Tisamons teuflische Klappklinge traf ihn quer über der Brust, aber nicht tief, so dass er noch in der Lage war, einen Energiestachel abzufeuern, der die gegenüberliegende Korridorwand verkohlte. Tisamon wich seitlich aus und verschwand aus Tynisas Blickfeld. Gerade wollte sie dem Gegner hinterher und durch die Tür stürmen, da hatte Achaeos einen überraschenden Auftritt. Niedergekauert feuerte er einen Pfeil ab. Durch die Tür drang ein Schrei, kurz darauf huschten Tynisa und Tisamon durch sie hindurch.

Abrupt blieb der Fangschreckenkrieger stehen und ging in Verteidigungshaltung, die Klinge hoch erhoben, als stelle er sich einer großen Bedrohung. Tynisa zwängte sich an ihm vorbei und trieb das Rapier in den Wespenmann, dessen Brust Tisamon bereits aufgeschlitzt hatte. Der Mann breitete die Arme aus und fiel nach hinten über einen großen Tisch.

Am anderen Ende des Raums stand ein letzter Wespenmann, die Augen weit aufgerissen. Er bemühte sich, aufrecht zu bleiben, denn in seiner Brust steckte ein zitternder Pfeil. Er streckte ihr die Hand entgegen, und wäre er keine Wespe gewesen, hätte sie es für eine Geste der Kapitulation gehalten.

Tynisa erstarrte. Er war zu weit weg. Noch während sie zögerte, wuchs ihm wie durch Zauberei ein zweiter Pfeil aus der Brust, und zwischen seinen Lippen sprudelte Blut hervor. Der Mann taumelte gegen die Wand und sackte zusammen.

Das war es. Sie hatten alle erledigt. Erst jetzt kam ihr zu Bewusstsein, dass die Wespen bis auf die ersten beiden nicht bewaffnet waren. Vielmehr waren sie wie Zivilisten gekleidet.

Tisamon ging an dem Tisch entlang zur anderen Seite. Da entdeckte sie, was ihn so erschreckt hatte. Der Körper einer riesigen Gottesanbeterin war mit Drähten über dem Tisch aufgehängt. Tisamon starrte das Insekt an, dann stieß er ein wütendes Schnauben aus und sprang auf den Tisch, so dass die Papiere darauf wild durcheinanderflogen. Mit drei gezielten

Hieben kappte er die Drähte. Das makabre Ausstellungsstück purzelte herab, sein Chitinpanzer knarzte, als es aufschlug.

Auf dem Tisch fielen Tynisa eine Art Karte und etliche, eng mit Zahlen beschriebene Papiere auf. Sie riss so viele Zettel an sich, wie sie erwischen konnte, faltete sie zusammen und stopfte sie in ihren Waffenrock. *Das wird Stenwold gefallen,* entschied sie.

Chyses stand mit blutigem Dolch in der Tür. »Wir verschwenden unsere Zeit«, drängte er.

»Ihr habt uns hierhergebracht«, entgegnete sie schroff. »Dann führt uns endlich dahin, wo wir hinwollen.«

Thalric verarztete seine Wunde, so gut es ging. Dabei half ihm seine zehnjährige Erfahrung im Feld, wo er schlimmere Orte als diesen kennengelernt hatte. Die Schere des Skorpions war durch sein Kupfermaschenhemd gedrungen, in dem sie zwei ausgefranste Löcher hinterlassen hatte. Er fragte sich, ob der Skorpion ihm den Arm an der Schulter abgetrennt hätte, wenn er kein Hemd getragen hätte.

Für einen Moment zog er sich vor der Welt, selbst vor te Berro zurück, ließ sich an der Wand zu Boden sacken und schloss die Augen. Es war eine anstrengende Nacht gewesen, und das Schlimmste stand ihm noch bevor. Schon jetzt hörte er Leute durch den Palast rennen. Im Garten und auf der oberen Pyramidenstufe hatte er eine schöne Sammlung Leichen zurückgelassen. *Lass sie nach oben eilen. Lass sie auf der Stufe oder am Himmel nach dem Mörder suchen.* Er war bereits in die entgegengesetzte Richtung unterwegs.

Ja, beinahe. Ihm kam es vor, als hätte sich sein gesamter Werdegang in letzter Zeit umgekehrt. In das Gefühl von Niederlage und Verzweiflung, das seine Mission begleitete, mischten sich untrennbar die Schmerzen in seiner Schulter. Dass ein Mann seinen Freund verriet, war nicht richtig, aber Thalric war zuallererst ein treuer Diener des Imperiums. Daneben war er ein treuer Diener des Rekef, und wenn er seiner Vorstellungskraft ein wenig Gewalt antat, konnte er sich einreden, dass es dasselbe war.

Da er seine Kraftreserven im Kampf nahezu erschöpft hatte, würde er sich auf sein Schwert verlassen müssen. Den durch die Kunst erzeugten Stachel zu benutzen, der in den Augen der Eroberten ein Symbol für die Besatzung geworden war, zehrte an den körperlichen Kräften.

Ihm war bewusst, dass er es te Berro und seinen Agenten überlassen konnte, sich um Ulther zu kümmern. Dies wäre jedoch ein weiterer Verrat gewesen, zu dem er nicht mehr bereit war. Sollte es übel für ihn ausgehen, weil Ulther womöglich noch mehr Speichellecker aufzubieten hatte oder es gar fertigbrachte, ihn höchstpersönlich zu töten, wäre vielleicht ein gewisser Ausgleich für seinen Verrat hergestellt. Stöhnend drückte er sich von der Wand ab und machte sich auf den Weg zu Ulthers Harem. Der Gedanke, den Gouverneur möglicherweise auf dem Höhepunkt seiner Lust anzutreffen, entlockte ihm ein unfreiwilliges, entsetztes Lachen.

Beim Anblick seines grimmigen Gesichtsausdrucks und der blutigen Schulter wichen die Dienstboten, denen er begegnete, vor ihm zurück. Wie ein Geist bewegte sich Thalric durch die oberen Stockwerke, in denen viel Betrieb herrschte. Als er die Treppe hinunterstieg, meinte er, in Wasser einzutauchen, denn plötzlich war alles still um ihn, und er spürte lediglich den Druck auf der Stirn, den ihm Zweifel und Schuldgefühle verursachten.

Im Wachraum neben den Verliesen schob ein halbes Dutzend Soldaten Dienst. Doch Tisamon lief mittlerweile voraus, und als Tynisa dort ankam, konnte sie gerade noch einem Wespenkrieger das Rapier in den Rücken rammen, der versucht hatte, vor der Fangschrecke zu fliehen. Im Wachraum fand sie Tisamon, der hinter einem Tisch voller Spielkarten und Münzen stand, und auf dem Boden waren lauter Leichen verstreut. Die Szenerie glich einem Holzstich aus Collegium, der die Gefahren des Glückspiels illustrierte. Obwohl sie sich willentlich auf dieses Abenteuer eingelassen hatte, rief ihr der Anblick ins Bewusstsein, wie viel Blut in dieser Nacht bereits vergossen worden war, und wie viel noch würde fließen müssen.

Chyses stieß zu ihnen auf, während Totho an dem Wachraum vorbeitrabte und sich an dem ersten Schloss zu schaffen machte. Allerdings nicht mit dem umständlichen Selbstschlüssel, sondern mit Schlüsseln, die sie einer toten Wache abgenommen hatten.

»Nein, weiter unten«, sagte der Mynaner. »Sie ist weiter in diese Richtung.«

»Wir machen das so, wie ich es möchte«, erklärte Totho geduldig. »Ich bin nicht wegen Eurer Anführerin hier.«

Chyses bleckte die Zähne, und Tynisa bemerkte, dass die Knöchel seiner Hand, mit der er den Dolch umklammerte, weiß hervortraten. Sie stellte sich neben Totho, um keine Missverständnisse aufkommen zu lassen. Gleichzeitig stellte sie mit Erstaunen fest, dass sie nach Achaeos Ausschau hielt.

Der Mottenmann schüttelte leicht den Kopf. »Ein Stück weiter«, war alles, was er sagte.

Totho zog vor Spannung die Schultern ein, als er die Tür aufstieß. In der Zelle saß ein heruntergekommener Käfersoldat, ein verhärmter und ergrauter Mann.

»Raus hier«, sagte Chyses. »Geht raus und besorgt Euch im Wachraum eine Waffe.«

Nach kurzem Zögern stand der Mann auf und tat, wie ihm geheißen.

Ohne ein Wort zu sagen, stellte sich Tisamon an den Fuß der Treppe, die sie herabgestiegen waren, und wartete. Tynisa wusste, dass ihn seine Instinkte nicht trogen. Bald würden weitere Soldaten auftauchen. Bisher hatten sie Glück gehabt, aber die kaiserliche Garnison in Myna war groß, und die meisten Truppen waren in unmittelbarer Nähe des Palastes untergebracht. Sobald jemand herausfand, was hier vor sich ging, würden sie sich vor lauter bewaffneten Wespen nicht mehr rühren können. Sie warf Tisamon einen Blick zu, denn schon wieder arbeiteten sie zusammen wie ein Paar Hände, und sie konnte es kaum fassen. *Noch heute Nacht werde ich dir einen Schock versetzen. Ewig kannst du mich nicht ignorieren.*

Indessen fummelte Totho fieberhaft an der fünften Tür herum, und allmählich hatten sie schon eine Sammlung zerlumpter Männer und Frauen mit entschlossenem Blick befreit, die Wespenschwerter und Dolche in der Hand ausbalancierten und auf weitere Befehle warteten.

Vor der Besatzung war dies ein kämpferisches Volk gewesen, erinnerte sich Tynisa. Vielleicht nicht so kriegerisch wie die Ameisen oder Wespen, aber der Wille, sich mit der Waffe zu verteidigen, war tief in ihnen verwurzelt. *Umso besser, denn sie werden ihn nötig haben.*

Sie hatten das Ende der Zellenreihe erreicht, aber der Korridor führte noch weiter, und Chyses eilte ihn bereits entlang. Alle hörten seinen Ausruf: »Da bist du ja!« Darauf rannte er zu ihnen zurück.

»Ich habe sie gefunden!«, verkündete er. »Kommt schon, Mann, beeilt Euch!«

Von weiter unten erklang die Stimme einer Frau. »Chyses, pass auf!« Fast gleichzeitig schoss ein Feuerstrahl an ihm vorbei.

Totho ging auf ein Knie und drückte kopflos den Abzug, und als die nächste Lanze neben ihm in die Wand einschlug und seine Wange versengte, war sein Magazin leergeschossen. Nur einer der Wespensoldaten vor ihnen fiel Tothos Sperrfeuer zum Opfer, aber es war dunkel, und der junge Erfinder war von Natur aus kein guter Schütze. Ein zweiter Soldat hatte sich hinter seinen Kameraden geduckt und drückte sich nun flach an die Wand. Tynisa zerrte Totho in eine der geleerten Zellen, während er bereits nach einem neuen Magazin kramte.

»Du bist kein Krieger«, erinnerte sie ihn.

Dann zischte ein weiterer Stachel an der offenen Zelle vorbei, und sie hörte Chyses fluchen.

Sie spannte die Muskeln, denn sie wusste, dass sich Tisamon auf den Wespensoldaten stürzen und sie ihm unwillkürlich folgen würde, um ihm Rückendeckung zu geben. Noch während sie das dachte, schrie der Wespenkrieger auf, und sie hörte das Klirren von Stahl auf Stahl. Tisamon sauste an der Zelenöffnung vorbei, und Tynisa setzte hinterher, doch als sie beim Kampfgeschehen ankamen, war bereits alles vorbei. Der Wespenkrieger lag bäuchlings auf dem Boden. Aus seinem Rücken ragte ein Pfeil, darüber hinaus hatte er etliche Schnittwunden. Zitternd stand Achaeos über ihm, den Dolch in der Hand und den Arm bis zum Ellbogen in Blut getränkt. Auch an seiner linken Handfläche klebte Blut. Es war sein eigenes, seine Lippe war aufgeplatzt. Daraus konnte Tynisa sich das Geschehen zusammenreimen. Achaeos hatte sich im Dunkeln angeschlichen, um einen Schuss abzufeuern. Aber er hatte nicht so gut getroffen wie gehofft, und der verletzte Wespenkrieger hatte ihn angegriffen. Sie fragte sich, ob es das erste Mal gewesen war, dass er einen Mann im Nahkampf getötet hatte.

»Gut gemacht.« Tisamon nickte ihm zu, was der Mottenmann ebenfalls mit einem wortlosen Nicken quittierte.

In Tynisa krampfte sich etwas zusammen, denn dieses schlichte Lob war mehr, als sie jemals von ihm bekommen hatte.

»Kymene!«, rief Chyses, und erst da fiel Tynisa auf, dass in der einzigen nur mit Gitterstäben verschlossenen Zelle eine Frau im Schatten stand und sie aufmerksam beobachtete. Als sie in den Lichtschein trat, spürte Tynisa, dass die Mynaner ruhiger und zuversichtlicher wurden.

»Die Tür, bitte«, sagte die Widerstandskämpferin, als wäre all das ihr eigener Plan gewesen. Als hätte sie nur darauf gewartet.

Totho eilte herbei. Doch keiner der Schlüssel passte, also mühte er sich mit dem Selbstschlüssel ab, während Tisamon bei dem Wachraum Posten bezog. Tynisa ahnte, dass sie von dort bald wieder Kampflärm hören würden.

»Wer sind diese Leute?«, wollte Kymene von Chyses wissen.

»Fremde«, erwiderte er. »Sie wollen zwei ihrer eigenen Leute befreien.«

»Dann schulden wir ihnen etwas für ihre Hilfe«, sagte sie, und in diesem Moment bekam Totho mit einem Triumphschrei das Schloss auf. Wie eine Königin, die in ihr Reich einzieht, trat Kymene aus der Zelle. Tynisa vermutete, dass sie kaum mehr als ein oder zwei Jahre älter sein konnte als sie selbst.

Einige der befreiten Gefangenen fingen an, ehrfurchtsvoll zu tuscheln. »Die Maid. Mynas Maid«, flüsterten sie.

»Wen sucht ihr?«, fragte Kymene an Tynisa gewandt.

»Einen Libellenmann und ein Käfermädchen.«

»Ein dunkelhäutiges Mädchen mit gebleichtem Haar?«

»Ihr habt sie gesehen!«, rief Totho aus. »Wo …?«

»Ich weiß nicht, in welcher Zelle sie ist, aber als sie sie zurückbrachten, haben sie sie immer in diese Richtung geführt«, erklärte Kymene. »Chyses, du musst hierbleiben und ihnen den Weg weisen.«

Jetzt, da er vor seiner Anführerin den Kopf neigte, war jeder Widerspruch in ihm erloschen. Zum Dank legte ihm Kymene die Hand auf die Schulter.

»Zeig mir, wie ihr hier wieder rauskommen wollt«, sagte sie, und Chyses zog die Karte hervor. Sie betrachtete sie kurz und prägte sich den Weg ein. »Ich nehme die hier mit.« Dabei zeigte sie auf die Gefangenen. »Wir treffen uns draußen wieder. Beeilt euch.«

Hätte ihm seine Schulter nicht so viel Schmerzen bereitet und die bevorstehende Konfrontation mit Ulther ihn nicht derart bedrückt, wäre Thalric dieser Fehler niemals passiert. Davon war er überzeugt.

So zügig wie möglich eilte Thalric zum Harem. Vor ihm machten sich ein paar Dienstboten aus dem Staub, als sie ihn kommen sahen. Daran war er mittlerweile gewöhnt, daher dauerte es ein wenig, bis er stutzig wurde, obwohl es ihm viel früher hätte auffallen sollen. Dienstboten mit gezogenen Schwertern? Und sie waren schmutzig und zerlumpt gewesen. Normalerweise trugen Ulthers Domestiken doch schlichte dunkle Livreen. Sofort drehte er um. Sie waren ihm gefolgt, jemand packte ihn beim Kragen. Dann spürte er einen schmerzhaften Stich in der Kehle.

Er wollte sich wehren und sammelte alle verbliebenen Kräfte für einen letzten Vergeltungsstachel. Da ging ein leichter Ruck durch die Waffe, so dass ihm die rasiermesserscharfe Klinge ins Fleisch schnitt. Ein Blutstropfen trat hervor. Vernünftigerweise rührte er sich nicht mehr.

Die anderen eilten herbei, ein halbes Dutzend verdreckter Einheimischer mit Wespenschwertern und Dolchen in den Händen. Einer dieser Dolche wurde ihm an die Kehle gehalten. Nun würde sein Schicksal also vom Fleiß eines Soldaten besiegelt, der seine Waffen scharf hielt.

Er wollte den Kopf drehen, aber sein Gegner drückte ihn gegen die Wand. Dabei schnitt ihm die Klinge in den Hals.

Plötzlich hatte er Kymenes Gesicht vor sich, und ihm wurde eiskalt. Es konnte keinen Zweifel geben, sie war Mynas Maid. Als Gefangene hatte sie so groß gewirkt, als könne die Zelle sie gar nicht fassen. Jetzt war sie frei und glich einem ungeduldigen Tier, das nur das Leben in der Wildnis kannte. Sie erinnerte ihn an einen grünen Laufkäfer, den er einmal in einer Gladiatorenarena gesehen hatte und der so groß wie ein Pferd gewesen war. Obwohl er gegen etliche berittene Gegner mit Speeren gehetzt worden war, hatte das Untier ein Blutbad veranstaltet. Dem johlenden Publikum hatte er seine monströsen Mandibeln entgegengestreckt und es damit zum Schweigen gebracht.

»Ich kenne Euch«, sagte sie leise. »Ihr seid … sagt es nicht … Thalric. Kapitän Thalric, nicht wahr? Der Politiker.«

»Ihr habt ein gutes Gedächtnis«, krächzte er.

»Ihr werdet Euch bestimmt auch an mich erinnern«, sagte sie mit einem schelmischen Lächeln. »Es scheint, als hättet Ihr eine Schlacht hinter Euch, Kapitän Thalric. Oder habt Ihr Euch beim Reinigen Eurer Armbrust verletzt?«

»Die Nacht war ereignisreich«, gab er zu. Ihr Blick hielt ihn gefangen, und ihm war, als würde sie in seinem Geist lesen und seine Vergangenheit Stück für Stück entwirren.

»Möglich, dass es vor Sonnenaufgang noch ereignisreicher wird«, sagte sie. »Wohin des Wegs, Kapitän, mit Eurem notdürftigen Verband? Soweit ich weiß, geht's in die andere Richtung zur Krankenstube.«

Er versuchte ein Lächeln, was ihm trotz oder vielleicht sogar wegen ihrer Anwesenheit ziemlich gut gelang. »Ich habe vor, Gouverneur Ulther zu töten«, sagte er. Gewiss konnte sie in seinen Augen lesen, dass er die Wahrheit sprach. Dennoch hatte er sie damit verblüfft, und das genoss er, obwohl er ihre Klinge am Hals spürte. Sie war zwar Mynas Maid, doch auch sie wusste nicht alles.

»Den Fettkloß? Ihr wollt den Fettkloß töten?«, fragte sie, und er brauchte einen Moment, bis er begriff, wen sie meinte.

»Wenn Ihr mich lasst«, sagte er und beobachtete, wie seine Worte auf ihre Anhänger wirkten, die mittlerweile auf ein Dutzend angewachsen waren. Sie glotzen ihn entweder verdutzt oder fragend an.

»Dann seid Ihr also der Held der Revolution, Kapitän Thalric?«, fragte Kymene gedehnt. »Eine gute Tat, um die vielen schlechten auszugleichen?«

Darauf antwortete er mit einem schmalen, freudlosen Lächeln.

»Oder handelt es sich nur um Wespenpolitik, so wie Euer Auftritt neulich?«

»Politik hat große Bedeutung für uns.«

Sie nahm die Klinge so unvermittelt von seinem Hals, dass er kurz dachte, sie hätte sie ihm vollends in die Kehle gerammt. »Mir ist egal, ob Ihr dafür bezahlt werdet oder ob es um Politik geht, ob er mit Eurer Frau geschlafen oder Euren Namen durch den Schmutz gezogen hat. Oder ob Ihr nur sehen wollt, welche Farbe seine fette Leber hat. Ich schenke Euch das Leben, Kapitän Thalric. Dann wollen wir mal sehen, was Ihr damit anstellt.«

Und damit ging sie davon. Ihre Anhänger eilten ihr nach, und Thalric blieb allein zurück. Mit zittrigen Fingern betastete er den Schnitt an seinem Hals.

In den Stockwerken über ihnen ging es immer hektischer zu. Dafür waren etliche Wespen verantwortlich, die im Moment zwar noch der falschen Fährte folgten, ihren Irrtum aber bald erkennen würden. Nachdem sie sich von Kymene getrennt hatten, wurden sie immer schneller. Eigentlich hatten sie alles erledigt, nur nicht das, wofür sie hergekommen waren, und in ihrer Sanduhr war das meiste schon herabgerieselt.

»Dort!«, sagte Totho, als er weiter vorn weitere Türen entdeckte.

Allerdings standen dort auch mehr Wachen. Zwei Wespen in leichter gestreifter Rüstung waren auf den Gang herausgetreten. Die eine war so verblüfft von ihrem Anblick, dass sie sie einfach nur mit hängender Kinnlade anglotzte. Die andere stieß einen Warnruf aus.

Als sie gerade ihren ersten Stachel abfeuerten, stürzte sich Tynisa auf sie. Die Lanze schoss so nah an ihr vorbei, dass sie den Hitzeschwall auf der Wange spürte. Der Mann, der sie abgefeuert hatte, hatte sich mit Hilfe der Kunst retten wollen und deshalb keine Waffe gezogen. Dafür ließ ihn Tynisa büßen, indem sie ihm das Rapier seitlich zwischen die Platten seiner Rüstung stieß. Der andere Mann hatte sein Schwert in der Hand, und gerade, als er es gegen sie schwingen wollte, wurde er von Chyses umgerannt. Die beiden Männer rangen auf dem Boden miteinander, und Tynisa wollte dem Mynaner zu Hilfe kommen. Doch da brüllte Totho eine Warnung, und sie ruderte zurück.

Ein dritter Mann war auf den Gang getreten, und dieser stellte ein größeres Problem dar. Er trug einen schweren Kettenharnisch, dessen Ringpanzer und Metallplatten den ganzen Körper bedeckten. Sein Helm wies nur einen schmalen Sehschlitz auf. Mit dem Rapier würde Tynisa ihm nichts anhaben können. Sie war erstaunt, wie schnell er sich in der schweren Rüstung bewegte, als er auf sie zupreschte und die Klinge einer langstieligen Glefe schwang. Beinahe erwischte er sie damit, denn sie unterschätzte die Reichweite der Waffe. Ihre Spitze tanzte ihr gefährlich nahe vor dem Gesicht, so dass sie gezwungen war, sich nach hinten auf den Rücken zu werfen, um ihr auszuweichen.

Da vernahm sie das Schnarren von Tothos Armbrust, und im nächsten Augenblick krümmte sich der Mann. Ein Bolzen steckte ihm im Kettenpanzer, doch zwei weitere prallten vom gewölbten Schulterschutz und dem Helm des Kriegers ab.

Hinter ihm stürmten weitere Wachen heraus, die verdutzt stehen blieben, als sie den Kampf erblickten. Der Krieger mit der Glefe spuckte vor ihr aus, und sie krabbelte rücklings aus seiner Reichweite. Dabei sah sie, wie einer von Achaeos Pfeilen an der schweren Rüstung zerbrach.

Tisamon!

Aber Tisamon war weiter hinten, um ihren Fluchtweg frei zu halten.

Der Geharnischte trat über Chyses und seinen Gegner hinweg und setzte ihr mit der langen Waffe nach. Tynisa wich der Glefe aus, sprang nach vorn und versuchte, seinen Hals oder den Augenschlitz zu treffen. Doch der Krieger bog den Oberkörper nach hinten, und ihr Rapier drohte beinahe an seiner stählernen Halskrause zu zerbrechen. Mit dem Schaft seiner Waffe stieß er sie gegen die Wand. Er besaß eine Kraft, die nur einem Mann zu eigen sein konnte, der schon seit Jahren eine solche Rüstung trug.

In der Zwischenzeit war Chyses mit seinem Gegner fertig geworden, sah sich aber zwischen dem Geharnischten und den beiden Wachen eingekeilt. Diese schienen allerdings über etwas zu streiten, und trotz ihrer schmerzenden Rippen fragte sich Tynisa, weshalb sie nicht angriffen. Chyses ließ die Gelegenheit nicht ungenutzt, stürzte sich von hinten auf den Geharnischten und stieß mit aller Kraft zu. Unterhalb des Brustpanzers bohrte sich sein Dolch in die Kettenrüstung und richtete offenbar auch Schaden an, denn aus dem Helm ertönte ein dumpfer Aufschrei.

Plötzlich hatte Chyses das eisenbeschlagene, stumpfe Ende der Glefe im Gesicht und wurde gegen die Wand geschleudert. Dabei ließ er den Dolchgriff los, und Tynisa stürmte erneut vor. Sie traf die Kehle ihres Gegners, doch selbst die war mit Kettenpanzer und Leder geschützt. Ihr Rapier bohrte sich in die Rüstung, bog sich aber durch. Mit einem verzweifelten Schrei legte sie alle Kraft in ihre Schwerthand.

Schließlich glitt die Klinge doch an den Metallringen ab, und Tynisa prallte gegen den Geharnischten. Dabei zerkratzte sie sich mit der scharf geschwungenen Parierstange ihrer eigenen Waffe die Wange, und der Geharnischte stürzte nach hinten gegen die Korridorwand. Beim Aufprall bohrte sich Chyses Dolch tiefer in seinen Leib.

Jetzt sah sie, dass die beiden Wachen offenbar eine Entscheidung getroffen hatten, denn sie zogen die Waffen und rannten in Richtung der Zellen.

Sie würden die Gefangenen umbringen, und Tynisa hatte keine Zweifel daran, dass es sich um Ju und Salma handeln musste.

Der Geharnischte brüllte und schleuderte das Spinnenmädchen mit dem Schaft seiner Waffe zur Seite, während er sich mühsam von der Wand abstieß.

Tisamon!, dachte sie erneut, aber Tisamon war nicht da. Sie war auf sich allein gestellt.

Neun

Den Soldaten, denen er als Nächstes begegnete, versuchte er zu erklären, dass Gefangene ausgebrochen waren. Aber die Männer wichen vor ihm zurück, starrten nur auf sein Gesicht und seinen blutigen Uniformrock. Welche Gerüchte wohl über ihn im Umlauf waren, die seinen Tod vorwegnahmen? Die Soldaten hörten ihm nicht einmal zu. Ein Stück weiter versperrten ihm andere sogar den Weg und schlugen all seine Warnungen in den Wind. Schließlich bezwang er sie jedoch mit seinem bedrohlichen Blick. Den Namen des Rekef brauchte er gar nicht erst zu bemühen, denn te Berros Agenten hatten gute Arbeit geleistet. Sie *wussten*, wer er war. Ein wahrhaft treuer Soldat würde selbst dem Rekef den Weg versperren, aber Ulther hatte sich die Ergebenheit seiner Leute offenbar verspielt. Die Absperrung, die der Gouverneur hatte errichten lassen, wurde aufgehoben, auch wenn die Wachen stur geradeaus blickten, als wäre Thalric gar nicht da. Er eilte weiter in Richtung Harem.

Der Name, den die Dienstboten und Soldaten dem Raum gegeben hatten, war durchaus zutreffend, denn Gestaltung und Zweck hatte sich Ulther bei den dekadenten Ausschweifungen der Spinnenreiche abgeschaut. Der fensterlose Raum mit seinen unzähligen Nischen und flackernden Wandleuchtern befand sich mitten im Herzen des Palasts. In den Ecken und Alkoven lagen überall Kissen, auf denen es sich die zwanzig Frauen gemütlich machen konnten, die Ulther hierherbefohlen hatte. Unter ihnen waren auch Hreya und die anderen Sklavinnen, die Thalric bereits kennengelernt hatte, aber auch andere Frauen der verschiedensten Völker, die Ulther in den letzten Jahren ins Auge gefallen waren: Spinnen und Ameisen, Wespen und Heuschrecken und sogar ein unglücklich dreinschauendes Libellenmädchen. Der Gouverneur hatte eine sprunghafte Sammelleidenschaft.

Doch trotz allem hatte er auch den Harem zu einem typischen Wespenzimmer gemacht. Zwischen den Schatten und den sich räkelnden Frauen und vor den Säulen, die sich an der gegenüberliegenden Wand ins Halbdunkel reckten, erhob sich ein geschnitzter Thron, der ebenso prächtig war wie der im großen Saal. In diesem Stuhl erwartete ihn der entthronte Gouverneur von Myna. Er schien nicht sonderlich überrascht, als statt einem seiner Meuchelmörder Thalric unter dem Bogen des Eingangs stand.

Thalrics Blick glitt über die versammelten Schönheiten und von dort zu Ulther, dessen vorwurfsvolle Miene zu sagen schien, dass er noch eine Schönheit vermisste. Zwischen ihnen klaffte eine Lücke, und diese hatte die Gestalt der Schmetterlingstänzerin Qual in Ketten.

»Kapitän Thalric«, sagte Ulther, wobei er sich Zeit ließ und die Konsonanten mit großer Sorgfalt formte. »Offenbar habt Ihr kürzlich einige Rückschläge erlitten. Diese Nacht hat ihre Tücken, nicht wahr?«

»Ich habe schon bessere erlebt.« Thalric trat ein paar Schritte vor. Obwohl er den Blick nicht von Ulther wandte, spürte er, wie die Frauen vor ihm zurückwichen, als sie sein gezücktes Schwert und das Blut sahen, das an ihm klebte.

»Worum geht es hier eigentlich, mein alter Freund?«, fragte Ulther.

»Warum sagt Ihr mir das nicht?«

»O nein, nicht so. Es ist ein bisschen zu spät, um den Ahnungslosen zu spielen, oder nicht?« Der beleibte Alte verlagerte das Gewicht, und erst jetzt bemerkte Thalric im Dämmerlicht die schmale, bösartig funkelnde Klinge, die er sich über die Knie gelegt hatte. »Ich nehme an, dass Ihr Euch um Rauth und die anderen gekümmert habt? Habt Ihr alle erwischt? Eine verletzte Schulter ist kein hoher Preis für so viele Erschlagene.«

»Sie waren Anfänger.«

»Vermutlich waren sie das. Und jetzt fragt Ihr Euch, warum ich sie Euch auf den Hals geschickt habe?«

»Weil Eure Genusssucht größer geworden ist als Eure Liebe zum Imperium«, erwiderte Thalric und blieb weit genug von Ulther entfernt stehen, um ausweichen zu können, wenn dieser seinen Stachel einsetzte.

»Nein, sondern weil Ihr mich dazu gezwungen habt. Ihr habt mich gezwungen, sie herbeizurufen und ihnen die Befehle zu geben. Das wisst Ihr, Thalric. Also warum? Nicht weil Ihr die Schmetterlingstänzerin gebraucht habt. Ihr habt das hier gewollt, nicht wahr? Seid Ihr meiner Freundschaft etwa müde? War ich nicht immer ein guter Freund?«

»Das Imperium, Ulther. Es geht mir ausschließlich um das Imperium.«

»Ach, aber so denkt doch niemand!«, bellte der Alte. »Glaubt Ihr, die Generäle würden so denken? Glaubt Ihr, der *Kaiser* würde es tun? Wir ziehen das Imperium wie einen Pflug über die Länder, Thalric, und wir tun es, um zu ernten. Ihr werdet keinen Einzigen finden, der dem Imperium nur um seiner selbst willen dient.«

»Aber *Ihr* findet einen vor Euch«, erwiderte Thalric traurig.

Ulther kräuselte die Lippen, als wollte er die Vorstellung verwerfen. »Das behauptet Ihr, Thalric, aber ich erkenne Euren wahren Plan.«

»Und welcher Plan soll das sein?«

»Was für ein Spektakel für die Einheimischen, was? Der Gouverneur und sein alter Freund bringen sich wegen einer Frau gegenseitig um! Ich bin mir sicher, dass Eure Rekeffreunde diese Nachricht verbreiten werden.«

Darauf schüttelte Thalric nur den Kopf, aber Ulther kicherte leise.

»Keine falsche Bescheidenheit, alter Freund. Hättet Ihr mir einfach die Kehle durchgeschnitten, würden die Schurken in der Stadt sofort innere Streitigkeiten wittern. Mich offiziell von meinem Posten zu verbannen, würde die Macht des Imperiums in Myna schwächen. Die Einheimischen warten verzweifelt auf einen Anlass, ihre Waffen auszugraben und damit herumzufuchteln. So aber … so ist es eine persönliche Angelegenheit. War das Eure Absicht? Wollt Ihr dem Volk mit meinem Kopf in der Hand entgegentreten, um zu demonstrieren, dass Ihr Euch nicht aufs Kreuz legen lasst, nicht einmal vom alten Ulther? Dass wir harte Knochen sind, die nicht einmal vor den eigenen Leuten Halt machen? Als ob wir wegen einer Frau übereinander herfallen würden, alter Freund.« Ulther blickte ihn scharf an. »Wann haben sie Euch eigentlich zu einem vom Inlandsrekef gemacht?«

»Ich war beim Ausland, und dort werde ich auch so bald wie möglich wieder sein – aber für den Moment …« Thalric brachte es fertig, nur mit einer Schulter zu zucken. »Ich muss mich nicht rechtfertigen, Ulther. Ihr habt Euch all das zuschulden kommen lassen, was sie Euch vorgeworfen haben. Ich habe Euch nur deshalb nicht im Schlaf die Kehle aufgeschlitzt, weil ich Euch das schuldig bin. Das, aber kein bisschen mehr.«

»Also dann …« Der Alte hievte sich vom Thron herunter, und die Frauen wichen noch weiter zurück, da sie witterten, dass Blut fließen würde. »Damit werdet Ihr Euch eine hübsche Beförderung verdienen, alter Freund. Seht Ihr, ich war eben immer gut für Eure Karriere. Zurück zum Auslandsrekef? Macht Euch doch nichts vor. Jetzt, wo sie Euch erst mal im Inland haben, werdet Ihr nicht mehr zurückschauen. Das werden sie nicht zulassen. Ihr seid jetzt einer von ihnen.«

Thalric wartete schweigend ab. Ulther hielt seine Waffe ins Licht und ließ den wabernden Feuerschein auf der spiegelnden Klinge spielen. Es handelte sich nicht um ein Kurzschwert der Armee, sondern um ein Rapier, das ebenso wie der Harem von den Spinnen inspiriert war.

»Ihr seht müde aus, Thalric. Vielleicht seid Ihr wegen einer Hinrichtung hierhergekommen. Um einen alten Mann aus seinem Elend zu erlösen?«, sinnierte Ulther. »Wenn das der Fall ist, muss ich Euch enttäuschen. Auch ich war ein Waffenbruder und erinnere mich an die Fechtschritte. Hättet Ihr Lust, um der alten Zeiten willen ein paar Runden gegen mich anzutreten?«

»Wenn Ihr mich tötet, ändert das nichts«, sagte Thalric leise. »Euer Spiel ist aus, das wisst Ihr.«

Ulthers Blick wanderte durch den Harem, der alles verkörperte, was er geschaffen hatte. »Dann soll es so sein«, sagte er und nahm Kampfhaltung ein.

Thalric tat es ihm gleich, doch seine Schulter machte es ihm nicht leicht. Im Dämmerlicht versuchte er, die Länge von Ulthers Klinge abzuschätzen.

Dann wartete er. Da er keine Eile hatte, musste Ulther den ersten Zug machen.

Mit erstaunlicher Geschwindigkeit kam er auf ihn zu, seine Schwertspitze schnellte nach vorn und fuhr Thalric über die Brust. Gerade rechtzeitig sprang der Kapitän zurück, so dass sie wirkungslos an dem Kupferstahlhemd entlangscheuerte. Sofort riss Ulther die Waffe erneut nach oben und täuschte einen Stich vor, der auf das Gesicht seines Gegners zielte. Auch wenn er eine schnelle Hand hatte, konnte man das von seinen Füßen nicht sagen. Als Thalric an seinem Rapier vorbei auf ihn zupreschte, wich Ulther überhastet und ungeschickt zurück. Thalric hetzte ihn durch den Harem und hoffte, ihn bis zur Wand und in die Enge treiben zu können, wo er mit seiner kürzeren Waffe etwas gegen ihn ausrichten konnte. Allerdings ging er die Sache zu hektisch an, seine Schulter stach höllisch, und er musste auf halbem Wege innehalten. Dadurch gewann Ulther wieder den nötigen Abstand. Er kniff die Augen zusammen, doch ansonsten war sein Gesicht völlig ausdruckslos, eine schlaffe, aufgedunsene Maske.

Nach einem unartikulierten Schrei griff Ulther an und wechselte aus der Waffenbrüderhaltung in einen anderen Kampfstil, der besser zu seinem Rapier passte und typisch für Spinnenduelle war. Mit ausgestrecktem Arm drang er auf den schnell zurückweichenden Thalric ein, dem die Schwertspitze wie eine Mücke vor der Nase herumtanzte. Während Ulther nachsetzte, wirbelte sein Handgelenk mit jugendlichem Elan, der Rest des Körpers stapfte plump hinterher. Plötzlich wich Thalric seitlich aus, so dass die Rapierspitze an ihm vorbeisauste, und stach zu.

Doch er hatte sich ungeschickt angestellt, seine Absicht zu früh verraten und Ulther Gelegenheit gegeben, an der Klinge vorbeizuschlüpfen. Dennoch brachte er sich nicht ganz aus der Reichweite des Schwerts, so dass ein langer Riss in Ulthers feinem Rock klaffte und ihm Blut aus dem stattlichen Wanst floss. Mit einem unartikulierten Schrei ließ er das Rapier quer über Thalrics Gesicht schnellen.

Zwar hatte er ihn in der Eile nur mit der flachen Klinge getroffen, aber der Schlag war so unerwartet gekommen und lag jeder Duellantenschule so fern, dass er außerordentliche Wirkung zeitigte. Sowohl der Schmerz als auch der Schreck darüber, den Angriff nicht abgewehrt zu haben, ließen Thalric zu Boden gehen. Er blinzelte. Von einer Wunde über der Braue, die sich bis zur Wange hinabzog, floss Blut in eines seiner Augen. Ulther stürzte sich mit ausgestreckter Klinge auf ihn, doch er kroch zur Seite, und während er unter dem geschwungenen Rapier hindurchtauchte, hackte er auf Ulthers Beine ein. Wieder brachte er ihm eine leichte Wunde bei. Inzwischen spielten Fechtkunst und Duelltechniken keine Rolle mehr. Ulther war alt und wütend, und Thalric war zu Tode erschöpft.

So umkreisten sie sich. Thalric kniff ein Auge zu, während Ulther hinkte. Doch die zu Schlitzen verengten Augen des Gouverneurs funkelten wild wie die eines Raubtiers, das in eine Falle geraten war. Thalric begriff, dass er vielleicht unterliegen würde, doch der Gedanke war so weit weg, dass er ihn nicht berührte.

Ulther schlug zweimal zu, um Thalric zurückzutreiben. Dieser parierte den zweiten Schlag, und ihre Klingen verkeilten sich ineinander. Beim Versuch, das Rapier zur Seite zu drücken, musste er feststellen, dass der Alte stärker war als gedacht. Er griff an, aber seine Bewegungen waren schwerfällig, und

Ulther versuchte, den Stich mit der freien Hand abzufangen, was ihm nicht gelang. Stattdessen glitt die Schneide an seinem Unterarm entlang. Gleichzeitig zog er das Rapier zurück, um erneut zuzuschlagen. Allerdings war Thalric zu nah, um ihn mit der Spitze zu treffen, weshalb er ihm lediglich die verzierte Parierstange in die Rippen rammte und beide wieder getrennt wurden.

Thalric wusste, dass es bald vorbei sein würde. Beide hatten sie nicht mehr genug Kampfgeist in sich, und mittlerweile war ihm einerlei, wer gewinnen würde. Er wünschte sich nur, dass es aufhörte.

Ulthers Gesicht war nicht mehr das des Mannes, den er einst gekannt hatte. Erneut stürmte der Gouverneur vor, so dass Thalric zurücktaumelte. Ohne innezuhalten, setzte Ulther ihm mit wilden, unkontrollierten Schlägen nach, als wollte er die Luft vor Thalrics Augen in Stücke schneiden. Dabei kratzte die Klinge sein Bein, und die Rapierspitze schlitterte ratternd über die Kupferstahlmaschen. Thalric versuchte, die gegnerische Waffe zu binden und den Angriff zu erwidern, aber Ulther war von derartiger Raserei erfüllt, dass seine schlanke Waffe hin und her schwirrte und niemals stillstand. Die Wand in seinem Rücken ahnte er mehr, als dass er sie spürte. Ungeschickt duckte er sich zur Seite weg. Zwar gelang es ihm, auf den Beinen zu bleiben, aber das Rapier peitschte wie eine Gerte über seinen Rücken. Unter dem Verband um die Schulter spürte er das Blut fließen, und sein Atem ging schwer und keuchend.

Das war es. Ich bin am Ende. Ich kann nicht mehr.

Jede weitere Verteidigung würde ihm das Leben kosten. Da er keine andere Wahl mehr hatte, griff er an und überrumpelte Ulther damit. Während das Rapier über seine Schulter hinwegsauste, stieß Thalric mit dem Kurzschwert zu. Doch er hatte den Abstand zwischen ihnen überschätzt und war dem Gouverneur zu nahe gekommen. Er rammte Ulther die Parierstange in den Bauch, worauf dieser brüllte und ihm die freie Hand ins Gesicht schlug.

Für einen Augenblick wurde es Nacht um ihn, alles drehte sich, und er fiel zu Boden. Dabei glitt ihm das Schwert aus der Hand, und obwohl er benommen war, hechtete er danach. Ulther versuchte erst, ihm auf die Hand zu treten, verfehlte ihn aber knapp und trat die Waffe aus seiner Reichweite. Der Alte keuchte wie eine Dampfmaschine, während Thalric wie ein Schwindsüchtiger röchelte. Er war völlig am Ende, lag zu Ulthers Füßen und war zu schwach, dem drohenden Schlag auszuweichen.

Ulther hob das Rapier, um ihn aufzuspießen, zögerte dann aber und stierte auf Thalric herab. »O Thalric, das ist zu schade«, sagte er sanft. »So darf es nicht mit uns enden. Das ist nicht richtig.« Obwohl er gesiegt hatte, war sein Bedauern ernst gemeint. Dann verhärteten sich seine Züge, und er holte erneut aus. »Aber so endet es nun einmal.«

Plötzlich wurde Thalrics offenes Auge von einem grellen Blitz geblendet. Er wandte sich ab und hielt sich die Hand vors Gesicht. Eigentlich müsste er schon tot sein, fiel ihm ein, doch bis jetzt hatte ihn keine Klinge getroffen.

Er öffnete das eine Auge ein wenig. Unter den Frauen gab es Gemurmel, aber er hörte keinen Kampflärm. Mit unendlichem Widerwillen setzte er sich auf und hielt sich den Kopf. Dann entdeckte er Ulther. Der massige Körper des Gouverneurs von Myna lag bäuchlings und zum Greifen nahe neben ihm auf dem Boden. In seinem Rücken klaffte ein verkohltes Loch.

Plötzlich spürte er Hände. Erst schlug er sie weg, bis er merkte, dass sie ihm aufhelfen wollten.

»Ich glaubte, Ihr wäret tot«, sagte eine Frau.

»Ich auch.« Endlich gelang es ihm, sie anzuschauen. Hreya? Es war Hreya. In ihren Zügen lag mehr Vorsicht als Sorge, als wüsste sie nicht, ob sie etwas gewonnen oder verloren hatte. Wieder glitt sein Blick zu Ulther und dem verkohlten Stern auf seinem Rücken. Er blickte sie an, und sie nickte. Ihm wurde bewusst, dass er sich stärker auf ihr abstützte, als ihm lieb war, doch er hatte nicht mehr die Kraft, auf eigenen Füßen zu stehen.

»Was nun, Kapitän Thalric?«, fragte sie.

Er sammelte alle Kräfte, die ihm noch geblieben waren, und löste sich von ihr. Ulthers riesiger Leichnam zog ihn unerbittlich an, und er empfand bittere Freude darüber, dass der Gouverneur den Todesstoß nicht von ihm erhalten hatte. »Ich muss noch etwas erledigen«, sagte er heiser. »Gefangene …« Erst jetzt fielen ihm seine eigenen Gefangenen wieder ein. Seit Ulther tot war, konnte er wieder klarer denken. »Gefangene«, sagte er nochmals, und unter Hreyas Blick und dem der anderen Frauen schleppte er sich aus dem Harem.

Ju hatte bereits wunde Hände. Sie hatte sich das viel einfacher vorgestellt, schließlich war sie ausgebildet.

Hätte sie die Dunkelheit mit Hilfe ihrer Kunst nicht verbannen können, wäre es gar nicht möglich gewesen. Doch auch so musste sie sich das Handwerk des Schlösserknackens von Grund auf selbst beibringen. Bisher hatte das noch niemand von ihr verlangt.

Sie hatte Mechanik studiert, wusste also, wie ein Schloss funktionierte. Dieses hier, mit dem Salmas Flügelschellen arretiert waren, war nicht gerade ein Meisterstück. Die Wespen bauten solide, praktische Dinge.

Schon seit Stunden bearbeitete sie das Schloss. Während sie daran herumgekratzt und -gefummelt hatte, war die Sonne untergegangen. Die Kanüle, die sie gestohlen und deren Spitze sie nach unten gebogen hatte, um damit die Riegel zu verschieben, lag nicht gut in der Hand, vor allem, wenn man vom vielen Herumhantieren schon kein Gefühl mehr in den Fingern hatte. Ständig fiel sie ihr auf den Boden, und sie musste sie wieder suchen.

Drei Federn hatte sie bereits dort, wo sie sie haben wollte. Jetzt fehlten noch zwei.

»Du solltest dich besser mal beeilen, falls das möglich ist«, murmelte Salma.

»Falls du wieder einen Krampf bekommst, kannst du dich hinsetzen. Mir würde eine Pause auch nicht schaden.«

»Ich glaube nicht, dass das infrage kommt.«

Da sie sich voll auf dieses störrische Schloss konzentriert hatte, waren ihr die Geräusche draußen entgangen, aber jetzt spitzte sie die Ohren. Vor der Tür ging etwas vor sich, etwas Dramatisches. Sie konnte Schmerzensschreie und Waffengeklirr ausmachen.

»*Bitte*, Ju. Jetzt wäre ein günstiger Zeitpunkt«, drängte Salma.

Ihr erster Gedanke war *Rettung* gewesen, aber Salma rechnete mit nichts Gutem.

Sie hob die Kanüle auf und machte sich wieder ans Werk, fummelte, kratzte, und versuchte, diese verfluchte vierte Feder zu erfühlen. Sie war hartnäckig, nichts, was man mit einem Schlüssel nicht hätte drehen können, aber ihr dünnes Werkzeug schrappte und rutschte immer wieder daran vorbei.

»Ju, *Beeilung*!« Salma war angespannt wie eine Bogensehne. Die Geräusche draußen wurden lauter, jemand brüllte wütend und schmerzerfüllt, während das Getrappel rennender Füße zu hören war.

Sie drehte die Kanüle und spürte, wie sie gegen die Feder drückte und sich bog. Wenn sie stärker drückte, würde sich entweder die Feder bewegen oder die Kanüle abbrechen. Ihr blieb nichts anderes übrig, als alles auf die Qualität des Wespenstahls zu setzen.

Draußen versuchte jemand hektisch, den Schlüssel ins Türschloss zu stecken. *Konzentriere dich!* Sie gab der Kanüle einen kräftigen Ruck, wartete auf das befürchtete Knacken und drückte so lange, bis ihr das Handgelenk wehtat.

Da öffnete sich die Tür, so heftig, dass sie draußen gegen die Korridorwand schlug. Erschrocken zuckte sie zusammen, und dieser letzte Ruck ließ die Feder zur Seite schnappen. Für die fünfte blieb keine Zeit mehr.

Aber es gab keine fünfte. Sie hatte sich von Anfang an verzählt. Die Flügelschellen fielen von Salma ab, und vor ihren verdutzten Blicken breitete er blitzartig die Flügel aus, so dass sie quer durch die Zelle geschleudert wurde.

Seine Arme waren schlecht durchblutet und gefühllos, so dass er sie kaum gebrauchen konnte. Dennoch rammte er den Soldaten in der Tür mit der Schulter. Dieser war so überrascht, dass ihn die schiere Wucht des Aufpralls zu Boden warf. Hinter ihm war ein zweiter Mann, der ebenfalls aus dem Weg gestoßen wurde. Er hatte zwar ein Schwert in der Hand, konnte es aber nicht benutzen, weil er Angst hatte, seinen Kameraden zu treffen. Ohne einen Kriegsruf oder eine Warnung rannte Ju auf ihn zu, und bevor er ihr die Klinge entgegenstrecken konnte, klammerte sie sich an seinen Schwertarm und riss mit voller Kraft und ihrem ganzen Gewicht daran.

Tynisa versuchte, an dem Geharnischten vorbeizugelangen, indem sie den Schaft der Glefe ergriff und zur Seite drückte. Aber der Krieger schüttelte sie verächtlich ab. Hinter ihm öffneten die beiden Wespen gerade eine Zellentür. Sie erhaschte einen Blick auf Totho, der mit erhobener Armbrust näher kam. Der war jedoch selbst im günstigsten Fall kein guter Schütze, und die günstigsten Fälle hatten sie schon lange hinter sich. Wieder stach sie nach dem Geharnischten, doch das Rapier kratzte lediglich über seine Rüstung.

Plötzlich tauchte Achaeos auf. Tatsächlich hatte sie ihn völlig vergessen. Seit einer Weile schon waren keine Pfeile mehr geflogen – vermutlich hatte er erst Mut sammeln müssen.

Er flog dicht unter der Korridordecke heran, und seine Flügel schlugen Funken, wenn sie die Steine berührten. Von dort ließ er sich auf die Schultern des Geharnischten herabfallen und versuchte, ihm durch den Sehschlitz zu stechen. Der Wespensoldat raste und schüttelte sich wie ein wildes Tier, wobei er mit der Glefe nach oben, unten und in alle Richtungen schlug. Verzweifelt hielt sich Achaeos mit einer Hand fest und flatterte mit den Flügeln, dass der Kopf des Gegners hin und her gezerrt wurde.

Dann konnte er sich nicht mehr halten und ließ von dem Mann ab, nicht aber von dem Helm, den er noch in der Hand hielt. Der Kopf des Geharnischten wurde nach hinten gerissen und schnellte wieder vor. Sogleich stürmte Tynisa los. Blindlings ließ der Soldat die Glefe durch die Luft sausen, aber Tynisa sprang über sie hinweg, wobei sie sich mit einem Fuß auf dem Schaft der Waffe abstieß. Sie stach ihm das Rapier unterhalb des Kinns in den Hals. Erst spürte sie den Widerstand des Kettenpanzers, aber dann gaben die Ringe nach, der Geharnischte heulte auf und fiel nach hinten. Er war tot.

Hinter ihm … Tynisas Herz machte einen Satz, als sie sah, dass noch nicht alles verloren war. Dort waren Salma und Ju, und sie waren immer noch in einen Kampf verstrickt. Eben wurde Salma zu Boden geschleudert, und sein Gegner holte mit dem Schwert aus. Inzwischen stand Totho neben ihr und hatte freie Schussbahn. Zweimal drückte er ab. Der erste Bolzen ging ins Leere, aber der zweite traf den Wespensoldat zwischen den Rippen, und er sackte auf die Knie. Geistesgegenwärtig entriss Salma ihm das Schwert und stieß es mit seinem ganzen Gewicht in seinen Besitzer.

Zu diesem Zeitpunkt war auch der andere Mann bereits erledigt. Ju hatte mit ihm um das Schwert gerungen, zog dabei aber immer mehr den Kürzeren. Dann stak ihrem Gegner plötzlich ein Dolch in der Seite, und das Schwert entglitt ihm. Nun hielt es Ju in der Hand, aber sie benutzte es nicht. Der Dolch fuhr heraus und drang erneut in den Soldaten ein, und im Dunkeln blitzen Achaeos' weiße Augen und Zähne auf. Inzwischen war Chyses bei ihnen. Auch wenn er von dem Schlag, den er erhalten hatte, noch wankte, tat er sein Bestes, den Gegner zusammen mit dem Mottenmann niederzuringen und zu erschlagen.

Tynisa eilte herbei und fing die taumelnde Ju in ihren Armen auf. Sie war völlig erschöpft, zerschrammt und zerschlagen, und gleichzeitig von Freude übermannt. Sie drückte ihre Ziehschwester so fest an sich, dass sie ihr beinahe die Rippen brach.

»Du bist gekommen! Hammer und Zange, schau dich an! Du bist gekommen!« Ju ließ sie los, als sie hinter Tynisa Achaeos' schmale Gestalt erblickte, der sorgfältig seinen Dolch abwischte.

»Du …«, sagte sie. Plötzlich hatte sie ein Bild im Kopf, einen Traum, den sie auf dem Heliopterflug nach Myna gehabt hatte. Als sie in seine konturlosen Augen sah, durchlief sie ein Schaudern, ein geradezu körperlicher Schock – und wider alle Vernunft wusste sie, dass er es auch wusste.

Dann stand Totho neben ihr, und sie umarmte auch ihn ausgiebig, ohne zu bemerken, wie erstaunt er über die Geste war. Salma erzählte Tynisa währenddessen, dass er oberhalb der Hüften überall Krämpfe hatte.

»Wir müssen verschwinden«, drängte Chyses. »Und zwar auf der Stelle.«

So schnell es Ju und Salma möglich war, eilten sie den Korridor entlang zu der Treppe, die nach oben führte. Dort stießen sie auf Tisamon.

Tynisa bemerkte ihn als Erste. Obwohl sie mit ihm gerechnet hatte, kam sie schlitternd zum Stehen, als sie ihn sah. Er wartete auf halber Höhe der Treppe, die größtenteils unter rundlichen Formen begraben war, und was man noch von ihr sah, war glitschig vor Blut.

Die Leichen von elf Wespenkriegern lagen auf ihr verstreut, vielleicht sogar mehr, und ihrer Lage nach zu urteilen, waren die meisten als Trupp aufgetaucht.

Er musste mitten unter sie gesprungen sein, damit sie ihre Stacheln nicht hatten benutzen können. Diejenigen, die am oberen Ende der Treppe lagen, waren von hinten erschlagen worden, als sie vor ihrem unbesiegbaren Gegner die Flucht ergriffen hatten.

Oder doch nicht ganz unbesiegbar, denn über Tisamons Wange verlief eine dünne rote Linie, beinahe identisch mit Tynisas eigener Wunde, die sie sich mit der Parierstange ihres Rapiers beigebracht hatte.

»Wir ... wir verschwinden jetzt«, stotterte Chyses, denn der Anblick des Blutbads hatte ihn aus der Fassung gebracht.

Tisamon nickte und trat zur Seite, damit er vorausgehen und sie führen konnte.

Der ganze Palast war in Aufruhr. An jeder Ecke stieß Thalric auf Wachen und fragte sie, was hier vorging, aber nur wenige konnten ihm eine zusammenhängende Antwort geben. Wenn er allen Glauben schenken wollte, wurde der Palast an verschiedenen Stellen angegriffen. Soldaten und Hilfstruppen rannten wild durcheinander und behinderten sich gegenseitig. Sollte die Mynaner Widerstandsbewegung tatsächlich von Ulthers Sturz wissen und zu diesem Zeitpunkt einen Aufstand beginnen, könnten sie die kaiserlichen Truppen womöglich aus dem Regierungsgebäude treiben. Während sich Thalric durch die Korridore kämpfte, wurde ihm allmählich klar, dass es mehr Verwirrung als tatsächliche Kampfhandlungen gab. Irgendjemand musste falsche Spuren gelegt haben, und seine eigene Tat im Garten hatte das Durcheinander sicher nur noch vergrößert.

Er hatte ein festes Ziel vor Augen: die Zellen. Jubelgut Werker und ihr Libellenfreund. Als er Kymene und den befreiten Gefangenen begegnet war, hatte er gar nicht an die beiden gedacht. Schließlich waren es nur Einheimische gewesen, und der bevorstehende Kampf gegen Ulther hatte ihn zu sehr bedrückt. Nachdem der jetzt ausgestanden war, sah er alles wieder klar.

Prompt stieß er beinahe mit ihnen zusammen. Gerade noch rechtzeitig hörte er ihre Schritte und huschte in einen Durchgang, wo er sich flach gegen die Holztür drückte und erstarrte. Nach vielen Jahren im Feld war Heimlichkeit für ihn ebenso selbstverständlich geworden wie Atmen.

Sie waren ein zerzauster Haufen und bis auf einen Mynaner bunt zusammengewürfelt. Sogar eine Fangschrecke mit einem dieser lachhaften Klappschwerter befand sich unter ihnen. Das Schlusslicht bildeten der Libellenjunge und, hinter ihm, Jubelgut Werker.

Nachdem sie an ihm vorbei und den Korridor hinuntergegangen waren, hob er die Hand und spürte, wie sich die Kunst des Stachels in seinem Handballen und in den Fingern regte. Jubelgut Werkers breiter Rücken bot selbst im Halbdunkel ein leichtes Ziel.

Es wäre ein Jammer, die Verhöre nicht fortsetzen zu können. Ein Jammer, sich nicht mehr mit ihr unterhalten zu können.

Die Nacht war lang gewesen, und wenn er die Gelegenheit ergreifen wollte, musste er jetzt handeln. In seinem Kopf hörte er ein Durcheinander von Stimmen. Kymenes Stimme sagte: *Eine gute Tat, um die vielen schlechten auszugleichen?* Und da war Jubelgut, die fragte, welchen Schaden das Imperium davon hätte, wenn er sie laufen ließe.

Er hatte geantwortet, dass er ihr lieber hier und jetzt die Kehle aufschlitzen würde, als auch nur im Ansatz zu riskieren, dass das Imperium einen Nachteil erleidet. Deutlich erinnerte er sich daran, auch nach dieser ermüdenden Nacht. In seinen Ohren hallten seine eigenen leeren Worte nach.

Er war nicht Herr seiner Sinne, als sich Jus Rücken immer weiter von ihm entfernte. Die Tore seines Geistes standen sperrangelweit offen, und alles stürmte auf ihn ein. *Ulthers letzte Augenblicke als Verräter und Verratener. Aagens Unwille, die Folterinstrumente zu bedienen …*

Die Schreie der Libellenadligen, die Schreie, als er zum Wohl des Imperiums ihre Kinder getötet hatte.

Schließlich redete er sich ein, dass er gar nicht mehr genug Kraft in sich hatte, um die Kunst zu wirken. Dass er sie ja wieder einfangen, sie vielleicht sogar zum Überlaufen bringen könnte – oder dass sie ihm sonst irgendwie von Nutzen sein könnte.

Er brachte noch hundert weitere Entschuldigungen vor, doch dabei wurde ihm übel. Er wusste nicht, ob es daher kam, dass das Schild seiner Vaterlandstreue eine Scharte abbekommen oder dass die Stimmen in seinem Kopf ihm eine Lektion beigebracht hatten.

Er sammelte die Kräfte seiner Kunst, bis sich seine Hand erwärmte und Funken schlug. Den Feuerstachel heraufzubeschwören, fühlte sich an, als würde er ein ungeheures Gewicht stemmen. Und was wäre der Lohn dafür? Die Leiche eines jämmerlichen Käfermädchens. Vor Anstrengung stockte ihm der Atem.

Er hatte eine lange Nacht hinter sich. Da hatte er sich ein falsches Urteil durchaus verdient.

Er ließ die Hand sinken und ging auf die Suche nach einem Bett, auf dem er bequem zusammenbrechen konnte.

Bei jedem Schritt rechneten sie damit, dass das halbe Imperium über sie herfiel. Selbst als sie den Lagerraum erreichten, herrschte über ihnen noch Tumult, der sich langsam, aber sicher zu ihnen nach unten bewegte. So schnell sie konnten, stiegen sie in die Kanalisation hinab. Vorneweg ging Achaeos, der die Dunkelheit begrüßte und den anderen weit vorauseilte, um nicht in den Schein der Lampe zu geraten, die Chyses anzündete. Totho und Ju halfen dem humpelnden Salma hinunter, der vor Schmerzen keuchte. Noch immer wurde er von Krämpfen in den Armen und Schultern geplagt.

Tynisa blickte Tisamon abwartend an. Sie wusste, dass er sie vorausgehen lassen wollte, damit er die Nachhut bilden konnte. Sie kletterte in den Kanal hinab, wartete dort aber auf ihn und ging dann neben ihm her. Allmählich verschwanden die anderen außer

Hör- und Sichtweite. Kurze Zeit später entzündete Tisamon ebenfalls eine Lampe, eine kleine, trübe Laterne, die gerade genug Licht spendete, damit sie sich zurechtfanden. Aber es war, als würde kein einziger Lichtstrahl auf Tynisa fallen, denn Tisamon weigerte sich beharrlich, sie anzublicken. Abgesehen von der Tatsache, dass sie bei jedem Schritt miteinander verbunden waren und zwischen ihnen ein Einverständnis herrschte, das nicht zu verleugnen war, schien Tisamon nicht zugeben zu wollen, dass sie existierte.

Wo soll ich dich herausfordern, wenn nicht hier, an diesem toten Ort?

Die Stunde war gekommen, das Schicksal herauszufordern.

Sie wartete, bis sie weit genug vom Palast entfernt waren. Diese Schonfrist gestand sie ihm noch zu, dann blieb sie stehen und wartete.

Er wurde ebenfalls langsamer, denn aufgrund ihrer wortlosen Verständigung sagte ihm irgendetwas – ihre Schritte oder ihr Atem –, dass etwas nicht stimmte.

»Tisamon«, begann sie.

Auch er war stehen geblieben, ein schwarzer Schatten, ein grauer Schemen.

»Wir haben das schon viel zu lange hinausgezögert«, erklärte sie seinem Rücken. »Wir müssen miteinander reden, bitte, Tisamon. Lass uns reden.«

Sie hielt fast den Atem an. Doch außer dem Plätschern des Wassers und dem Krabbeln der vor dem Lampenschein fliehenden Kakerlaken war nichts zu hören.

Sie glaubte, dass er den Kopf schüttelte, war sich aber nicht sicher. Im nächsten Moment ging er weiter, als hätte sie kein Wort gesprochen.

»Tisamon!«, bellte sie. »Oder Vater. Wäre dir das lieber?«

Damit brachte sie ihn zum Stehen. Jetzt hatte sie allerdings nichts mehr, was sie ihm entgegenschleudern konnte, denn er hatte nur einen Augenblick lang gezögert und ging gleich darauf weiter, so dass sie ihm nacheilen musste, wenn sie nicht im Dunkeln zurückbleiben wollte.

Nur noch ein Geschoss hatte sie auf Lager. Sie hatte es sich bis zum Schluss aufgehoben, denn wenn es erst abgefeuert war, konnte sie es nicht mehr zurücknehmen.

»Schande auf dein Haupt«, zischte sie, und darauf folgte das Wispern ihres Rapiers, als es aus der Scheide fuhr. Dieses Geräusch war ihm vertraut und wirkte schneller, als es ihre Worte vermocht hätten. Abrupt blieb er stehen und drehte sich um.

»Schau mich an«, forderte sie, und er sah sie tatsächlich an. Im trüben Licht der Lampe konnte sie seinen Gesichtsausdruck nicht ausmachen – falls er überhaupt einen hatte. Die Klinge, die an seinen linken Unterarm geschnallt war, war ein Schatten unter Schatten.

»Steck das weg«, sagte er mit tonloser Stimme. »Das ist nicht der rechte Augenblick zum Spielen.«

Sie nahm Duellhaltung ein und richtete das Rapier auf ihn. »Du hast Recht«, sagte sie. »Gespielt habe ich genug.«

Als er die Laterne ein wenig hob, lag Verachtung in seinem Blick. Er machte Anstalten, sich wieder von ihr abzuwenden.

»Wenn du mir jetzt den Rücken zukehrst, bringe ich dich um, das schwöre ich dir. Und glaube mir, dass mir ein Versprechen ebenso heilig ist wie dir.«

Ohne Eile stellte er die Lampe auf den Boden und drehte sie ein wenig heller, wobei er die Augen zusammenkniff. »Sei keine Närrin«, war alles, was er sagt.

»Eine Närrin bin ich also? Zwischen uns sind noch gewisse Dinge ungeklärt.«

»Ach, tatsächlich?«

Er würde sich nicht mit ihr auseinandersetzen, er würdigte ja noch nicht einmal ihr Rapier eines Blickes. Seine Haltung deutete in keiner Weise darauf hin, dass er es für eine ernst gemeinte Bedrohung hielt. Er würde nicht gegen sie kämpfen, zog nicht einmal die Möglichkeit in Betracht. Er nahm sie nicht für voll.

»Ich weiß, wovor du Angst hast.«

»Ach, wirklich?«

»Mir ist schon klar, dass es nicht mein Schwert ist«, sagte sie und ging auf ihn zu. »Du hast auch vor mir keine Angst, schließlich bist du der große Tisamon, der keinen Krieger zwischen Himmel und Erde fürchtet.« Während sie sprach, fühlte sie sich wieder nach Collegium versetzt, in die Zeit, bevor alles angefangen hatte. Als sie Piräus zum Duell gereizt hatte. Fangschreckenstolz war der Schlüssel. Außen trugen sie einen dicken Panzer, aber innen waren sie so verletzlich.

Und ich bin eine von ihnen – zur Hälfte jedenfalls.

Unvermittelt griff sie an, doch er wich verächtlich zurück. Nicht aus Furcht, sondern weil er einfach keine Lust hatte, gegen sie zu kämpfen. Von jedem Gauner auf der Straße hätte er die Herausforderung angenommen, aber nicht von ihr. Mit ihren Angriffen würde sie ihn nur in die Dunkelheit treiben, wo er ihr ausweichen und entwischen konnte.

Also bereitete sie ihre mit Widerhaken versehene Spitze vor. »Du hast Angst«, sagte sie. »Du hast Angst vor diesem Gesicht.«

Seine Haltung veränderte sich kaum merklich. Selbst jetzt noch bestand die Verbindung zwischen ihnen, als wären sie zwei Ameisen aus derselben Stadt, die ihre Gedanken teilten.

»Du hast Angst vor der Vergangenheit«, erklärte sie. »Weil du sie im Stich gelassen hast. Du wolltest lieber glauben, dass sie eine Verräterin ist und dass sie dich verführt und dann verworfen hat, als sie zu suchen und die Wahrheit zu erfahren. Das war ja auch viel bequemer für dich, nicht wahr? Aber jetzt weißt du es besser. Jetzt ist dir klargeworden, dass du sie verraten hast. Und dieser Tatsache kannst du dich nicht stellen.«

Damit griff sie erneut an, und diesmal wich er nicht zurück.

Einen schrecklichen Augenblick lang befürchtete sie, dass sie ihn aufspießen würde, aber sie hatte vergessen, gegen wen sie ihre Waffe da richtete. Im letzten Moment, bevor die Spitze ihres Rapiers seinen Waffenrock berührte, schlug er ihre Waffe zur Seite. Sie spürte, wie die Klinge am Stahl seines Klappschwerts und der Armstulpe entlangglitt.

Dann fuhr er seine Klaue aus und stürzte sich auf sie.

Beinahe fiel sie über die eigenen Füße, als sich ihr verzweifelter Angriff in einen stolpernden Rückzug verwandelte. Beim nächsten Schritt strauchelte sie über die Lampe und warf sie um, so dass sie beinahe ins Wasser gefallen wäre. Ohne Gegenwehr musste sie sich zehn Schritte zurückdrängen lassen, bis ein neuer Ausdruck in sein Gesicht trat und er seinen Ausfall beendete. Endlich konnte sie sich wieder in Position bringen und auf ihn stürzen.

Nie zuvor hatte sie so gekämpft. Dieses Gefecht hatte nichts mit dem formalen Stil im Forum der Beherzten zu tun, und auch nicht mit den Straßenkämpfen, die sie seither ausgefochten hatte. Hier brauchte sie bei jedem Schlag all ihre Fertigkeiten, denn die Klingen schwirrten schneller, als das Auge folgen konnte. Gegen diesen Meister musste sie all ihre Jugend, ihren Willen und ihren Instinkt einsetzen.

Sie hatte auf seine Brust gezielt, aber seine Klinge war schneller. Ihre Waffe prallte nach oben ab. Sie stieß sie nach vorn und setzte unaufhörlich nach, wobei sie seine kreisende Abwehr nach oben, unten und seitlich zu umgehen versuchte. Als sie wieder in den Schein der Lampe gelangten, sah sie seine gefasste, mörderische Miene.

Seine freie Hand hatte sie völlig vergessen. Gerade als sie dachte, sie wäre an seiner Klinge vorbei, schlug er ihr Rapier mit der Linken zur Seite, so dass ihr Schwertarm gegen ihre Brust geschleudert wurde. Gleichzeitig sauste der im Lampenlicht funkelnde Halbmond seiner Klinge auf ihre Kehle herab.

Sie warf den Oberkörper so weit zurück, dass sie beinahe das Gleichgewicht verlor. Sein Schwert schwirrte knapp an ihrem Hals vorbei, doch sie wollte nicht aufgeben und ließ das rasiermesserscharfe Rapier unter seiner Deckung auf seinen Bauch zuschnellen. Wieder schlug er mit der Linken flach gegen die Klinge und drückte sie aus der Bahn, gleichzeitig drehte er sich weg. Dabei bot er ihr seine ungeschützte Seite, und sie glaubte schon, ihn endlich zu haben. Mit einem Ruck befreite sie ihre Klinge aus seinem Griff, zog sie bis übers eigene Kinn zurück und stieß sie in seine Flanke. Doch ihr Ziel war verschwunden. Im selben Moment hatte er sich gedreht, und sein Schwert sauste wie eine Sense auf ihren Kopf zu.

Hektisch warf sie sich nach hinten, und diesmal landete sie auf dem Boden, während die Klinge über sie hinwegschwirrte. So schnell wie möglich rappelte sie sich wieder auf. Nach einer Finte hielt Tisamon inne – zumindest hatte sie es für eine Finte gehalten, doch im Schein der Lampe, die genau zwischen ihnen lag, sah sie wieder diesen seltsamen Ausdruck in seinen Zügen, etwas, das seine Klinge zurückzuhalten schien.

Ihr Gesicht. Sie hätte sich selbst besser zuhören sollen. Er hatte sie zurückgetrieben, und jedes Mal, wenn das Licht der Lampe auf ihr Gesicht fiel, stockte sein Angriff und er bekam diesen zögerlichen Ausdruck.

Sie stand vollends auf. Für einen weiteren Augenblick blieb er starr und betrachtete ihr Gesicht – Atryssas Gesicht.

Doch dann griff er an, und ihr war klar, dass sie ihr Glück aufgebraucht hatte.

Mit der ganzen fließenden Eleganz, die den Bewegungen seiner Arme und Hände zu eigen war, sauste seine Klaue durch die Luft und durchdrang ihre Deckung. Dennoch gelang es ihr, noch rechtzeitig zu parieren, und ihre Waffen prallten klirrend aufeinander. Sie ging zum Angriff über, und er wehrte ihren Schlag ab, allerdings nicht völlig mühelos. Einen Moment lang hatten sie sich gegenseitig gebunden, Auge in Auge, bevor sie so schnell abtauchte und zurückwich, dass er ihr seine Unterarmdornen nicht mehr in den Leib rammen konnte. Er kam auf sie zugetanzt, dieser Mann, der seit dem Knabenalter gekämpft hatte. Vierzig Jahre zählte er, und diese Zeit hatte er bis auf die ersten sechs oder sieben Jahre mit der Klinge in der Hand verbracht. Mit der Lampe in seinem Rücken war er nur noch ein Schatten, der sie Schritt für Schritt zurücktrieb.

Er war der wandelnde Tod.

Sie schlug seine Klinge zur Seite und versuchte eine Riposte, dachte an nichts mehr, denn dazu hatte sie keine Zeit. Ihre Füße, ihren Körper und ihre Klinge überließ sie ganz dem Instinkt und ihren Reflexen, bewegte sich schneller und schneller. Ihre Paraden versuchte sie in Angriffe umzuwandeln, wieder und wieder, doch seine Deckung war immer zur Stelle, als würde sie durch ein Naturgesetz dazu gezwungen. Dann machte er wieder mehrere schnelle Ausfälle und steigerte das Tempo zusehends, bis sie nur keuchte. Nachdem sie schon lange nicht mehr mit dem Kopf kämpfte, war sie kurz davor, auch nicht mehr mit den Augen zu kämpfen. Die Schläge prasselten aus dem Dunkel auf sie ein, und sie hörte sie mehr, als dass sie sie sah. Schließlich parierte sie einen Angriff nach dem anderen und verzichtete völlig darauf, ihrerseits in die Offensive zu gehen, denn dazu ließ er ihr keine Gelegenheit. Plötzlich war ihre Klinge zwischen seinem Unterarm und der Klaue eingeklemmt, und als sie das Rapier zurückziehen wollte, stürzte er nach vorn. Der Griff drehte sich in ihrer Hand, aber sie ließ nicht locker. Tisamon machte eine ruckartige Drehung und schlug die Waffe gegen die Wand des Kanaltunnels. Ihre Klinge, die schöne Klinge, die Stenwold ihr gekauft hatte, zerbrach an der Parierstange, so dass nicht einmal mehr ein scharfer Stumpf zurückblieb.

Jetzt würde er sie töten.

Sie schrie auf. Immer noch spürte sie die Verbindung mit ihm, wusste, dass er die Waffe herabsausen lassen würde.

Sie war darauf gefasst, und wenn man bedachte, dass ihr eigener Vater sie umbringen würde, war ihre Haltung immer noch würdevoll. Es überraschte sie selbst. Sie fühlte die kalte Schärfe seiner Klinge. Er hielt sie ihr an die Kehle – wie jeder andere Kämpfer hatte er seine Gewohnheiten. Keuchend, fast schluchzend atmete sie ein und aus, lauschte aber auch auf seinen Atem. Sie stellte sich vor, wie er sich mit aller Kraft davon abzuhalten versuchte, sie zu töten.

Doch so war es nicht. Er war völlig ruhig und rang kein bisschen mit sich. Allmählich gewöhnten sich ihre Augen an die fast völlige Dunkelheit, die in dieser Entfernung zur Lampe herrschte. Von seinem Gesicht sah sie lediglich die blassen Umrisse, konnte den Ausdruck darin aber nicht erkennen.

Sie wagte nicht, etwas zu sagen oder sonst einen Laut von sich zu geben, und auch er schwieg.

Dann bewegte sich die Klinge, und sie zwang sich, nicht zusammenzuzucken. Doch er nahm sie nicht weg. Stattdessen spürte sie, wie das Metall auf ihrer Wange brannte und er ihr Gesicht damit in seine Richtung drückte. Er drehte ihren Kopf hin und her und musterte sie eingehend.

Schließlich nahm er die Klinge tatsächlich weg und klappte sie an seinen Arm heran. Er wandte sich seitwärts, so dass sie nur seine Silhouette sah, und stützte sich mit einer Hand gegen die Wand. So konnte sie das Heben und Senken seines Brustkorbs beobachten.

Jetzt hätte sie ihn töten können. Später war sie froh, dass ihr diese Möglichkeit nicht eingefallen war.

»Du bist meine Tochter«, sagte er schließlich. »Und bei meiner verfluchten Seele, du bist *ihre* Tochter.«

Die Worte waren wie ein Schlag und trafen sie härter als all seine Schwertstreiche. Etwas krampfte sich in ihr zusammen, und der Rapierstummel entglitt ihren wunden Fingern. Schwankend ging sie auf ihn zu, ihr stockte der Atem.

»Alles, was du gesagt hast, stimmt«, fuhr Tisamon fort. »Siebzehn Jahre lang habe ich mit einem falschen Verrat gelebt, und nur wenige Tage mit der Wahrheit.«

Wie gern hätte sie geantwortet, hätte ihn verflucht oder ihm Worte des Mitleids ausgesprochen, aber sie brachte nichts heraus. Stattdessen bebte sie vor Schluchzen. So sehr, dass es wehtat.

Als er sich zu ihr umwandte, sah sie auch auf seinem Gesicht die Spuren des Kummers.

Sie nahm an, dass er es nicht über sich bringen würde, sie zu berühren. Dazu waren die Wunden noch zu frisch, das Blut noch nicht gestillt. Aber als sie auf ihn zukam, legte er ihr eine Hand auf die Schulter, vorsichtig zunächst, als würde er nach einer Brennnessel greifen, dann aber fester und mutiger.

Umständlich nahm er sie, seine Tochter, in die Arme, und sie klammerte sich an ihn und vergrub das Gesicht an seiner Brust. Seine goldene Brosche drückte kalt gegen ihre Wange.

Zehn

Langsam erwachte Ju und wurde von Angst erfasst. Um sich herum hörte sie Rascheln und Flüstern. Sie lag auf einer harten Matratze aus gewundenem Stroh, und irgendjemand hatte einen Mantel über sie gelegt. Zwar gab es hier ein Echo, aber es war nicht das ihr vertraute Echo einer kleinen Zelle, in der sonst nur das tröstliche Atmen Salmas zu hören war. Sie musste sich in einem größeren Raum befinden, in dem viele Menschen waren. Sie hatte keine Ahnung, wo.

Und dann machte ihr Inneres einen Freudensprung, denn ihr fiel ein, dass sie nur zu wissen brauchte, wo sie *nicht* war.

Sie war nicht in ihrer Zelle, und sie war nicht in Thalrics Gewalt.

Allmählich erinnerte sie sich.

Sie waren ihr zu Hilfe geeilt – Tynisa und der Mottenjunge und die anderen.

Sie war *frei*.

Bei diesem Gedanken fuhr Ju in die Höhe und schnappte keuchend nach Luft. Die Dunkelheit um sie löste sich auf und füllte sich mit grauen Schemen, die sie einigermaßen erkennen konnte. Mit

Hilfe ihrer Kunst machte sie ein Kellergewölbe mit weiteren Schläfern aus. Ihr Blick wurde unweigerlich zur gegenüberliegenden Wand gezogen, denn dort saß Achaeos in eine Robe gewickelt und mit leicht gesenktem Kopf. Ihr fiel ein, dass nur sie seine funkelnden Augen unter der Kapuze erkennen konnte. Wo jeder andere nur Finsternis sehen konnte, leuchteten seine Augen förmlich in den ihren. Eben noch hatte sie sich nicht einmal mehr an seinen Namen erinnern können.

Sie schaute sich weiter um. In unordentlichen Reihen schliefen hier fast vierzig Leute, während ein weiteres halbes Dutzend Wache hielt oder wie sie bereits vor dem Morgengrauen aufgewacht war. Das war ja mal ein heruntergekommener Keller. Wahrscheinlich hatte sie ihn schon gesehen, als sie hierhergekommen waren, aber sie konnte sich nicht mehr daran erinnern.

»Ju«, sagte leise jemand hinter ihr, und als sie sich umwandte, erblickte sie Totho. Fast wie Achaeos' Spiegelbild hatte er am Kopf ihrer Matratze gesessen. Unwillkürlich griff sie nach seinem Handgelenk, um sich zu vergewissern, dass er echt war, dass dies alles echt war.

»Ich …«

»Du solltest noch mal schlafen. Bis Sonnenaufgang ist noch ein bisschen Zeit«, sagte er.

»Ich habe jegliches Zeitgefühl verloren«, erklärte sie. »Wo sind wir?«

»In einem Versteck der Widerstandsbewegung. Sie haben uns in den Palast gebracht, um dich zu befreien.« Er schaute sich um und bekam einen finsteren Gesichtsausdruck. »Sehr viel mehr haben sie nicht für uns getan. Stattdessen waren sie versessen darauf, ihre eigene Anführerin herauszuholen.«

»Das ist mir gleich«, erwiderte sie. »Solange alles geklappt hat, ist mir das egal.« Plötzlich schreckte sie hoch und sah sich panisch um. »Wo ist Salma? Hat er …?«

»Er ist vernünftig und schläft noch«, antwortete Totho. »Dort drüben. Er hat doch hoffentlich gut auf dich aufgepasst, oder?«

»Wir haben aufeinander aufgepasst, aber es war ziemlich kompliziert. Ich glaube, dass es schlimmer hätte kommen können. Der Mann, der uns geschnappt hat, hatte irgendetwas Besonderes mit uns vor, ist aber nie so recht dazu gekommen.« Ihr hasserfülltes Gesicht ließ Totho zurückschrecken. »Gehen wir jetzt nach Helleron zurück, Totho?«

»Keine Ahnung. Vermutlich.«

»Ich habe noch eine Botschaft für meinen Onkel Ehrlas.«

Er schüttelte den Kopf. »Das hätte keinen Zweck. Stenwold hat mir erzählt, dass Tisamon ihn getötet hat.«

»Tisamon? Der Fangschreckenmann?«

Totho nickte vorsichtig. »Er … Um ehrlich zu sein, er macht mir Angst. Ju …?«

»Ja?«

»Ich …« Wie immer verriet seine Miene nicht, was er dachte. Da er mit der Bürde seines Mischlingsbluts aufgewachsen war, hatte er gelernt, seine

Gefühle zu verbergen. »Ich ... ich bin froh, dass du in Sicherheit bist.«

»Und ich erst«, gab sie von Herzen zurück. »Totho, ich möchte den Himmel wiedersehen.«

»Den Himmel?«

»Seit Tagen und Wochen bin ich in Wagen, Flugmaschinen und Zellen eingesperrt. Mir ist gleich, dass es Nacht ist, ich will nur draußen sein. Mir würde es schon reichen, nur in der Tür zu stehen. Falls ich draußen jemanden sehe, komme ich sofort wieder zurück.«

Etwas steif erhob sie sich, streckte sich und hüllte sich in den dunklen Mantel. Totho nahm sie bei der Hand und führte sie an den Schlafenden vorbei. Den Mynanern, die schon wach waren, nickte er beruhigend zu, während er Tisamon, der in einer Ecke saß und seine Waffe schliff und ölte, eher nervös zunickte.

Draußen waren zwei Wachen postiert. Während der eine wie ein obdachloser Bettler am Straßenrand herumlungerte, stand der andere mit einer Armbrust im zweiten Stock und beobachtete den kleinen Vorplatz. Die Nacht war frisch, und der Himmel, von keiner Wolke getrübt, wirkte wie eine mit Silbernadeln besteckte Samtdecke. In der Tür blieb sie stehen und schaute hinaus, während sich Totho bemühte, ihr mit stockenden Worten von den Ereignissen zu berichten, die sich seit dem schicksalhaften Tag ihrer Trennung in Helleron zugetragen hatten. Der Großteil seiner Erzählung klang plausibel: Wie Scuto ihnen geholfen und Stenwold Ehrlas zur Rede gestellt hatte. Tisamons Auftauchen, die Jagd, die sie nach Asta geführt hatte und von dort bis vor die Tore Mynas.

Doch an diesem Punkt unterbrach sie ihn. »Sag mal ...« Sie vermochte selbst kaum zu glauben, dass sie diese Frage aussprechen würde, aber in ihrem Geist saß ein Stachel, dessen Widerhaken sie nicht in Ruhe ließen. »Woher habt ihr das gewusst? Woher wusstet ihr, wo wir hingebracht wurden?«

Totho blickte sie störrisch an. »Tisamon und Tynisa haben sich ins Wespenlager geschlichen«, erklärte er, aber sein Tonfall verriet, dass noch mehr an der Sache dran war.

Sie wartete schweigend und vertraute darauf, dass er ihr die Wahrheit erzählen würde. Mit diesem Vertrauen konfrontiert, konnte er es unmöglich nicht tun.

»Der Mottenmann, er ... er hat es irgendwie gewusst.« Totho schaute unglücklich drein. »Trotzdem traue ich ihm nicht über den Weg. Entweder hat er mit den Wespen gesprochen, oder er hat geraten.«

Ju schüttelte den Kopf. Die Details dieses unerklärlichen Halbtraums schwirrten ihr im Kopf herum. *Unerklärlich?* Das war die Mauer, gegen die sie vergeblich anrannte. *Er konnte es unmöglich wissen. Unmöglich, dass er mich gerufen und ich ihn gehört haben soll. Einfach unmöglich. Unerklärlich.* Hätte die Sonne am Himmel gestanden, hätte sie den Gedanken abgeschüttelt und ihn mit irgendeinem witzigen Einfall verscheucht. Angesichts der unermesslichen Weite dieses dunklen, mondlosen Himmels und in dieser fremden, beängstigenden Stadt ließ er sie jedoch erbeben, als stünde sie vor einem riesigen, unverständlichen Abgrund.

Als sie diesen Traum im Frachtraum des Heliopters gehabt hatte, flacher und doch echter als jeder andere Traum, hatte der Mottenmann sie gefragt, wohin sie unterwegs wäre. Und sie hatte ihm geantwortet. Sie hatte es ihm gesagt.

Sie sollte Totho nach dem genauen Zeitpunkt fragen. Dann konnte sie die Tage zurückzählen, bis zu jener Nacht, in der Aagen den Flieger in Sichtweite Mynas gelandet hatte, um Reparaturen durchzuführen. Damit könnte sie jeden Zweifel ausräumen.

Oder bestärken. Plötzlich war ihr klar, dass sie ihn nicht fragen wollte. Wie Schreckgestalten der Kindheit lauerten die Antworten in den Schatten.

»Totho, ich … muss nachdenken. Kannst du mich eine Weile allein lassen?«

Wieder bekam er diesen störrischen Gesichtsausdruck. »Du solltest hineingehen und noch etwas schlafen. Wirklich.«

»Ich bin hellwach, wacher geht's nicht«, entgegnete sie aufrichtig. »Bitte, Totho.«

Widerwillig ging er davon, aber sie hörte, wie er dem Wächter am Straßenrand noch zuflüsterte, dass er ein Auge auf sie haben solle.

Nachdem Totho verschwunden war, dachte sie über ihn nach. Sie waren nicht lange getrennt gewesen, aber er hatte sich in der Zwischenzeit verändert. Vermutlich hatten sie sich alle verändert. Als sie an Bord der *Himmelweit* gegangen waren, waren sie jung und naiv gewesen, doch die bitteren Lektionen ließen sie alle schnell erwachsen werden. Totho war immer noch unsicher und hatte die Scheu aufgrund seiner verhöhnten Herkunft nicht ganz abgelehnt. In seinem Inneren allerdings entwickelte sich ein Kern aus Stahl. Niemals hätte sie sich träumen lassen, dass er ein Kämpfer war, und doch war er ihr mit der Armbrust in der Hand zu Hilfe geeilt, so wie die anderen auch.

»Komm schon«, sagte sie plötzlich. »Es hat keinen Zweck, um mich herumzuschleichen. Ich weiß, dass du da bist.«

Nach einem amüsierten Prusten flatterte Achaeos mit glitzernden Flügeln vom ersten Stock herab. Wie die Ameisen und Käfer, denen sie ähnelten, hatten die Mynaner nicht dreidimensional gebaut. Ein flinker, schlanker Mensch mit Flügeln der Kunst konnte in ihren Gebäuden mühelos überall hingelangen.

Zurückhaltend musterte sie ihn. Er war mehr als eine Armeslänge von ihr entfernt gelandet. Mit unter der Robe verschränkten Armen erwiderte er ihren Blick.

»Warum?«, fragte sie.

»Wer vermag das zu sagen?«

Sie bildete sich ein, dass sogar etwas Bitterkeit in seinen Worten mitschwang.

»Aber hier bin ich nun einmal.«

»Das freut mich. Du …« Sie brachte es nicht heraus. »Ich habe geträumt, dass … Es hat mich getröstet. Salma und ich waren zu der Zeit ziemlich trostlos.«

»Ein Traum?«, fragte er ganz unverbindlich.

»Ja. Ein Traum.« Sie wollte es nicht recht zugeben.

Er zuckte mit den Schultern. »Ihr Käfer«, sagte er, ohne es näher zu erklären. »Sei's drum. Bald werden wir nach Helleron zurückkehren, und dann können wir wieder Feinde sein. Denn ich nehme an, dass meine Schuld beglichen ist.«

»Schuld?« Sie machte einen Schritt auf ihn zu. »Für den Verband? Fürs Nähen? Du und deine Leute, ihr müsst euch mal einen besseren Wechselkurs zulegen, wenn das alles nur dafür war! Du hast für mich so … so viel getan – das hättest du nicht zu tun brauchen. Und doch hast du es getan. Deshalb will ich niemals zu deiner Gegnerin werden, niemals.«

Sie wollte die Hand nach ihm ausstrecken. Trotz seiner Masken wirkte er so verblüfft und unsicher, als wüsste er überhaupt nicht, weshalb er hier war. In der Kälte der Nacht wirkte er völlig allein und verlassen.

»Wir sollten keine Feinde sein«, sagte sie. »Wenn die Wespen nach Helleron marschieren, meinst du nicht, dass sie dann auch dein Volk angreifen werden? Glaube mir, ihr Imperium macht keine Ausnahmen.«

Darauf antwortete er nicht, aber sie sah ihm an, dass er sich den Jubel seines Volkes vorstellte, wenn Helleron fallen würde, selbst wenn das bedeuten würde, dass auch ihre eigenen Hütten brannten.

»Nimm meine Hand.« In der Finsternis der mondlosen Nacht hielt sie ihm die Hand hin, deren Haut in ihren Augen, die sich immer noch nicht ganz an die Sicht ihrer Kunst gewöhnt hatten, wie dunkles Silber aussah. »Nimm sie jetzt, solange du kannst.«

Schließlich streckte er eine Hand aus der Robe, und sie hatte dieselbe Farbe wie ihre, nur etwas heller. Als er zögerte, griff sie kurz entschlossen danach. Sie hatte erwartet, dass seine Hand kalt sein würde, aber zu ihrer Überraschung war sie warm.

»Ich bin Jubelgut Werker aus Collegium. Ich spreche nicht für meine Familie. Ich spreche nicht für meine Stadt oder mein Volk. Aber ich spreche für mich selbst, und ich sage dir, dass ich dir mehr schulde, als ich dir jemals werde zurückzahlen können, denn in meiner dunkelsten Stunde warst du für mich da. Ich weiß nicht, warum, und kann es nicht erklären. Aber du warst da und bist in den Palast unserer Feinde eingedrungen und hast ihr Blut vergossen, um mich zu befreien.« Die Worte sprudelten nur so aus ihr heraus, und sie hatte das seltsame Gefühl, dass es nur zum Teil ihre eigenen waren.

Achaeos reagierte befangen. »Sprich diese Dinge nicht leichtfertig aus«, sagte er und wollte kurz die Hand zurückziehen. »Du weißt nicht, wie stark uns Schwüre binden können!«

»Nichts davon habe ich leichtfertig ausgesprochen«, beteuerte sie, und da gab er seinen Widerstand auf und schaute ihr in die Augen.

»Du kannst mich *sehen*«, sagte er, und ihr wurde bewusst, dass die Sterne und eine flackernde Fackel am anderen Ende des Platzes das einzige Licht spendeten. Aufgrund seiner Herkunft konnte er sie sehen, und sie sah ihn mit Hilfe ihrer Kunst.

»Ja, ich sehe dich«, gab sie zurück. »Ich habe so lange vergeblich versucht, die Kunst der Ahnen heraufzubeschwören, aber erst dein … erst der Traum hat sie in mir geweckt.«

Er wusste nicht, was er mit ihr anfangen sollte, jetzt, da sie sah. Alle Masken fielen plötzlich von ihm ab. Sie erschreckte ihn, zog ihn an, erschütterte ihn. Als ihr das bewusst wurde, bekam auch sie Angst, denn sie spürte seine warme Hand. Auf einmal war er ihr sehr nahe.

»Ich …«, fing sie an, während sie spürte, wie sich das Band zwischen ihnen zusammenzog, das Band, das von Helleron bis Myna gereicht hatte. Kurz darauf ließ sie ihn los, taumelte zurück und eilte wieder hinein, bevor ihr die Worte entschlüpfen konnten, die in ihrem Inneren hochstiegen.

Thalric waren nur ein paar wenige Stunden unruhigen Schlafs vergönnt. Nachdem Ju und ihre Gefährten ausgebrochen waren, hatte er im Palast erst wieder für Ordnung sorgen müssen, bevor er den Feldscher der Garnison aufgesucht hatte, um seine Wunden zu behandeln. Zwar hätte er sich auch einen Arzt aus der Stadt kommen lassen können, aber aufgrund seiner Erfahrungen schätzte er die im Krieg erlernten Fähigkeiten eines Feldarztes höher ein als die jedes herkömmlichen akademischen Mediziners.

Inzwischen war der Tag längst angebrochen, und im Palast war alles auf den Beinen. Die allgemeine Ordnung wurde wieder hergestellt, und Thalric wusste, dass der Rekef die Lage fest im Griff hatte. Den kaiserlichen Besatzern in Myna würde allenthalben eingeflüstert werden, wie die Dinge lagen.

Mittlerweile hatte er nach Aagen geschickt, mit dem er sich in dem kleinen Vorzimmer traf, in dem Gäste zu warten hatten.

Der Erfinder nickte ihm verhalten zu. »Ihr seid also immer noch am Leben.«

»Gerade so. Gab es irgendwelche Probleme?«

Aagen zuckte mit den Schultern. »Ich habe mitbekommen, dass ein paar Soldaten nach ihr gesucht haben – nach dem Schmetterlingsmädchen. Die Einheimischen sind nicht gerade Sympathisanten des Imperiums. Es ist schon manchmal seltsam, welche Umstände Euch zu Hilfe kommen, findet Ihr nicht?«

»In dieser Stadt braut sich eine Rebellion zusammen«, sagte Thalric. »Ulther hat das nicht gesehen, er hat geglaubt, sie wäre zahm und er hätte sie in der Hand. Ihm ist der Wirklichkeitssinn abhandengekommen.«

»Wollen wir hoffen, dass wir nicht mehr hier sind, wenn es so weit kommt«, meinte Aagen, und Thalric nickte.

»Es tut mir leid, dass ich Euch benutzt habe, Aagen, aber ich hatte sonst niemanden.«

»Nun ja«, erwiderte der Erfinder mit einem verlegenen Grinsen. »Ich kann mich nicht beklagen, versteht Ihr?«

»Sie hat für Euch getanzt?«

Obwohl Aagen es zu verhindern suchte, breitete sich das Grinsen übers ganze Gesicht aus. »Ja, stellt Euch vor. Sie hat nur getanzt, sonst nichts, aber …«

»Ich weiß. Ich habe sie auch tanzen sehen.« Thalric erhob sich, klopfte seinem Kameraden auf die Schulter und war froh, dass er in Aagen wenigstens einen Freund hatte, den er nicht verraten musste. »Ich freue mich, dass Ihr das heil überstanden habt. Ich stehe in Eurer Schuld, als Kamerad und als Vorgesetzter. Das werde ich Euch nicht vergessen.«

Mit schleppenden Schritten ging er in den Thronsaal, denn ihm war klar, dass es dort eine Abrechnung geben würde. Die Tür wurde ihm von einem Soldaten geöffnet, der frisch in Myna eingetroffen zu sein schien und die Tür wieder schloss, kaum dass Thalric eingetreten war. Der Saal war fast leer, denn mittlerweile war der Großteil von Ulthers teurem Schnickschnack weggeschafft worden.

Thalric war kein bisschen überrascht, den namenlosen Mann auf dem mittleren Thron sitzen zu sehen, der auch bei der Besprechung mit Latvok dabei gewesen war. Jetzt musterte er Thalric scharf und mit zusammengekniffenem Gesicht. Auch Oberst Latvok war zugegen und stand mit einer halb ausgerollten Schriftrolle neben dem Thron. Nur die Spinnenfrau Odyssa fehlte. Dafür entdeckte Thalric, zur Hälfte hinter einer Säule verborgen, den Fliegenmann te Berro.

»Oberst«, salutierte Thalric. »Ihr habt keine Zeit verloren.«

»In der Tat«, entgegnete Latvok mit einem Lächeln. »Offiziell bin ich noch gar nicht hier und werde es auch so bald nicht sein. Die Übergabe des Gouverneuramts wird so übergangslos vonstattengehen, als hätte Oberst Ulther sie selbst in die Wege geleitet. Doch bis dahin muss sich jemand um alles kümmern – selbstverständlich nicht offiziell.«

»Natürlich, Oberst.«

»Offenbar gehört Ihr zu den wenigen Offizieren, die gern die Offensive ergreifen, Major Thalric«, stellte Latvok fest. »Das ist eine zweischneidige Gabe, aber zu Eurer Arbeit hier kann ich Euch nur gratulieren.«

»Danke, Oberst.«

»Bestimmt war es nicht leicht für Euch.«

Thalric blinzelte. Am klügsten war es, alle persönlichen Gefühle zu verleugnen, aber sie lasteten so schwer auf ihm, dass ihm das nicht gelingen würde, jedenfalls nicht ganz. »Ich bin dem Imperium treu ergeben, Oberst, und habe meine Wahl getroffen.« Doch seine Stimme klang nicht so überzeugend, wie er es sich erhofft hatte.

»Guter Mann«, sagte Latvok. »Natürlich sollt Ihr für die Erledigung Eurer Aufgabe nicht unbelohnt bleiben, und …«

»Deshalb habe ich es nicht getan«, unterbrach Thalric heftiger als beabsichtigt. Die gestrige Nacht forderte ihren Tribut – er hatte sich nicht so gut unter Kontrolle, wie er es sich gewünscht hätte.

In Latvoks Zügen zeigte sich ein Anflug von Ärger. »Das habe ich Euch auch nicht unterstellt, Major Thalric. Den Unterlagen zufolge seid ihr derzeit der höchstrangige Rekefoffizier in Myna. Falls Ihr als De-facto-Gouverneur dieser Stadt irgendwelche Entscheidungen zu treffen habt, dann tut es.«

Einen Agenten, der nicht darauf vorbereitet war, mit einer solchen Frage zu konfrontieren, war extrem, aber Thalric vermutete, dass er keine zweite Gelegenheit bekommen würde. »Die Schmetterlingssklavin Qual in Ketten.« Er beobachtete Latvoks Reaktion genau.

»Mir ist zu Ohren gekommen, dass sie großartige Tanzvorführungen gibt«, sagte der Oberst.

»Sie gehörte Oberst Ulther, und ich möchte sie Leutnant Aagen überlassen, der mich hier ganz entscheidend unterstützt hat.«

»Einverstanden«, erklärte Latvok, ohne mit der Wimper zu zucken. »Sonst noch etwas?«

»Eine weitere Sklavin des Obersts, eine Wespe namens Hreya, war mir sehr hilfreich, weshalb ich ihr gern die Freiheit schenken möchte.«

Latvok hüstelte, als hätte Thalric in feiner Gesellschaft gegen die Etikette verstoßen. »Das Imperium entlässt seine Sklaven nicht in Freiheit, Major Thalric. Das Imperium kann seine Sklaven beschenken, belohnen, sie gut behandeln, ihnen Verantwortung übertragen oder gar ihren Rat erfragen, aber das Imperium kann ihnen nicht die Freiheit schenken. Was würde denn das für ein Beispiel abgegeben? Aber wir können sie Euch als Geschenk überlassen, Major. Falls Ihr als Bürger des Imperiums der Sklavin die Freiheit schenken wollt, wird man Euch diese Spinnerei sicher nachsehen. Noch etwas?«

»Ich würde gern noch anmerken, dass Leutnant te Berro tadellose Arbeit geleistet und mich damit sehr unterstützt hat.« Thalric sah, wie der Fliegenmann zusammenzuckte, als sein Name fiel, dann aber geschmeichelt die Brauen hochzog.

Latvok nickte. »Die Leistungen von Untergebenen anzuerkennen, ist eine Offizierstugend, denn damit schafft man sich treue Gefolgschaft. Wir nehmen das zur Kenntnis.« Te Berros überraschtem Gesichtsausdruck nach zu urteilen, besaß Latvok selbst diese Offizierstugend nicht. »Noch etwas?«

»Nein, Oberst.«

»Wirklich nicht, Major?« Latvok runzelte die Stirn. »Oberst Ulther hatte noch mehr Sklaven. Einen ganzen Palast voll.«

»Die würde ich der Obhut des Imperiums belassen, Oberst. Mir ist vor allem daran gelegen, meine Arbeit in Helleron wieder aufzunehmen. Der Plan steht kurz vor seiner Verwirklichung, so dass mich meine Agenten vor Ort brauchen.«

»Tja.« Latvok warf einen kurzen Blick zu dem Mann auf dem Thron. »Was Eure Zukunft angeht, Major, gibt es einen Vorschlag. General Reiner sind Eure Fähigkeiten und Euer Gespür aufgefallen, und er findet, dass diese Eigenschaften für einen Rekefoffizier äußerst wünschenswert sind.«

Einen Moment lang war Thalric sprachlos. Dadurch, dass ihm die Identität des schweigsamen Mannes auf dem Thron genannt worden war, war er in eine höhere, geheime Welt eingelassen worden. Nur selten gaben sich Rekefgeneräle außerhalb des Kaiserhofs zu erkennen.

»General«, grüßte er schließlich.

»In der Vergangenheit habt ihr dem Auslandsrekef unbezahlbare Dienste geleistet«, sagte Latvok, während der bohrende Blick des Generals auf Thalric lag. »Doch Eure Fähigkeiten wären auch dem Inlandsrekef von großem Nutzen. Das Imperium muss nicht nur nach außen, sondern auch nach innen beschützt werden.«

Das wäre mehr als eine Beförderung, denn der Inlandsrekef, der ältere und angesehenere große Bruder seiner eigenen Geheimdienstabteilung, unterstand direkt dem Kaiser. Die Agenten des Inlandsrekef waren ihr eigenes Gesetz und fürchteten sich vor nichts.

Außer vor ihren Kollegen, meldete sich ein verräterischer Gedanke.

Und jedermann fürchtete sie, denn sie waren der Schatten innerhalb der Armee. Niemand konnte sich sicher sein. Womöglich lieferte dein Nachbar einen Bericht über deine unbedachten Worte ab, oder deine Sklavin gab das im Suff gemachte Geständnis der letzten Nacht weiter. Jeder spürte den Blick des Rekef im Rücken, ob er nun ein einfacher Soldat war oder ein berühmter General des Imperiums. Niemand war gegen den Rekef gefeit, und ein jeder konnte ohne Vorwarnung und spurlos verschwinden.

Auch die Liquidierung Ulthers war das Werk des Inlandsrekef gewesen. Hatte man ihn damit nur auf die Probe gestellt? Hatten sie ihn auf seinen alten Mentor angesetzt, um zu sehen, ob er kaltblütig genug war? Ja, er war kaltblütig. Eiskalt.

»Ich fühle mich geehrt, Oberst, aber meine Pläne in Helleron …«

»Können bestimmt von einem anderen vollendet werden. Denkt darüber nach, Major.«

Beim Inlandsrekef würden ihm nur Leute aus seinem eigenen Volk unters Messer kommen. Wie ein Wundarzt, der ein Menschenleben rettet, indem er faulendes und entzündetes Fleisch aus einer Wunde schneidet, würde er das Imperium vor Verrat retten. Jeder Tag gliche der letzten Nacht. Und ohne Zweifel käme einmal der Tag, an dem er auf Aagen oder einen anderen treuen Freund angesetzt werden würde.

»Wenn dies ein Befehl des Imperiums ist, werde ich tun, wie mir befohlen«, sagte er, und ihm war bewusst, dass ihm seine nächsten Worte den Argwohn des Rekef bescheren, dass sie ihm sogar wie Ulther das Leben kosten konnten. »Wenn Ihr damit allerdings nur eine Einladung aussprecht, muss ich ablehnen. Mir liegt meine Arbeit für den Auslandsrekef sehr am Herzen, und ohne meine Anleitung würde sie ins Stocken geraten.«

Darauf herrschte langes Schweigen. Latvok sah General Reiner an. Angestrengt hielt Thalric nach Anzeichen einer Reaktion zwischen den beiden Ausschau, aber er konnte nichts erkennen.

Schließlich sagte Oberst Latvok: »Das wäre dann alles, Major Thalric.«

Ohne zu wissen, was sie über ihn dachten, wandte sich Thalric um und ging hinaus.

Elf

Während sich das Tageslicht nur langsam nach Myna geschlichen hatte, hatte sich etwas anderes wie ein Lauffeuer in der Stadt ausgebreitet, eine Nachricht nämlich: *Kymene ist frei.* Und: *Ulther der Fettkloß ist tot.* In den Köpfen der Leute hingen diese beiden Ereignisse unentwirrbar zusammen.

Unaufhörlich waren Besucher und Vertreter anderer Gruppen in den Keller geströmt, in dem sich Chyses Widerstandsgruppe versteckte. Manche waren alte Verbündete, andere hatten das Rote Banner bisher abgelehnt oder gar bekämpft. Doch jetzt waren sie alle hier, um Kymene zu sehen, denn sie war die Einzige, die Myna einen konnte. Ulther hatte das sehr wohl gewusst, war aber von ihr ebenso fasziniert gewesen wie der Rest der Stadt. Deshalb hatte er nicht getan, was er hätte tun müssen, um Myna seiner Maid zu berauben.

Tynisa saß in einer Ecke und beobachtete die verschiedenen Widerstandskämpfer, wie sie kamen und gingen, kleine Grüppchen bildeten und auf ihre Anführerin warteten. Chyses bewegte sich von einem zum anderen und schüttelte jedem kräftig und auf Soldatenart die Hand. Offenbar bemühte er sich, alte

Feindschaften zu begraben, denn er sprach vor allem denen Mut zu, die ihn am wenigsten leiden konnten.

Ju brauchte wohl einige Zeit, um sich zu erholen, oder sie hatte irgendwelche andere Sorgen, während Salma trotz des steigenden Lärmpegels immer noch schlief. Fast die ganze Zeit seiner Gefangenschaft hindurch war er gefesselt gewesen, hatte Ju gemeint. Mit den Flugschellen hatte er sich wahrscheinlich nicht gut ausruhen können. Tynisa stellte sich vor, wie er mit auf den Rücken gebundenen Armen und aufrecht sitzend die Nächte durchgewacht und auf Ju aufgepasst hatte. Träge erhob sie sich und schlenderte zu seinem Lager hinüber.

Tynisa war immer stolz darauf gewesen, dass sie unabhängig und auf niemanden angewiesen war. Darauf stolz zu sein, war nicht schwierig, solange sie niemanden gebraucht hatte. Mit Salma verband sie eine Beziehung, die auf Scherzen und gegenseitigen Neckereien gründete, intensiviert durch den Ärger darüber, dass ihre Reize nicht ausreichten, um ihn zu erobern. In ihrem Verhältnis zu Ju spielte ihre eigene Eitelkeit eine große Rolle, wie sie zugeben musste, denn es war sehr angenehm, eine unscheinbare Schwester zu haben, die so gutmütig, ernst und vor allem reizlos war.

Erst als man sie ihr geraubt hatte, hatte Tynisa begriffen, wie sehr sie die beiden liebte und wie sehr sie Teil ihrer selbst geworden waren. Sie kniete neben Salma nieder. Im Schlaf hatte er einen Gesichtsausdruck, den er der Welt für gewöhnlich nicht bot. So sah er fünf Jahre jünger aus, und erst da fiel Tynisa auf, dass sie, ohne es genau zu wissen, immer davon ausgegangen war, dass er älter war als sie. Gedankenverloren schob sie ihm eine dunkle Haarlocke aus der Stirn und beobachtete, wie seine Augenlider flatterten. *Träume von der Freiheit,* bat sie ihn wortlos.

Ohne seine Schritte gehört zu haben, spürte sie plötzlich Tisamon neben sich. Wie immer schaute er ernst und etwas melancholisch drein, und sie fragte sich, ob er diesen Ausdruck jemals ablegen würde. *Vielleicht im Schlaf?*

»Ich muss etwas mit dir besprechen«, sagte er leise. »Wenn es dir recht ist.«

Wo stehe ich jetzt mit ihm? Die Mauer um ihn herum war zwar während des Kampfes in der Kanalisation eingestürzt, aber er war immer noch dabei, diese neuen Welt, die sie für ihn darstellte, zu erkunden. Bisher war er offenbar zu keiner Entscheidung gelangt.

Sie folgte ihm zu der Stelle, wo er geschlafen hatte, sein Bündel und seine Sachen lagen.

»Du hast etwas von mir«, sagte er, doch sie verstand nicht.

Als er ihren ratlosen Gesichtsausdruck bemerkte, lächelte er freudlos. »Nichts, was ich irgendjemandem wünschen würde, aber du trägst es in dir. Du hast Atryssas Züge, ihren klugen Verstand und, ich glaube, auch ihre Fähigkeiten. Aber du hast auch etwas von mir.«

Etwas Fangschreckenhaftes. »Ich ... Meine Kunst zeigt keine Eigenschaften deines Volkes. Ich glaube ...«, sagte sie. »Ich kann nicht fliegen. Ich habe auch keine Dornen wie du.«

In sein eisiges Lächeln mischte sich Erheiterung. »Ist denn jede Kunst so offensichtlich? Sag mir, was durch deine Adern rauscht, wenn du kämpfst, Tynisa. Sag mir, welche Freude du im Herzen trägst, wenn du Blut riechst. Sag mir, welche Lust du empfindest, wenn sich deine Klinge mit einer anderen kreuzt.«

Wie eine Ohrfeige trafen sie diese Worte. »Nein ...«

»Aber ja«, widersprach er. »Ich habe dich doch kämpfen sehen. Du nimmst zwar die Haltung einer Spinne ein, aber dahinter steckt die Kunst meines Volkes, die dich so tödlich macht und dafür sorgt, dass du überlebst.«

Sie dachte daran, wie sie in Stenwolds Haus neben den toten Meuchlern gestanden hatte und vom Siegestaumel erfasst worden war. Wie sie in Helleron gegen Wespen und Ganoven gefochten hatte. Wie sie die Glückhänder erschlagen und sich durch die Wachen gekämpft hatte, um zu Salma und Ju zu gelangen. Für jedes dieser Ereignisse konnte sie einen Beweggrund benennen – um sich zu retten, um Freunde zu befreien oder Schulden zu begleichen. Und doch hatte ihr Herz Feuer jedes Mal gefangen, sobald die Klinge erst einmal gezogen war. Dann hatte etwas von ihr Besitz ergriffen, das wie ein wildes Gift durch sie hindurchschäumte und ihr den Verstand vernebelte. Etwas, das sie aber auch entschlossen, schnell und leidenschaftlich werden ließ. Das Wissen ihres eigenen Könnens berauschte sie, während sie Menschenleben geradeso auslöschte, wie ein Spieler die Karten austeilt.

»Ich …« Hinter Tynisas Spinnengesicht lauerte ihr Erbe, das Erbe einer Fangschrecke mit all seinem Blutdurst, seinen Schwüren und Versprechen, seinen Bräuchen und Erinnerungen. All das hatte Tisamon ihr vermacht.

Von diesem Erbe zu erfahren, war so furchtbar, als entdeckte sie in ihrem Inneren ein Krebsgeschwür. Als sich ihre Blicke trafen, sah Tisamon sie voller Stolz an. So stolz war noch nie jemand auf sie gewesen, und sie genoss den Augenblick zutiefst.

»Dieses Schwert passt nicht zu dir«, sagte er, denn sie hatte sich ein Mynaner Kurzschwert geliehen, eine schwere, unelegante Waffe.

»Besser als nichts«, erwiderte sie.

Er kniete sich neben seine Ausrüstung auf den Boden und bedeutete ihr, dasselbe zu tun. Dabei überlief sie ein seltsames Frösteln. Jetzt stand sie vor einer Schwelle, die er ihr bisher vorenthalten hatte.

»Als wir das letzte Mal in diese Stadt kamen, hatte ich, wie du weißt, damit gerechnet, deine Mutter zu treffen«, sagte er und wich ihrem Blick aus. »Aber ich habe sie nicht gesehen, und den wahren Grund dafür haben wir beide erst vor kurzem erfahren. Allerdings …« Er breitete die Hände aus, und bei der Bewegung zuckten die Dornen auf seinem Unterarm. »Ich wollte … Ich hatte gedacht, solange wir getrennt sind … Ich wollte ihr ein Zeichen geben, um sie an mich zu binden und um mich an sie zu binden. Irgendeine Geste.« Er zeigte den Anflug eines

Lächelns. »Wir konnten nicht heiraten. Für mein Volk ist das eine heilige Zeremonie, und sie würden mich lieber erschlagen, als zuzuschauen, wie ich mich mit einer Spinne vereinige. Aber bei ihr war es anders, denn Spinnenfrauen können so viele Männer haben, wie sie wollen. Trotzdem wollte ich ihr zeigen, was sie mir bedeutete, doch wie du weißt, bin ich nicht gut mit Worten. Deshalb habe ich ihr ein Geschenk ausgesucht.« Mit einer Hand griff er schon zu seiner zusammengerollten Decke, zog sie aber wieder zurück. »Doch sie kam nicht. Ich brachte es allerdings nicht fertig, das Geschenk wegzuwerfen, denn es war … für mich von großem Wert und großer Bedeutung. Seither trage ich es überall mit mir herum. In der Hoffnung, dass es mir irgendein Gauner stehlen würde, habe ich es in jeder billigen Spelunke, in der ich übernachtet habe, auf mein Bett gelegt. Ich wollte es loswerden, weil es mich an sie erinnerte. Aber wenn ich abends zurückkam, hatte es nie jemand mitgenommen. Und jetzt bist du da, in dieser Stadt, ihre Tochter und ihr Ebenbild – und mein eigen Fleisch und Blut. Und du hast dein Schwert verloren.« Endlich schaute er ihr in die Augen. »Du glaubst nicht an Schicksal«, stellte er fest.

»Nein.«

»Du hast ein Erbe. In Wahrheit hast du sogar zwei Erbschaften. Du bist von Käfern erzogen worden, umgeben von Maschinen und Ideen, die du niemals begreifen wirst. Zwar bemühst du dich, zu denken wie sie, aber deine Natur verbietet es dir. Mein Volk glaubt an das Schicksal und an viele andere Dinge, die weder von den Käfern noch vom Volk deiner Mutter gelehrt werden. Und ich glaube, dass das hier Schicksal ist.«

Er griff hinter sich und präsentierte ihr ein Rapier, wie sie noch keines gesehen hatte. Es steckte in einer irisierenden Scheide, deren Grüntöne im Licht verschwammen und sich verwandelten. Erst dachte sie, dass sie mit einem Messingband zusammengehalten würde, aber dann erkannte sie, dass es altes Gold war. Das Rapier war kürzer als ihre bisherige Klinge, aber als sie es in die Hand nahm, stellte sie fest, dass es schwerer war. Der Gefäßkorb bestand aus grün emailliertem Gold und dunklem Stahl und war wie mehrere, in sich verschränkte Blätter oder Insektenflügel geformt. Ohne an ein Ende zu gelangen, folgte Tynisas Blick den gewundenen Linien, wobei sie die Waffe ständig drehen musste.

Die Scheide, die sie in der Hand hielt, schien aus aufwendig bearbeitetem Chitin zu bestehen. Eben wollte sie zum Heft greifen, als Tisamon sie davon abhielt.

»Du musst einige Formalitäten beachten«, erklärte er, während er den Schwertknauf berührte, der sich zur Spitze hin verjüngte und in einer gebogenen Klaue auslief. Unvermittelt schloss er die Finger so fest darum, dass er sich am Handballen einen kleinen Schnitt zufügte. Auf dem vergoldeten Metall glänzte ein Blutstropfen.

»Und nun du«, sagte er. Sie hatte schon den Mund geöffnet, um zu widersprechen, aber er versicherte ihr: »Das ist wichtig. Ich verlange nicht von dir, dass du es glauben sollst. Ich will nur, dass du glaubst, dass ich daran glaube.«

Sie fasste die Scheide am oberen Ende an und stieß sich den Metallstachel in die Hand. Es fühlte sich an wie ein Insektenstich, kurz bevor er zu jucken beginnt, ein prickelnder Schmerz. *Sein Blut und mein Blut auf meiner Hand.*

»Nun zieh das Schwert heraus«, forderte er sie auf, und sie gehorchte.

Als sich ihre Finger um das gemaserte Holz des Griffes schlossen, durchlief sie ein Schock, als wäre sie aufgespießt worden. Ihr Herz machte einen Satz, und einen Augenblick lang fühlte sich das Schwert in ihrer Hand wie ein zum Leben erwachtes Wesen an. Zwar ebbte dieses wundersame Gefühl sogleich wieder ab, aber als sie das Schwert aus der Scheide zog, kehrte es zurück.

Wie sie anhand der Scheide erwartet hatte, war die Waffe kürzer, als sie es gewohnt war. Doch die Klinge schien nicht aus Stahl zu sein, sondern aus einem dunklen Metall, so matt wie Blei. Erst an der Spitze verjüngte sie sich, ansonsten war sie dicker als ihr altes Rapier. Die Waffe war wie ein wildes Tier, das sich an ihren Geruch gewöhnen und abgerichtet werden musste.

»Es ist … *alt*«, sagte sie verwundert.

»In meinem Volk leben vielleicht noch sechs oder sieben Meister, die es verstehen, solche Klingen zu erschaffen. Die Besten stammen aber aus der Zeit des Alten Wissens, so wie diese.«

»Aus der Zeit des *Was?*« Diesen Begriff hatte sie in Collegium nie gehört.

»Aus der Zeit vor der Revolution der Geeigneten«, klärte Tisamon sie auf.

»Aber das ... das ist doch nicht möglich.« Sie betrachtete die Waffe, die im Dämmerlicht nur leicht funkelte. »Das ist ja schon mehr als fünfhundert Jahre her.«

»Und noch einmal hundert Jahre früher wurde diese Klinge geschmiedet«, sagte er. »In einem Zeitalter vor dem Zweifel. In Blut und Glaube und dem reinen Können geschmiedet – all die Dinge, die mein Volk ausmachen. Es ist mein Recht, dieses Schwert zu halten und zu vergeben, denn obwohl ich die Klappklinge bevorzuge, habe ich den Umgang mit dieser Waffe gemeistert, diesem Schwert, das vom Blut deiner Mutter und vom Blut deines Vaters ist. Dem Ritual habe ich mich unterzogen. Ich stand vor den Richtern in Parosyal und habe mein Blut vergossen. Wenn du einverstanden bist, werde ich dich eines Tages dorthin führen.«

Sie brauchte einen Moment, bis sie begriff, was er meinte. Für die Fangschrecken war die Insel Parosyal ein spiritueller Ort, wie sie gelernt hatte. Dabei ging es nicht um Religion, sondern um die Waffenmeister, deren Abzeichen er trug, einen alten, gut behüteten Orden.

»Die würden mich nie aufnehmen«, sagte sie. »Ich bin ein Halbblut.«

»Wenn ich für dich bürge, dich vorbereite und du begabt genug bist, dann wird kein Mensch das Recht haben, seine Stimme gegen dich zu erheben«, beteuerte er ihr. »Es ist deine Entscheidung, Tynisa. Ich bin dir ein schlechter Vater, denn ich besitze weder Land noch Vermögen, in viereinhalb Jahrzehnten habe ich außer meinem Beruf keinerlei Erbschaft angehäuft. Deshalb ist es das Einzige, was ich dir vermachen kann.«

Und bevor sie ihren Geist mit »Aber« und »Waswenn« vernebeln konnte, sagte sie: »Ja.«

Als Kymene den Raum betrat, verstummten alle. Selbst Stenwold, der in die Notizen und Listen vertieft war, die Tynisa ihm mitgebracht hatte, hielt instinktiv inne und schaute auf. Unwillkürlich hielt er den Atem an.

Gestern Nacht hatte sie müde ausgesehen, schmutzig von der Flucht durch die Kanalisation und angeschlagen von der Gefangenschaft – eher wie eine unterernährte Obdachlose als wie Mynas legendäre Maid.

Doch in der Zwischenzeit war sie nicht untätig geblieben, hatte womöglich nicht einmal ein Auge zugetan, denn jetzt erschien sie vor ihren Getreuen in der Gestalt, in der sie sie sehen wollten. Sie trug eine Art Vollrüstung. Ihre feinen, aber unbeugsamen Gesichtszüge wurden von einem kegelförmigen Helm und einer Halsberge umrahmt. Auf ihrem Harnisch, einem für einen Mann gefertigten, schwarz angemalten Plattenpanzer, waren zwei rote Pfeile zu sehen: Einer deutete nach oben, der andere nach unten. *Wir sind gefallen, aber wir werden uns wieder erheben,* war Stenwolds Interpretation des Symbols. Darüber hinaus trug sie einen Kilt aus silbergeprägtem Leder, lange Beinschienen und Panzerhandschuhe, die dasselbe Muster aufwiesen wie der Brustpanzer. Darunter hatte sie aber weder ein Hemd noch Hosen angelegt, wie Soldaten es normalerweise taten. Die blaugraue Haut ihrer Arme und Beine war deutlich sichtbar und erinnerte jedermann daran, dass sie keine einfache Speerträgerin war, sondern Mynas Maid. Mit wehendem Mantel betrat sie den Unterschlupf.

Allerdings jubelte niemand bei ihrem Eintritt. *Dabei hätte sie es verdient,* dachte Stenwold, bevor ihm einfiel, dass der Lärm sie nur verraten würde. Stattdessen lag der Jubel in den Blicken der Widerstandskämpfer und auf ihren Gesichtern.

»Chyses«, sagte sie, worauf dieser nervös vortrat. »Du hast mir in der Finsternis Hoffnung gegeben. Das werde ich dir niemals vergessen. Von nun an bist du mir wert und teuer.«

Sie umfasste seinen Arm, und Stenwold hatte den Verdacht, dass ihre Beziehung in der Vergangenheit nicht sehr freundschaftlich gewesen war. Vermutlich hatte er sie befreit, um diesen Makel auszumerzen. Gerade wollte Chyses mit Tränen in den Augen auf seinen Platz zurückkehren, als Kymene ihn am Ärmel packte und zurückhielt.

»Aus der ganzen Stadt seid ihr gekommen«, wandte sie sich an die Versammelten. »Die meisten von euch kenne ich, und ich weiß, dass zwischen euch keine Freundschaft besteht. Jeder von euch trägt eine andere Revolution in seinem Herzen, die sich von der seines Nachbarn unterscheidet. Während ich vor meiner Gefangennahme vergeblich versucht habe, euch zusammenzubringen, seid ihr jetzt alle unter diesem Dach vereint. Dafür immerhin können wir den Wespen dankbar sein.«

Darauf entstand leises Gelächter. Stenwold ließ den Blick über die Zuhörer schweifen. Alte und Junge, Männer und Frauen, Käfersoldaten aus Myna, aber auch andere, Heuschreckenmilizen, Fliegenganoven, die für die gute Sache einstanden, und sogar ein paar abtrünnige Ameisen mit rötlicher Haut aus dem eroberten Maynes. Sie alle blickten gebannt auf Kymene und harrten ihrer Befehle.

»Wahrscheinlich erwartet ihr von mir, dass ich den Brandherd lege für das Feuer, das die ganze Stadt erfassen soll, das jeden Mynaner, ob Mann, Frau oder Kind, zu Stab oder Schwert greifen lässt, um sich gegen die Wespen zu erheben und Myna vom Joch des Imperiums zu befreien.«

Darauf gab es nur vereinzelte zustimmende Rufe, denn ihr Tonfall ließ die meisten aufhorchen.

»Ihr wisst, dass der Fettkloß tot ist!«, rief sie aus und erntete damit allenthalben begeistertes Kopfnicken und schadenfrohes Grinsen. »Aber wer hat ihn getötet?«, fragte sie, worauf die Rebellen verblüfft verstummten.

»Ich habe ihn nicht erschlagen, auch wenn ich es ohne Zögern getan hätte. Auch Chyses war es nicht, noch sonst einer aus unserer Gruppe. Und dennoch wissen wir alle, dass er tot ist. Wer also hat den Fettkloß umgebracht?« Sie blickte jeden der Reihe nach scharf an, bis einer antwortete.

»Man sagt, er hätte sich mit einer anderen Wespe wegen einer Frau überworfen. Das habe ich jedenfalls gehört. Anscheinend wurde ein Offizier für die Tat hingerichtet.«

»Soweit ich weiß, soll es Kapitän Rauth gewesen sein«, warf ein anderer ein. »Der Kriecher vom Fettkloß, um den ist es nicht schade.«

»Behaupten sie das?«, fragte Kymene und brachte damit das aufkommende Gemurmel zum Verstummen. »Dass die Wespen miteinander stritten? Dass sie sich im Dunkeln gegenseitig umbrachten, während Chyses meine Zelle aufbrach? Sie werden einen neuen Gouverneur in Myna einsetzen, und der wird zweifellos schlimmer sein als der Alte. Und dieser Neue ist der Grund, weshalb der Alte getötet wurde. Denn sie haben überall herumerzählt, dass der Fettkloß tot ist, damit es jeder mitbekommt. Aber warum? Warum sollten sie diese Neuigkeit in der ganzen Stadt so laut hinausposaunen, dass wir sie hören und von ihr ermutigt werden?«

Mit wehendem Mantel schritt sie die vordere Reihe der Zuhörer ab. »Ein jeder von uns weiß, dass unser Feind nicht nur über Macht, sondern auch über Hinterlist verfügt. Das haben wir alle am eigenen Leib erfahren, ich an erster Stelle, als mich ihre Söldner verhafteten! Wieso haben sie dafür gesorgt, dass uns die Nachricht vom Tod des Fettkloßes so früh erreicht? Sie haben uns die Information zukommen lassen, weil sie darauf warten, dass wir handeln. Sie wissen, dass unsere Macht wächst, und sie wollen verhindern, dass wir stärker werden, bevor wir zuschlagen. Sie liegen auf der Lauer, und wenn wir zu den Bürgern Mynas gehen, werden sie mit Feuer und Schwert über uns herfallen. Wir sind zwar stark, aber wir müssen stärker werden. Die Zeit der Revolution wird kommen, doch noch ist sie nicht angebrochen, und die Wespen wissen das.«

Kymene hatte alle in ihren Bann geschlagen. Stenwold starrte sie genauso an wie die restlichen Zuhörer.

»Für die nächsten fünfzig Tage oder länger muss sich der Widerstand mucksmäuschenstill verhalten. Sie können nicht ewig mit erhobenem Schwert bereitstehen. Irgendwann müssen sie die Waffe sinken lassen, währenddessen werden wir Kräfte sammeln. Unsere Zeit wird kommen, aber wir müssen listiger als die Wespen sein, um sie zu besiegen. Kraft allein wird nicht ausreichen. Darum war es klug von Chyses, diese Fremden für meine Befreiung zu rekrutieren. Die wenigen Wespen, die ihnen begegnet sind und diese Begegnung überlebt haben« – bei den Zuhörern wurde grimmige Genugtuung laut, und manch einer blickte verstohlen zu Tisamon hinüber –, »werden berichten, dass ein paar Fremde fremdländische Gefangene befreit haben. Wo immer es die Wespen hören können, sollt ihr dieselbe Geschichte verbreiten. Sie sollen ruhig an sich selbst zweifeln – dadurch wird ihre Wachsamkeit eingeschläfert. Tut nichts, was ihren Verdacht erregen könnte – jetzt versteht ihr, warum.«

Sie verstanden. Stenwold bewunderte Kymenes Redekunst. Hier waren die unterschiedlichsten und miteinander verfeindeten Menschen versammelt, aber jeder wurde durch ihre Worte angezogen, bis schließlich alle vor ihr zusammenstanden. Sie sprach zu allen und gleichzeitig zu jedem einzelnen.

Für die Revolution in Myna hatte er immer noch wenig Hoffnung, doch ohne Kymene hätte er überhaupt keine gehabt.

Nachdem sie ihren Truppenappell beendet und die Widerstandskämpfer mit ihren Befehlen zu ihren Gruppen und Zellen zurückgeschickt hatte, war Kymene noch lange nicht fertig. Ihr war nicht anzusehen, dass sie in einem Wespenverlies eingekerkert gewesen und erst kurz vor der Morgendämmerung daraus entkommen war. Voller Energie stellte sie sich vor Stenwold und winkte die anderen Fremdlinge herbei. Langsam versammelten sie sich.

Jubelgut setzte sich neben ihren Onkel, während sich Totho hinter ihr niederließ. Tynisa, die immer noch die Scheide mit dem Schwert in der Hand hielt, nahm mit Tisamon auf Stenwolds anderer Seite Platz. Hinter ihnen kauerte Achaeos und wickelte sich in seinen Mantel wie ein Kranker an einem Wintertag.

»Ihr seid eine erstaunliche Rebellin«, sagte Stenwold und legte die gestohlenen Wespenaufzeichnungen nur widerwillig zur Seite. »Ich habe schon so manchen Aktivisten kennengelernt, aber in Collegium nennen wir sie ›Chaoten‹, zum einen wegen ihrer unzusammenhängenden Ideen, zum anderen, weil sie nur Chaos produzieren. Keiner von ihnen hätte an Eurer Stelle für Abwarten plädiert.«

»Ich bin nur eine Frau, die ihre Heimatstadt liebt«, erklärte Kymene. »Ich erinnere mich an Euren Namen, Meister Stenwold Werker. Gelegentlich hört man ihn noch. Ihr habt während der Belagerung gegen die Wespen gekämpft. Oder Ihr seid vor ihnen davongelaufen, je nach Version der Geschichte.«

»Ich fürchte, dass an beiden Versionen etwas Wahres dran ist.«

»Sei's drum, das alles wird nun umgeschrieben. Ich weiß, dass ihr eigentlich nur Eure eigenen Leute befreien wolltet und meine Befreiung nur durch Zufall Teil Eures Plans geworden ist. Aber da Ihr mich meiner Stadt wiedergegeben habt und ich für ihre Befreiung weiterkämpfen kann, bin ich Euch mehr schuldig, als ich bezahlen kann. Was ich Euch aber zu geben vermag, danach braucht Ihr nur zu fragen.«

Stenwold nickte müde. »Tja, es wäre zu schön, wenn wir uns die Hände schütteln könnten und ich Euch sagen könnte, dass wir von allem, was wir benötigen, reichlich haben. Leider muss ich Euch tatsächlich um Hilfe bitten.«

»Fragt«, forderte sie ihn auf.

»Ich brauche den schnellsten Boten, den Ihr auftreiben könnt, und zwar nach Helleron.«

»Den sollt Ihr bekommen.«

»In einer Stunde werde ich die Botschaft bereit haben, dann soll sie einem meiner Männer überbracht werden.« Als er die beunruhigten Gesichter seiner Schützlinge sah, fuhr er fort: »Gleich werde ich euch alles erklären, aber erst müssen wir uns um das kümmern, was wir brauchen. Ich nehme an, dass ein Flieger nicht infrage kommt.«

Sie lachte laut. »Wenn ich den Wespen einen stehlen würde, würde ich gegen die Befehle verstoßen, die ich meinen Leuten selbst gegeben habe. Und sonst gibt es keine Flugmaschinen. Ich kann Euch allenfalls Pferde besorgen.«

Stenwold wog das Angebot ab. »Außerhalb der Stadt haben wir eine Automotive versteckt. Könnt Ihr uns so viele Pferde besorgen, dass wir sie auf halbem Wege wechseln können? Dafür würde ich Euch die Maschine überlassen.«

»Einverstanden«, entgegnete sie. »Ihr habt bei uns massenweise Kredit, Stenwold Werker. Was noch? Fragt.«

»Einen Mann, der nach Tark geht, um Informationen zu sammeln. Ich werde ihm die Details seines Auftrags erklären. Dort brauche ich jemanden, der die Augen offen hält. Ich selbst habe bisher keine Agenten vor Ort.«

»Einverstanden, aber Ihr müsstet ihn bezahlen.«

»Das ist kein Problem. Darüber hinaus brauchen wir Vorräte für die Reise nach Helleron, und eine Garnitur frischer Kleider würde uns auch nicht schaden.«

»Einverstanden.«

»Dann müssten wir in der Lage sein, Euch zu verlassen.« Er betrachtete seine Hände, die zu Fäusten geballt auf seinem Schoß ruhten. »Allerdings wäre da noch eine Sache. Nichts, was ich von Euch erbeten möchte, sondern etwas, das Ihr wissen solltet.«

Sie nickte abwartend und schwieg, doch er hatte den Verdacht, dass sie bereits wusste, was er sagen würde.

»Der Stahlvertrag rostet zusehends. Die Wespen haben sich von ihren Verlusten des Zwölfjährigen Krieges erholt und sind bereit, erneut zu marschieren. Ich habe ihren Stützpunkt in Asta gesehen und die Berichte ihrer Truppenbewegungen gelesen. In ein paar Dutzend Tagen könnte der nächste Angriff erfolgen, und zwar in Richtung Westen. Diesmal wird sich die Macht des Wespenimperiums dorthin konzentrieren, und ihre Streitkräfte werden über die Städte der Tieflande herfallen.«

»Für sie ist das sicher der nächste logische Schritt«, sagte Kymene.

»Ich brauche Euch nicht zu sagen, dass der Zeitpunkt, wo der Feind seine Kräfte anderswo bündelt, für eine Rebellion am aussichtsreichsten und erfolgversprechendsten ist.«

Sie lächelte trocken. »Ich glaube, wir verstehen uns«, sagte sie. »Mein Volk ist noch nicht bereit, das Joch der Wespen abzuschütteln, doch bald wird es so weit sein. Hoffen wir, dass es sich zum Besten unserer beider Völker kehren wird. Unsere Rebellion wird Erfolg haben«, verkündete sie ohne den geringsten Anflug von Zweifel. »Aber wenn wir frei bleiben wollen, brauchen wir Verbündete im Westen.«

»Darf ich Euch etwas fragen?«, mischte sich Salma ein. Als sie ihn zum letzten Mal gesehen hatten, hatte er noch fest geschlafen, und jetzt saß er plötzlich neben ihnen. Trotz seiner heruntergekommenen Kleider sah er dem jungen Mann, den sie gekannt hatten, deutlich ähnlicher als noch in der Nacht. Sogar sein Lächeln war zurückgekehrt.

»Fragt nur«, sagte Kymene.

»Die Wespen hatten noch eine weitere Gefangene. Eine Schmetterlingsfrau namens Qual in Ketten.«

»Von der habe ich gehört.« Verwundert sah Kymene ihn an. »Zuletzt hieß es, dass sie eine Spielfigur in der Palastintrige gewesen wäre.«

»Man hat sie einem gewissen Offizier Aagen übergeben, das hat Ju mitgehört«, sagte Salma. »Ich muss wissen, wo sie ist, denn wir müssen noch jemanden befreien.«

»Tynisa ahnt gar nicht, was sie mir für einen Dienst erwiesen hat, indem sie mir diese Aufzeichnungen beschafft hat«, bemerkte Stenwold. Wie eine Studentenklasse in der Akademie hatte er die anderen um sich geschart. Selbst Tisamon war dabei. Nur Achaeos hielt sich wie immer etwas abseits. »Natürlich sind diese Papiere nur Fragmente, aber in den letzten Jahren habe ich gelernt, Informationsschnipsel auszuwerten.«

»Ich habe mir gedacht, das müssten Pläne sein. Invasionspläne vielleicht?«, sagte Tynisa. »Auf dem Rückweg habe ich einen Blick darauf geworfen, aber … ich habe nichts verstanden.«

»Nichts derart Sensationelles. Nur Vorratslisten, Koordinationspläne für den Nachschub und Etataufstellungen. Die Einzelheiten der Truppenorganisation«, erklärte Stenwold, worauf Tynisa ein enttäuschtes Gesicht zog, und er sich beeilte, fortzufahren: »Aber mehr als Gold wert, denn aus ihnen kann ich ersehen, wohin die Wespen gezogen sind, wie groß ihre Einheiten sind und wie viel Vorräte und welche Ausrüstung sie dabei haben. Wenn man sie richtig zu interpretieren weiß, sind diese Aufzeichnungen so aufschlussreich wie eine mit Erläuterungen versehene Karte ihrer Truppenbewegungen.«

»Und was hast du herausgefunden?«, fragte Tisamon. »Die Widerstandskämpfer haben uns doch erzählt, dass viele Kontingente nach Westen marschiert sind. Das haben wir mit eigenen Augen gesehen.«

»Sie haben nicht gelogen.« Stenwold nickte. »Und das tun diese Papiere auch nicht. Erinnerst du dich an Asta? Das war nur das Aufmarschgebiet, und ich weiß jetzt, wohin ihr Vorstoß gehen soll. Schau her.« Er drehte eines der Blätter um und zückte einen Stift aus seinem Werkzeuggürtel. Zu jedem Namen malte er einen Punkt auf das Papier: »Myna hier, Asta hier. Das da …« Er malte ein krakeliges Oval auf das Blatt. »Das ist der Darakyon. Dort ist Helleron, jenseits davon. Und hier hätten wir dann die Sandscherenwüste.« Die fließende Grenze der Wüste deutete er mit einer gestrichelten Linie an. »Und hier …« Für einen Moment fühlte er sich tatsächlich wie in einem Klassenzimmer der Großen Akademie. »Weiß es einer?«

»Tark, Meister«, sagte Totho.

»Der Ameisenstadtstaat Tark, die östlichste der Städte der Tieflande. Und wofür sind die Ameisen von Tark vor allen Dingen berühmt?«

»Sklaven«, spuckte Ju angewidert aus.

»Das ist sehr stark vereinfacht«, erwiderte Stenwold mit einem lehrerhaften Stirnrunzeln. »Aber es bringt die Tatsache auf den Punkt, dass Tark die reichste der Ameisenstädte ist. Es liegt an der Seidenstraße, die aus den Spinnenreichen heraufführt und von den Skorpionen aus der Sandschere genutzt wird, wenn sie nach Westen in die Tieflande ziehen. Und von den Fliegen aus den Nestern von Egel und Merro, wenn sie ostwärts reisen. Gerade weil Tark die Pforte zu den Tieflanden darstellt, sind seine Handelserträge besonders groß. Aber nicht einmal die Tarkesen sind sich dessen bewusst. Und warum? Weil sie sich vor allem darum kümmern, sich militärisch gegen die anderen Ameisenstädte zu behaupten, anstatt sich auf eine Gefahr von außen vorzubereiten.« Mit dem Stift zeichnete er einen Pfeil von Asta nach Tark. »Jetzt gibt es aber eine Gefahr. Aus Myna wurden schon viele Soldaten nach Asta verlegt, und die meisten davon sollen noch weiter nach Tark geschickt werden. Diesen Zahlen nach zu urteilen, würde ich von dreißigtausend Mann ausgehen, Wespensoldaten und Hilfstruppen zusammengenommen. Dazu natürlich noch Feldgeschütze, Kriegsautomotiven und Flugmaschinen. Das alles kann man aus diesen Aufzeichnungen ersehen, wenn man sie zu lesen versteht.«

»Aber was können wir jetzt tun?«, fragte Ju, als gäbe es eine einfache Möglichkeit, eine Stadt zu retten.

»Die Ameisen von Tark müssen sich wohl selber verteidigen. Sie würden ohnehin keine Hilfe von außen annehmen. Die Wespen sind uns ein Stück voraus. Immerhin werde ich in Tark einen Mann haben, der mich auf dem Laufenden halten wird. Wir hingegen müssen dorthin gehen, wo man uns vielleicht hören wird. Nach Collegium, Sarn oder Helleron.« Er tippte mit dem Stift auf die Karte. »Und hier liegt unser nächstes Problem. Denn nicht alle Soldaten, die in den Aufzeichnungen auftauchen, sind für Tark bestimmt.«

»Wohin dann?« Jus Blick wanderte von ihm zur Karte und wieder zurück.

»Zwei Armeen, ein geteilter Vorstoß. Der Großteil der Heeresmacht Richtung Tark, und dann noch ein kleiner Rest, der aber groß genug sein dürfte, um Helleron einzunehmen. Welche Truppenstärke bräuchte man, um Helleron zu erobern? Was braucht es, um die Leute von Helleron davon zu überzeugen, dass es besser ist, für als gegen das Imperium zu arbeiten? Oder dass man die Inhalte des Stahlvertrags etwas auflockern müsse?«

»Da reichen ein paar Männer mit einer dicken Geldbörse«, unterbrach ihn Achaeos aus dem Hintergrund, worauf Stenwold ihm voll Bitterkeit zunickte.

»Doch sie haben mehr als nur ein paar Männer dorthin geschickt, und ich habe keine Ahnung, wie groß die Geldbörse ist. Jedenfalls müssen wir nach Helleron, denn dort können wir im Moment am meisten ausrichten. Wenn sich die Magnaten von

Helleron einig sind und ihre Armeen zusammenhalten, sind sie stark genug, um das zehnfache Wespenaufgebot abzuwehren. Sollten sie sich uneins sein oder sich Scheuklappen vor der Wahrheit anlegen, fällt die Stadt den Wespen leicht zum Opfer, und die Tieflande stehen ihnen offen. Deshalb sage ich, dass wir in Helleron am meisten bewirken können. Ich habe bereits meinen Boten zu Scuto gesandt, um ihn zu warnen. Wir können die Wespen zwar nicht mehr überholen, aber der Bote kann es, und es reicht, wenn Helleron über ihr Anrücken informiert ist.« Er seufzte und zögerte kurz, bevor er fortfuhr. »Jetzt ist es also so weit. Ich habe Euch zu meinen Agenten gemacht und in Gefahr und Gefangenschaft gebracht. Ich habe Eure Leben aufs Spiel gesetzt, ich, der ich ein miserabler Spieler bin. Jetzt bitte ich Euch, mit mir in den Krieg zu ziehen, und jeder von Euch hat die Möglichkeit, nein zu sagen. Das würde ich niemandem von Euch nachtragen, nicht meinem ältesten Freund, noch meinen nächsten Verwandten.«

In den Gesichtern derer, die sich um ihn geschart hatten, sah er kein Zucken, lediglich Gleichmut. Deshalb wandte er den Blick auf den Mottenmann im Hintergrund. »Dies ist nicht Euer Krieg, Achaeos.«

Alle drehten sich zu ihm um, und bevor er antwortete, warf er Ju einen kurzen Blick zu. »Nichts von alledem war meine Angelegenheit, Meister Werker, und ich werde nicht in den Krieg ziehen, um Helleron zu retten.«

»Das kann ich Euch nicht verübeln. Ihr habt bereits viel für uns getan …«, begann Stenwold, doch Achaeos hob die graue Hand.

»Eure Nichte und ich haben uns heute vor Sonnenaufgang unterhalten. Wir haben über viele Dinge gesprochen, und sie hat gesagt, dass die Wespen letztlich auch mein Volk erobern würden, nicht nur das Eure. Und da ich die Taten der Wespen gesehen habe, glaube ich ihr. Während ihr Käfer nur an unseren Bergen herummeißelt und -kratzt, um euer bisschen Gewinn zu steigern, bringen die Wespen Tyrannei und Krieg. Und sie *fliegen* – entweder von selbst oder mit Hilfe ihrer Maschinen. Das ist der alles entscheidende Unterschied. Denn während ihr euch in die Erde grabt, werden sie nach oben blicken, wenn sie ihre Schwerter wetzen. Deshalb werde ich mit Euch zurückkehren und meinem Volk berichten, was ich gesehen habe – auch wenn sie es nicht hören wollen. Ich werde sie zu überzeugen versuchen, dass die Wespen bekämpft werden müssen. So, wie mein Volk zu kämpfen pflegt. Darum werde ich nicht in den Krieg ziehen, um Helleron zu retten, sondern um mein Volk zu retten, und zwar vor den Käfern, den Wespen und wer sonst noch wagt, die Hand gegen uns zu erheben.«

Zwölf

Nachdem Salma gegangen war, blieb Ju mit einem bitteren Nachgeschmack zurück, denn sie hatten sich gemeine Worte an den Kopf geworfen. Oder vielmehr hatte *sie* ihm gemeine Worte an den Kopf geworfen. Salma hatte die ganze Zeit über gelächelt und wegwerfend die Schulter gezuckt.

Wie töricht es wäre, unter den Augen der Wespen in die Stadt zu gehen und ihnen förmlich vor der Nase herumzutanzen, hatte sie ihm vorgehalten. Das hatte er eingestanden. Dann hatte sie ihn darauf hingewiesen, dass er die Frau doch kaum kannte, nur einige Tage mit ihr in einer Zelle gesessen und fast kein Wort mit ihr gewechselt hatte. Darauf hatte er freundlich genickt.

»Glaubst du, du bist unsichtbar?«, hatte sie geschrien. »Die ganze Stadt da draußen wimmelt vor Wespen!«

Mit seinem Kopfschütteln hatte er sie beinahe zur Raserei gebracht. »Die sitzen im Palast und warten auf einen Aufstand der Mynaner. Du hast doch gehört, was Kymene gesagt hat. Die halten auf dem Boden Ausschau, nicht in der Luft. Und wenn sie die Mynaner zu einer Rebellion reizen wollen, werden sie nicht in großer Kampfstärke durch die Stadt patrouillieren.«

»Aber sie werden den Boden aus der Luft beobachten«, hatte sie beharrt.

Wieder hatte er mit den Achseln gezuckt, was sie noch wilder gemacht hatte. »Die sehe ich, ehe sie mich sehen, denn ich habe bessere Augen und kann besser fliegen als jede Wespe.« Seinem Gesichtsausdruck nach war alles ganz einfach.

Da war sie wütend auf ihn geworden, aber nur, weil sie nicht verstehen konnte, wieso er ein solches Risiko einging, ein so unnötiges Risiko zudem, nur wegen Qual in Ketten.

Schließlich waren ihr die Worte ausgegangen, worauf er gelächelt und abermals mit den Schultern gezuckt hatte. »Ich muss das einfach tun, und solange ich es kann, mache ich es auch.«

»Du weißt doch, dass dieser Aagen ein enger Freund Thalrics ist, und dass du mit großer Wahrscheinlichkeit auf den Kapitän stößt, wenn du dem Erfinder hinterherläufst. Salma, wir haben eben erst die Freiheit wiedererlangt.«

»Weil wir Freunde hatten, denen wir so viel wert waren, dass sie uns nicht im Stich ließen«, hatte er gesagt, und seine vernünftigen Argumente hatten sie zur Weißglut gebracht. »Wen hat sie?«

»Wen haben denn die anderen Gefangenen? Du kannst doch nicht jeden Sklaven des Imperiums befreien!«

»Nein, nur eine.«

Und damit war er gegangen. Obwohl er Mynaner Tracht und einen schweren Mantel trug, sah er aus wie ein Libellenadliger aus dem Bund. Aus dem Türrahmen des Verstecks hatte sie ihm hinterhergesehen, bis er verschwunden war, und dann hatte sie ihm trotzdem noch nachgeschaut, um ihn mit der Macht ihres Blickes, durch irgendeine Technik, die ihr selbst schleierhaft war, zurückzurufen.

Als sie eine Hand auf der Schulter spürte, wusste sie, dass es Achaeos war, noch ehe sie sich umwandte. Einen Moment lang ließ sie seine Hand dort ruhen. Dann sagte er: »Wenn du willst, kann ich dir sagen, warum. Allerdings wirst du mir nicht glauben.«

Sie drehte sich um und wich einen Schritt zurück. »Dann ist es vermutlich Zauberei.«

»Ja«, erwiderte er, und auf seinem Gesicht zeigte sich ein leises Lächeln, so dass sie nicht sicher war, ob er sich über sie lustig machte oder nicht.

»Ich glaube ... Ich kann nicht an Zauberei glauben. Es gibt immer eine Erklärung. Für alles.«

»Und was, wenn Zauberei die Erklärung ist?«

»Mit Zauberei kann man nichts erklären. In Collegium gibt es darüber Aufzeichnungen und Studien, die bis zur Revolution zurückreichen. Sie haben einen Versuch nach dem anderen gemacht, aber so etwas wie Zauberei gibt es nicht.«

»Das ist, als würde ein Mensch, der in einer Welt ohne Wind lebt, die Existenz eines Segelschiffs bestreiten«, entgegnete Achaeos. Mit übertriebener Zurückhaltung setzte er sich neben den Wachposten an der Tür, der viel weiter zur Seite rückte, als nötig gewesen wäre. »Denn Zauberei – zumindest die Zauberei, mit der ich aufgewachsen bin – wird von Winden getrieben, die ihr mit euren Versuchen nicht erfassen könnt. Winde des Geistes, zum Beispiel Selbstvertrauen oder Glaube. Schau, die Sonne ist aufgegangen, doch ich trage immer noch meine Kapuze, denn wir Motten mögen die Sonne nicht. Wenn ich dir jetzt eine Geschichte über rätselhafte Ereignisse und Geister oder etwas Ähnliches erzähle, mache ich dir dann Angst?«

»Das kommt auf die Geschichte an.« Mittlerweile war der Wachposten so weit abgerückt, dass auch sie sich setzen konnte. »Wahrscheinlich nicht.«

»Aber heute Abend, wenn der Mond nicht mehr scheint und die Welt schweigt und doch voller seltsamer Geräusche ist, wenn du dich zur Ruhe legen willst, dann wird dir die Geschichte wieder einfallen und du wirst nicht schlafen können, weil dich die Furcht gepackt hat. Das ist Zauberei. Stark vereinfacht natürlich, aber Zauberei dringt dort in die Welt ein, wo der Zweifel ihr einen Spalt geöffnet hat.«

»Das ergibt doch keinen Sinn. Für mich jedenfalls nicht.« Einen Augenblick lang wurde ihr bei der Vorstellung schwindelig, als würde sich unter ihren Füßen ein Abgrund auftun.

»Vielleicht nicht, aber dein Freund ist verzaubert worden. Diese Tänzerin ist eine Zauberin – oder wie auch immer das bei den Schmetterlingen heißt.« Er sprach den Namen ihres Volkes mit einem gewissen Ekel aus, was Ju eigenartigerweise guttat. Sie fragte sich, ob sie nur eifersüchtig auf diese wundersame Tänzerin war, die alle Welt zu lieben schien. Vielleicht war es mehr als das. Vielleicht war es wahr, was Achaeos ihr erzählte, und diese Frau war eine Zauberin und hatte Salma verhext.

Auch wenn sie nicht daran glaubte, musste sie es doch wissen. »Wie hat sie es angestellt? Nicht dass ich …«

»Nicht dass du daran glauben würdest, dass sie irgendetwas getan hat, aber wie hat sie es gemacht?«, vollendete Achaeos ihre Frage mit nach oben gezogener Augenbraue. »Ich kann mir vorstellen, dass sie verzweifelt war. Schwach und von Feinden umgeben. Dieser Zauber ist zwar einfach, wird von ihresgleichen aber häufig angewendet und schafft eine mächtige Anziehungskraft. Ihre Bewacher waren dagegen geschützt, denn sie gehörte ihnen bereits. Doch dann hat sie deinen Freund gesehen und gemerkt, dass er ihr helfen konnte. Da sie Sklavin war und keinen anderen Ausweg hatte, hat sie seinen Geist berührt. Das ist alles. Teilweise hat sie vielleicht auch nur die Kunst der Ahnen angewendet, denn auch mit ihr kann man den Geist beeinflussen, das hält jedoch nicht lange an. Damit es seine Kraft über lange Zeit und auch über die Entfernung nicht verliert, hat sie Zauberei eingesetzt.«

»Aber ich habe nicht gesehen, dass sie gezaubert … oder dass sie irgendetwas getan … oder …« Ju brachte den Satz nicht zu Ende.

»Hast du denn gewusst, wonach du Ausschau halten musst? Sie hat für ihn getanzt, nicht wahr?«

»Sie hat für alle getanzt.«

»Aber innerlich hat sie nur für ihn getanzt, und genauso hat er das aufgefasst. So wurde der Zauber ausgeführt, nicht mit grünem Rauch und mächtigen Formeln. Ein Tanz reicht völlig aus, um deinen Freund einzufangen. Und er hat sich vermutlich nicht ungern einfangen lassen, denn Schmetterlinge haben durchaus ihre körperlichen Reize.«

Wieder fiel ihr der verächtliche Unterton in seiner Stimme auf, und da erinnerte sie sich: »Als ich … aus diesem Traum erwacht bin, hat sie ›Nachtbruder‹ gesagt. Du und sie, ihr habt dieselben Augen.«

Er brauchte eine Weile, bis er entgegnete: »Tja, meinetwegen. Man sagt, dass wir vor langer Zeit ein einziges Volk waren – die Kinder der Sonne und die Kinder des Monds. Aber wir *verabscheuen* sie«, fügte er beinahe freudig hinzu. »Wir hassen sie wegen ihres Lichts und ihrer Pracht.«

»Ihr hasst alle möglichen Völker«, stellte Ju fest.

»Ach, seit fünfhundert Jahren hassen wir euch Käfer für das, was ihr uns angetan habt. Die schwachen und vollkommen harmlosen Schmetterlinge dagegen hassen wir seit jeher.«

Er ließ den Blick ein letztes Mal durch das Zimmer schweifen, das er erst kürzlich gemietet hatte. Doch hier hatte er so viele starke Gefühle erlebt, dass er sie noch in den Wänden spüren konnte. Was für Anblicke, was für Gedanken. Aagen schüttelte den Kopf, aber das brachte ihm keine Klarheit. Stattdessen fiel sein Blick auf den Balkon und die geöffneten Läden, die den Regen hereinließen.

Thalrics Pläne. Immer heikel und gefährlich, und Aagen wusste noch nicht, was seine Kollegen letztlich erreicht hatten. Zwar war Thalric ein alter Freund, aber er gehörte eben auch zum Rekef. Und bekanntlich hatten Rekefagenten in Wahrheit keine Freunde.

Draußen fiel der Regen auf das ruhige Myna. Aagen war bewusst, dass man in der Stadt mit Unruhen rechnete. Jetzt, da ihre Anführerin zu ihnen zurückgekehrt war, würden sich die Widerstandsgruppen zusammenschließen. Thalric hatte gemeint, dass sie wohl bald zuschlagen würden. Von den Truppen, die durch Myna hindurchzogen, hatte man gut tausend Mann abgezweigt, die nahe der Stadtmauern bereitstanden. Bald würde es in Myna ein Gemetzel geben, das behaupteten zumindest die führenden Köpfe. Und Aagen war heilfroh, dass er nicht dabei sein würde.

Thalric hatte seine Arbeit hier beendet und würde wieder zurückgehen, um seine Intrigen weiter zu schmieden. Für Aagen bedeutete das, dass er sich wieder der einfachen Realität des Kriegs zuwenden konnte.

Einerseits war er froh, in Thalric einen Freund zu haben, denn er hatte keinen anderen. Doch andererseits wünschte er sich, Thalric wäre ihm in Asta nie über den Weg gelaufen und hätte ihn nicht in diese Angelegenheit mit hineingezogen.

Über die blanken Holzdielen dieses Zimmers hatten sich ihre Füße bewegt, als sie für ihn getanzt hatte, hier auf diesem engen Raum und mit Ketten gefesselt. Die Erinnerung ließ ihn erschauern.

Ich habe etwas Schreckliches getan.

Niemals durfte er Thalric erzählen, was sich zugetragen hatte. Er durfte es niemandem erzählen. Aber es war eine Sache, die sich selbst erzählte, eine dunkle Wolke über seinem Kopf, die von seiner Schuld zeugte.

Er machte sich auf, die Zimmer, die er bezogen hatte, zu verlassen. Er hatte nicht weit zu gehen. Seine Sachen hatte er schon gepackt, denn zu seinem Entsetzen besaß er nicht mehr viel. Auf dem Flugfeld hinter dem Haus wartete der mit neuen Maschinenteilen beladene Heliopter. Sein Heizer hatte ihn bereits startklar gemacht.

Hier hielt ihn nichts mehr. Doch vielleicht konnte er noch eine letzte Schale Wein trinken, bevor er aufbrach, auch wenn das die Erinnerungen nicht verscheuchen würde.

In diesem Moment hörte er aus einem anderen Zimmer ein leises Geräusch. Als er sich umdrehte, sah er einen Mann auf dem Balkon, eine Libelle mit einem Wespenschwert in der Hand. Einen Augenblick lang rührte sich keiner von beiden, dann ging Aagen langsam auf den Eindringling zu, wobei er ihm die Handfläche entgegenhielt, um im Notfall seine Kunst einsetzen zu können. Sein Gegenüber verstand die Geste und schien sich bereit zu machen, dem Feuerstachel auszuweichen.

»Wer seid Ihr?«, wollte Aagen wissen.

»Wir müssen nicht kämpfen«, erwiderte Salma.

»Ich kenne Euch«, fiel dem Wespenerfinder etwas spät ein. »Ihr seid Thalrics Gefangener. Na ja, vielmehr wart Ihr es. An Eurer Stelle würde ich verschwinden.«

Salma balancierte auf den Fußballen und wartete auf den ersten Schlag, der diese Begegnung in ein Blutbad verwandeln würde. »Gebt mir einfach, was ich verlange«, sagte er. »Dann müssen wir nicht kämpfen. In dieser Stadt ist schon genug Blut geflossen.«

»Und was wollt Ihr?«, fragte Aagen, obwohl er es sich denken konnte.

»Ich bin wegen ihr hier«, sagte der Libellenmann und trat schnell einen Schritt zur Seite, weil er mit einem Angriff gerechnet hatte.

Doch der kam nicht. »Das dachte ich mir«, sagte Aagen. »Wegen was sonst? Kommt herein.«

Salmas Mund verzog sich zu einem Lächeln, hinter dem sich Argwohn verbarg. »Hinein?«

»Kommt zumindest aus dem Regen. So viel Verstand hat Euer Volk doch noch, oder?« Als Aagen die ausgestreckte Hand zur Faust ballte, erlitt Salma einen Kulturschock, der ihn ganz schwindlig machte: Zum ersten Mal fiel ihm auf, dass eine geballte Faust bei den Wespen Frieden signalisierte, während die geöffnete Handfläche Krieg bedeutete.

Als wäre nichts dabei, wandte ihm Aagen den Rücken zu und ging ins angrenzende Zimmer. Wenn er gewollt hätte, hätte Salma ihn ohne Mühe töten können. Allerdings war er zu verblüfft, um den Mann anzugreifen. Stattdessen trottete er ihm mit gezogenem Schwert hinterher. *Er kann die Handfläche schneller öffnen, als ich mein Schwert aus der Scheide ziehe.* Bei diesem Gedanken trauerte Salma seiner eigenen Waffe nach, die ihm zusammen mit der Robe und den anderen Habseligkeiten abgenommen worden war.

»Qual in Ketten«, drängte er, als sich Aagen im anderen Zimmer seufzend auf das Bett setzte und auf seine Hände starrte. Dann hob er den Blick. Auf einem Regal standen ein Weinkrug und eine Schale, während eine zweite Schale unter dem Bett lag. Außer Aagen hatte wohl niemand davon getrunken.

»Ich hatte sie. Hier. Sie hat für mich getanzt.«

»Was habt Ihr mit ihr gemacht?«

»Thalric ist gekommen und sagte, sie gehöre mir. Er hat sie ... nein, das Imperium hat sie mir geschenkt. Ist das zu fassen?«

Salmas Finger schlossen sich krampfhaft um den Schwertgriff. »Ich nehme sie mit«, sagte er. »Sie ist niemandes Sklavin. Wo ist sie? Was habt Ihr mit ihr gemacht?«

»Ich habe sie freigelassen.«

Für einige Augenblicke begriff Salma nichts. »Ihr ... Ihr habt sie getötet?«

Ohne sich um das Schwert in seiner Hand zu kümmern, schaute Aagen zu ihm auf. »Ich habe sie freigelassen. Ich habe ihr die Freiheit geschenkt, sie gehen lassen.«

Salma glotzte ihn an. Innerlich schäumte er vor Wut, und dieses Gefühl machte ihm Angst, denn er wusste, woher es kam. Er war hergekommen, um Qual in Ketten für sich zu beanspruchen, und dieses Vorhaben war ihm vereitelt worden. In diesem Moment war er nichts anderes als ein Sklaventreiber, ein Sklavenhalter, eine Wespe – nicht anders als

Brutan oder Ulther. Als er begriff, was ihn hierhergetrieben hatte, wurde ihm übel, und er ließ die Waffe sinken. »Ihr habt sie einfach …?«

»O nein, ich habe sie nicht einfach nur zur Tür hinausgeschickt. So unklug war ich nicht. Bei dieser Frau schert sich doch keiner um Gesetze, und früher oder später hätte ein Mann sich ihrer bemächtigt«, antwortete Aagen. Er nahm den Krug und die Schale vom Regal und schenkte sich den restlichen Wein ein. »Wollt Ihr mir Gesellschaft leisten? Bestimmt habt Ihr noch nie zuvor mit einer Wespe Wein getrunken. Und ich habe noch nie mit einem Bündler gezecht.«

Von der Wendung der Dinge und der plötzlichen Erkenntnis wurde Salma schwindelig. Er hielt sich den Kopf und kniete sich Aagen gegenüber auf den Boden. Als der ihm die Schale reichte, nahm er sie dankbar entgegen und trank einen Schluck des herben, trockenen Getränks, um wieder in die Wirklichkeit zurückzufinden.

»Habt Ihr schon einmal von den Töchtern der Gnade gehört?«, fragte Aagen. »Das ist eine Sekte im Imperium.«

»Ich dachte, das Imperium duldet keine Sekten.«

»Offiziell nicht, aber die Töchter der Gnade sind Heilerinnen, die hinter den Truppen herziehen und die Verwundeten versorgen. Oft spenden sie einem Sterbenden letzten Trost. Jeder Offizier, der etwas gegen sie einwendet, gerät in Gefahr, die Gefolgschaftstreue seiner Männer zu verlieren. Deshalb gibt es diese Frauen noch, auch wenn sie manchmal bestraft oder fortgejagt werden. Unter ihnen habe ich einmal eine Schmetterlingsfrau gesehen. Die haben, glaube ich, eine bestimmte Kunst oder Heilergabe.« Aagen nahm die Schale wieder entgegen und leerte sie. »Zu denen habe ich sie geschickt. Wenn sie überhaupt irgendwo sicher sein kann, dann dort. Sie brechen auf, um der Armee zu folgen.«

Salma rief sich die Pläne der Wespen in Erinnerung, die Stenwold entschlüsselt hatte. Wenn sie der Armee folgten, bedeutete das, dass sie nach Tark zogen, denn dorthin marschierte der Großteil der Truppen. »Ich werde ihr nacheilen.« Erst als er es aussprach, fasste er den Entschluss. *Nicht, um sie mir zu schnappen, nicht, um sie zu besitzen, sondern um sie vor dem Krieg zu bewahren. Um ihr eine Wahl zu lassen.*

Aagen musterte ihn lange, und in seinem Blick erkannte Salma, wie schwer es ihm gefallen sein musste, sie gehen zu lassen. Große verborgene Kräfte musste er besitzen, sonst wäre es ihm sicher nicht gelungen.

»Viel Glück«, wünschte ihm der Wespenmann. »Ich hoffe, dass Ihr sie findet, falls Ihr es verdient habt.«

»Ihr seid nicht wie andere Wespen.«

»Nicht?« Aagen lächelte, aber es war ein schmerzliches Lächeln. »Ohne Zweifel habt Ihr meine Landsleute zu Dutzenden abgeschlachtet.«

»Nur ein paar«, gab Salma zu.

»Nun gut, aber das nächste Mal, wenn Ihr das Blut meines Volkes vergießt, denkt daran, dass wir nur

Menschen sind, nicht mehr und nicht weniger, und dass wir streben und scheitern und uns freuen, wie es Menschen schon immer getan haben. Die Dunkelheit der Schmerzen und des Unwissens, in der wir leben, ist unser aller Erbteil, und nur manchmal … manchmal dringt ein Sonnenstrahl zu uns durch.« Er ließ die Schale fallen und sah zu, wie sie, ohne zu zerbrechen, auf dem Boden aufschlug, sich drehte und zur Ruhe kam. »Ihr solltet fortfliegen, solange es regnet. Bei Regen schauen die Leute nicht gern in die Höhe.«

Hokiak lieferte die Vorräte höchstpersönlich bei Stenwold ab und ließ sich wie königlicher Besuch in einer Sänfte von vier Mynaner Dienstboten herbeitragen.

»Dann seid Ihr also mal wieder auf den Füßen gelandet.« Auf seinen Stock gestützt betrat er den Unterschlupf und betrachtete die Widerstandskämpfer. »Hätte nicht einmal 'nen Knopf darauf verwettet. Diese Leute trauen doch nicht einmal ihrer eigenen Mutter. Aber merkt's Euch, eine Menge Sand hat es seither verweht.«

»Ich hoffe, dass wir nicht schlecht fürs Geschäft waren«, sagte Stenwold.

»In meiner Branche gibt es so was nicht. Wenn es regnet, verkaufen wir den Leuten Jacken, und wenn's trocken ist, kaufen wir sie zum halben Preis wieder zurück. Bei Hokiak läuft das Geschäft immer gut.« Er ließ ein keuchendes Lachen vernehmen. »Hab auch Pferde für Euch aufgetrieben. Die stehen vor der Stadt bereit.« Der Alte beobachtete, wie Khenice die Vorräte überprüfte.

»Hab da draußen auch noch 'ne Botin für Euch«, fügte Hokiak hinzu. »Ihr wollt sie nach Tark schicken, um die Streifenhanseln auszuspionieren. Braucht ihr nur zu erklären, was was ist, und sie ist auf und davon. Sie heißt Skrill. Ist ein ekliges kleines Ding, Ihr werdet aber mit ihr zufrieden sein.«

»Alles abgehakt«, verkündete Khenice. »Sieht so aus, als wäret ihr reisefertig und könntet aufbrechen, sobald euer Gefährte zurückkommt.«

»Falls er zurückkommt.« Stenwold rang das bedrückende Gefühl nieder, das ihn beschlich. Salma war von seinem verrückten Vorhaben noch immer nicht zurückgekehrt. *Dass diese jungen Leute so tolldreist sind, muss an meinem schlechten Unterricht liegen.* »Ihr wart uns ein guter Freund, Hokiak.«

»Hab keine Freunde. Nur Kunden und Geschäftspartner«, brummelte der alte Skorpion und zuckte wegwerfend die Achseln. Als er weitersprach, wich er Stenwolds Blick aus. »Kann aber nicht genau sagen, zu welcher Sorte Ihr gehört, deshalb seid Ihr das, was einem Freund dieser Tage am nächsten kommt.«

Totho hatte beobachtet, wie Ju mit dieser Motte getuschelt hatte, bis er es nicht mehr ertragen hatte. Es war nicht recht, dass sie mit ihm sprach. Es wurmte ihn. Sie hatte diesen Menschen doch bisher nur einmal kurz gesehen, damals in Krämers Haus, bevor die Wespen sie geschnappt hatten. Jetzt benahm sie sich, als wäre er ein Freund aus Kinderzeiten, den sie lange nicht gesehen hatte. Totho mochte ihn nicht und misstraute ihm. Diese pupillenlosen Augen, seine Umherschleicherei und die Kapuze, die er immer aufgezogen hatte, all das ließ ihn wie einen Meuchelmörder erscheinen.

Stenwold war gerade dabei, seine Sachen zu packen, als Totho an ihn herantrat. »Ich muss mit Euch sprechen, Meister.«

»Nur zu.« Stenwolds Werkzeugtasche lag noch ausgerollt da, und Tothos Blick wurde von der erstaunlich umfangreichen Sammlung unweigerlich angezogen.

»Es geht um den Mottenmann, Meister.«

»Achaeos?« Stenwold hielt in der Bewegung inne, während sich Totho neben ihn hinkniete.

»Ich traue ihm nicht über den Weg.«

»Totho, deine Einwände waren in der Vergangenheit durchaus berechtigt, denn wir hatten keine Ahnung, wer er war. Sollte er uns aber an die Wespen verraten wollen, hatte er bereits ausreichend Gelegenheiten dazu. Wenn du mich fragst, hat er uns im Palast gute Dienste erwiesen. Was er auch ist, er ist kein Wespenagent.«

»Aber was ist er dann?«, fragte Totho. »Warum machen wir ... Warum sollen uns nur die Wespen gefährlich werden? Was ist mit den Motten? Ihr wisst genau, dass sie Helleron gern in Flammen sehen würden. Weil sie uns hassen.« Er war sich nicht sicher, wen er mit »uns« meinte. »Woher wollt Ihr wissen, dass ... dass er sich nicht in Euer Vertrauen schleicht. Jeder weiß, wie schlau und hinterlistig sie sind.«

Stenwold lächelte. »Tja, das sind sie in der Tat, und ich könnte nicht beschwören, dass es nicht so ist. Es ist sogar durchaus möglich, dass die Motten in dieser Angelegenheit nicht zu unseren Verbündeten zählen werden, ob nun Achaeos etwas damit zu tun hat oder nicht. Ich muss mich auf Scuto verlassen, dass er mir das herausfindet. Aber was Achaeos angeht: Solange nichts anderes bewiesen ist, hat er sich seinen Platz unter uns verdient. Allein wegen seiner Augenfarbe werde ich ihn bestimmt nicht fortschicken.«

Totho biss sich auf die Lippe und wollte gehen, aber Stenwold hielt ihn mit einer Handbewegung zurück.

»Ja, Meister?«

»Bevor wir Chyses und die anderen getroffen haben, wolltest du mit mir reden, erinnerst du dich?«

Ohne dass er es wollte, huschte sein Blick zu Ju hinüber. »Ja, Meister.«

»Nicht ›Meister‹ und ›Herr Werker‹ – einfach nur ›Stenwold‹, bitte.« Noch während er die Bitte aussprach, wusste er, dass er sich kaum Hoffnungen zu machen brauchte. »Ich möchte mich für meine Reaktion damals entschuldigen, wirklich. Ich habe nicht das Recht, jemanden aufgrund seiner Herkunft zu beurteilen.« *Immerhin habe ich die letzten siebzehn Jahre Tisamons halbblütige Tochter aufgezogen.* »Dem Mann, den Ju möchte, werde ich nicht im

Wege stehen. Außer vielleicht, es ist ein Wespenmann. Oder ein Skorpion.« Totho entging Stenwolds schiefes Lächeln, und dieser seufzte. »Aber ich werde sie auch niemandem versprechen. Ich weiß, dass es so Sitte ist und dass ich es könnte, auch wenn ich nicht ihr Vater bin. Dennoch werde ich es nicht tun. Sie hat ein gutes Wesen, und es ist allein ihre Entscheidung, wem sie sich mit Leib und Seele anvertrauen will. Dir ist klar, weshalb ich das sage. Ich bin nicht blind, Totho, und ich habe gesehen, wie die Dinge seit ihrer Befreiung liegen.«

»Ich … verstehe, Meister.«

Nach diesem Gespräch brauchte er nur noch zu warten, bis sie allein war. Doch Totho, der ohne zu zittern in den Wespenpalast eingedrungen war und sich an die Hülle des in die Tiefe stürzenden Starrflüglers geklammert hatte, um seinen Motor zu starten, brachte kaum den nötigen Mut auf. Dennoch gab es keinen anderen Weg, wenn er sich nicht noch weiter von ihr entfernen wollte.

Achaeos war nicht da, oder zumindest konnte Totho ihn nicht ausmachen, was nicht viel heißen musste. Ju stand vor einem der Fenster im oberen Stock und schaute auf das verregnete Myna hinab. Er wusste, dass sie sich Sorgen um Salma machte, und er hätte eigentlich auch besorgt sein müssen, aber er hatte schon genug Probleme. Eines nach dem anderen. »Ju …«

Sie drehte sich um und lächelte ihn zaghaft an. »Du musst wirklich nicht nach mir schauen. Oder hat dich Onkel Sten geschickt?«

Die kindliche Abkürzung »Onkel Sten« brachte ihn aus dem Konzept. Auch wenn zwischen ihnen nur ein paar Monate lagen, schien ihm Ju wesentlich jünger als er selbst zu sein, auf jeden Fall jünger als Tynisa und Salma. »Nein, ich … ich wollte mich nur mit dir unterhalten … aber wenn du lieber …«

Sie schaute wieder zum Fenster hinaus. »Ich verstehe diesen Kerl einfach nicht«, sagte sie. »Ich kann nicht glauben, dass er einfach so gegangen ist. Der denkt, keiner könne ihm was anhaben. Wenn sie ihn erwischen, bringen sie ihn um. Mit entlaufenen Sklaven sind die Wespen nicht zimperlich, das haben wir mit eigenen Augen gesehen.«

Schweigend setzte sich Totho so dicht neben sie, dass sie in Reichweite seines Arms war.

»Und das alles für eine Frau, die er kaum kennengelernt hat«, fügte sie hinzu. »Ich weiß, dass ich daran nicht glauben sollte, aber … Es ist wirklich so, als wäre er verhext worden oder so etwas.«

Durchaus, dachte Totho. Dann sagte er zögerlich: »Es gibt Mittel und Wege … jemandes Aufmerksamkeit zu erlangen, die nichts mit Kunst oder Zauberei zu tun haben. Die Spinnen sind berühmt dafür, dass sie Netze weben und die Leute an alles Mögliche glauben lassen … Aber das machen auch andere Völker …« Diese Feststellung äußerte er mit einem demonstrativen Unterton, aber sie ging nicht auf die Anspielung ein.

»Die Frau ist mir völlig egal, aber ich habe Angst um ihn. Er nimmt nie etwas ernst genug.«

»Ju …«

»Ja?« Sie wandte sich ihm zu. Auf ihrem Gesicht glänzten Tropfen, und für einen Moment meinte er, sie hätte geweint. Aber es war nur Regen, den der Wind an den schief hängenden Fensterläden vorbeigeweht hatte.

»Ich ... Als man dich gefangen genommen hat ... Wir kennen ... wir kennen uns schon so lange ...« Er hörte seine Stimme, als würde ein anderer sprechen – als würde ein fremder Schauspieler seine Worte einstudieren. Doch er war es selbst. »Was hältst du von mir, Ju?«

Sie blinzelte und lächelte ein wenig. Sein Herz machte schon einen Satz, doch er hatte sie nicht eingewickelt. Solche Schlingen konnte er nicht legen, denn er war weder eine Spinne noch ein verschlagener Mottenmystiker.

»Entschuldige«, sagte sie. »Du hast Recht. Du hast genau so viel getan wie jeder andere. Ich war so sehr mit mir selbst beschäftigt, dass ich mich gar nicht bei dir bedankt habe. Dafür, dass du mir zu Hilfe gekommen bist.«

»Das ist es nicht ...«

»Totho, ich weiß, dass du dir oft wie ein Außenseiter vorkommst, aber mir ist es wirklich egal, wer deine Eltern sind. Du warst mir immer ein guter Freund, seit du mir damals in Mechanik geholfen hast. Du fühlst dich sicher oft fehl am Platz neben Salma und Tynisa, die so gut fechten und ... wie sie eben so sind. Glaube mir, dieses Gefühl kenne ich. Du kannst dir gar nicht vorstellen, wie es ist, neben Tynisa aufzuwachsen, immer in ihrem Schatten zu stehen. Aber das hat sich geändert, das ist jetzt alles vorbei. Jetzt bist du ebenso ein Teil von uns wie jeder andere auch.«

»Aber …«

»Aber für mich bist du mehr als das«, eröffnete sie ihm, und er bekam plötzlich keine Luft mehr. Doch nicht Hoffnung schnürte ihm den Hals zu, sondern die Worte, die sie gleich sagen würde und die er wie ein Hellseher vorausahnte.

»Für mich bist du wie ein Bruder«, sagte sie. »Fast so etwas wie Familie. Weil du immer da warst.«

Er wollte noch etwas sagen, wollte sie vor Achaeos warnen. Mehr noch: Er wollte sie bitten, ihn fortzuschicken, wollte sie anschreien oder dem Mottenmann mit seiner Armbrust drei Bolzen in den Leib jagen, wo immer er auch steckte. Und dann wollte er endlich ernst genommen werden.

Doch ihre Worte hatten ihm jegliche Kraft geraubt. Wie Messer hatten sie ihn durchstochen. Er ließ sie stehen. Sollte sie weiter auf Salmas Rückkehr warten, allein.

Dreizehn

Und so wartete Ju auf Salma, während der Regen durch das kaputte Fenster hereinwehte.

Wir haben so lange zusammengehalten. Und jetzt, wo wir frei sind, haut er ab und begeht Torheiten.

Das war allerdings nur eine Kelle aus dem Kessel ihrer quälenden Sorgen und Nöte. Denn da war auch noch Achaeos, der ihr Angst machte, weil er so fremd und anders war und wegen des eigenartigen Gefühls, das sie jedes Mal überkam, wenn er sie anschaute oder berührte. Dazu kam Tynisas Geständnis, dass dieser hochnäsige Fangschreckentotschläger nicht nur ein alter Freund ihres Onkels, sondern auch Tynisas Vater war. Dass auch Tynisa, dieses Goldkind, ein Halbblut war. Durch den Nebel all dieser Gedanken waren Tothos Worte kaum zu ihr durchgedrungen.

Plötzlich schreckte sie zusammen und hätte beinahe einen Schrei ausgestoßen, der im ganzen Imperium zu hören gewesen wäre. Auf einem der Gebäude gegenüber war eine durchnässte Gestalt erschienen, in der sie Salma erkannte. Halb kletternd, halb fliegend ließ er sich müde auf das Pflaster herab, überquerte eilig den Platz und flüchtete sich aus dem Regen. Ju stürmte die Treppe hinunter, um ihm entgegenzulaufen.

»Salma!« Sie umhalste ihn. »Dir ist nichts passiert!« Und kurz darauf: »Du hast sie nicht gefunden.«

»Aber ich weiß, wo sie ist.« Salma machte einen erschöpften Eindruck. »Meinst du, jemand könnte mir trockene Kleider besorgen? Ich war bei diesem scheußlichen Wetter viel zu lange draußen, weil ich eine Wespenpatrouille abschütteln musste. Wahrscheinlich haben sie es irgendwann aufgegeben, mich fangen zu wollen, weil sie einsahen, dass es witzlos wäre. Ich fühle mich ohnehin schon so elend, und ganz gleich, was sie mir antun würden, ich würde mich danach nicht noch schlechter fühlen.«

Später, als er trockene Kleider aus demselben schlichtem Mynaner Stoff angezogen hatte, den sie bis auf Tisamon alle trugen, trat Stenwold an ihn heran. »Der Regen lässt nach, bald bricht die Abenddämmerung an. Sobald es dunkel wird, will ich aufbrechen.«

»Da bin ich vollkommen einverstanden«, erwiderte Salma. »Diese Stadt verlässt man am besten so schnell wie möglich.«

»Außerhalb der Stadtmauern stehen die Pferde bereit«, erklärte Stenwold.

»Treffen wir dort auch auf den Boten, der nach Tark reisen soll?«

»Ja, genau.«

»Auch ich werde dorthin gehen.«

Für einen Moment begriffen weder Stenwold noch Ju, was er damit meinte.

»Aber ich brauche dich in Tark nicht«, sagte Stenwold schließlich. In dieser Hinsicht war Ju klüger als er.

»Die Wespen haben sie zusammen mit der Armee fortgeschickt«, sagte sie. »Qual in Ketten.«

»In gewisser Weise. Jedenfalls zieht sie mit der Armee fort.« Salma rief sich die Abschiedsworte des Wespenerfinders in Erinnerung. Als Salma auf den Balkon hinausgetreten war, hatte Aagen gemeint: »Sie hat natürlich ihren Namen geändert. Das tun sie oft, die Schmetterlinge.«

»Und welchen Namen trägt sie jetzt?«, hatte Salma gefragt.

»Jetzt? Wer vermag das zu sagen?« Das Gesicht des Wespenmanns hatte einen melancholischen Ausdruck angenommen. »Als sie mich verließ, hat sie sich ›Aagens Freude‹ genannt.«

Und da war Salma aufgefallen, dass er noch nie zuvor in seinem privilegierten Leben wahren Neid empfunden hatte.

»Ich werde deinen Boten nach Tark begleiten«, verkündete er in einem Ton, der keinen Widerspruch zuließ. »Falls du dort eine Aufgabe für mich hast, werde ich mich als dein Agent betätigen. Aber dass ich nach Tark gehe, steht fest.«

Durch zusammengebissene Zähne sog Stenwold Luft ein wie ein Händler, der ein Angebot abwägt. »Und ich kann dich nicht umstimmen? Tark ist um einiges gefährlicher.«

Salma schüttelte den Kopf.

»Nun gut, du kannst mir dort nützlich sein. Lass mich eine Weile nachdenken. Wenn wir aufbrechen, habe ich eine Lösung.«

Er ging. Nur die entsetzt dreinblickende Ju stand Salma jetzt noch gegenüber.

»Salma, dort ist eine Armee, eine ganze Wespenarmee«, zischte sie. »Wenn sie dich schnappen, bringen sie dich um. Vielleicht foltern sie dich sogar.«

»Dann wäre es besser, wenn sie mich nicht schnappen würden.« Er breitete die Arme aus und drückte sie an die Brust. »Wir haben gemeinsam Kämpfe ausgefochten, du und ich, aber wir werden noch mehr gemeinsame Zeiten verleben, wenn das alles vorbei ist. Ich passe auf mich auf und verlasse mich darauf, dass du auf dich achtgibst. Mir wird nichts passieren.«

Während Kymene mit ihren Leuten den Fluchtweg aus der Stadt sicherte, mussten sie allerhand packen und vorbereiten. Für diejenigen, die weder etwas in ihren Taschen zu verstauen hatten noch über Karten brüteten, gab es währenddessen ganz unerwartet nichts zu tun. Vielleicht um Jus Vorwürfen zu entgehen, hatte sich Salma auf das Dach eines ruinösen Nachbargebäudes begeben, das aufgrund morscher Balken ziemlich einsturzgefährdet war. Obwohl sich Tynisa so leise an ihn heranpirschte wie in jener Nacht, als sie mit Tisamon durch Asta geschlichen war, bemerkte er sie.

»Ich war noch nie gut darin, mich mit Freunden zu streiten«, sagte er leise.

Um hierherzugelangen, hatte sie zum einen ihr natürliches Gespür eingesetzt, zum anderen ihre Kunst. So war sie an der glatten Hauswand hinaufgeklettert, als das Treppenhaus zu instabil geworden war. Jetzt drückte sie mit dem Fuß gegen einen Balken, um zu prüfen, ob er sie trug. Die Dielen, die einst auf ihm gelegen hatten, waren Käferfraß und Alter erlegen. Der Balken jedoch vermochte ihr Gewicht zu tragen.

»Weder Totho noch Ju oder Stenwold hätten hier heraufkommen können«, fuhr Salma fort. Er kauerte in einer Nische unter dem löchrigen Dach. Ein Sonnenstrahl fiel ihm ins Gesicht und verstärkte den Goldglanz darin. »Und der Fangschreckenkrieger und der Mottenmann scheren sich nicht darum, wo ich stecke oder was ich mache. Bleibst also nur du. Bestimmt willst du mir etwas Wichtiges sagen.«

Er saß nah bei der Stelle, wo der Balken auf die Wand traf. Mit einigen schnellen Schritten ging sie auf ihn zu. »Was spielst du da für ein Spiel, o Held des Bundes?«, fragte sie.

»Keine Ahnung. Ich warte immer noch darauf, dass mir jemand die Spielregeln erklärt«, entgegnete er.

»Ju behauptet, es ginge um eine *Tänzerin.*« Tynisa sprach das Wort giftiger aus als beabsichtigt.

»Tja, mein Volk fördert und schätzt die Kunst«, scherzte er, doch sie schrie: »*Kannst du nicht einmal in deinem verdammten Leben ernst sein!*« Sie hörte, wie die Worte aus ihr herausdrangen, sich mit ihrem eigenen Echo vermengten und bis zum Keller hinabhallten. Doch auch wenn sie damit das ganze Imperium auf die Rebellen aufmerksam gemacht hätte, hätte sie sich nicht zurückhalten können.

»Ich war Sklave«, erwiderte er, ohne sich im Geringsten provozieren zu lassen. »War Gefangener. Sie haben mir den Himmel geraubt, und ich kann dir versichern, dass sie dafür gesorgt haben, dass ich ernst wurde.«

»Wieso gehst du dann? Warum bleibst du nicht bei uns? Bei deinen Freunden, die … bei Leuten, die dich lieben? Erzähl mir bloß nicht, dass du zu einem großartigen Kreuzzug aufbrichst, um einen Sklaven nach dem anderen zu befreien.«

»Nein, das erzähle ich dir nicht.«

Im Sonnenlicht war sein Gesicht wunderschön, doch Tynisa juckte es in den Fingern, ihm eine zu scheuern.

»Ju meint, dass diese *Frau* ihre Kunst gegen dich eingesetzt hat oder etwas Schlimmeres.«

Darauf zuckte Salma mit den Schultern.

»Du liebst sie mehr als uns, ist es nicht so?«

Traurig sah er sie an. »Vielleicht bedeutet Liebe für die verschiedenen Völker jeweils etwas anderes«, sagte er leise. »Ich kann sie nicht einfach im Stich lassen.«

Aber mich kannst du im Stich lassen? Ohne dass sie es wollte, hatte sie zum Heft ihres neuen Rapiers gegriffen. Als es ihr auffiel, musste sie sich beherrschen, es nicht zu ziehen. »Salma …«

Unvermittelt stand er auf, flatterte mit den Flügeln und landete vor ihr auf dem Balken. Die Muskeln ihres Arms zuckten, und in ihrem Geist regten sich die über Jahrtausende unterbewusst vererbten Worte: *Fordere ihn heraus.* »Nein …«, sagte sie zu sich selbst, während sie ihn anstarrte.

Fordere ihn heraus. Nur so kannst du ihn gewinnen. Zeige ihm deine Stärke, besiege ihn.

Sie zitterte. Die Stimmen eines Heers von Fangschreckenkriegern hatten sich einen Weg aus dem Unbewussten und aus ihrer Erziehung in Collegium herausgekämpft. Salma beobachtete sie geduldig. Sie wunderte sich, dass er das Schwert noch nicht gezogen hatte. In ihr schrie es: *Kämpfe! Kämpfe gegen mich!*

Sie zerrte an dem Rapier, so dass es in der Scheide klapperte, sie das Gleichgewicht verlor und hilflos auf dem Balken schwankte. Augenblicklich war Salma bei ihr, stützte sie, indem er den Arm um sie legte, und für einen Augenblick ließ sie den Kopf gegen seine Brust sinken. Die Stimmen waren verstummt.

»Es tut mir leid«, sagte er. »Aber ich gehe trotzdem. Ich habe keine andere Wahl.« Als er überzeugt war, dass sie wieder stehen konnte, breitete er die Flügel aus und glitt nach unten. Tynisa ließ er zurück.

Zögernd und unsicher machte auch sie sich auf den Weg.

Da die Wespen jeden Moment damit rechneten, dass die Rebellion ausbrach, war es recht einfach, aus der Stadt zu kommen, ohne gesehen zu werden. Sie versteckten sich zwischen den Waren in Hokiaks Karawane, und den Torwachen wurden einige Münzen zugesteckt, damit sie sich eine gründliche Durchsuchung sparten. In der derzeitigen Situation kamen die Besatzer nicht auf die Idee, dass ihre Feinde die Stadt verlassen würden. Als sie außerhalb der Mauern waren, übernahm Khenice die Führung. Mit übergezogenen Kapuzen sahen sie aus wie eine Gruppe Einheimischer, die nachts auf Mottenjagd oder zum Pilzesammeln ausrückte. Obwohl es bei ihrem Aufbruch schon gedämmert hatte, war im Westen noch immer ein Lichtstreifen zu sehen, als sie den Treffpunkt erreichten.

Allerdings fanden sie dort weder Pferde noch eine Botin. Khenice sagte jedoch, sie sollten einfach abwarten. Keine Minute später drang eine Stimme aus dem Dunkel, und sie schreckten zusammen.

»Falls ihr nicht diejenigen seid, auf die ich warte, geh ich schnurstracks nach Hause und verkaufe die Pferde.« Es war die Stimme einer Frau, und sie sprach mit einem eigenartigen Akzent. Noch eigenartiger aber war die Gestalt, die aus den Schatten vor ihnen heraustrat. Nachdem Ju ihre Augen der Kunst auf die Dunkelheit eingestellt hatte, erkannte sie, dass die Frau nicht, wie sie zuerst vermutet hatte, eine besonders schmächtige Fliege war.

Skrill, die Botin, die Hokiak angekündigt hatte, war ein Halbblut, in der das Blut der Mynaner fließen musste, denn sie besaß dieselbe Haut- und Haarfarbe wie die Einheimischen. Allerdings hatte sie ein schmaleres Gesicht, und die langen, spitzen Ohren waren nach hinten gebogen. Kinn und Nase waren beinahe ebenso spitz. Am beunruhigendsten aber war ihr Körperbau, denn sie war so klein wie ein Kind oder eine Fliege, und dennoch waren ihre Gliedmaßen überlang – zwar nicht in einem grotesken Maße, aber deutlich. Trotz ihrer geringen Körpergröße hatte sie deshalb die Schrittlänge einer viel größeren Person. Ihre Bewegungen waren seltsam ruckartig, wirkten entweder überhastet, oder sie rührte sich gar nicht. Unter ihrem Mantel trug sie eine Rüstung aus Metallplatten, die mit Filz unterfüttert war, damit sie sich lautlos bewegen konnte. Aus dem zusammengerollten Bündel auf ihrem Rücken ragten die Enden eines Bogens heraus, und sie hatte sich ein Wespenschwert umgeschnallt, allerdings so weit oben, dass sein Heft unter ihrer Achsel verborgen war. Trotz ihrer hohen Stimme hatte sie nicht viel Weibliches an sich – vielmehr verlieh ihr die kantige Figur etwas Androgynes.

»Glotzt die Dame nicht so an«, schalt sie, denn genau das taten sie. »Welcher von euch hohen Herrschaften ist Meister Werker? Wie ich höre, habt ihr einen Auftrag für mich.«

»Und einen Begleiter«, sagte Stenwold, indem er Salma herbeiwinkte. Sie musterte den Libellenprinzen von oben bis unten.

»Da habe ich ja mal gar nichts dagegen, Meister Werker.«

Während Khenice Feuer machte, nahm Stenwold Skrill und Salma beiseite.

Thalric wusste, dass sein Flieger auf dem Flugfeld auf ihn wartete. Seine wenigen Habseligkeiten hatte er bereits gepackt. Er sollte den Palast und Myna verlassen, bevor Oberst Latvok auf die Idee kam, bei seiner Weigerung könnte es sich um Untreue handeln. Wäre der Besucher nicht gewesen, wäre er bereits vor zwei Tagen aufgebrochen.

Jetzt stand er vor der Werkbank im Verhörzimmer und dachte an die Begegnung zurück. Das schleichende Unbehagen, mit dem sie ihn erfüllt hatte, konnte er nicht abschütteln.

Als der frisch eingetroffene Wespenoffizier mittleren Alters nach ihm gefragt hatte, hatte er sich nichts Böses dabei gedacht. Das Gesicht war ihm bekannt vorgekommen, aber schließlich hatte er schon mit Aberhunderten solcher Leute zu tun gehabt.

In dem kleinen Zimmer, das man ihm als Schreibstube zur Verfügung gestellt hatte, hatte er gerade den Bericht für den Oberst geschrieben, als der Wespenoffizier hereingekommen war. Er hatte nur kurz aufgeschaut, dann wieder auf seine Aufzeichnungen geblickt und gesagt: »Was kann ich für Euch tun, Soldat?«

»Aber Major, bestimmt bekommt Ihr das besser hin.«

Als man ihn mit seinem wahren Rang tituliert hatte, war er hochgeschreckt, denn er hatte geglaubt, dass es sich um eine Angelegenheit des Rekef handeln musste. Der Mann hatte strammgestanden, wie man es von einem Soldaten erwartete, und sein Gesicht war ihm immer bekannter vorgekommen.

Und dann hatte ihn die Erkenntnis wie ein Blitz getroffen: Er blickte in sein eigenes Gesicht. Nicht exakt sein eigenes, denn das hätte Gerede gegeben, aber das eines Bruders, den er nicht hatte. Auch die Stimme war ihm vertraut.

»Scylis?«, flüsterte er, und der Wespenoffizier nickte mit einem für Wespen ganz und gar nicht typischen Lächeln.

»Gut geraten, Major, aber ich habe es Euch ja auch leichtgemacht.«

Vergeblich suchte Thalric nach einem Hinweis auf eine Maske oder Schminke. Nie zuvor hatte er Scylis tatsächlich mit einem fremden Gesicht gesehen, aber jetzt erkannte er, dass es keine Maske, sondern ein wahrhaftiges Gesicht war. Das Entsetzen ließ ihn schaudern – Entsetzen vor dem Unerklärlichen.

»Vor drei Tagen hätte ich Euch gut gebrauchen können«, sagte er, um seinen Schock zu überspielen. »Ihr habt Euch den Zeitpunkt klug ausgesucht.«

»Und inzwischen fragen sich Eure Leute in Helleron, ob Ihr überhaupt noch am Leben seid. Ich ging davon aus, dass ich wohl am besten geeignet wäre, Euch aufzuspüren. Als Wespenoffizier durchs Imperium zu reisen, bringt Vorteile mit sich. Könnte ich mir für meinen Ruhestand vorstellen.«

Vorsichtshalber fragte Thalric lieber nicht, woher Scylis die Rüstung genommen hatte, die er trug.

Dann überreichte er Thalric das Geschenk, denn Scylis war nicht mit leeren Händen gekommen. Er war bereits lange genug in der Stadt, um zu wissen, wie die politischen Kräfte verteilt waren – darum hatte er ihm eine Gefangene mitgebracht, die er für ihn verhören würde.

Sie lag ausgestreckt hinter ihm auf der Bank. Da sie wenig Zeit hatten, ließ Scylis zu, dass Thalric ihm bei der Arbeit zusah. Die Folter ging Thalric durch Mark und Bein, und das ihm, der für die Armee und den Rekef schon zahllose Gefangene verhört hatte.

Wenn Thalric jemanden ausfragte, ging es meistens um Truppenbewegungen, die Identität von Agenten, Nachschublinien und die Pläne anderer Spionagechefs. Dabei verließ er sich auf die Methoden eines gelernten Erfinders und die Werkzeuge, die wie zusammengeklappte Insektenbeine über der Folterbank hingen.

Doch Scylis war kein Geeigneter und arbeitete nur mit den Händen. Vorausgesetzt, er war tatsächlich eine Spinne, wovon Thalric ausging, war er ein Ungeeigneter. Er hatte die Namen von Personen und Orten und viele Einzelheiten des Alltagslebens erfragt, mit deren Hilfe er sich auf die Rolle vorbereitete, die er einnehmen würde. Dabei arbeitete er wie ein Künstler. Seine Stimme klang sanft und geduldig, ja beinahe mitleidig, aber dahinter schimmerte die Freude über sein Können und seine Macht hervor. Diese Freude wurde durch Thalrics Anwesenheit noch vergrößert, denn so konnte Scylis beobachten, welchen Eindruck seine Folterkunst auf den Wespenoffizier machte.

Schließlich hatte er von Thalric einen neuen Auftrag bekommen und nur zu gern angenommen. Als er den Palast betreten hatte, war er ein Wespenoffizier gewesen, doch bei seinem Rückweg in die Stadt hatte er ein völlig anderes Gesicht getragen.

Auf der Folterbank hinter Thalric hatten nur noch die sterblichen Überreste Khenices gelegen.

Irgendwann in der Nacht erwachte Ju halb. Neben ihr erklangen Schritte, die sie bis an den Rand des wachen Bewusstseins brachten. Als sie die Augen aufschlug, erkannte sie etwas Bleiches neben dem zusammengerollten Umhang, der ihr als Kissen diente. Gerade noch begriff sie, dass es ein zusammengefaltetes Stück Papier war, ehe sie wieder in unruhigen Schlummer verfiel.

Etwas später kam es ihr vor, als kauerte jemand neben ihr, aber sie drehte sich auf die andere Seite, weil sie nicht aufwachen wollte. Und so träumte sie nur, dass das Stück Papier von diesem Jemand entfaltet und gelesen wurde.

Dann wurde sie gerüttelt. Ganz sacht nur, aber sie schreckte dennoch aus ihren Träumen hoch und griff unbeholfen nach ihrem Schwert. Falls das Papier jemals neben ihr gelegen haben sollte, war es jetzt verschwunden.

»Was ist los? Ist Thalric da?«, keuchte sie, bevor ihr einfiel, dass sie keine Gefangene mehr war. Sie lagen im Schatten des Darakyon, und im Süden sah man die Lichter von Asta. Am Abend zuvor hatte sich Salma von ihnen getrennt, um unter Skrills Führung der Armee nach Tark zu folgen.

Endlich stellten sich ihre Augen auf die Dunkelheit ein, und sie sah die vertrauten Grautöne. Neben ihr kniete Achaeos und hatte ihr die Hand auf die Schulter gelegt.

»Was los? Bin ich dran mit Wachehalten?«

»Nein, deine Schwester ist noch dran«, erwiderte er, was sie seltsam berührte, da sie offensichtlich keine Schwestern waren.

Sie setzte sich auf und schaute sich um. »Was ist dann los?« Tatsächlich saß Tynisa auf einem Hügel am Waldrand und hielt aufmerksam Wache. Ohne ihre Kunst hätte Ju sie nicht bemerkt.

»Ich muss dich wo hinführen«, flüsterte Achaeos.

Argwöhnisch beäugte sie ihn. »Ach ja?«

»Ich kann dir nicht sagen, wohin oder um was es geht, aber es ist etwas, das ich dir zeigen muss.«

»Ich würde also nicht mitkommen, wenn ich vorher wüsste, was es ist, stimmt's?«

»Genau«, gab er offen zu. »Kommst du mit?«

Darin schwang die Frage mit, wie sehr sie ihm vertraute. Lauerte im Schatten der Bäume ein Sklavenjäger oder Wespenagent? Was wusste sie denn schon über diesen grauhäutigen Mann mit seinem seltsamen Aberglauben und diesen undurchschaubaren Augen?

Nichtsdestotrotz rieb sie sich die eigenen Augen, stand auf und warf sich den Umhang um die Schulter. Dann gürtete sie sich das Schwert um, so dass es wie die Schnauze eines abgerichteten Tiers gegen ihr Bein stupste. Viel zu lange schon war sie von ihm getrennt gewesen. »Ich verlasse mich auf dich«, entschied sie, und er führte sie zum Waldrand.

Misstrauisch beobachtete Tynisa, wie sie auf sie zukamen. »Ju, du solltest nicht mit ihm weggehen, wenn du nicht willst«, sagte sie.

»Ist schon gut, ich … ich will.«

»Schrei einfach, falls etwas ist.« Hinter dieser Warnung schien mehr zu stecken als die Sorge, Achaeos könne ihr zu nahetreten oder es könnten ihnen Schergen des Imperiums auflauern. Ju runzelte die Stirn, doch gerade, als sie den Mund öffnete, um etwas zu entgegnen, erhob sich neben ihr ein Schatten, und sie kreischte erschreckt auf.

»Seid ihr bereit?«, fragte Tisamon.

»Wir sind bereit«, gab Achaeos zurück.

»Kommt er auch mit?«, fragte Ju, und der Mottenmann nickte ernst und entschlossen.

»Wir brauchen ihn. Ohne ihn wäre es zu gefährlich. Selbst für mich.«

»Achaeos, was geht hier vor?«

»Das kann ich dir nicht sagen. Bevor du es nicht selbst gesehen hast, würdest du es nicht verstehen.«

Selbst mit ihrer verbesserten Nachtsicht war der Darakyon finster. Sie wunderte sich, dass Tisamon, der ihnen voranschritt, etwas sehen konnte. Er hielt eine Hand vor sich ausgestreckt und ließ sie an den Borken der Bäume entlangstreichen, als würde er den Weg nur mit Hilfe des Tastsinns und einer anderen Sinneswahrnehmung finden, die ihr unbekannt war.

Sie stellte fest, dass ihr dieser Wald oder Wälder im Allgemeinen nicht gefielen, jedenfalls nicht nachts. Die Luft war erfüllt von den Lauten kleiner Wesen und weniger kleiner Wesen, und bei jedem Schritt huschte oder krabbelte etwas in der Nähe herum. Entschlossen ging ihr Achaeos mit der übergezogenen Kapuze voraus. Allein zurückzubleiben, wäre allerdings noch schlimmer.

Schließlich blieb Tisamon stehen, und obwohl sie nicht mitbekommen hatte, dass er sich seine Klinge an den Arm geschnallt hatte, funkelte sie jetzt im Dunkeln.

»Ich bin zurückgekehrt«, verkündete Achaeos der Luft und den Bäumen. »Ihr kennt mich, und ich trage noch immer das Zeichen eurer Macht.«

Jetzt stand es fest: Er war verrückt. Besorgt blickte Ju zu Tisamon. Der neigte den Kopf zur Seite, und erst nach einigen Augenblicken wurde ihr klar, dass er jemandem *zuhörte*.

»Ich habe sie zu euch gebracht, weil ich wollte, dass sie euch sieht«, sagt Achaeos. Darauf entstand eine Pause, worauf er fortfuhr: »Ich habe meine Gründe.«

Plötzlich fuhr ein Windstoß durch die Bäume und ließ das Laub erzittern.

»Ich kann euch nichts mehr anbieten«, sagte Achaeos. »Was sollte ich euch auch anzubieten haben, ich, der ich ohnehin schon in eurer Macht stehe?«

Ju schüttelte den Kopf und wollte dem Mottenmann auf die Schulter klopfen, um ihn nach dem Grund für seine Theatervorstellung zu fragen. Doch der Wind wurde kräftiger und kam in unregelmäßigen, aber hartnäckigen Böen. Völlig unerwartet griff Tisamon nach ihrem Handgelenk und hinderte sie an ihrem Vorhaben.

»Verlangt von mir, was immer ihr noch von mir verlangen könnt«, sagte Achaeos mit bebender Stimme.

Und jetzt *hörte* sie es. Das Rascheln der Zweige, das Flüstern der Blätter, das Schaben der Insekten.

All die unzähligen Geräusche der Natur bildeten zusammen eine Stimme. Wenn sie sich anstrengte, konnte sie sie hören.

Herz und Seele, Blut und Bein, Gedanke und Wunsch, was willst du uns geben?

Ihr entfuhr ein Wimmern, und hätte Tisamon sie nicht festgehalten, wäre sie zu Boden gesunken.

Dreist bist du zurückgekehrt, kleiner Novize, und hast deinen Preis mitgebracht. Was sollen wir von dir verlangen? Geh und wachse. Werde groß. Hülle dich in das Gewand des Sehers und lerne die Geheimnisse. Ziehe bis an die Enden der Welt, wenn du magst, aber wisse stets, dass du nicht frei bist, dass du uns hörig bist, an unser Schicksal gebunden, ganz gleich, wie weit du wanderst. Eines Tages wirst du uns erblicken in einem Schatten, im Spiegel, in der Fläche des Wassers. Dann werden wir nach dir verlangen, und dies wird sich bald erfüllen.

»Achaeos?«, sagte sie, doch vor Furcht war ihre Stimme dünn wie ein Grashalm.

»Siehst du sie?« Er sprach leise wie ein Jäger, der nicht wagt, den Blick von seinem erspähten Wild zu wenden.

»Sehen? Nein, aber ich kann etwas hören. Da sind Stimmen, Achaeos. Wer ist da?«

»Deine Augen durchdringen das Dunkel wie meine eigenen, Ju. Ich will, dass du sie *siehst*.«

Entsetzt schaute sie sich um, aber da war niemand. Außerdem konnte diese Stimme auch keinem Normalsterblichen gehören.

Tisamon, sprach die zusammengesetzte Stimme des Waldes. Der Fangschreckenkrieger ließ sie los und richtete sich auf. Zwischen den dunklen Baumstämmen war noch immer niemand zu sehen.

Tisamon, wiederholte die Stimme. *Seit du das letzte Mal in diesen Hallen gewandelt bist, hast du dich verändert.*

Dass der Fangschreckenkrieger – der furchteinflößendste Mensch, den sie je gesehen hatte – ein ängstliches Keuchen ausstieß, ging ihr durch Mark und Bein.

Als du dich nach Osten gewandt hast, warst du Tisamon der Leere. Nun bist du Tisamon der Absichtsvolle. Doch deine Absichten sind uns schleierhaft, Tisamon. So schleierhaft, wie sie dir selbst sind. Gedenkst du das Mädchen einer besseren Zukunft zuzuführen, oder willst du sie mit der Last der Vergangenheit erdrücken?

Tisamon gab keine Antwort, sondern fletschte die Zähne. Sein Blick war nach oben gerichtet. Als sie ihm folgte, konnte sie es *sehen.*

Sie schlug die Hände vors Gesicht und brach zusammen. Es waren so viele, mindestens zwei Dutzend, und sie sahen abscheulich aus. Obwohl sie aus glattem Chitin, mit Stacheln übersäten Knochen, verkrüppelter Borke, Dornen und schlingendem Gestrüpp zu bestehen schienen, waren sie menschliche Wesen mit Fangschreckenzügen. Sie hätten mit Tisamon verwandt sein können, doch ihre Augen waren riesig und starrten grauenvoll.

Zwar hatte sie nur einen kurzen Blick auf sie erhascht, bevor sie den Kopf zur Seite gerissen hatte, aber das Bild hatte sich so stark ihrem Bewusstsein eingebrannt, dass sie es nie wieder vergessen würde.

Sie spürte Achaeos' Hand auf ihrer Schulter und hörte seine leise, trostvolle Stimme. Da sie sonst niemanden hatte, klammerte sie sich an ihn. »Wer sind die? Wieso hast du mich hierhergebracht? *Warum?*«

»Das ist die Gespenstergeschichte in der Nacht, Ju. Das ist der Traum, der bleibt, wenn du erwachst. Das ist Schwarze Magie der schlimmsten Sorte. Und ich will, dass du daran glaubst, Ju. Du musst daran glauben.«

Aus Furcht vor dem, was sie erblicken könnte, verbarg sie das Gesicht an seiner Brust. »Ich kann nicht glauben. In einer Welt, in der es solche Dinge gibt, kann ich nicht leben. Bitte …«

»Und morgen wirst du dir einreden, dass du nur Männer in Kostümen gesehen hast, oder dass du sie verschwommen gesehen hast, oder dass du sie nur geträumt hast, aber ich möchte, dass du dich daran erinnerst, Ju. Du musst im Gedächtnis behalten, dass das, was du gesehen hast, echt war und nicht mit Erklärungen aus der Welt geschafft werden kann.«

Schließlich wagte sie es, ihm in die Augen zu blicken. »Aber warum?«

»Weil das *meine* Welt ist, Ju, und ich will, dass du sie siehst und sie nicht bestreitest. Wir sind das Volk des Zwielichts, das Volk der Zeit des Alten Wissens, das Zeitalter vor euren Hebeln und Zahnrädern. Und auch wenn wir scheitern und dahinschwinden, besitzen wir dennoch Macht. Wir sind die Bewahrer der Geheimnisse, die die Welt bis heute birgt.«

»Du willst, dass ich …«

»Wenn dein Geist in der Lage wäre, es zu begreifen, würde ich meine Welt mit dir teilen. Wenn du nur einmal den Schleier des Zweifels, der dich und dein ganzes Volk umgibt, herunterreißen könntest. So sehr ich Maschinen auch hasse, und egal, ob ich sie nun zerstöre oder unbehelligt lasse, so komme ich doch nicht um die Tatsache herum, dass sie existieren. Ju, bitte sieh hin. Bitte.«

Und weil er sie so sehr anflehte, ließ sie sich schließlich überreden. Er, der sie leicht hätte zwingen können, war dennoch ein Sklave ihres Willens.

Sie klammerte sich an ihm fest, als sie an seiner Schulter vorbeischaute und sie wieder zwischen den Bäumen ausmachte. Jetzt sprachen sie allerdings nur noch zu Tisamon. Ihre gemeinsame Stimme war wie ein leises Rauschen, aus dem sie keine Worte heraushören konnte. Ihre Umrisse waren nicht klar, denn sie bewegten sich, schienen immer wieder mit ihren Artgenossen und den Bäumen zu verschmelzen. Bis auf ihren Verstand drängte alles in ihr danach, wegzuschauen. Sie zitterte am ganzen Körper.

Aber sie zwang sich. In Achaeos Armen, mit ihm als Schild zwang sie sich, bis sie sah und erkannte, was der wahre Schrecken des Darakyon war. Abscheuliche, gequälte Geister aus der Abstellkammer der Geschichte. Wären sie nicht mit ihrem Artgenossen beschäftigt gewesen, hätte der Blick ihrer Facettenaugen ihr die Haut abgezogen. So aber hatte sie den Eindruck, als schaue sie direkt in die Seele des Fangschreckenvolkes, die herausgerissen worden war und wie Rauch oder Spinnweben in der Luft hing. So erhaben und stolz und hart sie auch waren – sie waren auch verloren und traurig.

»Wer hat ihnen das angetan?«, flüsterte sie, denn der Schmerz in diesen entstellten Wesen war ohne Grenzen, genau wie ihre Macht.

Achaeos sprach mit großer Ruhe und großem Ernst: »Ihr wart das«, sagte er. »Zuerst ihr und dann wir.« Mehr erklärte er nicht.

Vierzehn

Die Wespen waren nach Helleron gekommen. Zunächst dachte Stenwold, sie würden die Stadt belagern, denn aus Osten kommend erkannten sie erst nur die Zelte der Wespenheere, die schwarz-gelben Fahnen und gepanzerten Automotiven. Gerade landete ein Orthopter in den Farben des Imperiums leise wie ein Geist und mit ausgebreiteten Flügeln vor der Stadt.

Vorsichtig näherten sie sich und umgingen das Zeltlager südlich. Von dort sahen die Dinge schon anders aus.

Vor der Stadt befand sich ein großes Heerlager der Wespen, das so viele Soldaten und Ausrüstung umfasste, wie Stenwold vermutet hatte. Dahinter ging Helleron allerdings dem üblichen Treiben nach. Die Zufahrtsstraßen, die unaufhörlich die Geldmühlen Hellerons antrieben, waren mit Handelskarawanen und Reisenden verstopft. Immer noch erstreckten sich an den Stadträndern die Zeltstädte der Kaufleute mit ihren ausländischen Käufern, Sklavenmärkten und fliegenden Händlern, in direkter Nachbarschaft zum Heerlager des Imperiums. Und niemand schien sich darum zu scheren, dass zweitausend Soldaten einer fremden Großmacht unmittelbar vor den nicht existierenden Mauern der Stadt lagerten.

»Sie haben sich ergeben«, sagte Achaeos vorwurfsvoll. »Sobald die Armee hier war, haben sie die Waffen niedergelegt.«

»Das glaube ich nicht«, widersprach Stenwold. »Das sieht nicht nach einer besetzten Stadt aus. Schaut, die Leute gehen ein und aus, wie es ihnen passt, es gibt weder Soldaten noch Wachen noch eine Miliz. Das ist Helleron, wie es schon immer war.«

»Aber die Wespen rücken doch nicht mit tausend Mann an, nur um die Sehenswürdigkeiten zu begaffen oder ins Theater zu gehen«, sagte Tynisa.

»Des Rätsels Lösung werden wir nur in der Stadt finden«, entschied Stenwold. »Wir müssen Scuto aufsuchen.«

Die Stadt wieder zu betreten, war ein eigenartiges Gefühl, denn sie barg für alle Erinnerungen. Flucht und Kampf für Tynisa und Totho, Verrat und Gefangennahme für Ju. Tisamon hatte hier zahllose Duelle ausgefochten und viele Jahre seines Lebens mit sinnlosem Blutvergießen zugebracht. Achaeos schob sich die Kapuze tief ins Gesicht und steckte die Hände in die Taschen. Die wenigen Motten, die in Helleron lebten, wurden verachtet.

In der Menschenmenge sahen sie auch Wespen. Da waren sie, wenn auch nicht zahlreich, und sie schienen nur mit Händlern zu sprechen. In Rüstung und Uniform schoben sie sich an Ameisen vorbei, die sie misstrauisch beäugten. Die Proviantmeister der kaiserlichen Armee besorgten Vorräte für ihre

Truppen, und Wespenerfinder diskutierten mit Maschinenbauern aus dem Käfervolk über die Qualität ihrer Waren. Keiner von ihnen würdigte die Reiter, die gerade die Stadt betraten, eines Blickes. Das alles war seltsam unwirklich.

Nachdem Stenwold einen Stall für die Pferde gefunden und die gepfefferte Stallgebühr entrichtet hatte, machten sie sich in das Armenviertel auf, in dem Scuto wohnte.

»Das verstehe ich genauso wenig wie du«, sagte der Buckelzirpenmann, der in seiner Werkstatt auf einem Arbeitstisch saß. Der Raum war gut gefüllt, denn zu Stenwold und seinen Gefährten waren noch fast zwanzig weitere Personen gestoßen. Offenbar handelte es sich bei ihnen um Scutos Agenten, und sie bildeten einen bunt zusammengewürfelten Haufen zwielichtiger Gestalten: Käfer, Fliegen und Ameisen, mehr als ein Halbblut und eine elegante Spinne in feinen Seidengewändern. Sogar ein narbenübersäter Skorpion war darunter, dessen rechte Hand nur noch aus einer Metallschere bestand.

»Vor ungefähr zehn Tagen hat es angefangen. Da sind sie so nach und nach hier eingetrudelt, und es kommen ständig welche hinzu. Zuerst ist regelrechte Panik ausgebrochen, das können dir meine Leute bestätigen. Die Magnaten haben ihr ganzes Gefolge zusammengetrommelt, und der Stadtrat hat jeden Söldner angeheuert, der zu kriegen war. Einen Tag lang oder so schien alles auf Messers Schneide zu stehen, aber die Gestreiften haben es sich vor der

Stadt gemütlich gemacht und die Zelte aufgeschlagen. Dann ging das Gerücht um, sie wären auf etwas anderes als Kämpfen aus. Aus dem Süden kam die Nachricht, dass eine kaiserliche Armee auf Tark zumarschieren würde, und unsere Wespen wären dagegen nur ein Haufen Latrinenputzer. Dann hieß es auf einmal, dass die hier nur etwas kaufen wollten. Sie hätten Töpfe voller Gold, Münzen aus Helleron und ihre eigene Schrottwährung, und sie wären an Waffen, Proviant und Ausrüstung aller Art interessiert. Manche vermuteten, dass sie nach Norden ziehen würden – womöglich, um dem Bund noch eins auszuwischen. Einige Leute haben sich sogar gefragt, ob man sie vielleicht als Söldnerheer anheuern könnte. Dann könnte man sie nach Tharn schicken und gegen das Volk von diesem jungen Mann da kämpfen lassen.«

Bleich und wortlos blickte Achaeos zwischen Stenwold und der grotesken Gestalt Scutos hin und her.

»Mehr weiß ich auch nicht, aber hier sind sie. Es gab auch schon ein paar Kämpfe, vor allem Ameisen aus Tark, die sie angegriffen haben. Die Wespengesellen sind zwar nicht zimperlich, wenn es ums Blutvergießen geht, aber was der Rat der Magnaten von ihnen verlangt, zahlen sie in harter Währung. Dort hocken sie und bereichern die Stadt, und wir hocken hier und fragen uns, was zur Pest wollen diese Wespenärsche wirklich?«

»Mir muss da irgendetwas entgangen sein.« Stenwold betrachtete seine Fäuste. »Es hilft alles nichts, ich muss mit den Magnaten sprechen.«

»Glaub doch nicht, dass sie dir zuhören werden, Chef«, warf Scuto ein.

»Der Rat als Ganzes vielleicht nicht, aber ein paar seiner Mitglieder kenne ich noch von früher. Und bei denen habe ich einen Gefallen gut. Ich behaupte ja nicht, dass sie alte Schulden so ernst nehmen wie unser Tisamon hier, aber ein wenig Einfluss wird das schon haben, zumal es nicht verboten ist, Informationen weiterzugeben. In der Zwischenzeit solltet ihr eure Netze so weit wie möglich ausspannen. Ich möchte herausfinden, was das Imperium vorhat, denn davon könnte das Schicksal Hellerons abhängen – womöglich sogar das Schicksal der gesamten Tieflande.«

Er wandte sich seiner eigenen Gruppe zu, während Scuto von der Werkbank heruntersprang und seinen Leuten Befehle gab. »Wir haben hier immer noch eine Rolle zu spielen«, sagte Stenwold. »Jetzt oder später. Deshalb möchte ich, dass der Großteil von euch hierbleibt und wartet, bis wir mehr Klarheit haben.«

»Wollt Ihr, dass ich zu meinem Volk gehe?«, fragte Achaeos.

»Genau das möchte ich. Werdet Ihr dort für mich sprechen?«

»Das werde ich nicht.« Der Mottenmann verschränkte die Arme vor der Brust. »Aber ich werde für die Wahrheit sprechen, und damit wird Euch genauso gedient sein. Denn ich bin nicht Euer Agent, Stenwold Werker.«

»Dann tut es nicht für mich und schon gar nicht für Helleron. Sprecht für die Tieflande, Achaeos. Für

Euer eigenes Volk. Schließlich waren die Motten einst ein weitsichtiges Volk und können es bestimmt wieder werden. Deshalb müssen sie einsehen, dass uns das Imperium nach und nach verschlingen wird, dass seine Armeen uns niederwerfen und seine Menschenjäger uns versklaven werden. Durch die Tieflande ziehen sich Hunderte Grenzen, die von jahrhundertealten Kränkungen gezogen werden. Euer Volk hasst das meine. Tisamons Volk hasst die Spinnen. Die Ameisenstädte verabscheuen sich gegenseitig. Wenn wir diese Wunden nicht wenigstens für kurze Zeit zusammennähen können, werden wir untergehen.«

Achaeos, der offenbar schon eine höhnische Erwiderung parat hatte, besann sich eines Besseren. »Ihr habt natürlich Recht«, sagte er stattdessen. »Ich werde zu meinen Leuten gehen und ihnen alles erzählen, was ich kann. Ich bin keiner ihrer großen Staatsmänner, kein Anführer. Aber was ich mit meinen Worten ausrichten kann, das werde ich versuchen.«

Stenwold drehte sich schon weg, doch da meldete sich Achaeos noch einmal zu Wort: »Und ich möchte, dass Eure Nichte Jubelgut mit mir geht.«

Im Hintergrund erklang immer noch Scutos Stimme, der die Stadtviertel und Reviere auf seine Agenten verteilte. Dennoch schienen Achaeos' Worte laut widerzuhallen.

»Nein!«, schrie Totho. Instinktiv hatte er sein Schwert bereits halb gezogen, und damit änderte sich die ganze Situation. Augenblicklich war Tisamon zur Stelle und hatte seine Klaue um den Arm geschnallt, während Tynisa feststellte, dass sie ihr Rapier ebenfalls zur Hälfte aus der Scheide gezogen hatte. Verwirrt unterbrach Scuto seine Anweisungen und glotzte zu ihnen herüber.

Stenwold warf die Hände in die Luft. »Das kommt nicht infrage«, erklärte er. »Wie könnt Ihr so etwas überhaupt fordern?«

»Weil es *helfen* würde«, antwortete Achaeos. »Wenn ich sie schon davon überzeugen soll, dass sie euresgleichen unterstützen sollen, will ich sie den Ältesten meines Volkes wenigstens vorstellen, Meister Werker. Das würde helfen. Sie müssen Ju sehen.«

»Denk nicht einmal daran!«, bellte Totho. »Nicht mit Ju! Und auch mit keinem anderen von uns!«

»Sie werden sie töten«, warf Tynisa ein.

»Das werden sie nicht«, widersprach Achaeos. »Glaubt ihr wirklich, dass wir Motten nichts von Gastrecht verstünden? Beurteilt uns nicht nach den Maßstäben dieser verdorbenen Stadt. Wenn ich sie nach Tharn bringe, wird sie dort sicher sein. Ob sie willkommen ist, kann ich euch nicht versprechen. Nur dass ihr kein Haar gekrümmt wird.«

»Dennoch bleibt meine Antwort nein«, beharrte Stenwold. »Keine weitere Diskussion. Ich werde nicht das Leben meiner Nichte aufs Spiel …«

»Onkel Sten.« In Jus Ton schwang eine stählerne Härte mit, die alle innehalten und aufhorchen ließ. »Erinnerst du dich an das letzte Mal, als du mich vor Gefahr hast bewahren wollen?«

Während er die lange Kette von Zufällen durchging, die sie von Bord der *Himmelweit* bis in die

Verliese von Myna geführt hatte, starrte er sie an. »Willst du damit sagen, dass ... dass du mitgehen möchtest?«

Ju schluckte und nahm all ihren Mut zusammen. »Neben anderen Tätigkeiten warst du doch auch Gelehrter, Onkel. Also sage mir, wie viele von uns schon durch die Hallen der Motten gewandelt sind. Ist in unserem Zeitalter auch nur ein Käfer jemals dort gewesen?«

»Ju, du weißt doch nicht, was dir dort zustoßen kann. Niemand von uns weiß das. An jedem Ort der Welt gibt es ein Gastrecht, und ich will niemanden beleidigen, wenn ich sage, dass dieses Recht von Zeit zu Zeit überall gebrochen wird.«

»Ich vertraue Achaeos«, entgegnete sie. »Und wenn ich etwas tun kann, um zu helfen, statt hier herumzusitzen und mich zu ducken, werde ich das auch tun. Du hast keine Ahnung, Onkel Sten, was ich seit unserem Aufbruch in Collegium durchgemacht habe. Ich war auf der Flucht und habe gekämpft. Ich war Sklavin und Gefangene. Auf einer Folterbank habe ich gelegen und sogar schon einen Wespenoffizier geschlagen. Ich bin nicht mehr einfach nur die Studentin Jubelgut, die man keiner Gefahr aussetzen darf. Also gehe ich mit ihm und werde meinen Beitrag leisten.«

Stenwold stieß einen tiefen Seufzer aus, denn das Rad der Zeit hatte sich jahrelang weitergedreht, ohne dass er hingesehen hatte. So lautstark Totho ihn auch drängte, dass er das nicht zulassen dürfe, war ihm doch bewusst, dass die Angelegenheit nicht mehr in seiner Hand lag. »Dann geh«, sagte er. »Aber pass gut auf dich auf. Du hast Recht. Auch wenn du meine Nichte bist und zur Familie gehörst, so bist du doch eine Soldatin in diesem Krieg, und die Gefahr ist eine treue Begleiterin des Soldaten.«

Nach Einbruch der Nacht führte Achaeos Ju auf dem schnellsten Weg aus der Stadt heraus. Dann ging es am Stadtrand entlang, wobei sie es möglichst vermieden, in den Schatten der Häuser zu geraten. Bald eilten sie über die Baustelle der sogenannten Stahlbahn, die, sobald die letzten Schienen verlegt wären, von Helleron nach Collegium fahren sollte. Tag und Nacht erklang hier metallisches Stampfen, denn man arbeitete fieberhaft und ununterbrochen daran, den letzten Abschnitt zu verlegen.

Dann bewegten sie sich auf die Berge zu, und im Freien versagten Jus Augen ab einer gewissen Entfernung. Ihre unmittelbare Umgebung zeigte sich ihr in gut sichtbaren Grautönen, aber die Berge in der Ferne waren lediglich schwarze Flecken, die die Sterne verdeckten.

Inzwischen waren sie schon einige Stunden unterwegs, doch um die steilen Berghänge zu erklettern, fehlte ihnen die nötige Ausrüstung. Selbst wenn Achaeos einen geheimen Pfad in seine luftige Heimatstadt gekannt hätte, war sich Ju nicht sicher, ob sie es schaffen würde.

»Wahrscheinlich müssen wir an den Hängen rasten«, warnte sie ihn.

Er ging darauf nicht ein, sondern schien in dem sie umgebenden Buschland nach etwas zu suchen. Im

Norden und Osten erkannte Ju die Lichter der Minen. Eine davon war die von Ehrlas Krämer. Ob Achaeos' Leute heute Nacht wohl wieder einen Überfall wagten? Und wer Ehrlas Krämers Anteile wohl geerbt hatte?

»Wir werde etwas später in der Nacht ankommen«, verkündete Achaeos. Die Sonne war bereits untergegangen.

»Ich glaube nicht, dass ich das schaffe.«

Endlich drehte er sich zu ihr um, und seine blassen Augen funkelten sie an. »Du kannst nicht fliegen, oder? Ein paar Käfer können das ja wohl.«

»Wenige, sehr wenige nur, und auch nicht besonders gut«, bestätigte sie. »Ich würde ... ich würde so gern fliegen können, und es wäre mir ganz egal, wie unbeholfen es aussehen würde. Aber ich hatte immer Schwierigkeiten mit der Kunst. Dass ich nachts sehen kann, hat erst angefangen, nachdem ... nachdem ich den Traum hatte ...« Sie musste sich überwinden, es auszusprechen. »Nachdem du zu mir gesprochen hast, kurz bevor wir Myna erreicht haben.«

»Du hast mehr Fähigkeiten, als du ahnst«, sagte er. »Käfer ertragen viel, das weiß man sogar bei uns. Denk an alles, was du durchgemacht hast, und dann sage mir, dass deine Kunst dir dabei nicht geholfen hat. Aber wie dem auch sei, du musst nicht nach Tharn fliegen. Wir müssen nur etwas Reisig finden, das trocken ist und sich leicht entzündet, dann rufe ich ein Beförderungsmittel herbei.«

»Herbeirufen? Ist das schon wieder Zauberei?«, fragte sie.

»Es würde mir schmeicheln, wenn es das wäre, aber in Wahrheit ist es nur ein Trick.«

Nachdem sie genug brennbares Material gesammelt hatten, legte er es so auf dem Boden aus, dass es ein Muster ergab, das Ju aus der Nähe aber nicht überblicken konnte. Sodann zündete er die Haufen aus Zweigen und trockenem Gras nacheinander an, und bald waren sie von einem unregelmäßigen Ring aus kleinen Feuern umgeben. Ju lief es kalt über den Rücken. Trotz Achaeos' Beteuerung hatte sie das Gefühl, es handle sich um Zauberei.

Kurz darauf spürte sie etwas am Himmel. Hören konnte sie es nicht, denn es war völlig lautlos. Doch die Flügelschläge ließen die Flammen unruhig flackern und setzten die warme Luft in Bewegung. Als die Sterne über ihr von einem enormen geflügelten Wesen verdeckt wurden, fasste sie nach Achaeos' Arm und klammerte sich daran fest.

Das Wesen glitt herab, und jetzt erkannte sie es in all seiner blassen, majestätischen Größe. Was da in Kreisbahnen zu ihnen herabsegelte, war eine veritable Motte. Ihr haariger Leib war größer als ein Pferd und ihre Flügelspannweite atemberaubend. Jede Schwinge allein maß schon sechs Mannneslängen. Aus dem kleinen Kopf ragten farnähnliche, spiralig aufgerollte Fühler, und darunter stachen die hellen Augen aus dem glänzenden Pelz heraus. Als das Insekt landete, löschte es mit seinem mächtigen Flügelschlag die meisten der kleinen Feuerstellen.

»Auch wir Bewohner von Tharn vermögen nicht immer, so hoch zu fliegen. Manchmal sind auch wir müde – oder gar verletzt.« Dabei grinste er sie an. »Als ich den Stall verließ, in dem wir uns begegnet sind, hatte ich vor, auf diesem Wege nach Tharn zu gelangen. Aber dann sind andere Dinge dazwischengekommen.« Mit einem eleganten Sprung und einem einzigen Schlag seiner Flügel nahm er auf dem Rücken des Tiers Platz. Er streckte ihr die Hand hin, damit sie ebenfalls hinaufkletterte.

Sie trat hinter den riesigen Flügeln an den Mottenleib heran und stützte sich mit einer Hand auf dem dicken Pelz ab. Dabei spürte sie, dass die Motte wärmer war als die meisten anderen großen Insekten. Sie ergriff Achaeos' Hand, und mit seiner Hilfe kraxelte sie auf den Rücken des Tiers. Auf sechs Beinen tänzelte die Motte einen Moment lang, um ein Gefühl für das zusätzliche Gewicht zu bekommen. Einen Sattel gab es zwar nicht, dafür aber Seile, die irgendwo an den Mundwerkzeugen festgemacht waren. Achaeos hielt sie wie Zügel in den Fäusten.

»Halte dich gut fest«, warnte er, worauf sie ihre Arme um seinen Leib schlang und sich mit den Knien an den Insektenrücken klammerte.

Nachdem er mit den Zügeln ein Zeichen gegeben hatte, stieß sich die Motte vom Boden ab und erhob sich in die Luft.

Sofort gelangte Ju zu der Überzeugung, dass sie herunterrutschen würde. Erst würde sie gegen die mächtig schlagenden Flügel prallen und dann in unbekannte Tiefen stürzen. Sie klammerte sich so verzweifelt an Achaeos, dass sie die genähte Narbe an seiner Seite spüren konnte.

Doch allmählich durchschaute sie den Rhythmus der Flügelschläge und war erstaunt. Denn während die kleinen Brüder dieses Tiers wild flatterten und scheinbar kopflos hin und her huschten, bewegte diese Motte ihre gigantischen Flügel ruhig und gleichmäßig und stieß sich mit majestätischen Schlägen immer weiter in die Höhe. Der immergleiche, gelassene Rhythmus erinnerte Ju an eine Fahrt in einem Ruderboot, zu der Stenwold sie einmal mitgenommen hatte. Damals war sie noch sehr jung gewesen, und ihr Onkel hatte unermüdlich gerudert. Zögernd lockerte sie ihre Umklammerung, so dass Achaeos wieder Luft holen konnte, und schaute sich um.

Inzwischen waren sie schon zu hoch gestiegen, um vom Boden mehr zu sehen als die fernen Lichter der Schmieden von Helleron. Auch die Hänge konnte sie nicht erkennen, da sie in zu großem Abstand von ihnen flogen. Über ihr waren nur die Sterne. Außer Achaeos, der Motte und ihr war alles dunkel, und sie schraubten sich in der kühlen Nachtluft höher und höher. Ju legte den Kopf auf Achaeos Schulter. Hier oben war es so still. Die Schwingen verursachten keinen Laut, und da sie langsam flogen, rauschte ihr auch kein Fahrtwind um die Ohren. Es war so anders als der Flug mit dem Starrflügler oder an Bord der *Himmelweit.* Oder gar im Lagerraum des klappernden Heliopters der Wespen.

Wäre es nicht wundervoll, so durch die Lüfte fliegen zu können?, dachte sie. Seit ihrer Kindheit hatte sie diesen Moment herbeigesehnt, der ihr nun so unvermittelt beschert worden war. Sie hätte nicht zu sagen vermocht, warum sie sich das so sehr gewünscht hatte, denn weder Stenwold noch Tynisa konnten fliegen. Oft hatte Ju aus ihrem Schlafzimmerfenster zu den Wolken und Sternen am Himmel hinaufgestarrt, hatte Fliegenboten beobachtet, die eilig über den Horizont gehetzt waren, oder brummende Flugmaschinen, die das Flugfeld angesteuert hatten. Und dabei war ihr bewusst gewesen, dass sie sich immer danach sehnen, es aber nie bekommen würde.

Schließlich zeichneten sich die Berghänge vor ihnen ab, und plötzlich wurde ihr klar, dass sie auf Tharn blickte.

Sie hatte sich Tharn immer als Ansammlung von Häusern vorgestellt, die an die Hänge geklebt waren, oder als eine Stadt aus in den Fels gehauenen Höhlen. Immerhin waren die Motten ein altes Volk, und ihre heutigen Rückzugsgebiete waren auch ihre ersten Siedlungsplätze gewesen. Doch mit dieser Tatsache hatte sie bis zu diesem Augenblick nie etwas anfangen können.

In die unteren Berghänge waren breite Terrassen gehauen, auf denen Getreideähren im Wind schaukelten. Von einer künstlichen Stufe auf die nächste ergossen sich sorgfältig angelegte Wasserbäche. Hier und da standen verstreut die Hütten und Scheunen der Feldarbeiter, aber das war noch nicht das eigentliche Tharn. Die wahre Mottenstadt befand sich weiter oben, erstreckte sich über eine Höhe von mehreren Hundert Schritt und war direkt in den Berg hineingemeißelt.

Sie trafen sich in einem abgedunkelten Hinterzimmer eines von Käfern betriebenen schäbigen Wirtshauses, wo die Gäste ihre Lampen selbst mitbringen mussten. Darüber war Thalric nicht unglücklich, denn er hatte keine Lust, sein eigenes Gesicht in den Schatten zu erblicken.

Obwohl kaum Sternenlicht hereinfiel, fand Scylis zielsicher einen Stuhl und setzte sich. Spinnen hatten gute Augen, erinnerte sich Thalric, der hörte, wie sich sein Gegenüber Wein einschenkte und daran nippte.

»Irgendwelche Fortschritte?«, fragte er ungeduldig.

Scylis schluckte und stieß ein enttäuschtes Knurren aus. »Entsetzlicher Jahrgang. Angesichts meines derzeit geringen Auskommens würde ich Euch bitten, mir einen besseren Tropfen aufzutreiben, aber ihr Wespen habt ja noch weniger Geschmack.«

Durch zusammengebissene Zähne stieß Thalric ein Zischen hervor. »Die Zeit drängt, Scylis.«

»Das weiß ich, Major, aber keine Sorge, ich habe alles im Griff. Ich bin mittendrin in Stenwolds kleiner Bande. Mit diesem Gesicht komme ich ihm näher als sein eigener Schatten.«

»Ich dachte, Ihr wolltet sie in Khenices Gestalt begleiten.«

»Ich bezweifle, dass das überzeugend wäre. In meiner Position kann der kleinste Verdacht verhängnisvoll sein. Darum habe ich eine andere Möglichkeit gefunden – und diese Möglichkeit ist perfekt und mir quasi in den Schoß gefallen. Sie waren so mit sich beschäftigt, dass sie gar nicht bemerkt haben, dass Khenice sie verlassen hat, ohne Abschied zu nehmen.«

»Wer?« Thalric überlief ein Schauer, obwohl er nicht hätte sagen können, warum. »Wessen Gesicht tragt Ihr jetzt?«

»Ich hüte mein Geheimnis wie mein Leben, Major. Glaubt Ihr, ich würde Euch mein Leben anvertrauen? Würdet Ihr mir Eures anvertrauen?«

»Was habt Ihr dann für mich?«

»Während Ihr das letzte Jahr über Eure Pläne verfolgt habt, zeigtet Ihr eine bewundernswerte Geduld, Major. Jetzt verhaltet Ihr Euch wie ein Kind, dem man ein Spielzeug versprochen hat. Nun gut. Ich werde Euch zeigen, wo Stenwolds Leute ihren Unterschlupf haben. Dieser Stenwold hat eine ganze Menge Unzufriedener um sich geschart. Ich glaube, Ihr solltet gegen sie vorgehen. Falls Ihr kein falsches Bild aufkommen lassen wollt, solltet Ihr dafür einheimische Schergen anheuern. Dreißig gute Kämpfer müssten reichen.«

»Dreißig Männer anzuheuern, ohne dass es bekannt wird, ist nicht leicht.«

»Das überlasse ich Euren fähigen Händen«, entgegnete Scylis. »Ihr werdet nicht alle auf einmal erwischen, denn die Hälfte von ihnen ist ständig mit irgendwelchen Aufträgen unterwegs. Was das für Aufträge sind, werde ich Euch mitteilen, soweit ich es in Erfahrung bringen kann. Ein paar werden Euch durch die Lappen gehen, aber immerhin könnt Ihr den Kopf der Bande abhacken. Ihr Anführer ist ein grotesker kleiner Mann mit Dornen. Er heißt Scuto. Tötet ihn, wenn möglich. Tötet die ganze Bande, wenn Ihr könnt.«

»Und was ist mit Euch? Wenn Ihr mir nicht verratet, mit wessen Gestalt Ihr Euch tarnt, erwischt es Euch vielleicht auch.«

»Sollte das passieren, habe ich es verdient«, gab Scylis wegwerfend zurück. »Das lasst meine Sorge sein. Darin bin ich ganz gut.«

»Sonst noch etwas?«

»Sie hoffen, dass ihnen die einsiedlerischen Motten beistehen. Das kann ich ihnen aber vermasseln, glaube ich.«

Thalric nickte. »Dort haben wir bereits Leute hingeschickt. Die Motten haben wir im Griff.«

»Wirklich?«

»Zweifelt Ihr daran?«, fragte Thalric.

»Ich zweifle, dass Ihr versteht«, erwiderte Scylis. »Das sind nicht einfach nur Wilde aus den Bergen. Die Motten sind vielmehr ein Haufen gerissener Quacksalber, und niemand weiß, was sie genau vorhaben. An Eurer Stelle würde ich das Mottenproblem zu meiner obersten Aufgabe machen, denn sie sind Experten darin, genau die Art von Plänen zu durchkreuzen, auf die Ihr Euch so gern verlasst.«

»Dann tut es«, sagte Thalric. »Verhindert mit allen Mitteln eine Allianz mit den Motten.«

»Und Stenwold Werker?«

»Könnt Ihr ihn mir lebend ausliefern?«

»So wie die Dinge liegen, wahrscheinlich nicht.«

Thalric dachte kurz nach. »Meine Männer sollen nach ihm Ausschau halten. Wenn ich ihn doch nur auf die Folterbank bringen könnte …« Da fasste er einen Entschluss. »Wir töten seine Leute und verhindern jede Verbindung zu den Motten. Am liebsten wäre mir allerdings, wenn ich Werker am Ende lebendig zu fassen bekäme.«

Fünfzehn

Tharn war eine Stadt, die auf der Seite zu liegen schien. Fenster und Türen reihten sich nicht neben-, sondern übereinander. Dazwischen zeigte sich nicht etwa naturbelassener dunkler Fels; vielmehr war auch der kleinste Fleck der Steinwand mit Verzierungen versehen. Zunächst konnte Ju keine Details erkennen, aber als die Motte näher heransegelte, wurden die Ornamente immer plastischer. Bald konnte sie gedrehte Säulen, durchbrochenes Maßwerk, Friese und Statuen ausmachen. Figurengruppen und Reliefs erzählten ganze Geschichten. Eine Gruppe Männer in weiten Umhängen war in geheimnisvoller Anbetung dargestellt, während Schlachtengemälde Fangschrecken, Motten, Spinnen und andere, Ju nicht vertraute Völker mitten im Kampf erstarren ließen. Sie erkannte wilde Tiere, Arabeskenornamente und Dinge, die sie schlichtweg nicht identifizieren konnte. Aus dem Felshang hatten die Motten ihr Geschichtsbuch gemacht, und es war großartig und riesig, ernst und schrecklich und so traurig, dass ihr die Tränen kamen. In diesen einsamen Berg waren die letzten tausend Jahre eingemeißelt, die Jahre eines Volkes, das einst die halbe bekannte Welt beherrscht hatte. Heute wurde dieses Volk, das seinen Platz eingenommen hatten, als eine Horde Mystiker verlacht.

»Wie sehr ihr uns hassen müsst«, flüsterte sie verlegen in Achaeos' Ohr.

Überrascht sah er sie an. »Ich hätte nicht gedacht ... Du siehst es jetzt mit unseren Augen. Vergangener Ruhm und bessere Zeiten.«

Die Motte steuerte ein gesprenkeltes Wandstück an und ging in immer enger werdenden Kreisen zum Landeanflug über. Kurz darauf erkannte Ju, dass die Sprenkel in Wahrheit weitere Motten waren, die mit eingeklappten Flügeln auf der Wand saßen. Das Insekt würde nicht horizontal, sondern vertikal aufsetzen. Doch am Fuß der Wand war ein Vorsprung, und da sie dicht darüber landeten, gelang es Ju halb kletternd, halb fallend, auf das Stück waagrechten Fels zu gelangen. Während das Insekt weiter nach oben lief, half Achaeos ihr, aufzustehen.

»Komme ich in eurer Stadt überhaupt von Zimmer zu Zimmer?«, fragte sie.

»Du bist nicht der erste Gast, der nicht fliegen kann. Für Besucher sind bestimmte Räume nahe am Felshang vorgesehen«, erklärte er.

»Nahe am Hang?«

»Natürlich«, sagte er lächelnd. »Tharn ist eine Stadt und nicht nur eine Fassade. Sie ist weit in den Felsen hineingegraben.«

»Aber ... das Sonnenlicht ...? Wie könnt ihr ...«

»Die Dunkelheit ist für uns kein Hindernis. Für dich übrigens auch nicht«, erinnerte er sie.

In der Dunkelheit, die keine war, spielte ihr die eigene Wahrnehmung Streiche, denn obgleich sich die Wände des runden Zimmers in verschiedenen Grautönen abhoben und sie die Inschriften und verschlungenen Reliefs darauf deutlich erkennen konnte, wusste sie doch, dass sie in Wirklichkcit nachtschwarz und nicht für ihre Augen bestimmt waren. Sie spitzte die Ohren.

»Achaeos«, sagte sie unsicher. »Ich höre Musik.«

»Es ist die sechste Stunde.« Er ging auf und ab und schien in den Hallen seiner eigenen Leute unruhiger zu sein als in der Stadt seiner Feinde.

»Die sechste … Stunde? Das verstehe ich nicht.« Jetzt hörte sie die Musik deutlicher, und es war, als sänge tief unterm Berg ein Chor hoher Stimmen in einer Sprache, die sie nicht kannte.

Er blieb stehen, wandte sich ihr zu und lächelte, was er nicht mehr getan hatte, seit sie gelandet waren. »Natürlich kannst du das nicht verstehen. Da ich hier zu Hause bin, sind mir diese Dinge so vertraut. Vergib mir. Unsere Kinder werden in Chöre geschickt, die die Tageszeiten verkünden. Dies ist der Hymnus der sechsten Nachtstunde. Als ich sieben oder acht Jahre alt war, habe ich ihn selbst gesungen. Ich kann mich sogar noch an den Text erinnern.«

»Das ist … schön.« Genau wie diesen Ort fand sie auch den Gesang schön und feierlich und voller Trauer. »Aber habt ihr denn keine Uhren?« Noch während sie die Frage stellte, kam ihr die Vermutung, dass es sogar sein könnte. Hier gab es keine Maschinen, keine Geräte, keine Erfindungen. Dieses Volk war ihr zutiefst fremd.

Doch Achaeos antwortete: »Natürlich haben wir Uhren. Die Uhren mit dem Regenwasser aus den Bergen gehen sehr genau. Aus praktischen und rituellen Gründen wird das Verstreichen der Zeit jedoch verkündet. Anhand dieses Gesangs weiß jeder, wie spät es ist.«

»Die meisten Leute schlafen doch aber, würde ich annehmen.« Bevor er zu einer Erwiderung ansetzte, verbesserte sie sich. »Nein, natürlich nicht. Ihr seid ja nachtaktiv.«

Er nickte. »Deshalb werden die Wahrsager uns bald anhören. Ich hatte gehofft, mehr Zeit zur Vorbereitung zu haben, bevor ich unser Anliegen vorbringe. Aber sie wussten bereits, dass ich komme und warum und mit wem. Dann müssen wir es eben wagen.«

»Diese … Wahrsager.« Das Wort wollte ihr nicht recht über die Lippen. »Sind das eure Anführer? Eure Regierung?«

»Mehr als das. Ich bin ein Seher, darum habe ich mich auf den Weg der Weisheit begeben. Auch wenn sie das Ende desselben noch lange nicht erreicht haben – denn dort kommt niemand an –, sind sie mir auf diesem Pfad so weit voraus, dass ich mir ihr Wissen nicht einmal vorstellen kann. Ihr Wissen vom Geist des Menschen, von der übergreifenden Wahrheit, von der Kunst und den Kräften des Universums. Nicht die Stärksten oder Wohlhabendsten herrschen bei uns, oder die, die am elegantesten sprechen können. Stattdessen werden wir von den Weisesten und Schrecklichsten regiert. Pass gut auf, Ju, dass du sie nicht beleidigst.«

Aber du hast Angst, nicht ich, stellte sie fest. Gerade wollte sie ihn fragen, was die Wahrsager machen würden, wenn er sie nicht überzeugen konnte, doch als sie aufstand, um zu ihm zu gehen, öffnete sich in der Wand eine Art Tür. Eigentlich war es ein Stück mit Reliefs versehener Felswand und nicht vom Rest des Zimmers zu unterscheiden. Jetzt schob es sich hinter ein anderes Wandstück, so dass die hineingemeißelte Bildergeschichte nicht mehr zu sehen war. In der Öffnung stand ein Mottenmann in langem Umhang. Er war älter als Achaeos, aber Ju wusste nicht zu sagen, wie viel älter. Als er sie erblickte, verengten sich seine Augen zu Schlitzen.

»So ist es also wahr«, sagte der Mann mit unwirscher, aber leiser Stimme. »Man hat Euch verdorben.«

»Das habt Ihr nicht zu beurteilen«, fuhr ihn Achaeos an. »Ich werde meinen Fall vor die Wahrsager bringen.«

»Das trifft sich gut«, entgegnete der Fremde. »Denn das wünschen die Wahrsager ebenfalls. Ihr sollt mit mir kommen.« Er rümpfte die Nase. »Alle beide.«

Jus Sehkraft reichte gerade, um den Raum, in dessen Mitte sie geführt wurden, auszumachen. In das Herz des Bergs war ein Amphitheater hineingehauen, das nach außen hin in etlichen Stufen anstieg, die durch jahrhundertelange Abnutzung rund und glänzend geworden waren. Die darüber aufragenden Wände verloren sich im Dunkel, aus dem Lampen herabhingen, was Ju erstaunte. Aber sie spendeten nur wenig bläuliches, trübes Licht, das sehr kalt wirkte.

Auf den Stufen saßen mehrere Hundert Motten. Bei den Käfern wäre das eine bescheidene Ansammlung gewesen, bei diesem zurückgezogenen Volk jedoch war es eine große Menge. Ju konnte sich nicht vorstellen, dass alle Wahrsager waren. Immerhin sahen alle gleich aus. Sie hatten graue Haut, weiße Augen und dieselben Umhänge wie Achaeos. Flüsternd steckten sie mit ihren Nachbarn die Köpfe zusammen, und für Ju bestand kein Zweifel daran, was ihre Aufmerksamkeit erregte. Schon als sie hereingekommen war, hatten die ersten dünnen Finger auf sie gezeigt, und während sie in die Mitte des Raums schritt, kamen noch mehr dazu. Viele Augenpaare funkelten sie zornig an, und manche Motten gestikulierten wütend in ihre Richtung. Die Verachtung, mit der die Mottenversammlung auf sie herabblickte, war ebenso kalt wie das Licht der bläulichen Lampen.

Nun sprang Achaeos' Angst auch auf sie über. Sie sah sich einer völlig fremden Welt ausgesetzt. Irgendwie hatte sie angenommen, alle Motten wären wie Achaeos und Doktor Nicrephos, die einzigen Menschen aus diesem Volk, die sie je kennengelernt hatte. Da sie wusste, dass sie ihr Volk nicht mochten, hatte sie sich auf wüste Pöbeleien oder vielleicht einen gelegentlichen Stoß in die Rippen gefasst gemacht, denn so stellte man Feindseligkeit bei den Käfern üblicherweise zur Schau.

Doch auf das hier war sie nicht gefasst gewesen, auf diese kalten Blicke, die sie durchbohrten, als wäre sie nicht mehr als ein Insekt, ein schäbiger Mistkäfer. Sie wollte Achaeos' Hand ergreifen, um sich von ihm Mut einflößen zu lassen, aber er war zu weit weg und kämpfte gegen seine eigenen inneren Ungeheuer.

Einst waren wir ihre Sklaven, dachte sie hilflos. *Vor der Revolution haben wir für sie geschwitzt, für sie geackert und den Schmiedehammer geschwungen.* Offenbar hatten sie das noch nicht vergessen. In den Augen dieser Männer und im Licht ihrer vereinten Verachtung war sie nichts weiter als eine Sklavin, die Tochter aus einem niederen Volk, die nur für einfache Arbeiten oder ihr Vergnügen taugte.

Mit großer Gewalt drang die Kraft ihrer Blicke und ihrer Kunst auf sie ein, fast wie eine physische Druckwelle. Sie zerrte so lange an ihr, bis sie das wurde, was sie in ihr sahen. Sie schaute sich in der unerbittlichen Menge um und suchte nach einem Ausweg.

Sie könnten mich ohne weitere Umstände hier und jetzt töten.

Da traf ihr Blick Augen mit Pupillen. Um die wütende Versammlung vor ihrer unerträglichen Anwesenheit zu schützen, waren vier Krieger zum Schutz postiert. Doch diese boten ihr weder Hilfe noch Trost, da auch sie mit arroganter Geringschätzung auf sie herabsahen. Es waren Fangschrecken in heller

Rüstung aus Leder und Metall. Aus ihren Unterarmen ragten Dornen hervor, und sie hatten Klauenhandschuhe umgeschnallt, die denen Tisamons glichen. Sollte ihre Hinrichtung beschlossen werden, würden die Fangschrecken sie vollstrecken. Und für sie waren auch die Lampen angebracht worden, denn obwohl sie sehr gute Augen hatten, konnten sie keine absolute Finsternis durchdringen.

Aber ich kann es. Irrwitzigerweise tröstete sie dieser Gedanke.

Aus einer Öffnung ihr gegenüber betraten weitere Motten den Raum. Ahnungslos, wie sie war, erkannte sie doch, dass dies die Wahrsager und die bereits Anwesenden lediglich Zuschauer waren. Die Neuankömmlinge besaßen andere Umhänge als der Rest. Zwar waren sie nicht aus einem feineren Stoff, aber sie hatten höhere Kapuzen, und die Falten ihrer Röcke wallten und wogten wie Wasser. Auf der Stirn trugen sie Diademe oder mit Mustern verzierte Hauben aus hellem Metall. Obwohl sie Schwierigkeiten hatte, das Alter von Motten einzuschätzen, sah sie doch, dass diese Männer und Frauen äußerst betagt waren. Manche hatten sogar Falten oder graue Strähnen im dunklen Haar, was bei einem Käfer für etwas um die fünfzig gesprochen hätte, bei den Motten aber vermutlich eher ein Jahrhundert oder mehr bedeutete.

Trotz ihres hohen Alters setzten sie sich nicht. Ein paar hatten zwar geschnitzte Stöcke dabei, doch sie standen allesamt gerade wie Lanzen. In ihren Blicken lag nicht dieselbe Feindseligkeit wie bei den anderen, aber etwas, das darüber hinausging. Und sie schienen Ju auf eine ihr rätselhafte Art zu prüfen.

Ein Mann, dessen spitzer Haaransatz unter dem Rand der Metallhaube herausschaute, stieß mit seinem Stock auf den Boden, und noch bevor der Widerhall verklungen war, schwiegen die Motten. Allerdings starrten sie Ju noch immer an und brachten ihr nicht mehr Zuneigung entgegen als zuvor.

»Tretet vor, Advokat, und sprecht«, sagte der Mann, und in ihrer Naivität dachte Ju, er meinte Achaeos. Deshalb sah sie zu ihm hinüber und wartete darauf, dass er ihnen alles erklärte und ihren Hass in Verständnis verwandelte. Als sie jedoch seinem Blick folgte, bemerkte sie einen weiteren Neuankömmling, der durch dieselbe Öffnung eintrat wie die Wahrsager. Es war eine Mottenfrau, nicht viel älter als Achaeos. Sie hielt einen Zeremonienstab mit goldener Spitze in der Hand, auf dem sich verschiedene geflügelte Insekten jagten und sich in verwirrender Weise überlappten.

»Bringt Eure Anklage vor«, forderte der Wahrsager sie auf, und Ju begriff, dass sie der »Advokat« war und ihre eigene Lage brenzliger, als sie gedacht hatte.

»Tharn erhebt Anklage gegen Achaeos, der hier vor euch steht«, verkündete die Frau. Obwohl sie nicht laut sprach, trug die Akustik des Raums ihre Stimme bis in die oberen Sitzreihen. »Achaeos, Novize und Krieger, wurde in der Schlacht gegen den Hasswürdigen Feind verwundet. Ihm gelang die Flucht, wofür er nicht zu tadeln ist. Aber am nächsten Morgen fand er sich nicht wieder am rechten Platz ein.

Stattdessen haben unsere Augen und Ohren in der Schmiedestadt vernommen, dass er einen eigenen Pfad gewählt und sich der Sache eines anderen verschrieben hat. Danach trachtete er, in die Länder im Osten aufzubrechen, da er behauptete, dort lauere ein noch größerer Feind. Und nun seht, wie er zu uns zurückschleicht, nachdem er sich mit dem Hasswürdigen Feind verbündet hat. Er hat sogar eine der ihren in unsere Hallen eingeschleppt. Ganz offensichtlich ist er den Versuchungen der äußeren Welt erlegen und wurde verdorben. Damit ist er für uns verloren, und Tharn kann ihm keine Heimstatt mehr bieten. Ich verlange, dass er verstoßen wird. Verbannung oder Tod, je nachdem, wie tapfer er ist.«

Ju lief es kalt über den Rücken. Während Achaeos ihnen noch ein Gerichtsverfahren wert war, wurde sie nicht einmal zur Kenntnis genommen. Ihr eigenes Leben lag nicht mehr in ihrer Hand, es kam einzig darauf an, was Achaeos sagen würde.

»Ihr seid angeklagt«, sagte der Wahrsager, der auch vorher gesprochen hatte. »Achaeos, einstiger Sohn Tharns, was habt Ihr zu Eurer Verteidigung vorzubringen?«

»Eine derartige Anklage habe ich nicht erwartet«, sagte Achaeos streitlustig, aber Ju hörte, dass seine Stimme zitterte. »Was ich getan habe, habe ich für Tharn getan. Wäre ich etwa zurückgekehrt, wenn ich der Dinge schuldig wäre, derer Ihr mich zeiht?«

»Das sagen alle, die vor diesem Gericht stehen«, ertönte die Stimme der Advokatin hinter ihnen. »Wie soll ein einzelner Novize das Wohl der Stadt beurteilen können, wenn er von unserem Rat abgeschnitten ist und seine eigenen Ziele verfolgt? Viele, die uns verlassen, wollen wieder zurückkehren und glauben, ein paar leere Worte könnten den entstandenen Riss wieder heilen. Das ist keine ausreichende Erklärung.«

»Ihr enttäuscht uns«, wandte sich der Wahrsager an Achaeos. »Erzählt uns, wie Ihr vom Glauben abgefallen seid.«

»Vor den Toren der Schmiedestadt sammelt sich ein neuer Feind, der auch die Hallen Tharns bedrohen wird«, sagte Achaeos. Ju sah ihm an, dass er seine Haltung verlor und keinen klaren Gedanken mehr fassen konnte. »Ich habe sie selbst gesehen, ihre Armeen. Sie sind zahlreich, ein Volk der Geeigneten, und sie können fliegen, wohin es ihnen gefällt. Im Augenblick stehen sie vor den Tieflanden, und euch erscheint es wahrscheinlich als Glücksfall, dass sie dem Feind das Messer an die Kehle setzen, aber ihre Klingen sind auf uns alle gerichtet. So etwas wie Verbündete oder ebenbürtige Partner kennen sie nicht, nur Feinde und Sklaven. Ich habe es gesehen, um es euch zu enthüllen.«

»Was verlangt er von uns?«, fragte die Advokatin, und Ju war von ihrer Stimme so angewidert, dass sie sich am liebsten umgedreht und ihr ins Gesicht geschlagen hätte. »Will er etwa, dass wir dem Hasswürdigen Feind jetzt beistehen, da er sich mit einem seiner Vetter-Völker überworfen hat? Offenbar wurde Achaeos von ihm auf seine Seite gezogen. Wir haben ihn an den Feind verloren, und er bringt auch noch eine von ihnen als seine Verbündete hierher. Schaut euch dieses grobschlächtige Geschöpf an, das er sich zu seiner Gefährtin gewählt hat! Tharn bedeutet ihm nichts mehr. Seine Treue liegt jetzt woanders.«

Wütend drehte sich Ju zu ihr um, konnte sich aber gerade noch beherrschen und schwieg. Die Motten auf den Stufen waren plötzlich alle aufgesprungen. Sie nahm an, dass das ihre Art war, Zwischenrufe zu äußern. Vor ihren Anführern würden sie es nicht wagen, die Stimme zu erheben, darum standen sie auf, um zu zeigen, dass sie den Worten der Advokatin Beifall zollten und sich gegen Achaeos stellten.

»Das lasse ich nicht auf mir sitzen!«, schrie Achaeos. »Ich bin kein Verräter an meinem Volk!«

»Er wäre nicht der Erste, denn der Hasswürdige Feind hat Mittel und Wege, selbst unsere besten Leute zu verführen. Sie locken einen mit verheißungsvollen Aussichten, mit Gold und ihren Geräten, gegen die sich der Verstand sträubt. Wer weiß, was ihn vom wahren Weg abgebracht hat, aber auf jeden Fall ist er für uns verloren.«

»Wir sind in großer Gefahr«, sagte Achaeos verzweifelt. »Das muss euch bewusst werden. Ganz gleich, was der Hasswürdige Feind macht oder was ich mache, dort draußen steht ein Imperium, das sich einen Dreck um unsere tausendjährige Geschichte kümmert, sondern lediglich seinen eigenen Stempel in unseren Staub drücken will! Der Schmiedestadt haben wir ein Jahrhundert lang widerstanden, aber sollten wir uns dem Imperium ohne Verbündete ge-

genübersehen, wäre unser Leben in Freiheit nach spätestens einem Monat beendet!«

»Genug, Achaeos«, unterbrach ihn eine Wahrsagerin, die womöglich älter war als alle anderen.

Achaeos bleckte zwar die Zähne, brachte aber kein Wort hervor. Langsam trat die Frau vor. In dem hallenden Raum war nichts zu hören außer dem Klopfen ihres hölzernen Stocks auf dem Steinboden.

»Eure Verteidigung wird abgelehnt«, verkündete sie schlicht, und Achaeos erschauderte. Ju lief es kalt den Rücken hinunter. »Die Welt verändert sich nicht so schnell, und dieses neue Volk, diese Männer in Gelb und Schwarz, sind die Feinde unserer Feinde und haben uns bisher keinen Schaden zugefügt. Ihr seid zu Verbannung oder Tod verurteilt, es sei denn, Ihr lasst es über Euch ergehen.«

Achaeos wirkte wie versteinert. Ju hatte keine Ahnung, was die Frau meinte. *Lass es über dich ergehen*, drängte sie ihn im Stillen. *Verbannung oder Tod, was kann denn noch schlimmer sein?*

Die Frau streckte eine vor Alter krallenartig dünne Hand aus, vor der Achaeos zurückschreckte. Er glich einem in die Enge getriebenen Tier ohne Hoffnung und ohne Ausweg.

»Achaeos«, fuhr die Alte fort, und in ihrer Stimme schwang eine Spur Mitleid mit. »Wie Ihr wisst, sind wir nicht ungerecht. Wir geben Euch diese Gelegenheit, damit Ihr uns ohne Lug und Trug die Wahrheit Eurer Worte zeigen könnt. Andernfalls müssen wir uns fragen, was Ihr vor uns verheimlicht, und es bleibt bei dem Urteil des Advokaten.«

Ju konnte nicht länger an sich halten. »Lass sie doch!«, zischte sie, worauf ein empörtes Grunzen durch die Zuschauer lief. »Was immer es ist, lass sie es machen!«

Er warf ihr einen schuldbewussten Blick zu. Keine Furcht, nur schlechtes Gewissen.

Da glaubte sie zu verstehen, was er ihnen nicht zeigen konnte. »Dann lass es mich machen«, sagte sie, doch da füllten sich seine Züge mit blankem Entsetzen, und der ganze Saal sprang auf die Füße. Eine Woge der Missbilligung brandete über sie hinweg.

Doch sie ertrug es, wie es ihr Volk immer tat. »Was immer Ihr wollt, ich mache es. Ich kann Euch ganz genau zeigen, wie die Wespen sind, sogar besser als Achaeos oder irgendjemand sonst.«

»Achtet ihrer Worte nicht, denn es ist ihr nicht gestattet, hier die Stimme zu erheben«, mahnte die Advokatin in ihrem Rücken.

Jetzt war Ju entschlossen, die Frau zu schlagen. Schon machte sie zwei Schritte auf sie zu, als die alte Wahrsagerin sagte: »Welch Wunderkind?«

Die Männer und Frauen nahmen wieder Platz. Offenbar wurde ihnen bewusst, dass sie vor lauter Feindseligkeit etwas übersehen hatten. Selbst die Advokatin wirkte verunsichert.

»Komm her, Käferkind«, sagte die Wahrsagerin, und Ju drehte sich um und ging langsam auf sie zu. Aus den tiefen Falten ihres Gesichts funkelte die Wahrsagerin sie an, unerbittlich wie ein Stein. »Du würdest es also über dich ergehen lassen, nicht wahr? Was würdest du denn über dich ergehen lassen?«

»Was auch immer Ihr mit ihm machen wolltet«, antwortete Ju. »Eure Kunst oder Eure … was auch immer.«

»Keine Kunst, Käferkind. Allein durch Kunst kannst du den Geist nicht bloßlegen. Verstehst du?«

»Ich glaube schon.« Als sie vor der Wahrsagerin stand und versuchte, sich auf alles gefasst zu machen, stellte sie fest, dass die alte Frau nicht größer war als sie selbst. Eben noch war sie ihr riesig erschienen.

»Das könnt Ihr nicht tun«, warf ein anderer Wahrsager ein. »Sie ist der Feind.«

»Das hieße, unsere Macht zu missbrauchen«, pflichtete ein anderer bei. »Damit würden wir Leiden auf uns herabrufen.«

»Und doch …« Der Mann mit der Metallhaube, der als Erster gesprochen hatte, trat vor. Völlig unvermittelt packte er Jus Kinn und drehte ihr Gesicht in seine Richtung. »Was kann sie schon glauben? Was kann sie schon verstehen? In ihr steckt etwas, das über die Blindheit ihres Volkes hinausgeht. Ich spüre keine Furcht in ihr oder doch nur sehr wenig.«

Dieses »sehr wenig« erschien Ju allerdings ziemlich beachtlich. Nichtsdestotrotz blieb sie tapfer stehen und wartete ab. Die Wahrsager sahen sich an, und nach einer Weile sagte Ju: »Tut es. Bitte, tut, was immer ihr wollt … was immer ihr müsst.«

»Was bist du, Käferkind? Welchen Weg gehst du?«, fragte die alte Frau.

»Ich bin Studentin an der Großen Akademie«, gab Ju stolz zur Antwort.

»Einen solchen Fall kennen wir.« Die Alte nickte weise. »Zwar ist es seit Menschengedenken nicht mehr vorgekommen, aber wir wissen, dass solche Studenten, deren Geist aufgeschlossen war, einst auf der Suche nach Erkenntnis zu uns kamen. Ich werde sie untersuchen, und sollte uns dadurch Schaden entstehen, werde ich dafür geradestehen. Es ist mein Wille und meine eigene Sache.«

Obwohl sie dafür von einigen der Wahrsager missbilligende Blicke erntete, widersetzte sich ihr niemand.

»Denke an nichts«, sagte die alte Frau und legte Ju die kalte Hand auf die Stirn.

An nichts denken‽, begehrte Ju innerlich auf. *Niemand kann an nichts denken. Das geht einfach nicht …* Während sie von derlei abgelenkt war, drang die Motte in ihren Geist ein.

Ju wusste nicht, was sie erwartete. Womöglich eine kalte Macht, die nach ihrem Gehirn griff und wie Tentakel darin herumwühlte, bis sie fand, was sie suchte. Doch sie spürte nichts, außer …

Nach einer Weile war ihr, als vernähme sie am Rande ihres Hörvermögens ein Durcheinander von Stimmen. Aber alle diese Stimmen gehörten ihr …

Plötzlich wurde sie wieder in die Gegenwart gerissen. Die Wahrsagerin hatte die Hand von ihr genommen, und Ju hätte nicht zu sagen gewusst, wie viel Zeit vergangen war. Ihr war schwindelig, die feindseligen Gesichter verschwammen vor ihren Augen, und sie schwankte. Einen Moment später schlug sie mit den Knien auf den harten Steinboden. Dann lag sie auf der Seite und spürte, wie sich das Bergmassiv von Tharn wie ein Karussell um sie drehte. Endlich gelang es ihr, sich aufzurichten und sich nach den Wahrsagern umzuschauen.

Die alte Frau starrte sie mit düsterem Gesichtsausdruck an, und Ju glaubte schon, die eigenartige Prüfung nicht bestanden zu haben.

»Du warst im Wald von Darakyon«, erklärte die Wahrsagerin. »Dort hast du Dinge gesehen, die die Menschen deines Volkes noch nie gesehen haben. Dafür wird sich Achaeos verantworten müssen.«

Hilflos und mit schwerem Herzen sah Ju zu ihrem Mottengefährten hinüber. Der wirkte gefasst und schien abzuwarten.

»Du hast das Imperium der Wespen gesehen und erfahren, dass sie alles verschlingen, was ihnen in den Weg kommt. Dass sie keine Freunde haben und vor keinem Land Halt machen, denn sie glauben nur an Eroberung. Davon bist du überzeugt, doch was kümmert uns die Überzeugung eines Käferkindes?«

Sie war noch nicht fertig, wie Ju am Klang ihrer Stimme heraushörte.

»Dennoch hast du es gesehen und glaubst daran.«

Im ersten Augenblick dachte Ju, die Alte würde von den Wespen sprechen, aber es ging ihr um mehr. Durch die Zuschauer lief eine Welle des Entsetzens. Erst verstand Ju nicht, was gemeint war, doch dann …

Sie spricht von ihrer Zauberei. Aber die Tatsache, dass Achaeos sie mir gezeigt hat, kann doch nicht so schwerwiegend sein. Angesichts der Reaktion der Motten nahm sie an, dass dieser Umstand ihr Schicksal besiegelte.

In Wahrheit aber war er ihre Rettung.

»Achaeos, Ihr wart Eurem Volk nicht treu, und wir heißen nicht gut, was Ihr getan habt. Allerdings habt Ihr die Verbannung nicht verdient, noch nicht jedenfalls«, sagte die Wahrsagerin. »Wider besseres Wissen und gegen unsere Interessen habt Ihr etwas gefunden, das sich zu studieren lohnt. Die Anklage wird vorläufig ausgesetzt.«

Vor Erleichterung sackte er sichtlich zusammen, und an jedem anderen Ort wäre Ju zu ihm gegangen, um ihn aufzumuntern. Aber der Blick der Wahrsagerin hielt sie gefangen.

»Was ist mit den Wespen?«, fragte sie.

»Ihr seid spät dran«, erwiderte die Alte. »Sie haben bereits ihre Unterhändler zu uns geschickt und uns ihre Pläne in Bezug auf den Hasswürdigen Feind erklärt. Darüber haben wir mit ihnen verhandelt. Sie mögen zwar ein übles Volk sein, nichtsdestotrotz könnten sie uns nutzen.«

»Aber …«, begann Ju hilflos.

»Nun hast du zu uns gesprochen, und wir müssen uns erneut beraten«, sagte die Wahrsagerin. »Wir werden nachdenken und den Weg wählen, den wir beschreiten wollen, und wir werden die Omen befragen. Ihr hingegen werdet unsere Entscheidung abwarten.«

Und wie auf ein Zeichen wandten sich die Wahrsager um und verschwanden in der Dunkelheit, aus der sie gekommen waren. Rings um sie breiteten die Motten eine nach der anderen die Flügel aus und schwangen sich in die Luft, so dass sie im Licht der Lampen wild flackernde Schatten auf den Boden warfen und nur noch die Fangschreckenkrieger übrig blieben. Da erst fasste Achaeos sie am Ärmel und zog sie hinaus.

Man hatte Ju in ein Zimmer geführt, und sie vermutete, dass man in diesem Teil Tharns üblicherweise Gäste beherbergte. Eine Wand war reich mit Reliefs geschmückt, die ineinander geschlungene Bäume darstellten und einen offenen Durchgang einrahmten. Der Balkon auf der anderen Seite war nur mit einer niedrigen Leiste begrenzt, weshalb sie sich dort überhaupt nicht sicher fühlte.

Obwohl das Sonnenlicht ihr einen unruhigen, wenig erholsamen Schlaf beschert hatte, war sie dankbar dafür. Das Leben der Motten lief ihren eigenen Gepflogenheiten zuwider, und sie konnte sich einfach nicht daran gewöhnen. Jetzt aber warf die Sonne die Umrisse der Berge als Schatten auf das vor ihr ausgebreitete Land, als würde die Dämmerung aus dem Reich der Motten auf die Welt herabfließen. Die ohnehin kalte Luft wurde allmählich schneidend. Trotzdem trugen die Motten, Erwachsene wie Kinder, lediglich Sandalen und dünne Kleider. Offenbar waren sie die Kälte von Geburt an gewöhnt.

Ju saß neben dem Feuer auf einem Teppich aus weicher Wolle, die laut Achaeos aus Mottenfell gewonnen wurde. Sie versuchte sich vorzustellen, mit welchem feierlichen Ernst diese Leute die gigantischen Insekten schoren. Immerhin musste sie bei dem Gedanken lächeln.

Kein einziges Wort war bisher von den Wahrsagern zu ihr gedrungen, und Achaeos hatte sie nur selten gesehen. Zögerlich und verlegen hatte er ihr gedankt, als man sie hierhergebracht hatte. Ihr war nicht bewusst gewesen, wie zerrüttet er tatsächlich gewesen war, nachdem er bei seiner Rückkehr nicht als Held, sondern als Verbrecher und Verräter behandelt worden war.

Er hatte sie allein gelassen, damit sie schlafen konnte. Aber nun war sie schon seit einigen Stunden wach, und es gab immer noch keine Spur von ihm. Stattdessen sah sie hin und wieder einen Bediensteten, eine Fangschrecke oder sogar eine Spinne. An die Stelle der offenen Feindseligkeit war eine seltsame Zurückhaltung getreten. Sie wussten nicht, was sie von ihr halten sollten, doch immerhin hatte sie eine entscheidende Prüfung bestanden, so dass sie nicht länger zum Hasswürdigen Feind gehörte. Weder die Motten noch sie selbst wussten, wer oder was sie war.

Mitten in diesen Gedanken hinein hörte sie vom Balkon her ein Flattern, und als sie aufblickte, sah sie Achaeos, an dessen Umhang und Kapuze der Wind zerrte. Sie sprang auf und wollte zu ihm laufen, besann sich auf halbem Wege jedoch eines Besseren und blieb in der Balkontür stehen.

»Wo warst du? Hast du irgendwelche Neuigkeiten gehört?«

»Die Wahrsager beraten sich noch«, sagte er. »Das heißt, falls sie fertig sind, habe ich nichts davon mitbekommen. Aber ich habe mich mit sehr vielen Leuten unterhalten. Einige sind auf mich zugekommen, weil sie den Wespen nicht trauen und bereit wären, Pfeil und Bogen gegen sie in die Hand zu nehmen. Andere wiederum, und die sind leider in der Mehrzahl, heißen die Entscheidung der Wahrsager in meinem Fall nicht gut. Ich habe versucht, mit meinen Leuten zu reden, die Gemüter zu beruhigen und Risse zu flicken.« Er lächelte zaghaft.

»Hast du Feinde? Wer ist diese Frau?«, fragte Ju. »Was hast du ihr getan, dass sie dich so hasst?«

Er begriff nicht, wen sie meinte, deshalb setzte sie hinzu: »Die Advokatin oder wer auch immer sie ist.«

Da beeilte er sich, sie aufzuklären: »Das ist nichts Persönliches. Ich kenne sie von weitem, aber wir hatten nie miteinander zu tun. Sie füllt nur eine Rolle aus, die jemand einnehmen muss. Das habe ich selbst auch schon getan. Der Advokat muss anklagen und seine Anschuldigungen so aggressiv wie möglich vortragen, denn vom Angeklagten wird erwartet, dass er den Anschuldigungen mit der Wahrheit standhält. Da ich nicht darauf vorbereitet war, ist mir das nicht gelungen.«

»Aber sie wollten mit dir machen, was sie mit mir gemacht haben. Haben sie wirklich meine Gedanken gelesen?« Krampfhaft klammerte sie sich an ihr rationales Erbe, doch unter diesen eigenartigen Menschen fiel es ihr leicht, hinter jeder Biegung Zauberei zu vermuten.

»Ja, das haben sie getan. Gemäß unserem Recht ist dies das letzte Mittel der Verteidigung. Denn die Wahrsager sehen die Wahrheit.« Er wich ihrem Blick aus. »Meine Absichten sind nicht so lauter, wie ich vorgegeben habe. Wenn sie das herausgefunden hätten … hätten sie mich verstoßen. Es kann gut sein, dass sie es noch tun. Mein eigenes Volk. Mir ist klar, dass ich weiter gegangen bin, als sie erwartet haben, aber …« Er ging zum Feuer hinüber und setzte sich auf den Teppich. »Im Grunde haben sie Recht. Ich habe zu lange unter Fremden gelebt. Dadurch ändert sich die Sicht der Dinge.«

»Es tut mir leid, wenn ich …«

»Dir tut es leid? Du hast mir das Leben gerettet. Und nicht nur das, du hast mehr getan, um sie umzustimmen, als ich je hätte tun können. Und vielleicht ist eine neue Sicht der Dinge gar nicht so schlecht.« Mit einer unbeholfenen Geste lud er sie ein, sich zu ihm zu setzen. Ihn dabei zu erleben, wie er etwas unbeholfen tat, war befremdlich. Normalerweise besaßen die alten Völker, deren Geschichten in den Büchern bereits verblassten, etwas Elegantes. Auch wenn die Ameisen die Kriegsherren der Tieflande waren, konnte keine von ihnen fechten wie eine Fangschrecke. Käfer mochten noch so viel feilschen, verhandeln und Verträge schließen – gegen die in Jahrhunderten diplomatischer Spitzfindigkeiten geübten Spinnen waren sie nur schäbige Hausierer. Und auch die Liebe ihres Volkes zum Lernen und zum Wissen, wegen der sie in Collegium den weltgrößten Hort der Wissenschaften errichtet hatten, verblasste angesichts der tieferen Erkenntnisse der Motten, die diese Stadt förmlich atmete.

Und jetzt fand sie sich Achaeos gegenüber, einem Krieger, Gelehrten, Zauberer – wenn sie das glauben sollte – und Retter. Seit sie ihm damals im Stall begegnet war, seinem verzweifelten, verletzten Stolz, hatte sie ihn romantisch verklärt, und als er ihr unzählige gefahrvolle Meilen nachgereist war, war das leuchtende Bild, das sie sich in schulmädchenhafter Schwärmerei von ihm gemacht hatte, Wirklichkeit geworden. Doch jetzt war er ebenso verwirrt wie sie, stand vor genauso vielen Rätseln wie sie und sah sich einer Welt gegenüber, die größer war, als er gedacht hatte.

»Wir zwei tauschen unsere Schulden«, sagte er leise. »Du hilfst mir, ich helfe dir. Und jetzt habe ich dich hierhergebracht – ich Narr –, wo unser beider Leben an einem dünnen Spinnfaden hängt. Und selbst hier, in meiner Heimatstadt, rettest du mich.«

»Lass uns keine Schulden aufrechnen«, erwiderte sie. »Dafür … kennen wir uns zu gut.« Noch während sie es aussprach, kamen ihr Zweifel.

»Ich kann dir bei etwas behilflich sein. Vielleicht kommt nichts dabei heraus, aber du meintest doch, dass du mit der Kunst der Ahnen nicht recht vorankommst.«

»Das ist kein Geheimnis«, gab sie zu. »Ich glaube, ich bin nicht die Einzige, der es so geht.«

»Natürlich nicht, aber einer unter Tausend fällt bei euch nicht auf. Bei uns zählt jeder Einzelne, denn wir sind weniger zahlreich, als du ahnst. Und wir besitzen Mittel, wie man die Meditation unterstützen und den Geist in den rechten Zustand versetzen kann.«

»Ist das dein Ernst?« Sie sah ihn mit großen Augen an. »Wenn du meinst, dass auch nur die geringste Chance besteht, dass es mir helfen könnte, würde ich es sofort tun, ganz gleich, was es ist. Bitte, Achaeos, du kannst dir nicht vorstellen, wie lange ich …«

Er nickte. »Setz dich mit dem Gesicht zum Feuer. Du kannst die Augen schließen oder in die Flammen schauen, was dir lieber ist.«

Sie kam der Aufforderung nach und schloss die Augen. Durch die Lider spürte sie das Tanzen des Feuers, doch es war weniger das Licht, das durch ihre Haut drang, als die Wärme. »Und jetzt?«

»Nichts. Entspann dich und lass die Gedanken schweifen … wohin sie wollen …« Er klang unsicher. Sie hielt die Augen geschlossen.

Als er die Hände auf ihre Schultern legte, zuckte sie zusammen. Offenbar kniete er hinter ihr. Sie versuchte, ruhig zu atmen, und wandte alle Tricks an, die ihre Meditationslehrer ihr je beigebracht hatten, um ihren Geist aus dem Hier und Jetzt zu lösen.

Seine Finger wanderten über ihre Schulter, und während die Daumen auf ihren Schulterblättern ruhten, gruben sich die anderen durch den Stoff ihrer Robe hindurch in ihre Muskeln und kneteten sie sanft. Sie erzitterte, und all ihre Konzentration war dahin. Seine Hände schienen sie festzuhalten wie die Flügelschellen, die die Wespen Salma angelegt hatten. Eigentlich wollte sie ihm sagen, dass es nichts nützte, doch er schien eine eigenartige Ruhe in ihre Muskeln hineinzukneten, während seine Finger ihren Nacken ausspionierten und sich die Wirbelsäule hinabarbeiteten. Seine Bewegungen waren so unendlich behutsam und angenehm wie die eines Erfinders, der eine Maschine auseinanderbaut – nur, dass sie nun die Maschine war.

Allerdings war der Mynaner Stoff ihrer Kleidung rau und kratzte auf ihrem Rücken, wenn er daran rieb. Als seine Finger zwischen Hals und Kragen fuhren und einen Weg zu ihren Schultern suchten, schnappte sie erschrocken nach Luft. Erst jetzt begriff sie, wie das normalerweise gemacht wurde, und bevor sie die Nerven verlieren konnte, schnappte sie kurzerhand den Saum ihrer Robe. Obwohl sich ihre Arme eigenartig bleiern anfühlten, zerrte sie den Stoff nach oben, bis ihr Kopf darin eingehüllt war. Achaeos hielt kurz inne, bevor seine Finger über ihren nackten Rücken fuhren. So verblüfft sie von ihrem Wagemut war, wusste sie doch, dass es so richtig war.

Er zog ihr das Kleidungsstück vollends über den Kopf, befreite sie von den Ärmeln und warf es hinter sich. Augenblicklich schlug ihr die kalte Luft gegen Bauch und Brüste, gefolgt von einem Hitzeschwall von den Flammen. Ihr Rücken dagegen fühlte sich taub, aber angenehm warm an.

Erneut legte er die Hände auf ihre entblößten Schultern, worauf sie laut nach Luft schnappte. Achaeos' Hände begannen ihr Werk wieder von vorn und kneteten mit langsamen und behutsamen Bewegungen ihre Muskeln. Alle Verkrampfungen und Knoten, die sie seit Myna mit sich herumtrug, lösten sich. Mit unendlicher Sorgfalt walkte er ihre Schultern und Flanken durch. Wie sollte sie nur meditieren, wenn sie an nichts anderes als an seine Hände denken konnte? Es waren feingliedrige Hände, aber sie besaßen die Kraft eines Bogenschützen. Langsam kneteten sie sich in ihre Gedanken. Ihr Körper war losgelöst und fern von ihr, während er ihr ganz nah war. So konnte sie sich unmöglich konzentrieren.

»Leg dich hin«, flüsterte er ihr ins Ohr, und sie streckte sich auf dem Teppich aus, so dass sich die weiche Wolle gegen ihre Wange schmiegte. Ohne die Hände von ihr zu nehmen, setzte er sich rittlings auf ihre Hüften und fuhr mit der Massage, die sie benommen machte, in der Taille fort. Jetzt dachte sie gar nicht mehr daran, sich zu konzentrieren, sondern lag einfach nur mit geschlossenen Augen da, ließ sich von seinen knetenden Fingern hinwegtragen bis an den Rand des Bewusstseins.

Allmählich spürte sie im verschwommenen Dämmerlicht eine weitere Wesenheit, jenseits der Wände oder auf der anderen Seite des Feuers – etwas Überwältigendes und Gestaltloses, das über ihr Fassungsvermögen hinausging. Aber dieses Etwas kannte sie und liebte sie, wie es jedes seiner Kinder liebte.

Erneut fühlte sie seine Hände auf ihren Schultern zittern. Und dann spürte sie seinen Atem im Nacken, seine Lippen berührten ihre Ohren, und er küsste sie auf die Wange. In die Tiefe ihrer Benommenheit drang seine Stimme: »Ich verliere mich in dir. Ich ertrinke in dir. Hilf mir.«

Träge, jede Bewegung, jede Berührung auskostend, drehte sie sich auf den Rücken. Vor freudiger Erregung schnappte er laut nach Luft. Schließlich schlug sie die Augen auf, und in dem leeren Weiß seines Blicks erkannte sie dasselbe schmachtende Verlangen, das sie selbst empfand.

Sie zerrte an seinen Kleidern und zog sie ihm herunter, so dass sie erneut seine hagere Gestalt mit der schicksalhaften, fast völlig verheilten Wunde an der Seite erblickte. Langsam fuhr sie die Narbe mit dem Finger nach und beobachtete, wie ihn ein Zittern durchfuhr. Er mochte wohl ein Zauberer sein, aber in diesem Moment ließ sie sich auf einer Welle treiben, die der Herzschlag der Welt war, und dabei riss sie ihn, der ihr hilflos ausgeliefert war, mit sich fort.

»Achaeos«, hauchte sie. Immer noch trieb sie betäubt im Meer seiner Berührungen, seines Zaubers. Sie war von einer solchen Liebe zu ihm erfüllt, dass ihr Tränen über die Wangen liefen, die seine Lippen wegküssten. Sie zog ihn herab zu ihren Brüsten und verlor sich im Universum und in ihm.

Als es bereits auf die Morgendämmerung zuging, erwachte sie und fand ihn immer noch schlafend neben sich. Einen Arm hatte er um sie geschlungen, als fürchte er, sie könne verschwinden.

Sacht löste sie sich von ihm und zog sich an. Obwohl von dem Feuer nur noch glühende Asche übrig war, spürte sie die Kälte der Nacht nicht.

So ging sie auf den Balkon, breitete die Flügel aus und flog.

Sechzehn

Die dreizehn Magnaten, die Helleron regierten, brachten ihm nur wenig Wohlwollen entgegen. Hätte keiner von ihnen Stenwold gekannt und er wäre mit seinen apokalyptischen Schreckensbotschaften vor sie getreten, hätten sie ihn auf die Straße werfen oder einsperren lassen. Einer der beiden Stadtratsmitglieder, die ihm noch einen Gefallen schuldeten, behauptete sogar, noch nie etwas von einem Stenwold Werker gehört zu haben, und weigerte sich, ihn anzuhören.

Es blieb also nur noch eine ehrliche Seele unter den Magnaten dieser Stadt, auch wenn es Stenwold viel Zeit und Kraft kostete, an seinen Lakaien und Untergebenen vorbeizugelangen. Der Mann, auf den er nun all seine Hoffnungen setzte, hieß Grünweis Architeck. Zwar deutete der Nachname darauf hin, dass seine Vorfahren einst mit dem Entwerfen von Gebäuden ihr Geld verdient hatten, er selbst aber schöpfte seinen Reichtum aus dem Umstand, dass er welche besaß. Zehntageweise vermietete er seine Häuser an diejenigen, die in Scharen nach Helleron strömten und hier ihr Glück machen wollten. In den Armenvierteln gehörten der Familie Architeck ganze

Häuserblocks und Straßenzüge. Die Art seines Broterwerbs sprach nicht dafür, Meister Grünweis sonderlich viel Vertrauen zu schenken, doch Stenwold hatte keine andere Wahl. Immerhin erklärte sich der Magnat bereit, sich mit ihm zu unterhalten.

Sie trafen sich in einem Schokoladensalon drei Straßen von den Stadtratskammern entfernt. Stenwold hatte schon gehört, dass dies der letzte Schrei unter den Reichsten der Reichen war: Der Mann von Stand zeichnete sich dadurch aus, dass er Schokolade trank, die für teures Geld aus den Spinnenreichen eingeführt wurde. Klugerweise ließ Stenwold sie auf Architecks Rechnung setzen.

Meister Grünweis war nur ein paar Jahre älter als Stenwold. Seine schlankeren Hüften verdankte er einem Korsett, das vollere Haar einer Perücke. Als sie sich zum ersten Mal begegnet waren, hatte sich der damals noch junge Grünweis die Haare grau gefärbt und Falten schminken lassen, denn seinerzeit war es schick gewesen, abgeklärt und altersweise auszusehen. Jetzt, da er tatsächlich so alt war, hatten sich die Geschmäcker geändert, und er täuschte Jugend vor. Er war sogar noch auffälliger ausstaffiert, als Stenwold es in Erinnerung hatte. Ein roter, golddurchwirkter Brokatmantel wallte an ihm herab, während der aus seltenen Metallen geschmiedete Griff seines Schwerts vor kostbaren Edelsteinen nur so funkelte. Bestimmt hatte er die Waffe noch nie aus der Scheide gezogen, schließlich hatte er bezahlte Männer, die das für ihn erledigten. Drei mit Streitkolben und Armbrüsten ausgerüstete Schläger aus dem Käfervolk hielten sich in einigem Abstand neben dem Eingang des Schokoladensalons auf. Unter den langen Mänteln seiner Leibwächter blinkten Kettenpanzer hervor.

Lediglich der Gesichtsausdruck hatte sich nicht geändert, und er war der Grund, weshalb sich Stenwold ursprünglich an Grünweis gewandt hatte und weshalb er auch jetzt wieder zu ihm kam. In seinen Zügen lagen ein Anflug von sarkastischem Humor und ein der Welt überdrüssiger Zynismus. Beides sprach für Ehrlichkeit.

»Du bist ein Störenfried, Sten«, grummelte der Magnat. »Jedes Mal, wenn du in der Stadt bist, finden wir Leichen in den Straßen. Man könnte fast meinen, du verdienst dein Geld als Assassine oder, in unserem Alter, als Vermittler für Meuchelmörder. Habe ich Recht?«

»Schwerlich.«

»Schade. Ist nämlich kein Fehler, wenn man solche Leute kennt. Heutzutage kann man froh sein, wenn man einen Meuchler hat, dem man vertrauen kann.«

Kurz erschien vor Stenwolds geistigem Auge das Bild Tisamons, aber er verwarf es sogleich wieder. »Ich bin nichts weiter als ein besorgter Bürger, Grün.«

»Aber ein Bürger Collegiums«, stellte Grünweis fest.

»Doch wenn Helleron leidet, wo bleibt dann Collegium? Und umgekehrt! Denk daran, dass wir die Dinge entwerfen, mit denen ihr eure Gewinne erzielt. Jedes neue Gerät, jeder Fortschritt in der Metallverarbeitung, jeder begabte Technologe oder Bergbaumechaniker aus Collegium gelangt früher oder später nach Helleron. Und da ich die Abrechnungen der Großen Akademie gesehen habe, weiß ich, dass die Magnaten von Helleron uns reichlich unterstützen. Glaub nur nicht, dass ich dort nicht auch deinen Namen gelesen habe.«

»Nicht so laut. Wenn herauskommt, dass ich wohltätig bin, bin ich ruiniert.« Grünweis zuckte mit den Schultern. »Du hast um eine Unterredung gebeten, und hier bin ich, Sten, da du mir in der Vergangenheit gute Dienste erwiesen hast. Was kann ich für dich tun, vorausgesetzt, es schadet nicht allzu sehr meinen eigenen Interessen?«

So knapp wie möglich erklärte Stenwold ihm die Absichten der Wespen und erzählte ihm von ihrer Vision, nach der sie in jeder Stadt der Tieflande ihre Soldaten stationieren und ihre gelb-schwarzen Fahnen hissen wollten. »Und jetzt stehen sie vor eurer Tür«, schloss er. »Und sie mögen noch so viel über Frieden und Gewinne sprechen, sie meinen es nicht so.«

Grünweis nickte. »Ich bin froh, dass du damit zu mir gekommen bist, denn ich bin deiner Meinung. Hättest du dies dem Rat erzählt, würdest du jetzt am Grunde eines Minenschachts liegen. Kürzlich haben die Wespen den Stahlvertrag noch einmal neu verhandelt. Was bedeutet, dass ihre Gesandten dem Rat einen völlig neuen Vertrag vorgelegt haben, den wir alle mit breitem, gezwungenem Lächeln unterschrieben haben. Natürlich haben sie darin ihr hochheiliges Versprechen, die Tieflande niemals mit kriegerischen Absichten oder bewaffneten Truppen zu betreten, noch einmal bekräftigt.«

»Aber wie passt das damit zusammen, dass sie mit einer Armee auf Tark zumarschieren?«, wollte Stenwold wissen.

»Tja«, sagte Grünweis trocken. »Dir ist doch sicher bekannt, dass Tark keine Stadt der Tieflande ist, oder?«

»Seit wann?«

»Seit diesem neuen Vertrag und der auf Seite sechsunddreißig abgebildeten Karte. Sieht so aus, als hätten diese verlogenen Ameisen die ganze Zeit über nur behauptet, sie seien Tiefländer, wo sie in Wahrheit doch zur Sandschere oder den Spinnenreichen oder sonst wohin gehörten. Stell dir nur mal diese Frechheit vor!« Grünweis' Gesichtsausdruck blieb vollkommen ernst. »Diesen ehrlosen Schwindlern geschieht es nur recht, dass die Wespen ihnen eins auf die Mütze geben.«

»Also hat der Rat die Tarkesen einfach mit einer Unterschrift aus den Tieflanden geworfen?«

»Mit dem bereits erwähnten Lächeln. Denn alle haben nur noch an all die Schwerter, Automotiven, Sprengstoffe und Flugmaschinen gedacht, die wir ihnen verkauft haben. Was, wenn sie womöglich fehlerhaft sind und die Wespen sie zum Umtauschen zurückbringen – mit den Spitzen und Mündungen auf uns gerichtet?«

Stenwold nickte düster. »Wie lange noch, bis sie es so oder so tun? Haben die Magnaten wenigstens schon einmal darüber geredet, eine Armee auszuheben oder Verteidigungsanlagen zu errichten?«

»Das wurde einmal erwähnt«, räumte Grünweis ein. »Doch vor allem wurde eine Befürchtung ausgesprochen: Wenn wir anfangen würden, mit den Säbeln zu rasseln und Belagerungsmaschinen zu bauen, würde sich das Imperium vielleicht wundern, weshalb wir ihnen die Waren nicht verkaufen und lieber für uns behalten. Und das könnte Ärger geben. Und außerdem: Weißt du eigentlich, was nach Meinung meiner Ratskollegen das Hauptausfuhrgut des Imperiums ist? Geld. Davon sind sie überzeugt, weil die Wespen in letzter Zeit so viel davon ausgegeben haben. Freilich waren alle mächtig entsetzt, aber sowohl Entsetzen als auch gesunder Menschenverstand lösen sich in einer hohen Konzentration Geldes auf wie in Säure.«

»Den Wespen fällt es auch nicht schwer, das auszugeben, was sie anderen geraubt haben.«

»Tja, in dieser Stadt ist gestohlenes Geld so viel wert wie ehrlich verdientes.« Tief in Gedanken nippte Grünweis an seiner Schokolade. »Verlangst du etwa, dass Helleron ihr Geld ausschlägt? Helleron nimmt von jedem Geld an, und sobald es damit aufhört, macht es sich Feinde. Wir haben uns nie auf eine Seite gestellt und werden es auch nie tun. So sind wir reich geworden – indem wir anderer Leute Kriege geschürt, aber niemals selbst an einem teilgenommen haben.« Er schüttelte den Kopf. »Ach, als wir beide noch jung waren, konnte ich mich über die reichen Alten lustig machen, die so handelten. Jetzt bin ich selbst ein alter reicher Sack, Sten, und das Geschäft ist gnadenlos. Vor zwei Jahren bin ich nach Norden gereist, wusstest du das? In den einstigen Bund, den ich nie gesehen habe, als es ihn noch gab. Jetzt haben sich deine gelb-schwarzen Jungs darüber hergemacht, und ich weiß, dass du Recht hast, Sten. Aber niemand würde mir glauben – und dir schon gar nicht. Und wenn ich die Klappe nicht halten würde, würden bald meine Häuser brennen, meine Bediensteten angegriffen werden oder Schlimmeres.«

»Würden die Wespen tatsächlich so offen vorgehen?«

Grünweis lächelte ihn mitleidig an. »Wieso sollten sie das tun, wo es meine gierigen Kollegen doch eifrig und aus eigenem Antrieb heraus erledigen würden?«

»Ah, ich verstehe.«

»Es tut mir leid, Sten. Bevor die Wespen nicht anfangen, die Stadt zu plündern, wird niemand es sehen wollen. Und dann müssten sie schon ein besseres Stadtviertel plündern, damit es überhaupt jemanden kümmert. Bis dahin sitzen die Wespen eben mit uns herum und geben ihr Geld aus. Wenn sie uns Ärger machen wollten, hätten sie das schon lange tun können. Allerdings weiß ich, dass sie … warten, Sten. Irgendwann wird etwas passieren, keine Ahnung, was. Und dann werden sie ausschwärmen, aber bis dahin sind sie unsere besten Freunde und Kunden.«

»Aber was glaubst du, auf was sie warten?«

»Manche behaupten, sie hätten es erneut auf den Bund abgesehen, aber wie ich dir schon gesagt habe, haben sie sich dort bereits gut eingenistet. Sie hätten es also nicht nötig, Helleron als Aufmarschgebiet zu nutzen. Andere meinen, sie würden sich nach Süden wenden, die Spinnenreiche belästigen oder Tark. Oder gar in die Sandschere einfallen. Überallhin, nur nicht hierher. Diese Mentalität ist dir ja bekannt.«

»Durchaus.« *Aber mir fehlt noch immer ein Hinweis.* Hier, wo die Reichen und Mächtigen ihrem Genuss frönten, kam sich Stenwold hilflos und eingeengt vor. Irgendetwas entging ihm, und er hatte das Gefühl, als liefe ihm die Zeit davon, als würde sich der Zeiger schon auf das Ende zubewegen. Er erhob sich. »Danke, dass du wenigstens mit mir gesprochen hast.«

Wieder zuckte Grünweis mit den Schultern. Das tat er häufig, und diese Geste schien neuerdings charakteristisch für ihn zu sein. Früher war das nicht so auffällig gewesen. »Viel Glück, Sten, und noch eine Sache …«

»Ja?« Plötzlich lag Spannung in der Luft, und Stenwold behielt die Hand nahe am Schwertgriff.

»Man hat uns auf dem Weg hierher verfolgt. Also pass auf dich auf, wenn du gehst.«

Mit Grünweis' Warnung im Kopf verließ Stenwold den Schokoladensalon und sah sich vorsichtig um. Zunächst gab es keine Anzeichen von Gefahr, denn dies war eine reiche Gegend, in der überall private Wachleute und Milizen herumstanden. Dann entdeckte er auf der anderen Straßenseite Wespenaugen, die ihn anblickten. Der Mann bemühte sich gar nicht erst um Heimlichkeit. Er war vielleicht ein wenig jünger als Stenwold, trug einen gestreiften Uniformrock, war aber nicht bewaffnet. Sobald Stenwold ihn entdeckt hatte, kam er lächelnd auf ihn zu, als hätte er einen Freund getroffen.

Stenwold erinnerte sich, den Mann schon einmal gesehen zu haben, aber er konnte ihn nicht einordnen – erst als der Uniformierte seinen Namen nannte, fiel es Stenwold wieder ein.

»Meister Stenwold Werker von der Großen Akademie?«, sagte der Wespenmann und blieb außerhalb der Reichweite von Stenwolds Schwert stehen. »Ich wünsche einen schönen Tag. Gestatten, ich bin Kapitän Thalric von der kaiserlichen Armee.«

»Stimmt, jetzt erinnere ich mich.« Als er den Namen hörte, fiel ihm ein, dass er diesen Mann in Collegium in den Räumen der Versammlung schon einmal gesehen hatte. Damals hatte er neben diesem geleckten Diplomaten gestanden, als wäre er ihm untergeordnet. Stenwold hatte ihn allerdings durchschaut. »Ihr seid derjenige, der meine Nichte versklavt hat.«

Darüber musste Thalric grinsen, und in Stenwold stieg eine ungeheure Wut hoch. *Beherrsche dich. Normalerweise sind sie diejenigen, die ihren Jähzorn nicht unter Kontrolle haben.* Wer hier einen Kampf begann, für den würde er übel ausgehen.

»Streng genommen war sie keine Sklavin, sondern eine Kriegsgefangene. Eine ertappte Spionin, wenn Ihr so wollt. Wenn ich recht informiert bin, habt Ihr sie in diesen Beruf eingeführt.« Obwohl der Wespenmann freundlich sprach, wollte er doch eine Reaktion aus Stenwold herauskitzeln.

»Was wollt Ihr, Kapitän? Wollt ihr mich etwa bestechen? Mir ein Rangabzeichen anbieten, damit ich Eurem Imperium diene?«

»Was hätte das für einen Sinn? Ihr würdet doch nicht akzeptieren«, entgegnete Thalric lächelnd, doch dieses Lächeln war eine vielschichtige Sache. Sowohl Spott als auch Melancholie lagen darin. Stenwold hatte das seltsame Gefühl, als wolle ihm dieser Mann noch mehr sagen, wagte es aber aufgrund seines Pflichtbewusstseins nicht.

»Falls Ihr Leute in der Nähe habt, die mich erledigen sollen, dann ruft sie besser her, Kapitän«, sagte Stenwold mit der Hand am Schwertgriff. Ständig wurden sie von den vorübereilenden Menschen angerempelt. Würde ihm ein einzelner Meuchler im Vorbeigehen eine Klinge zwischen die Rippen stoßen? Stenwold machte sich auf alles gefasst, als wäre er Tisamon oder irgendein anderer, der mit dem Tod sein Geld verdiente.

Thalrics Lächeln wurde frostig. »All die Jahre sind Eure Worte auf taube Ohren gestoßen, Meister Werker. Von meinen Leuten weiß ich, dass Ihr Eure Geschichte über zehn Jahre lang in der Versammlung verkündet habt, und als Lohn für Eure ganzen Mühen hat man Euch als Spinner abgetan. Sollten sie allerdings Eure Leiche entdecken, würde das Bände sprechen und sie sehr stark an die Worte und Warnungen erinnern, die Ihr zu Lebzeiten gepredigt habt. Nein, ich bin nicht wegen solcher bösen

Absichten hier, Meister Werker. Ich wollte Euch lediglich gegenüberstehen, mit Euch reden. Wir waren schon Feinde, als wir noch gar nichts voneinander wussten. Und jetzt ist das Spiel beinahe vorbei. Nur noch ein paar Tage, dann wird die Welt ganz anders aussehen. Und dann werde ich wahrscheinlich keine Gelegenheit mehr haben, meinen Gegner zu sehen.«

»Ich dachte immer, Wespenoffiziere müssten persönlichen Wünschen entsagen«, sagte Stenwold ahnungslos. Zu seinem Erstaunen verzog Thalric das Gesicht. Er hatte einen Nerv getroffen.

»Das müssen sie auch.« Thalric wich seinem Blick aus. »Wenn sie nicht in Ungnade fallen wollen. Würdet Ihr etwas mit mir trinken, Meister Werker?«

»Was?«

»Nur ein Glas. Ohne Gift, versprochen. Wobei mir zu Ohren gekommen ist, dass Käfer gar nicht so leicht zu vergiften sind.«

»Ihr wollt … etwas mit mir trinken?«

Thalric erwiderte seinen Blick, sagte aber nichts, sondern wartete. Schließlich erklärte sich Stenwold aus reiner Neugier einverstanden.

Stenwold suchte das Lokal aus. Es lag nur vier Straßen von dem Schokoladensalon entfernt, hatte aber einen völlig anderen Charakter, denn in diese Lasterhöhle kamen reiche Gecken, um ihr Geld zu verprassen. Während auf der Bühne eine Spinnenfrau tanzte und sich dabei mit gelangweilten und routinierten Bewegungen auszog, teilten sich Thalric und Stenwold einen Krug Fortawasser, so scharf und sauer, dass ihnen die Augen brannten.

»Ich werde Euch keinen Vortrag über die Überlegenheit des Imperiums halten«, versprach Thalric. »In dieses Horn habe ich schon oft genug gestoßen.«

»Und schätzt Ihr seinen Klang immer noch?«

Der Wespenmann lachte auf. »Ihr versucht doch wohl nicht, mich für Eure Sache zu rekrutieren, oder? Meister Werker, anscheinend will niemand verstehen, dass ich nur eine einzige Liebe kenne, und das ist die zum Imperium.« Dieses »niemand« weckte in Stenwold den Verdacht, dass er damit auch seine eigenen Leute meinte, und da fiel ihm ein, was Kymene über Kämpfe unter den Wespen in Myna erzählt hatte. »Nein, ich wollte Euch nur einmal kennenlernen, um Euch einschätzen zu können, so wie Ihr es ohne Zweifel mit mir macht.«

»Ihr erstaunt mich. Für eine Wespe seid Ihr außergewöhnlich.«

»Ich versuche, alles andere als außergewöhnlich zu sein. Vielleicht bin ich es gerade deshalb.« Ohne mit der Wimper zu zucken, leerte Thalric seinen Becher und schenkte sich erneut ein. »Eure Nichte ist eine bemerkenswerte Frau.«

»Sie hat erzählt, dass Ihr sie foltern wolltet.«

»Und?« Thalric zog eine Augenbraue nach oben.

»Und ich kann zwischen den Zeilen lesen. Ihr hättet es tun können. Und Ihr hättet es wahrscheinlich auch gemacht, wenn sie nicht befreit worden wäre.«

»Irgendwann hätte ich es tun müssen.«

Stenwold runzelte die Stirn. »Ihr seid nicht glücklich, Kapitän.«

»Ihr auch nicht, Meister Werker. Auch wenn ich Euch eben erst getroffen habe, so habe ich doch sehr viel über Euch gelesen. Ihr seid Akademielehrmeister, Erfinder, Reisender – doch was hat Euch dazu gebracht, diesen erbärmlichen Beruf auszuüben?«

»Ihr meint *Euren* Beruf.«

»Genau das.«

Jetzt war es an Stenwold, ein schiefes Lächeln zu zeigen. »Ihr habt mich dazu gebracht – vielleicht nicht gerade höchstpersönlich, aber es war Euer Imperium. Ich war in Myna, als Ihr es erobert habt. Damals habe ich begriffen, wie die Zukunft aussehen würde.«

»Die Gefahr des Ehrgeizes ist, dass man sich Feinde macht«, stellte Thalric fest. »Hilft es Euch, wenn ich Euch sage, dass ich an der Eroberung beteiligt war? Freilich war ich seinerzeit viel jünger.«

»Das waren wir alle, Kapitän Thalric. Aber Ihr seid nicht wegen Helleron hier.«

»Nicht? Falls Ihr noch nicht darauf gekommen seid, könnt Ihr von mir nicht erwarten, dass ich es Euch verrate.« In Thalrics Blick trat ein eisiges Funkeln, und Stenwold fröstelte. »Würdet Ihr mit mir auf einen Trinkspruch anstoßen, Meister Werker? Das ist doch ein Brauch der Tieflande, und angesichts unserer … derzeitigen Lage würde ich ihm gern noch einmal die Ehre erweisen.«

»Dann sagt Euren Trinkspruch.«

Eigentlich hatte Thalric etwas Gemeines sagen wollen, eine spitze Bemerkung, um Stenwold zu reizen, doch eine plötzliche Regung hielt ihn davon ab – eine Milde, die er noch aus der Zeit als Ulthers Schützling kannte und wegen der er Aagen auf die Schulter geklopft hatte. Stattdessen sagte er: »Alles wird sich wandeln, Meister Werker. Das Alte wird hinweggefegt werden, das Neue einmarschieren. Die Städte der Tieflande werden nicht anders sein als die drei Dutzend Städte, die bereits dem Imperium unterworfen sind. Ihr habt wacker gegen uns gekämpft und gegen die Trägheit und Habgier Eurer eigenen Leute, doch jetzt ist es so weit. Nun können wir uns begegnen, denn selbst wenn Ihr mich hier und jetzt erdolchen würdet, könntet Ihr den Lauf der Geschichte nicht mehr aufhalten. Ich bewundere Euch, denn immerhin habt Ihr es versucht. Und weil Ihr an Euer Volk glaubt, obwohl es diesen Glauben nicht verdient hat. Darum lasst uns anstoßen, solange wir können. Auf unsere dahingeschiedenen Freunde.«

Und während Stenwold in Thalrics Augen starrte, dachte er an Marius und Atryssa, die schon lange tot, aber immer noch bei ihm waren. Auch in Thalrics Blick vermeinte er Bedauern über einen vergleichbaren Verlust auszumachen, eine noch frische, ebenso tiefe Trauer. Er hob seinen Becher und stieß mit dem Wespenmann an. Dann tranken sie.

Nachdem Stenwold gegangen war, trat Thalrics Gehilfe besorgt und kopfschüttelnd an seinen Vorgesetzten heran. »Wünscht Ihr, dass ich ihm folge, Major? Was habt Ihr mit ihm beredet?«

Thalric trank den letzten herben Schluck. »Reines Vergnügen«, sagte er mehr zu sich selbst. »Wir wissen bereits, wo er hingeht.« Er hatte das Gefühl, Stenwold Werker lange genug aufgehalten zu haben. Bis er zu seinen Männern zurückkehren würde, wäre alles schon vorbei.

Stenwolds Kopf drehte sich, aber nicht wegen des starken Fortawassers. Zum einen lag es an dem beunruhigenden Gespräch mit Grünweis – es hatte ihm bewusstgemacht, dass an der Maschine, die er sich im Geist zusammengebaut hatte, noch eine Schraube fehlte. *Warum sind die Wespen hier? Worauf warten sie?* Zum anderen war da diese verwirrende Unterhaltung mit Thalric, den eine Schuld plagte, die er niemandem gestehen konnte. Wieder musste er an den Bericht aus Myna denken: Wespen, die gegen Wespen kämpften. Er wurde einfach nicht schlau daraus.

Grünweis Architeck hatte Stenwold lediglich bestätigt, was er ohnehin schon gewusst hatte. Die Wespen warteten ab und hatten es nicht auf Helleron, sondern auf etwas anderes abgesehen. Aber wenn das so war, wieso kamen sie dann überhaupt hierher? Das Imperium würde nicht ohne guten Grund zweitausend Mann mitsamt Tross und Ausrüstung erübrigen. Erwarteten sie von irgendwo einen Einfall, den sie von hier aus zurückschlagen wollten?

Nur noch ein paar Tage …

Als Thalric das gesagt hatte, hatte es nicht wie eine Enthüllung geklungen, sondern eher wie die

Feststellung einer Tatsache. Die Uhr tickte, und der Wespenmann hatte keinen weiteren Hinweis fallen lassen. Aber hatte Stenwold nicht eine Entschuldigung herausgehört? Thalric hatte sie zwar nicht ausgesprochen, aber seine ganze Haltung war so gedrückt gewesen wie die eines Doktors, der schlechte Nachrichten für die Angehörigen seines Patienten hat. Irgendetwas hatte ihn belastet. Ohne dass die schlechte Nachricht verkündet worden wäre, hatten sie sich voneinander verabschiedet, und doch …

Stenwold stammte zwar nicht aus Helleron, aber als er hierher zurückgekehrt war, hatte er erwartet, dass die Stadt angegriffen würde. Doch das war nicht der Fall. Unbewusst oder aus Prahlerei hatte ihm Thalric verraten, dass das Imperium, wenn der Zeitpunkt zum Handeln gekommen wäre …

Stenwold wurde mulmig im Bauch, als würde das hochprozentige Fortawasser aufschäumen. Doch nicht wegen eines Gifts, sondern wegen eines schrecklichen Verdachts, der sich immer mehr verfestigte. In Helleron gab es nur eine Sache, die erst in den nächsten Tagen verwirklicht werden würde. Eine kaufmännische Sache. Eine gewinnbringende Sache. Etwas, das die Tieflande für immer verändern würde.

Als der Groschen gefallen war, biss sich der Gedanke fest und schüttelte ihn. Verzweifelt rannte er los, drängte sich durch die Straßen Hellerons, denn er musste Scuto dringend etwas fragen.

Er musste mehr über die Stahlbahn erfahren.

Siebzehn

Nachdem der Ameisenmann hereingestürmt war, brauchte er einen Moment, bis er etwas herausbrachte. Er lehnte sich gegen den Türpfosten von Scutos mehrteiliger Hütte und rang nach Atem. Endlich, als schon alle aufgesprungen waren und ihn erwartungsvoll anstarrten, sagte er: »Marre ist tot.«

Scuto bleckte die Zähne und stieß einen Fluch aus. Totho, der ihm aufmerksam bei der Arbeit zugesehen hatte, fragte: »Wer ist Marre?«

»Das war doch die Fliegenfrau, die Ihr als Unterhändlerin zu den Motten geschickt habt, nicht wahr?«, fragte Tynisa den Anführer.

»Ja, das war sie.« Der Buckelzirpenerfinder eilte polternd zu dem stattlichen Ameisenmann hinüber, der einen plattenverstärkten Kettenpanzer trug. »Woher weißt du das, Balkus? Bist du dir sicher?«

»Ich habe ihre Leiche gesehen.« Balkus sprach abgehakt, da er immer noch nach Luft schnappte. »Mit einem Pfeil in der Brust. Sie haben sie an den Hängen gefunden.«

»Dann haben sich die Motten also für eine Seite entschieden«, sagte Tynisa gelassen.

»Das ist nicht gesagt«, widersprach Scuto, aber er wirkte gehetzt.

»Ju ist bei ihnen!«, platzte Totho heraus. »*Ich hab's doch gewusst!* Ich habe ihr gesagt, sie soll nicht gehen, und ich habe Stenwold gesagt, er solle sie nicht gehen lassen!«

Unter dem runden Dutzend Agenten, die auf Scutos Anweisungen warteten, entstanden beunruhigte Debatten, die immer lauter wurden, bis ihr Anführer die dornige Hand hob. »Haltet den Schnabel, alle miteinander!« Seine Lippen zuckten in hilfloser Wut. »Erzähle, Balkus.«

»Mehr weiß ich auch nicht. Habe mich im Sarnesischen Viertel nach Gerüchten umgehört, wie du befohlen hast. Aber das war das einzige Gerücht, das ich aufgeschnappt habe. Für die Stadtwache war sie nur eine unidentifizierbare Fliege, aber ich habe sie erkannt. Ein einziger Schuss, glatt zwischen die Rippen. Jemand muss sie aus der Luft geholt haben.«

»Beim blutigen Messer und dem losen Rad!«, brüllte Scuto seine Leute oder vielleicht auch sich selbst an. »Alle Mann zu den Waffen! Zieht Eure Rüstungen an! Auf der Stelle! Einer muss mir helfen.«

Er blickte fragend zu Totho, aber das Halbblut hatte offenbar keine Lust, Schildknappe zu spielen. Darum griff Balkus zu dem Plattenpanzer, der so geschnitten, verbogen und verschweißt worden war, dass sich seine ruinierte, durchlöcherte Form der grotesken Gestalt Scutos anpasste.

Da Tynisa ihre Klinge stets bei sich hatte und keine Rüstung trug, konnte sie beobachten, wie sich

Scutos Leute mit schnellen, geübten Handgriffen auf den Kampf vorbereiteten. Zwei Fliegen bespannten ihre Bögen, während eine dritte die Sehne ihrer Armbrust nach hinten kurbelte. Ein gemischtes Käferpärchen half sich gegenseitig beim Anlegen einer Rüstung aus dickem Stoff mit aufgesetzten Metallplatten. Ein anderes Käferpaar schlüpfte in die dicke Lederkleidung der Erfinder. Mit der einen verbliebenen Hand zog sich der Skorpion eine Art Schürze über den Kopf, so dass seine Brust von einer Schicht Leder und Eisen geschützt war, während der Rücken frei blieb. Erst vor kurzem war eine Libellenfrau zu der Gruppe gestoßen, die sich nun Arm- und Beinschienen umschnallte und mit großer Mühe einen Bogen spannte, der so lang war wie sie selbst.

Nachdem Balkus Scuto geholfen hatte, legte er ein Bandelier aus kleinen Holzkistchen um und prüfte die Funktionstüchtigkeit eines klobigen, unhandlichen Geräts, in dem sie einen Nagelbogen erkannte. Währenddessen warf sich eine Ameise aus einer anderen Stadt einen Kettenpanzer über und ergriff einen Schild, dessen Vorderseite mit schwarzer Farbe übermalt worden war. Tisamon stand schon bereit, als Balkus hereingestürmt war. In der Gruppe befand sich außerdem eine weitere Fangschrecke, eine Frau mit kantigen Gesichtszügen, die sich bisher von ihm ferngehalten hatte. Jetzt hielt sie ein Rapier in der Rechten und eine weitere Klinge mit geschwungener Spitze, mit der man gegnerische Waffen binden konnte, in der Linken.

»Was ist los?«, fragte Tynisa den Anführer, der mittlerweile seine Rüstung über die Schultern gezogen hatte. Er brauchte sie nicht festzuschnallen, denn aufgrund seiner Stacheln konnte sie nicht verrutschen.

»Im Informationsbeschaffungsgewerbe hat eine Gruppe wie die meine nur eine begrenzte Lebenszeit«, antwortete er und überprüfte seine Schnellfeuerarmbrust. »Ganz gleich, wie gut du bist, früher oder später kommt der große Knall. Du kannst noch so vorsichtig sein, es kommt der Zeitpunkt, wo dein Gegner genug über deine Bande weiß, um handeln zu können. Und wenn das passiert, dann passiert alles auf einmal. Ich habe erlebt, dass Organisationen innerhalb eines Tages aufgelöst wurden und zwanzig Männer und Frauen verschwinden, getötet oder gefangen werden oder zum Feind überlaufen.«

»Aber es könnte doch ...«

»Es könnte alles sein, junge Frau«, gab er zu, obwohl in seinem Blick keine Hoffnung lag. »Aber wir müssen darauf gefasst sein, denn wenn es kommt, dann unverzüglich.«

Als die Tür erneut aufgestoßen wurde, begriff sie, dass er mit »unverzüglich« nicht diesen Moment gemeint hatte, sondern einen Zeitpunkt im Verlauf des Tages oder der Nacht – oder sogar erst am nächsten Tag.

In der Tür stand ein Fliegenkind mit gehetztem, ängstlichem Gesichtsausdruck. »Scuto! Scuto!«, plärrte es. »Da kommen Männer! Böse Männer! Ein ganzer Haufen!«

»Alle Schützen zur Wand!«, bellte Scuto, während das Kind die Türe zufallen ließ und davonlief. »Wir mähen die ersten Angreifer nieder und hauen dann ab. Treffpunkt ist das Merro in der Kreischergasse!«

Er sperrte die Tür ab und richtete die Armbrust durch ein kleines Fenster auf die Straße. Die anderen Schützen verteilten sich entlang der Wand der Werkstatt, manche kauerten sich auf den Boden, andere flatterten auf irgendeinen Dachbalken des schiefen Hauses.

»Ihr habt doch hoffentlich einen Hinterausgang«, sagte Tisamon.

»Natürlich, aber jeder, der jetzt seinen Kopf hinausstreckt, fängt sich einen Schwarm Armbrustbolzen ein.«

»Ihr müsst nur Bescheid geben, dann gehe ich hinaus und kämpfe den anderen einen Fluchtweg frei«, schlug Tisamon vor.

Scuto warf ihm einen Blick zu und musste feststellen, dass der Fangschreckenkrieger es ernst meinte. »Hinter der Werkbank. Da ist ein Hebel. Sperra!«

Eine Fliegenfrau schaute zu ihm herüber. »Ja, Chef?«

»Auf meinen Befehl lässt du diesen Verrückten hinaus«, erklärte Scuto.

»Sie kommen!«, schrie einer seiner Männer.

»Feuert, was das Zeug hält!«, brüllte Scuto, und Balkus' Nagelbogen krachte los, dass es in der Hütte widerhallte. Tynisa wich stolpernd vor dem Ameisenmann zurück und sah mit Entsetzen, wie es in der Kammer seiner Waffe ein ums andere Mal aufblitzte, während er mit lautem Donner Bolzen um Bolzen abfeuerte. Von den Bögen und Armbrüsten oder dem Feind draußen hörte sie nicht das Geringste.

Sie suchte nach einem unbesetzten Fenster und fand etwas weiter oben eines. Mit Hilfe ihrer Kunst kletterte sie an der aus Holz und Stahl zusammengeschusterten Wand hinauf, doch als sie auf halber Höhe war, schlug neben ihr etwas ein Loch in die Wand, durch das ein ausgefranster Sonnenstrahl hereindrang. Gleich darauf wurde ein zweites Loch in die Wand gestanzt, und sie sah kurz einen vier Fuß langen Armbrustbolzen mit breitem Kopf aufblitzen, der quer durch den Raum schoss und dann die gegenüberliegende Wand durchschlug. Als sie das Fenster erreicht hatte, versuchte sie, so gut es ging, hinter den Metallplatten zu bleiben. Draußen bot sich ihr ein Bild heilloser Panik. In dem verwinkelten Stadtviertel gab es kaum Platz zwischen den Häusern, darum griffen die Gegner aus nächster Nähe an und hatten einen hohen Blutzoll zu entrichten. Gut ein Dutzend Feinde lagen auf den Pflastersteinen oder im Straßenschlamm verstreut. Aus ihren Körpern ragten Armbrustbolzen oder schlanke Pfeile. Balkus' Nagelbogenbolzen rissen tiefe Krater ins Fleisch ihrer Opfer. Der Großteil der Gegner war allerdings noch auf den Beinen, war in Deckung gegangen und machte keine Anstalten, erneut anzugreifen.

Tynisa betrachtete die Gefallenen. Die meisten waren Käfer, Ameisen oder Mischungen aus beiden, und sie trugen ein hässliches Durcheinander aus

Leder und Kettenpanzern. Diesen Schlag Menschen kannte sie, denn Sinon Halbweg hatte etliche von ihnen unter Sold. Sie waren die billigsten Söldner Hellerons, die Schläger und Strolche, die der Stadt nie ausgingen.

Nachdem ihr klar war, was für Gesellen das waren, und als sie die finsteren Blicke sah, die die anderen hastig aus ihrer Deckung heraus riskierten, ahnte sie, auf was sie warteten. Doch da fiel es auch schon über sie her.

Ohne Vorwarnung wurde eine der Fliegen auf den Dachbalken nach hinten gerissen und stürzte in einem Blutschwall herab. Tynisa konnte gerade noch einen Blick auf die Klinge erhaschen, die durch die Schießscharte verschwand, als bereits Eisenhaken am Dach der Werkstatt zerrten und ein zwei Fuß durchmessendes Stück herausrissen.

Da setzte sich Tynisa in Bewegung und krabbelte auf Händen und Füßen an der unebenen Wand entlang auf das Dachgebälk zu.

Durch das Loch im Dach schoss ein goldener Feuerstrahl herein und versengte einen von Scutos Käferagenten. Kurz darauf schwang sich ein Wespensoldat durch die Bresche. Auch wenn er keine Uniform trug und seine Rüstung mit anderen Farben übermalt hatte, handelte es sich nichtsdestotrotz um einen kaiserlichen Soldaten. Mittlerweile vermochte Tynisa dies zu erkennen.

Kaum war er durch das Loch hindurch, traf ihn ein Bolzen des Nagelbogens in die Brust, und er trudelte und krachte auf den Boden. Doch es kamen weitere

Wespen nach, und bald schon klaffte auf der anderen Seite der Werkstatt eine zweite Lücke im Dach.

»Jetzt, Scuto! Jetzt!«, schrie Tynisa, und offenbar war Scuto derselben Meinung.

»Auf geht's! Ihr, Fangschreckenkrieger, geht nach hinten raus! Und der Rest wartet, bis er sie in Kämpfe verwickelt hat. Dann decken wir sie mit Geschossen ein und hauen ab. Balkus und ich geben Euch Rückendeckung.«

Sperra, die Fliege, huschte vor Tisamon vorbei und vergeudete eine wertvolle Sekunde, bis sie den Hebel umgelegt hatte. Kurz darauf glitt die halbe Rückwand zur Seite, und kurz bevor sie sich wieder schloss, schlüpfte Tisamon hinaus.

Inzwischen war Tynisa bei der ersten Bresche angekommen. Indem sie sich mit einer Hand und den Knien festhielt, zog sie das Rapier aus der Scheide. Die dunkle schwere Klinge schien in ihrer Hand zu erbeben, und als der nächste Wespenmann mit ausgestreckten Händen hereinflog, stach sie nach ihm.

Eigentlich hatte sie auf seine Achseln gezielt, denn die waren nicht von der Rüstung geschützt, aber die Perspektive hatte ihr einen Streich gespielt. Stattdessen traf die schlanke Klinge seinen metallenen Brustpanzer und drang glatt wie ein Präzisionsmesser durch ihn hindurch, so dass ein diamantförmiges Loch entstand. Die Spitze bohrte sich tief in die Brust des Mannes und ließ sich ohne jeglichen Widerstand wieder herausziehen. Die Wespe war gerade zur Hälfte durch die Lücke gekommen, da war sie schon tot.

Unter Tynisa schossen Scutos Leute, was das Zeug hielt, während Tisamon draußen seine Fähigkeiten unter Beweis stellte und den Strolchen Hellerons zeigte, wieso die Fangschrecken vor der Revolution so gefürchtet gewesen waren. Sie sah, dass Scuto die Tür aufstieß und seine Leute hinausströmten. Mittlerweile waren Wespen durch das andere Loch im Dach ins Gebäude eingedrungen, und drei von Scutos Männern waren bereits gefallen. Zwei kaiserliche Soldaten segelten herab und feuerten den Fliehenden ihre Stacheln hinterher, doch einer krümmte sich plötzlich. Die Libellenfrau hatte ihm einen Pfeil zwischen die Rippen gejagt. Tynisa fasste sich ein Herz und stürzte sich auf den anderen.

Sie hatte gehofft, ihn mit dem Rapier zu erwischen, aber dieses ging fehl, so dass sie mit voller Wucht auf ihm landete, ihm den Kopf an den Haaren nach hinten riss und seinen Leib mit den Schenkeln in die Zange nahm. Der Soldat schrie auf, denn mit ihrem zusätzlichen Gewicht konnte er sich nicht mehr in der Luft halten.

Als sie auf den Boden krachten, lösten sie sich voneinander, und Tynisa traf der Aufprall am schwersten. Als sie sich aufsetzte und den Kopf hielt, stand er bereits mit gezücktem Schwert vor ihr.

Doch sie hatte das Rapier immer noch in der Hand, und obwohl sie wie betäubt war, schlug sie damit seine Klinge zur Seite und stieß es durch seinen Schenkel. Während er zu Boden torkelte, rappelte sie sich auf und erledigte ihn mit einem zweiten Stich.

Da hörte sie Scutos Stimme: »Raus hier! Raus hier! Raus!«

Sie sah ihn an einer Bank im hinteren Teil der Werkstatt. Ihr schwirrte der Kopf, und sie hatte keine Ahnung, wieso er dort stand.

»Ich gebe Euch Deckung!«, rief sie.

»Das tust du nicht, verflucht!«

Jemand packte sie am Arm, und wenn Balkus nicht rechtzeitig zurückgewichen wäre, hätte sie ihn erstochen.

»Wir müssen weg!«, schrie er.

Durch die Türöffnung sah sie Ausschnitte einer wilden Straßenschlacht. Scutos Leute versuchten, sich einen Fluchtweg freizuschlagen. Ihr Rapier zuckte, denn es wollte mitmachen. Da begriff sie, was Scuto vorhatte, nickte Balkus zu und rannte hinaus.

Draußen ging es blutig zu, und Tisamon bildete die Speerspitze des Gemetzels. Er hatte eine regelrechte Schneise in den heranstürmenden Haufen gepflügt.

Ein Dutzend Banditen und Geldeintreiber lagen schon am Boden, und Tisamon trieb ein weiteres Dutzend vor sich her, das verzweifelt versuchte, seiner Klinge nicht zu nahe zu kommen. Doch die stand keinen Augenblick still. Jeder, der sein Glück versuchte und nach vorn sprang, wurde abgewehrt. Tisamons Klaue hingegen huschte schneller an der Deckung seiner Gegner vorbei, als irgendjemand ausweichen konnte. Eben sauste ein Bolzen auf Tisamon zu, doch er zersplitterte, als der ihn aus der Luft schlug.

Allerdings bestanden die Gegner nicht nur aus Straßenstrolchen. Von oben schossen Wespensoldaten auf Scutos Leute herab oder stürzten sich auf sie. Einer rauschte auf Tynisa zu, und sie spießte ihn noch im Flug auf. Inzwischen waren alle in heftige Zweikämpfe verwickelt. Auf dem Boden wälzten sich zwei Fliegen mit Messern, und sie hätte nicht sagen können, welche zu ihnen gehörte und welche nicht. Der Ameisenmann mit dem schwarzen Schild focht mit tödlicher Präzision. In seinem Schild steckten drei Bolzen, und ein vierter war durch ihn hindurch und in seinen Arm gedrungen. Von seinem Schwert spritzte Blut, als er es einem Kraftmeier aus dem Käfervolk übers Gesicht zog. Die Libelle hatte ihren Bogen aufgegeben und schwang mit beiden Händen eine lange, gerade Klinge, ließ sie um ihren Kopf wirbeln und hackte ihren Gegnern damit die Hände ab. Gerade wollte Tynisa ihr zu Hilfe eilen, als ein Wespenstachel einen schwarzen Kreis auf den Rücken der Libelle brannte und sie auf die Knie sank. Während der Mann, gegen den sie gekämpft hatte, ihr das Kurzschwert an ihrem Schlüsselbein vorbei in den Leib rammte, spießte sie ihm die Gedärme auf. Hinter ihr tänzelte die Fangschreckenfrau, versenkte das Rapier zwischen den Augen einer Ameise und fegte mit der anderen Waffe eine angreifende Wespe aus der Luft. Dabei blieb ihr Gesicht völlig ausdruckslos.

Tynisa stürmte vor, und ihr Rapier durchpflügte den Kettenpanzer eines Halbbluts, der Totho von hinten erdolchen wollte. Nachdem der Mann erledigt war, wurde sie von einer Wespe und zwei angeheuerten Messerstechern umstellt. Ihr Rapier tanzte. Es lenkte ihren Arm nicht, indem es daran zog, aber wenn sie eine Bewegung machte, war es, als ob sie und die Klinge sich einig wären. Und so fing sie die gegnerischen Klingen ab und schlug sie in alle Richtungen weg. Dadurch kam der Wespensoldat dem Mann links von ihm in die Quere, und sie erhielt Gelegenheit, den Schlag des dritten Angreifers zu parieren, seine Klinge zu binden und ihm die rot glänzende Rapierspitze über die Kehle zu ziehen. Als das getan war, rammte Scutos hünenhafter Skorpion dem Wespenmann bereits seine Schere ins Kreuz, zog ihn zu sich heran und spaltete ihn mit einem mächtigen Axthieb. Plötzlich ließ der übrig gebliebene Gegner das Schwert fallen und wandte sich zur Flucht. Tynisa musste sich beherrschen, ihm nicht nachzujagen, denn sie war von einer wilden Begeisterung erfüllt, einer Freude, die ihr in den Ohren trommelte. Das musste das Fangschreckenblut sein. Bestimmt empfand Tisamon dasselbe.

Erneut hörte sie Balkus' Nagelbogen knallen. Mit dem Rücken gegen die Hauswand gedrückt, verfolgte er mit zusammengekniffenen Augen den Flug der Wespen und zielte sehr sorgfältig. Kurz darauf kauerte er sich hin, um seine Waffe mit einem weiteren Holzkästchen zu bestücken. Da erschien Scuto in der Tür und schoss ein ums andere Mal, bis das Magazin seiner Schnellfeuerarmbrust leer war.

»Weg hier!«, rief er.

Sie liefen los. Tisamon hatte ganze Arbeit geleistet, denn der Großteil der angeheuerten Strolche war tot oder hatte die Flucht ergriffen. Unter dem Beschuss der Wespen rannten die Übriggebliebenen aus Scutos Gruppe um ihr Leben. Einige der Soldaten des Imperiums waren bereits in die Werkstatt geeilt, um Scutos Aufzeichnungen zu sichern. Da explodierte die Bombe, die Scuto zuvor scharfgestellt hatte, und alles, was nicht aus Metall war, verwandelte sich in Asche.

Tynisa fing Stenwold auf dem Weg zu der zerstörten Werkstatt ab und brachte ihn stattdessen in die heruntergekommene Spelunke, die Scuto zu ihrem Rückzugsort erkoren hatte. Er platzte vor Neuigkeiten, aber sie ließ ihm keine Zeit, sie loszuwerden. Beinahe im Laufschritt führte sie ihn durch die verwinkelten Straßen Hellerons zur Taverna Merro, vor der eine blaue Laterne brannte.

Drinnen, im Hinterzimmer, warteten die Überlebenden: Tisamon und Totho, der eine lange, aber oberflächliche Wunde am Arm abbekommen hatte, die mittlerweile bandagiert worden war. Balkus, der Nagelbogenschütze, und der leicht angesengte Scuto. Sperra, die Fliegenfrau, betätigte sich derzeit als Feldscher, indem sie die Verwundeten verarztete. Dann noch der einhändige Skorpion Rakka, der anscheinend stumm war und mit grimmigem Gesicht die Schneide seiner Axt wetzte. Ein Erfinder aus dem Käfervolk und dic Fangschreckenfrau hatten überlebt, aber beide waren durch Wespenstacheln schwer verletzt worden. Darüber hinaus hatten einige andere Agenten Scutos hierhergefunden, nachdem sie festgestellt hatten, dass ihr Unterschlupf zerstört war. Viele waren allerdings nicht wieder aufgetaucht.

»Hammer und Zange!«, rief Stenwold. »Was ist passiert?«

»Das, was immer passiert. Sie haben uns hochgehen lassen.« Scuto zischte vor Schmerz, als Sperra mit einem kalten Schwamm seine Verbrennungen abtupfte. Er trug immer noch seine Rüstung, und an der Stelle, wo ihn ein Feuerstrahl getroffen hatte, war sie schwarz vor Ruß. »In jedem Stadtviertel wurde ein halbes Dutzend meiner Leute oder mehr getötet. Wir sind erledigt, Chef. Man hat uns gerupft. Die Operation ist zu Ende.«

Insgesamt war ein Dutzend seiner Männer hier versammelt, von einem weiteren Dutzend wussten sie bisher nichts. Über mehr als die Hälfte seiner Gruppe allerdings hatten sie Gewissheit: Sie waren tot.

Seufzend setzte sich Stenwold an einen niedrigen Tisch auf den Boden. »Du weißt, was das bedeutet?«

»Was sie auch vorhaben, jetzt geht es los«, pflichtete ihm Scuto bei.

»Und ich weiß, was. Zumindest fällt mir keine andere Möglichkeit ein, weshalb …«

»Sprich nicht weiter, Chef«, unterbrach ihn Scuto hektisch. »Totho, du erinnerst dich doch daran, was wir über Bolwyn gesagt haben.«

Totho nickte. »Ja, klar.«

»Es ist nicht sicher, Chef. Du weißt, weshalb. Sie wussten, wo die meisten meiner Leute zu finden waren, die in der ganzen Stadt verstreut waren. Unter uns ist ein Spion, und wir können nicht wissen, wer es ist.«

Stenwold starrte auf seine Hände. »Das kommt mir alles viel zu bekannt vor.«

»Ist es nicht genauso wie damals in Myna vor der Belagerung?«, fragte Tisamon.

»Warum verfolgt uns die Vergangenheit auf Schritt und Tritt?« Ohne Vorwarnung schlug Stenwold mit der Faust auf den Tisch. »Also, was schlägst du vor?«

»Du hast einen Plan«, antwortete Scuto. »Ich kenne dich doch.«

»Es einen Plan zu nennen, wäre übertrieben«, sagte Stenwold. »Aber geh einfach mal davon aus, dass ich einen habe.«

Scuto brachte ein bitteres Lächeln zustande. »Dann verrätst du ihn niemandem, und bevor wir nicht fertig sind, erklärst du ihn auch mir nicht. So weiß wenigstens keiner im Voraus, wann wir damit loslegen.«

»Und was ist mit den Motten?«, fragte Tynisa. »Was wird aus Ju?«

»Wieso?« Stenwold sah zu ihr hinüber. »Was soll schon mit ihnen sein?«

»Nachdem dein Mädchen und ihr Begleiter so lange weg waren, habe ich ihnen meine Marre hinterhergeschickt. Balkus hat Marres Leiche mit einem Mottenpfeil in der Brust gesehen.«

Stenwold fühlte sich, als würde ihm ein kalter Stein die Brust nach unten ziehen. Wenn seine Agenten angegriffen wurden, dann bedeutete das Krieg. Aber wenn sein eigen Fleisch und Blut angegriffen wurde, dann … »Kannst du jemanden erübrigen, der geht …?«

Scuto senkte den Blick. »Das sind alle, Chef. Mehr haben sie mir nicht gelassen.«

»Ich gehe.« Totho erhob sich. »Ich kann zwar nicht fliegen oder so, aber notfalls klettere ich eben. Wo auch immer man sich mit den Motten treffen kann, ich gehe hin.«

»Totho …«, begann Stenwold, aber der schnitt ihm wütend das Wort ab.

»Nein, dieses Mal hältst du mich nicht auf. Ich gehe – und ich gehe, um Ju zu retten, denn sie hätte niemals dorthin aufbrechen dürfen. Selbst wenn du nein sagst, Stenwold, ich werde trotzdem hingehen. Wenn du mich davon abhalten willst, musst du mich schon anketten. Und du weißt ganz genau, warum.«

Vor Stenwolds geistigem Auge erschien kurz das Bild, wie die vier vom Famosen Felbling im Forum der Beherzten gegen die Mannschaft des alten Paldron angetreten waren. Und jetzt zog Salma allein nach Tark in den Krieg, Ju war verschollen, und Totho lief noch größerer Gefahr entgegen. Tisamon hatte es auf den Punkt gebracht. Aus Stenwold war das geworden, was er verachtete.

»Ich halte dich nicht auf«, sagte er. »Also geh.«

»Erklär mir nur eins«, sagte Ju. »Du hast gemeint, dein Volk hätte eine besondere Methode, die Kunst zu wecken. Sieht die immer so aus?« Ihr Grinsen wurde noch breiter, als sie sah, wie sich seine Wangen vor Verlegenheit röteten.

»Normalerweise ... nur die Massage.« Achaeos warf sich sein Bündel über die Schulter, so dass das eine Ende des Bogens über seinem Ohr herausragte. »Ich ...«

Er wirkte so unsicher, dass sie ihn umarmen musste, und er dankte es ihr mit einem Kuss auf die Stirn. Jetzt waren sie reisefertig. Man hatte ihnen gesagt, dass die Wahrsager das Urteil verkünden würden, und das war alles, worauf sie noch gewartet hatten.

Doch es wurde ihnen schneller mitgeteilt, als sie gehofft hatten. Ein alter Mottenmann, der den Wahrsagern wohl schon seit Jahrzehnten diente, schleppte sich mit klapperndem Stock zu ihnen. Ihm war deutlich anzusehen, dass er es für ein Verbrechen hielt, dass man ihn am helllichten Tage nicht schlafen ließ, und Achaeos war in seinen Augen ein Narr, weil er die Sitten der Außenwelt annahm.

»Haben die Wahrsager eine Entscheidung getroffen?«, fragte Achaeos.

»In der Tat«, antwortete der Alte und holte tief Luft. »Und sie haben entschieden, keine Entscheidung zu treffen.«

Erst nach einem Moment sagte Ju: »Sie haben *was* entschieden?«

Der Alte geruhte nicht, sie wahrzunehmen, und sprach stattdessen mit Achaeos. »Die Gesandten des Wespenimperiums haben uns viele Versprechen gegeben, die erst noch erfüllt werden müssen. Ihr habt uns vor vielen Dingen gewarnt, die sich ebenfalls erst erweisen müssen. Die Omen sind geworfen, und die Welt hält den Atem an. In ihrer großen Weisheit wollen die Wahrsager abwarten und die niederen Völker zu ihren Füßen ihre nichtigen Zwistigkeiten ausfechten lassen. Wenn sich die Omen wandeln, werden sie eine Entscheidung treffen. Oder wenn sie neue Erkenntnisse erhalten.«

»Und was sollen wir beide jetzt tun?«, fragte Achaeos.

»Was Ihr wollt«, erwiderte der Alte, und seine Gleichgültigkeit war geradezu vornehm. »Doch falls Ihr neue Erkenntnisse sucht, solltet Ihr Tharn verlassen und sie suchen. Und« – er machte eine geringschätzige Geste in Jus Richtung – »nehmt Euer Gepäck mit.«

Achaeos lächelte trocken. »Na schön, dann werde ich Euch neue Erkenntnisse beschaffen. Vielleicht finde ich ja etwas, das die Wahrsager zum Handeln zwingt, was meint Ihr? Und falls nicht, dann werdet ihr eines Abends aus dem Berg herausschauen und die neue Erkenntnis gewinnen, dass eine Wespenflotte vor euren Toren liegt. Vielleicht fällt es den Wahrsagern *dann* leichter, eine Entscheidung zu treffen.«

Der Alte kräuselte die Lippen und ging.

Ju umklammerte Achaeos' Arm. »Was machen wir jetzt?«

»Von hier verschwinden, wie er gesagt hat. Wenn ich etwas finden kann, um sie zu überzeugen, dann ist es so. Wenn nicht, werde ich eben tun, was ich mit den eigenen Händen erreichen kann.« Er wandte sich ihr zu. »Dir ist schon bewusst, dass wir ohne Hilfsmittel von hier fortgehen können?«

»Ich ... ich bin mir nicht sicher ... Ich war heute Nacht nur ganz kurz ...«

»Wir müssen nur über die Brüstung springen«, erklärte Achaeos. »Und dann breitest du deine Flügel aus. So einfach ist das.«

Sie hielten sich die Hand und sprangen. Er flog viel besser, als es ihr jemals gelingen würde. Die Luft war der Fluch ihres Volkes, und so stolperte sie unbeholfen dahin und fiel mehr, als dass sie glitt, während er stets an ihrer Seite blieb und sie stützte, wenn sie ins Trudeln geriet.

Als sie am Fuß der Berge ankamen, schaute sie fassungslos nach oben. Von den umwölkten Gipfeln bis hierher war sie aus eigener Kraft gelangt, und während des Flugs hatte sie gar nicht gemerkt, dass die Luft immer wärmer geworden war, je näher sie dem flachen Land gekommen waren. Oder dass man unterwegs einen herrlichen Blick auf Helleron hatte genießen können.

Nächstes Mal fliege ich richtig, schwor sie sich und nahm Achaeos ungestüm in die Arme, weil er ihr dieses unschätzbar wertvolle Geschenk gemacht hatte – die Kunst des Fliegens und das Geschenk der Liebe.

Sie waren am Fuße der Tornoskette gelandet, ganz in der Nähe der Stelle, an der sie die Feuer gemacht hatten, um die Motte zu rufen. Ju hatte nicht genug

Kraft in den Flügeln, um noch weiter zu fliegen, und so mussten sie den weiten Weg nach Helleron zu Fuß zurücklegen. Das war zwar mühselig, aber Ju kümmerte es nicht, denn der Gedanke, dass sie bald in der Lage sein würde, sich auf eigenen Wunsch hin in die Lüfte zu erheben und über dieses unwegsame Gelände hinwegzusegeln, beflügelte sie. Obwohl Achaeos in nachdenklicher Stimmung war, umspielte seine Mundwinkel ein Lächeln.

Er denkt an mich.

Nach all der Zeit erschien ihr dieser Umstand seltsam. Wie lange hatte sie in Tynisas Schatten gelebt? Jeder Besucher hatte nur Augen für ihre schöne Halbschwester gehabt und die arme, fleißige Ju, die alles getan hatte, um in die Fußstapfen ihres Onkels zu treten, mit keinem Blick gewürdigt. Und nun hatte sie dieser Mann aus freien Stücken angeschaut und für schön befunden.

Doch gerade, als sie dies dachte, wurde sie am Handgelenk gepackt und von ihm fortgezerrt.

»Achaeos!«, schrie sie und tastete nach ihrem Schwert. Wer immer sie angegriffen hatte, legte ihr den Arm ums Genick und zerrte an ihren Kleidern. Achaeos hatte die Hand bereits am Dolchgriff, zückte ihn aber nicht.

»Du lässt sie in Ruhe, du Mistkerl«, knurrte jemand dicht an ihrem Ohr, und sie erkannte die Stimme. Erleichtert ließ sie die Hand sinken, mit der sie zum Schwert gegriffen hatte.

»Totho?«

»Alles in Ordnung mit dir, Ju?«

»Natürlich, alles in Ordnung. Was treibst du hier?«

»Wir wurden verraten, Ju«, stieß Totho verzweifelt hervor. In der anderen Hand hielt er eine Klinge. Als sie den Kopf zu ihm drehte, sah sie, dass er Achaeos zornig anfunkelte. »Wir wurden verraten«, wiederholte er. »Scutos Versteck ist zerstört, und die meisten seiner Leute wurden erschlagen. Sie wussten, wo die Agenten waren. Sie wussten auch von dem Boten, den Scuto zu diesem Dreckskerl und seinen Leuten geschickt hat. Wer hat davon gewusst, Ju? Wer hätte uns verraten können?«

»Totho, er war die ganze Zeit bei mir …« Nein, das war nicht wahr. Er war lange genug weg gewesen. *Das glaube ich nicht.* Mit zittriger Stimme sagte sie: »Totho, Achaeos ist kein Verräter. Er hat versucht, uns zu helfen …«

Mit derselben Ruhe, mit der man sich die Schnürsenkel knüpft, spannte Achaeos seinen Bogen. Kurz darauf hatte er einen Pfeil eingelegt und die Sehne gespannt.

»Nicht doch, Achaeos! Schau, das ist ein Missverständnis!«, rief Ju verzweifelt. Totho hielt sie fester gepackt und stand fast genau hinter ihr. Der Pfeil konnte sie genauso gut treffen wie ihn.

Er könnte auch für mich bestimmt sein.

»Bitte!«, kreischte sie und meinte beide.

Achaeos stürmte vor, und Totho holte mit dem Schwert aus, doch im allerletzten Moment stieß sich der Mottenmann vom Boden ab und flog in die Höhe.

Beinahe gleichzeitig hörte sie das Pfeifen der Sehne und das Schwirren des Bogens. Dann spürte sie ein leichtes Beben, als der Pfeil zwischen Tothos Schulter und Hals eindrang. Mit einem Laut des Erstaunens sackte er zusammen und hielt sich noch einen Augenblick an ihr fest, bevor seine Hände erschlafften.

Achtzehn

»Kapitän.« – Thalric hob den Blick von den Berichten, die er studierte. Doch seine Agenten hatten ihm wenig mitzuteilen, was er, so nahe am Geschehen, nicht ohnehin schon wusste. Freilich gab es Rekefleute, die sich ihr ganzes Leben lang mit Papierkram abgaben, aber er musste immer dabei sein, wo etwas geschah, damit er notfalls selbst Hand an die Verwirklichung der Pläne legen konnte.

Er salutierte. »Major Godran.« Der Gruß war reine Formalität, denn beide wussten, wer hier in Wahrheit das Sagen hatte.

»Letzte Nacht ist alles ruhig geblieben«, meldete Godran. »Keinerlei Bewegung.«

Er ist immer noch nicht drauf gekommen, dachte Thalric. Von Stenwold Werker hatte er mehr erwartet. *Wenn er noch etwas länger ahnungslos bleibt, kann er uns nicht mehr aufhalten. Was uns natürlich zupasskäme.*

»Wünscht Ihr, dass ich heute Nacht die Wachen verdopple?«

Kurz dachte Thalric darüber nach. Die Lage war zwar sehr heikel, aber zu viel sichtbare Waffenpräsenz stellte ein Risiko dar. »Nein«, beschloss er deshalb. »Wenn Stenwolds Leute mitbekommen, worauf unser Augenmerk liegt, können wir ihnen gleich sagen, was wir vorhaben. Solange wir nicht sicher sind, dass er etwas unternimmt, bleiben wir unauffällig.« Er musterte Godran. Im Zwölfjährigen Krieg hatte der Offizier an der Seite des Auslandsrekefs gekämpft. Auch wenn er zum regulären Militär zählte, konnte man sich deshalb auf ihn verlassen. »Sind Eure Männer bereit, loszulegen?«

»Jeder Einzelne«, bestätigte Godran. »Sie scharren schon seit einer Weile mit den Hufen und brennen auf einen Kampf.«

»Ich bin mir nicht sicher, ob der Ausdruck ›Kampf‹ den Kern der Sache trifft«, meinte Thalric. »Wir wissen doch beide, wie die Dinge liegen. Es wird eher auf ein Gemetzel hinauslaufen.«

Godran zuckte mit den Schultern. Diese Unterscheidung bereitete ihm keinen Kummer, denn er war ein treuer Diener des Imperiums, wie Thalric feststellte.

Bereitet es mir Kummer? Ohne Zögern würde er die Frage mit nein beantworten, doch es klang nur wenig überzeugt.

Wenn wir ehrlich sind, ist es völlig egal, ob es mich bekümmert oder nicht, solange es das Imperium verlangt.

Ju kreischte. Ihr Inneres war von schreiendem Entsetzen und Trauer erfüllt, und alle anderen Gefühle, die sie jemals empfunden hatte, gingen in Flammen auf. Achaeos war kaum gelandet, als sie ihn mit gezogenem Schwert angriff. Beinahe erwischte sie ihn, im letzten Moment jedoch wich er der Klinge seitlich aus, packte ihre Handgelenke und schrie sie an. In ihren Ohren rauschte das Blut, so dass sie kein Wort verstand. Mit aller Macht wehrte sie sich gegen ihn, und er musste sie mit beiden Händen festhalten, damit sie nicht das Schwert auf ihn richtete. Schließlich stieß sie ihm den Kopf ins Gesicht, wie sie es bei Thalric getan hatte, und er fiel rücklings auf den Boden.

Mit mordlüsternem Blick stand sie über ihm.

»Ju!«, brüllte er. »Sieh doch!«

Wie aus einem Reflex folgte sie seinem ausgestreckten Finger. Mit einem Mal fiel ihr das Schwert aus den gefühllosen Händen.

Vor ihr lag eine Leiche, und aus ihr ragte ein heller Pfeil. Doch die Leiche war …

Kurz verschwamm das Bild vor ihren Augen. Das war nicht Tothos Leichnam. Es war nicht Tothos Gesicht, nicht sein Körperbau, nicht seine Kleider, nicht seine Waffe. Vielmehr sah die schlanke Klinge gemeingefährlich aus und glich weder Tothos Stück aus Collegium noch einem gestohlenen Wespenschwert.

Vor ihr lag der Körper einer Spinnenfrau mittleren Alters, wobei das bei diesem Volk genauso schwer einzuschätzen war wie bei den Motten. Mit glasigen Augen starrte die Leiche in den Himmel. Zu Jus großem Entsetzen trugen ihre Züge noch immer den entschlossenen Ausdruck, den sie bei Totho so oft gesehen hatte.

»Sie war der Spion?« Schon bei Bolwyn hatte sie gesehen, wie das Gesicht auf genau dieselbe Weise für einen Moment verschwommen war. Es konnte keinen Zweifel geben. »Hammer und Zange! Du ... du hast es gewusst. Wie hast du es herausbekommen, Achaeos?« Sie nahm an, dass er es durch Zauberei erfahren hatte, aber sein schuldbewusstes Gesicht verriet ihn.

»Du ... du hast es schon lange gewusst?«

»O ja, ich wusste es. Aber ... Ich war nicht ganz ehrlich zu dir ... in einem Punkt.«

Sie war vollkommen verwirrt. »In welchem Punkt?«

»Nachdem wir durch den Darakyon gereist waren ... habe ich gewusst, dass ich ... dass ich dich wahrhaft liebe.« *Weil ich es mir da erst eingestanden habe,* fügte er insgeheim hinzu. »Da wurde mir bewusst, dass Totho mein Rivale war. Es war nicht schwer zu sehen, dass er mich hasste. Deshalb ... deshalb wollte ich ihn in ein schlechtes Licht rücken.«

»Dein Rivale?« Sie begriff nicht, was das zu bedeuten hatte. »Du meinst dein Rivale im Hinblick auf mich? Totho?«

»Ja, das war er«, beteuerte Achaeos.

Und da blitzten in Ju Erinnerungen auf, die den viel zu späten Verdacht bestätigten. Es hatte dafür genügend eindeutige und offensichtliche Anzeichen gegeben, wenn sie sie nur hätte sehen wollen.

»Eines Nachts habe ich sein Gepäck durchstöbert. Er hielt gerade Wache, und ich kann mich im Dunkeln ganz gut unsichtbar machen. Da habe ich ... einen Brief gefunden.«

Für sie ergab das alles noch immer keinen Sinn. Achaeos ging zum Leichnam der Spinne und kramte in ihren Taschen, bis er den Brief fand. Wortlos reichte er ihr das Stück Papier. Sie faltete es auseinander und las.

Liebe Jubelgut,
bitte verzeih mir. Ich habe mich stets für einen tapferen Menschen gehalten, aber dieser Brief beweist das Gegenteil. Wenn Du an mich denkst, dann vergiss bitte nicht, dass ich für Dich gekämpft habe. Deinetwegen bin ich bis nach Myna gereist. Und auch wenn ich nicht der Einzige war – denk daran, dass ich einer von ihnen war. Dass ich in dem Palast Wespenblut vergossen habe, und zwar für Dich.

Ich wünschte, ich hätte Dir mehr zu geben. Ich würde Dir gern alles geben, was ich habe, aber ich verstehe, warum Du es nicht annehmen willst. Schließlich habe ich keine Aussichten. Aufgrund meiner Herkunft werde ich nie einen hohen Rang bekleiden oder zu Ruhm aufsteigen. Und ich bin auch nicht elegant. Stets war ich der Schlechteste von uns, derjenige, der am wenigsten zustande bringt.

Seit wir an der Großen Akademie das Seminar zusammen besucht haben, liebe ich Dich. Doch da ich so feige bin, habe ich es Dir nie gestanden. Mir kommt es so vor, als wäre das schon so lange her, und immer lebe ich mit dieser Bürde. Darum ist es für mich eine Erleichterung, von Dir wegzugehen.

Ich liebe Dich immer noch, und ich hoffe, dass Du mich in guter Erinnerung behältst. Ich werde auch weiterhin für Deinen Onkel arbeiten. Wenn Du diesen Brief liest, werde ich mich Salma auf seinem Weg nach Tark angeschlossen haben. Ich bin sicher, dass wir uns irgendwann einmal wiedersehen werden. Sei Khenice nicht böse, dass sie mich unbemerkt hat gehen lassen. Wenn Du dies liest, werde ich schon weit weg sein. Doch das ist die beste Lösung, auch wenn es die Lösung eines Feiglings ist. Eine andere würde ich nicht ertragen.

Bitte verzeih mir auch die letzte Feigheit: diesen Brief. Ich habe einfach nicht den Mut, es Dir ins Gesicht zu sagen.

Dein T.

»Als ich das gelesen habe, dachte ich zuerst, er hätte sich umentschieden«, sagte Achaeos zögerlich. »Ich dachte, er hätte beschlossen, doch nicht zu gehen. Aber mit der Zeit fand ich es seltsam, dass er den Brief behielt. Und natürlich haben wir in Myna über diesen Spion gesprochen, der sein Gesicht verändern kann. Auch meine Leute kennen diesen alten Orden. Und langsam habe ich mich gefragt: Was, wenn dieser Brief zurückgelassen wurde und von jemand anders gefunden wurde? Was, wenn dein Freund tatsächlich gegangen ist, jemand aber so schnell in seine Haut geschlüpft ist, dass es niemand gemerkt hat? Ich kann mich nicht einmal daran erinnern, wann unsere Führerin aus Myna uns verlassen hat. Sie hat sich ja nicht einmal verabschiedet, aber ich dachte damals, dass das bei diesen mürrischen Leuten so üblich ist. Aber angenommen, sie hat den Brief gefunden und darin eine Chance gesehen. Wie sollten wir dann feststellen, dass Totho uns verlassen hatte? Vielmehr gingen wir davon aus, dass uns die Mynaner Führerin im Stich gelassen und sich wieder auf den Heimweg …«

»Du konntest es nicht wissen«, unterbrach sie ihn. »Nicht allein aufgrund dieser Dinge. Du konntest dir nicht sicher sein.«

»Aber vorhin entdeckte ich zwei weitere Dinge, die den Verdacht bestätigten. Wo war seine seltsame Armbrust? Wenn er die war, für die ich ihn hielt, dann konnte er genauso wenig mit einer Armbrust umgehen wie ich. Vor allem aber war es die Art, wie er dich festgehalten hat.«

»Wie meinst du das?«

»Er … Sie hat dich so gehalten, dass ich nicht auf sie zielen konnte. Wenn ich geschossen hätte, hätte ich dich getroffen. Doch der Mann, der dir diesen Brief geschrieben hat, würde das niemals tun.«

Ju starrte auf den Brief. Ungebetene Tränen traten ihr in die Augen, und ihre Lippen zuckten.

»Es … es tut mir leid«, sagte der Mottenmann verlegen. »Ich habe dich nicht gut behandelt.«

Dafür hätte sie ihn hassen können. Und sie hätte aus dem verschwundenen Totho einen Märtyrer machen können, mit dem sie mittlerweile gewiss zusammen wäre, wenn Achaeos nicht dazwischengekommen wäre. Diese Möglichkeit stand griffbereit in ihrem Geist, doch sie diente nur dazu, die beschämende Erinnerung daran zu überdecken, wie sie Totho behandelt hatte, bevor er sie verlassen hatte.

»Bitte«, flüsterte sie und breitete die Arme aus. Achaeos hielt sie an sich gedrückt, solange sie weinte.

Zauberei war reine Konzentration, und die Schmerzen waren brennend und heftig. Sie wagte nicht einmal, den Pfeil zu berühren. Als er in sie eingedrungen war, hatte Scylis – oder vielmehr Scyla – all ihre Masken verloren und war in ihrer eigenen Gestalt zu Boden gestürzt, bar jeder Verkleidung. Vor Entsetzen und Schmerz brachte sie nichts weiter zustande, als sich tot zu stellen.

Als der Mottenmann zu ihr getreten war, hatte sie angenommen, dass er ihr den Rest geben würde. Aber der hatte sich mehr für diesen verfluchten Brief interessiert, als sich zu vergewissern, dass sie auch wirklich tot war. In Gestalt ihrer eigenen Leiche hatte sie regungslos dagelegen und ihn ihre Sachen durchwühlen lassen. Dann war er zu dem Käfermädchen zurückgegangen, und die beiden hatten ihr kleines Drama zu Ende gespielt. Damit hatte sie Zeit gewonnen.

Nicht zum ersten Mal hatte sie eine Verwundung erlitten, aber nie war sie so schwer verletzt gewesen. Mit Zauberei und Gedankenkraft konnte man den Schmerz abmildern und verdrängen. Ihr lief die Zeit davon, denn der Mottenmann war kein Narr und würde sich bestimmt noch vergewissern, ob sie noch lebte oder tot war.

Sie beging eine reine Verzweiflungstat, die ihr mit größerer Wahrscheinlichkeit das Leben kosten würde als die Pfeilwunde. Obwohl die Pfeilspitze in ihrem Innern knirschte und zerrte, brachte sie genug Willensstärke auf, um sich auf die Seite zu rollen. Die beiden hielten sich in gegenseitiger Umarmung, während sie ihre Haut abwarf. Hätte einer von ihnen auch nur für eine Sekunde herübergeschaut, hätte er zwei tote Scylas gesehen, und sie wäre geliefert gewesen.

Ihr schauderte, denn sie spürte, dass sie keine Kraft mehr zum Zaubern hatte. Immerhin verfügte sie noch über die Kunst, das angeborene Erbe ihres Volkes. Da sie so viele andere Fähigkeiten hatte, wandte sie die Kunst nur selten an. Nichtsdestotrotz hatte auch sie in jungen Jahren mit Eifer und großer Ausdauer meditiert.

Jetzt rief sie die Kunst herbei, die alle alten Völker besaßen, und spürte, wie sie verblasste und mit der Umgebung verschwamm, wie das Licht von ihr abglitt, die Schatten sie einhüllten und die Farben der Erde und der Felsen sie in die Arme schlossen. Dies war die Kunst eines Jägers, der dem Beutetier auflauert. Hier und jetzt war es ihre einzige Tarnmöglichkeit und die einzige Hoffnung auf Überleben. Als die beiden endlich wieder Augen für etwas anderes als sich selbst hatten, sahen sie wieder nur eine Leiche.

Doch ihr Plan konnte noch immer scheitern. Wenn er sich die Mühe gemacht hätte, ihr sicherheitshalber die Kehle durchzuschneiden, wäre seine Klinge unter der dünnen Haut nur auf Luft und Nebel gestoßen. Aber er handelte wie eine wahre Motte, stellte sich über ihren Leib und jagte einen Pfeil durch das Trugbild ihrer Stirn. Für ihn war der Fall damit erledigt.

Nachdem sie gegangen waren, zerstörte sie ihre Tarnung, indem sie sich bewegte. Der Pfeil, der in ihr steckte, zerrte und drückte. *Das hat man davon, dass man sie gegen die Motten aufhetzt,* dachte sie. Sie hatte die Fliegenbotin Marre getötet, nur um die Motten aus diesem Krieg herauszuhalten, denn dann würden Stenwold und Scutos dezimierte Gruppe keine Verstärkung erhalten. Mit Scylas Fähigkeiten war es nicht schwer gewesen, aus dem Versteck heraus und wieder hinein zu schlüpfen, ohne dass sich jemand gefragt hatte, wo der dumme Totho abgeblieben war. Eigentlich hätte es ihr ein Leichtes sein sollen, die Nichte des Alten zu töten. Anschließend wäre Totho heulend und mit der schrecklichen Neuigkeit zu Stenwold zurückgekehrt, und man hätte die Motten beschuldigt.

Mühsam kämpfte sie sich auf die Beine. Dabei war sie sich nicht sicher, ob sie das durchstehen würde. Den Großteil ihres Könnens wandte sie zwar darauf an, die Schmerzen im Zaum zu halten, aber es war ein weiter Weg nach Helleron.

Wenn sie die Stadt erreichen sollte, ohne zu verbluten, würde sie Thalric aufsuchen und ihre letzte

Rache auskosten. Stenwold kannte das Geheimnis der Wespen. Das hatte er zumindest behauptet, und sie zweifelte nicht daran. Sie würde Thalric wissen lassen, dass seine Feinde im Bilde waren. Und damit würde sie sicherstellen, dass Stenwold und seiner Horde Schießbudenfiguren ein würdiger Empfang bereitet würde.

Wie in den letzten zwei Nächten machten sie auch in dieser Nacht kein Lagerfeuer. Zwei schliefen eng aneinander geschmiegt, um sich warm zu halten, während der dritte schlotternd Wache hielt.

Totho hatte nur vage Erklärungen abgegeben, als er zu ihnen gestoßen war, und Salma hatte sich damit begnügt. Allerdings hatte er dem Libellenprinzen angesehen, dass er mehr erraten hatte, als Totho zugeben wollte. Womöglich konnte er sich sogar die ganze Geschichte zusammenreimen, denn Salma war ein guter Beobachter, der viele Dinge durchschaute.

Weniger als zehn Tagesreisen waren sie mittlerweile von Tark entfernt. Obwohl sie sich stets von der Straße ferngehalten hatten, waren sie Reisenden mit besorgniserregenden Neuigkeiten begegnet. Es seien Soldaten unterwegs, in denen die Weitgereisten Wespen aus dem Imperium erkannten. Sie zwangen alle, die Richtung Tark wollten, zum Umkehren. Diejenigen, die aus der Stadt kamen, berichteten, dass sie Staubwolken am Horizont gesehen hätten. Offenbar bewegte sich eine große Menschenmenge durch die Sandscherenwüste. Ein Händler aus dem

Fliegenvolk, der illegale Waren schmuggelte und sich ebenfalls auf Schleichwegen bewegte, hatte ihnen Genaueres erzählen können: Es handelte sich um eine ganze Wespenarmee mit fliegenden Kundschaftern, Automotiven, Lasttieren und Kriegsmaschinen, die von einem Skorpionenstamm auf dem schnellsten Weg durch die Wüste geführt wurde.

Bis zu diesem Augenzeugenbericht hatten sich Stenwolds Mutmaßungen noch nicht völlig bestätigt. Jetzt war es allerdings unklar, ob sie Tark vor oder nach der Wespenarmee erreichen würden – oder ob sie gar gleichzeitig dort ankämen. Ohne Zweifel waren vor ihnen Kundschafter der Wespen, die versuchten, den Verkehr in die Stadt zu unterbinden.

»Aber Tark ist ein Stadtstaat der Ameisen«, hatte Totho gesagt. »Ameisen kämpfen. Darin sind sie wahre Meister. Ihre Stadt einnehmen zu wollen, ist Wahnsinn.«

Darauf hatte Salma den Kopf geschüttelt. »Die Wespen haben bereits Ameisen angegriffen. Nahe der Grenze zum Bund gibt es eine Ameisenstadt, Maynes. Die Wespen haben sie eingenommen und als Stützpunkt benutzt, um uns anzugreifen. Irgendwie gelingt es den Wespen, selbst Ameisen zu schlagen.«

Am nächsten Abend sichteten sie Soldaten des Imperiums. Ein halbes Dutzend der Gelb-Schwarzen hielt eine Brücke besetzt, so dass sie niemand mehr überqueren konnte. Abwechselnd erhob sich einer von ihnen in die Luft und zog gelangweilt seine Kreise.

Durch zusammengebissene Zähne sog Skrill Luft ein. »Du, Käferjunge.« Sie hatte sich angewöhnt, Totho so zu nennen. »Du bist bestimmt nicht so der Flieger, was? Aber sag mal, kannst du schwimmen?«

»Ein bisschen. Aber nicht durch einen ganzen Fluss.«

»Kannst du schwimmen, wenn du dich an etwas festhältst?«

Er nickte verständnislos.

»Diese Gestalten da, die wollen vor allem verhindern, dass Verstärkung, Waren und Vorräte über die Brücke gelangen. Einzelne Leute sind ihnen nicht so wichtig. Unser Prinz hier hat Flügel. Also kann er den Fluss überfliegen, wo er will. Mich hält das Wasser nicht auf. An dieser Stelle ist der Fluss am leichtesten zu überqueren, das kann ich dir sagen, denn sonst hätten sie hier keine Brücke gebaut. Wenn wir da rüber wollen, oder vielmehr wenn du rüber willst, dann müssen wir das an dieser Stelle machen.«

Skrill und Totho bauten gemeinsam ein behelfsmäßiges Floss, gerade groß genug, um ihre Ausrüstung darauf zu verstauen. Angetrieben wurde es von seinen rudernden Beinen.

»Ich bleibe in deiner Nähe«, sagte sie. »Und du, Prinz, du kannst auf der anderen Seite wieder zu uns stoßen.«

Salma nickte, sauste mit gezogenem Schwert in die Luft und verschwand im Dunkeln.

Doch Totho besaß keine Nachtsicht. Die Wespen auf der Brücke hatten in einem Metallschild Feuer gemacht, und an beiden Enden der Brücke brannten

Fackeln. Da die Nacht kalt war, scharten sich die Soldaten um den Schild, um sich zu wärmen.

Mit entblößtem Oberkörper und dem Floß auf den Schultern schlich sich Totho zum Ufer. Die Schuhe hatte er mit den Schnürsenkeln zusammengebunden und sich um den Hals gehängt. Skrill huschte an ihm vorbei wie ein formloser Geist mit einem Umhang. In voller Montur eilte sie ins Wasser, doch er hörte kein Platschen, nur das gleichmäßige Schlagen der Wellen.

Vorsichtig ließ er sich ins Wasser hinab. Anfangs schwankte das Floß zwar ein wenig, fing sich dann aber, und er begann, es vom Ufer wegzuschieben. Von der Strömung erfasst, trieb es auf die Brücke zu und unter ihr hindurch. Skrill konnte er nirgends entdecken, wahrscheinlich war es zu dunkel. Nur von den Feuern der Wespen sickerte ein wenig Licht herab.

Als das Flussbett weiter abfiel und er nicht mehr darauf gehen konnte, begann er, ungestüm mit den Beinen zu treten. Obwohl er sich bemühte, unter der Wasseroberfläche zu rudern, spritzte es manchmal. Gerade befand er sich direkt unter der Brücke und hörte die gedämpften Stimmen der Wachen. Er versuchte, so gut es ging, geradeaus zu steuern, aber die kräftiger werdende Strömung trieb ihn unerbittlich aus dem Schatten der Brücke heraus. Als er die Flussmitte erreicht hatte, war er vollends ungeschützt. Weiter oben flackerte das rote Licht der Flammen, von dem an der Wasserfläche nicht mehr viel ankam. Dafür kam das gegenüberliegende Ufer immer näher.

Auch wenn Totho es nicht sehen konnte, so hörte er es deutlich am Plätschern der Wellen. Er riskierte einen Blick über die Schulter.

Am Brückengeländer stand ein Soldat und starrte ins Wasser. Totho war überzeugt, dass der Wespenmann ihm direkt in die Augen blickte. Spätestens beim nächsten Lidschlag musste ihm die untersetzte Gestalt auffallen, die da im Wasser trieb.

Doch da fasste sich der Soldat verärgert in den Nacken, als hätte ihn eine Mücke gestochen. Gerade wollte er sich zu seinen Kameraden umdrehen, um einen Kommentar loszuwerden, als ihm die Beine den Dienst versagten und er zusammensackte.

Totho wandte sich wieder nach vorn und konzentrierte sich darauf, ans andere Ufer zu gelangen. Neben ihm ragte Skrill auf, nahm eine lange Röhre vom Mund und verstaute sie in ihrem Mantel. Offenbar konnte sie mit Hilfe ihrer Kunst auf dem Wasser stehen und bewegte sich mit den Wellen auf und ab wie ein Matrose auf dem Deck eines Segelschiffs.

Als er das andere Ufer erreichte, half sie ihm rasch an Land. Gemeinsam hievten sie das Floß und die Ausrüstung aus dem Wasser, und Totho warf einen Blick zurück. Der Zusammenbruch ihres Kameraden hatte die Wespen zwar aufgescheucht, aber als flugfähige Soldaten richteten sie ihre Aufmerksamkeit vor allem in die Höhe. Drei Männer schwangen sich mit gezogenen Schwertern in die Luft und kreisten über der Brücke.

Von da an trafen sie auf dem Weg nach Tark auf keine Hindernisse mehr, und Totho hoffte inständig, dass die anderen eine ebenso reibungslose Reise haben würden.

Als Ju mit ihrer Geschichte zu Ende war, waren alle sprachlos.

»Totho?«, fragte Stenwold nach einer Weile und fühlte sich leer.

»Wir können davon ausgehen, dass er mit Salma unterwegs ist, wie es in dem Brief heißt. Wenn du Nachricht aus Tark erhältst, wirst du wahrscheinlich auch von ihm hören. Davon müssen wir ausgehen.«

»Was bleibt uns anderes übrig?«, stimmte Stenwold ihr zu.

»Dem Jungen wird schon nichts passiert sein«, sagte Scuto. »Jetzt schaut euch nur mal an. Weshalb die langen Gesichter?« Mit einem Jubelruf sprang er auf die Beine. »Versteht ihr denn nicht? Wir sind den Spion los! Jetzt kannst du uns sagen, was sie vorhaben, und wir können etwas dagegen unternehmen. Heute haben sie uns in der Mangel gehabt. Aber jetzt zahlen wir es ihnen heim, nicht wahr, Chef?«

»Ich habe versagt«, sagte Achaeos. »Die Wahrsager wollen lediglich abwarten.«

Stenwold sah ihm mit einem eigenartigen Funkeln in den Augen an. »Und ich habe genau das, worauf sie warten«, sagte er.

Achaeos zog eine Braue nach oben.

»Zeit, dass wir der Welt die Augen öffnen«, verkündete Stenwold und ließ den Blick über das Häuflein zerlumpter Gestalten schweifen, das von seiner

Organisation in Helleron übrig geblieben war. »Achaeos«, fing er an.

»Ich bin zur Stelle.«

»Wenn ich mit meinen Erläuterungen fertig bin, geht Ihr auf dem schnellsten Wege zu Euren Leuten und erzählt ihnen von meinem Plan. Ich hoffe, das wird ausreichen, um ihnen den entscheidenden Anstoß zu geben.«

Wie ein Dozent an der Großen Akademie stellte er sich vor ihnen auf. Sowohl Ju als auch Tynisa empfanden bei dem Anblick das schmerzhafte Echo alter Gewohnheiten.

»Die Wespen sind nicht hier, um Helleron anzugreifen – noch nicht jedenfalls«, fuhr Stenwold fort. »Sie haben sich ein weit größeres Ziel ausgesucht, denn sie greifen die Tieflande insgesamt an. Unser Fehler ist es, dass wir wie Tiefländer und nicht wie das Imperium denken. Wir gingen immer davon aus, dass sie eine Stadt nach der anderen angehen würden, weil uns bewusst ist, dass jede Stadt für sich steht. Doch sie denken in Maßstäben des Krieges und fürchten, die Tieflande könnten sich vereinigen. Scuto, erzähle mir von der Stahlbahn.«

»Was willst du wissen, Chef?«

»Wann soll der erste Zug darauf fahren?«

»In ungefähr zehn Tagen.«

»Aber wann ist sie betriebsbereit? Wann werden die Schienen verlegt sein? Wann steht eine Maschine zur Verfügung?«

»Die Maschine ist bereits fertig«, antwortete Scuto verwirrt. »*Stolz* heißt sie, ein Wunderwerk der Technik. Sie rollt an, sobald die letzte Schiene verlegt ist.«

»Das wird sie in der Tat«, bekräftigte Stenwold. »Aber nicht auf Geheiß Hellerons. Erzähl mir mehr über die *Stolz*. Was hat sie für ein Fassungsvermögen, wenn man sie mit Passagieren vollstopfen würde? Wie wird sie betrieben?«

»Sie läuft mit der neuesten Technologie der Erfinder in Collegium, Chef. Blitzgetriebe nennt man das Teil. Absolute Oberkante, sage ich dir. Richtig fortschrittliches Zeug. Und was das Fassungsvermögen betrifft: Sie ist für fünfhundert Passagiere ausgelegt mit luxuriöser Verpflegung und allem möglichen Komfort. Aber … meinst du auch den Platz in den Laderäumen? Wenn man alle Sitze herausreißt und so?«

Stenwold nickte.

»Also … Wenn man sie bis zum Anschlag belädt, so dass die Leute in jedem Wagen Schulter an Schulter stehen und die Maschine es gerade noch schleppen kann …« Scuto rechnete mit flinken Fingern zusammen, wurde dann aber zögerlich und bekam einen nervösen Gesichtsausdruck. »Zwischen zweitausend und zweieinhalbtausend Mann, vielleicht sogar noch mehr. In der Maschine ist massenweise Laderaum.«

»Das ganze Wespenheer, das vor unserer Haustür lagert, in einer Schienenautomotive, die sie schneller als alles andere geradewegs nach Collegium bringt. Collegium, nicht Helleron. Angenommen, zweitausend Männer werden direkt ins Herz Collegiums gefahren, schwärmen mit Schwert und Stachel aus und greifen die Versammlung an, greifen die Akademie an. Die Tieflande müssen sich verbünden, um das Imperium zurückzuschlagen, aber dieses Bündnis kann nur in Collegium zustande kommen. Nur dort sind alle Völker und Stände gleichermaßen willkommen. Nur dort wird die Idee eines freien und gerechten Bündnisses der Tieflande gepflegt und umgesetzt. Wenn die Wespen die *Stolz* kapern, können sie Collegium einnehmen, bevor die anderen Städte auch nur etwas davon ahnen. Sie können die Kontrolle über die Versammlung gewinnen und das Kriegsrecht ausrufen. Selbst wenn wir sofort eine Fliege losschicken würden und der Zug erst in zwei Tagen abfahren würde, könnte der Bote ihn nicht einholen. Und selbst wenn wir mit einem Starrflügler nach Collegium rasen würden, wäre die Versammlung noch am Debattieren, wenn die Wespen ankämen.«

»Verfluchtes loses Rad noch eins!«, spuckte Scuto aus. »Und was ist dein Plan, Chef?«

Stenwold stieß einen schweren Seufzer aus. »Wir greifen die Baustelle an und zerstören die *Stolz*.«

Es herrschte vollkommenes Schweigen. Auch wenn sie seine Agenten waren, so waren sie doch auch Söhne und Töchter Hellerons. Sollten sie tun, was er ihnen vorschlug, würden sie sich in dieser Stadt ein Todesurteil einhandeln, falls ihre Beteiligung an dem Attentat jemals bekannt würde.

Scuto blickte einem nach dem anderen ins Gesicht und starrte jeden seiner Leute so lange an, bis er ein widerwilliges Nicken erntete. »Sieht so aus, als wärest du überzeugend gewesen, Chef«, sagte er schließlich. »Ich glaube, keiner von uns ist mit deinem Plan glücklich, aber wir alle kennen Collegium. Etliche von uns haben sogar an der Akademie dort studiert. Jetzt heißt es, sich für dieses Privileg erkenntlich zu zeigen.«

»Und mir ist klar, weshalb Ihr mich zu meinen Leuten senden wollt«, warf Achaeos ein.

»Bestellt den Wahrsagern von Tharn, dass Stenwold Werker aus Collegium die Stahlbahn zerschlagen und die Maschine zerstören will. Sagt ihnen, dass ich zu diesem Zweck um die Hilfe ihrer Krieger bitte. Wir stellen ihnen keine Falle und treiben kein falsches Spiel. Kommt mit allen, die Ihr dafür gewinnen könnt, bei Sonnenuntergang zum südlichen Ende der Bauhütten. Und jetzt fliegt!«

Achaeos erhob sich, verneigte sich kurz und drückte Jus Hand. »Wenn ich sie nicht mitbringe, komme ich auf jeden Fall allein zurück«, versprach er. Seine Flügel schimmerten, als er sie ausbreitete, und er verschwand durch die Luke im Dach, die mit lautem Knall hinter ihm zufiel.

Viel zu schnell und mit bedrückender Endgültigkeit neigte sich der Tag seinem Ende zu. Sie waren ein abgerissener Haufen, und die Wunden von dem Überfall der Wespen waren noch nicht verheilt. Lediglich ihre Ausrüstung hatten sie wieder aufgestockt und alles eingesteckt, was Scuto noch auf Lager hatte und irgendeinen Nutzen haben konnte. Stenwold hatte die robuste Lederkleidung eines Erfinders angezogen, sich eine Armbrust über die Schulter geworfen und einen Beutel mit einem halben Dutzend Granaten an den Gürtel geschnallt. Auch Scuto, der immer noch seine unförmige Rüstung trug, nahm einen Beutel dieses tödlichen Spielzeugs an sich und stattete sich mit einer nagelneuen Schnellfeuerarmbrust aus. Von seinen Stacheln und den Metallstreifen seines Panzers baumelten Bolzenmagazine zum Nachladen herunter.

Tisamon dagegen trug nichts weiter als seinen Waffenrock, der schon so viele Tode gesehen, dabei aber kaum einen Kratzer abbekommen hatte. Für Tynisa hatte er ein ähnliches Gewand gefunden, und er assistierte ihr mit großer Sorgfalt, die Schnallen an der Seite zu schließen. Er machte sogar neue Löcher in den Stoff, um Kordeln durchzuziehen, damit sich der Waffenrock besser ihrer schlanken Figur anschmiegte. Als Stenwold sein Pflegekind, Tisamons leibliche Tochter, mit dem Fangschreckenkrieger sah, wurde ihm bewusst, dass sie nicht mehr in seiner Obhut war. Sie war auch nicht in Tisamons Obhut, sondern in ihrer eigenen. Von nun an würde sie ihren Lebensweg selbst bestimmen.

Doch da war noch Jubelgut, seine Nichte, sein Fleisch und Blut, die während der Gefangenschaft bei den Wespen ebenfalls so viel reifer geworden war. Wie er selbst trug sie die Schutzkleidung der Erfinder. Von der Hüfte baumelte ihr auf der einen Seite der Werkzeugbeutel, auf der anderen das Schwert. Sie hatte sich einen Lederhelm auf den Kopf geschnallt, dessen Augenschutz weit ins Gesicht hinabreichte, so dass er sie kaum erkannte.

Hinter ihr stand der Rest von Scutos Agentengruppe bereit. Balkus kannte Stenwold sehr gut. Der Ameisenmann war zwar eher ein Söldner als ein treuer Gefolgsmann, aber da er Scuto so manches schuldig war und seine Schulden als Ehrensache ansah, war auf ihn Verlass. Dann war da noch Rakka, dessen rechte Hand der Rechtsprechung des Imperiums zum Opfer gefallen war und der weder vergessen noch verzeihen konnte. Sperra, die Fliegenfrau mit dem Bogen, hatte sich für alle Fälle mit Salben und Verbänden ausgestattet. Außer ihr hatten sich noch ein paar Käfer, Fliegen, Ameisen und ein Halbblut hier eingefunden, die letzten Überlebenden aus Scutos Gruppe. Sie waren mit Armbrüsten, Schwertern, Granaten und zusammengestückelten Rüstungen bewaffnet. Einer der Käfer hatte eine Donnerarmbrust, deren ausgebördelte Mündung bereits mit einer Kartätsche geladen war. Ein anderer trug einen Vollharnisch aus schwerem Metall und eine alte Streitaxt der Stadtwache. Zwar waren sie allesamt keine Soldaten, im Kämpfen hatten sie jedoch genauso viel Erfahrung wie jede herkömmliche Wespe.

»Ich glaube, wir sind bereit, Chef«, sagte Scuto ruhig.

Collegiums Schicksal hängt ganz allein von uns ab.

»Dann lasst uns ausrücken«, sagte Stenwold.

Sie waren nahe genug an der Baustelle, um das Hämmern der nimmermüden Maschinen zu hören, die

die Schienen herstellten, und das schleifende, schabende Geräusch der Automotiven, die die fertigen Teile transportierten. In Collegium hatte die Arbeit an der Bahn begonnen, und jetzt blieb nur noch eine letzte Lücke, die sich zusehends schloss. Wie viele Dutzend Schritt wohl noch verlegt werden mussten? Mit jeder Stunde verkleinerte sich die Lücke. Womöglich konnte die gekaperte *Stolz* schon morgen oder übermorgen auf Jungfernfahrt gehen.

Allerdings nahm die *Stolz* selbst nicht teil an der fieberhaften Plackerei, sondern hielt sich abseits der Baustelle. Wenn sie sich bewegen würde, dann von Helleron nach Collegium und um die Welt zu revolutionieren. Sie stellte eine neue Ära des Fortschritts dar, mit all den Vorzügen und Lastern, die das mit sich brachte.

Und wir wollen sie aufhalten. Immer noch erschien Stenwold diese Idee verrückt. Dieser Irrsinn war jedoch die unvermeidliche Schlussfolgerung logischen Denkens.

Die *Stolz* wartete auf einem Rangiergleis unter einer aufgespannten Plane, die sie vor Sonne und Regen gleichermaßen schützte. Eine kleinere Maschine hätte man wahrscheinlich in einen Schuppen gestellt, aber die *Stolz* war groß und mächtig. Zudem mussten die Maschinisten mit ihren Geräten seitlich an den Zug beikommen, um ihre Wartungsarbeiten durchzuführen. Diese vollkommen neue Erfindung hatte einen kolossalen Rumpf, und ihre Spitze war wie ein Hammer geformt, der mit wunderschönen silbernen Verzierungen geschmückt war, so dass die *Stolz* wie eine Zeremonienstreitaxt aussah.

Hinter der massiven Nase befand sich der eigentliche Motorblock, das »Blitzgetriebe«. Davon hatte Stenwold noch nie zuvor gehört, und er hatte auch noch keines gesehen. Ihn beschlich das ungute Gefühl, dass Scuto auch nicht viel mehr darüber wusste, obwohl es seine Aufgabe war, das Ding lahmzulegen. Entweder er benutzte dazu einen Sprengsatz, oder er überheizte die Maschine, so dass sie von allein auseinanderflog. Mit seinen zwanzig Fuß Länge war das Getriebe wahrlich gigantisch, und die klobigen Flanken waren von Düsen, Leitungen, Spulen und gewundenen Auspuffrohren durchsetzt. Aus der Abdeckung des Getriebes ragte ein fünf Fuß hoher Mast heraus, der in der Dunkelheit unter der Plane schwach funkelte. Hinter dem imposanten Getriebe befand sich der Führerstand. Bei einfacheren, mit Dampfkraft betriebenen Automotiven wurde von hier aus der Heizkessel befeuert. Welche Steuerknüppel und Regler hingegen ein Blitzgetriebe benötigte, konnte sich Stenwold nicht vorstellen.

Nirgends war eine Wache zu sehen. Sie hatten sich dem Bauhof von Süden her genähert, um ihn besser überblicken zu können, doch selbst von dort konnte man nicht viel erkennen, denn der Bauhof selbst war eine zehn Fuß tiefe und mindestens hundert Fuß durchmessende Grube, in der Werkzeugschuppen und Baumaschinen herumstanden und Abraum aufgehäuft war. Dort konnten sich gut und gern ein Dutzend Wachen aufhalten.

Stenwold war klar, dass nichts passieren und sich niemand rühren würde, solange er nicht das Zeichen dazu gab. Aber wenn er es erst einmal gegeben hatte, konnte er das Ganze weder aufhalten noch irgendwie steuern. Es würde seinen Händen entgleiten wie die Flugmaschine eines Erfinderlehrlings, die flog oder abstürzte, ohne dass er es beeinflussen konnte.

Jetzt, da er hier angekommen war, sah er sich nicht mehr in der Lage, das Zeichen zu geben.

Doch da zischte Sperra: »Achtung oben! Ich höre Flügelschlagen!«

Neunzehn

Die Gruppe stob auseinander, und sämtliche Armbrüste richteten sich auf den dunklen Nachthimmel. Kurz darauf erklang Jus Stimme. »Ganz ruhig! Es ist Achaeos.«

Sie versammelten sich wieder, und ein Stück entfernt landete eine Gestalt. Obwohl der zunehmende Mond und einige Laternen im Bauhof Licht spendeten, brauchte Stenwold einige Augenblicke, um Achaeos in den Schatten auszumachen.

Gerade wollte er auf ihn zugehen, um ihn zu begrüßen, als weitere Gestalten zu Boden flatterten. Im ersten Moment fürchtete Stenwold Verrat und blieb wie gelähmt stehen, doch dann erfüllte ihn plötzlich Hoffnung.

Bei den Neuankömmlingen handelte es sich um ein gutes halbes Dutzend Motten mit Bögen in der Hand und zwei Fliegen, die dieselben Kapuzenumhänge trugen. Dazu kamen zwei Fangschrecken, Mann und Frau in nietenbesetzten Waffenröcken, beide so groß und gerissen wie Tisamon, ein Libellenmädchen mit einem Langbogen und schließlich ein Heuschreckenmann mit zwei blitzenden Dolchen in den Händen. Sie waren alle in verschiedene Grautöne gekleidet, so dass sie zwischen Schatten und dem fahlen Mondlicht fast unsichtbar blieben.

»Hammer und Zange!«, sagte Stenwold, denn der Anblick nahm ihm wenigstens einen der vielen Steine vom Herzen. »Dann ist Euren Wahrsagern also ein Licht aufgegangen? Das heißt, sie haben die Finsternis erkannt?«

Ju drängte sich an ihm vorbei und nahm Achaeos in die Arme. Plötzlich blickte sie schuldbewusst zu Stenwold zurück, doch der hatte im Moment andere Sorgen.

»Als ich nach Tharn zurückkehrte, haben diese Männer und Frauen bereits auf mich gewartet«, sagte Achaeos und hatte dabei einen Arm um Ju geschlungen. Er schien selbst erstaunt darüber zu sein. »Offenbar bin ich jetzt ihr Kapitän. Die Wahrsager überlegen immer noch. Tharn hat sich noch nicht gegen das Imperium gestellt.«

»Aber wer sind diese Leute dann?«, fragte Stenwold, doch da platzte der Gedanke bereits aus ihm heraus: »Arkanum …«

Achaeos warf einen Blick zurück zu seinen Leuten. »Sie haben mir lediglich gesagt, dass sie gegen die Wespen kämpfen werden, Meister Werker. Bestimmt hat einer der Wahrsager diesbezüglich eine persönliche Entscheidung getroffen und seinen Agenten entsprechende Anweisungen gegeben. Sie gehören tatsächlich zum Arkanum, Meister Werker, und sie werden Euch folgen. Für diesen einen Kampf, Stenwold Werker, werden sie Euch folgen.«

»Und wie gehen wir jetzt vor?«, fragte Scuto, der die Neuankömmlinge immer noch musterte.

»Wir haben diesen Ort bereits ausgekundschaftet«, sagte Achaeos. »Er war immer bewacht. Jetzt sind allerdings keine Wachen aus Helleron mehr hier.«

»Das macht es uns einfacher«, warf Balkus über Scutos Schulter hinweg ein.

»Nein, denn das bedeutet, dass sie erfahren haben, dass wir kommen«, widersprach Achaeos.

Dem stimmte Stenwold zu. »Sie wurden getötet oder bestochen. Oder ein vom Imperium gekaufter Magnat hat sie wegbeordert. Aber wo sind die Wespen, Achaeos?«

»Einige sind im Innern der Maschine«, gab der Mottenmann zur Antwort. »Und in dieser Grube haben wir bislang vier versteckte Wachen entdeckt. Wir vermuten jedoch, dass da noch mehr sind und dass sie uns eine Falle stellen.«

»Nun, da wir wissen, dass es eine Falle ist, können wir etwas dagegen unternehmen und den Fallenstellern unsrerseits eine Falle stellen«, sagte Stenwold.

»Wenn Ihr jetzt handeln wollt, werden wir Euch folgen«, erklärte Achaeos. »Jeder von uns ist darauf eingeschworen.« Er lächelte und drückte Ju noch einmal, bevor er sie losließ. »Es wird zum Kampf kommen, Meister Werker. In der Nähe haben wir drei Dutzend Wespensoldaten gesehen, die auf der Lauer liegen und vermutlich nur auf ein Zeichen der Wachposten warten. Ihr Heerlager ist ebenfalls nicht allzu weit entfernt, wahrscheinlich absichtlich, damit sie unverzüglich Verstärkung anrücken lassen können. Wie lange brauchen wir, um die Maschine zu zerstören?«

Stenwold blickte Scuto fragend an. Dieser zuckte mit den Schultern. »Schwer zu sagen. So ein Biest habe ich noch nie auseinandergenommen.«

»Dann wird es nicht ohne Kampf abgehen«, stellte der Mottenmann düster fest. Er wirkte bleich und sehr jung. Stenwold betrachtete die anderen Gesichter. Außer ihm selbst, Scuto, Tisamon und dem Heuschreckenmann, den Achaeos mitgebracht hatte, schienen alle so jung zu sein. »Wenn einer von euch gehen möchte – egal, wer –, dann soll er jetzt gehen«, sagte er, aber natürlich rührte sich niemand. Alle, denen nicht gerade wie Tisamon der Tod wie Blut in den Adern floss, hatten Angst. Doch Stolz und die Furcht vor Schande hielten sie zurück, und am liebsten hätte Stenwold sie angeschrien und ihnen gesagt, dass gekränkter Stolz mit der Zeit heilte, nicht aber eine tödliche Wunde.

Doch er schwieg, denn es waren *seine* Leute. Sie waren hier, um seinen Plan auszuführen, und der Zufall und ihr Geschick würden bestimmen, wer überlebte und wer nicht.

»Wie können wir Euch am besten einsetzen?«, fragte er Achaeos.

»Wir können zuschlagen, ohne gesehen zu werden. Die erste Runde geht somit an uns«, erwiderte er und warf einen Blick zu der Fangschreckenfrau, bei der es sich, wie Stenwold vermutete, um seine taktische Beraterin handelte. »Wir werden zunächst die Wespen in der Maschine und die vier Wachen, die wir bisher entdeckt haben, angreifen. Sobald ihr uns kämpfen seht, stürmt ihr zu der Maschine. Bestimmt haben sie bis dahin Alarm geschlagen, aber es wird ein ziemliches Durcheinander herrschen. Meine Leute und diejenigen von euch, die nicht mit der Zerstörung der Maschine beschäftigt sind, müssen sich allen Angriffen der Wespen stellen, bis das Ziel erreicht ist. Das wäre unser Plan.«

Stenwold nickte. »Ich habe keinen besseren.«

Achaeos und seine Krieger verschmolzen mit der Dunkelheit, die für den Mottenmann selbst keine Dunkelheit war. Stenwold bedeutete den anderen mit Zeichen, dass sie sich ruhig verhalten sollten, und schlich zum Rand der Baugrube. Direkt unter ihm war ein Berg aus Abraum, so dass man hier leicht hinabsteigen und zur *Stolz* gelangen konnte. Mit heiler Haut wieder herauszukommen, wäre allerdings eine besondere Herausforderung.

Er fing an zu zählen, aber als er merkte, dass er nicht wusste, wie weit er zählen sollte, ließ er es wieder sein. Nur ein schwacher Wind wehte aus Osten durch die kühle Nacht, und es war unheimlich still. Er konnte kaum glauben, dass nur einen Steinwurf entfernt drei Dutzend Wespen lauern sollten. *Wahrscheinlich halten sie den Atem an.*

»Da!«, flüsterte Tynisa.

Auch wenn Stenwold selbst nichts gesehen hatte, war er doch so angespannt, dass er sofort reagierte. »Los!«, zischte er.

»Kapitän!«, rief einer seiner Männer, und Thalric schreckte aus seinen Gedanken hoch. Die Nacht war ruhig, und bisher hatte es keinen Alarm gegeben.

»Was gibt es?«, fragte er.

»Ich habe etwas bei der Maschine gesehen, Kapitän.«

Thalric stellte sich auf die Bank und starrte hinüber. Wespen besaßen keine Nachtsicht, doch die Gaslaternen rings um die *Stolz* spendeten genug Licht. »Ich kann nichts erkennen ...«, sagte er, doch dann sah er doch etwas, und im selben Moment wurde einer seiner Wachposten ausgeschaltet.

Ein Schatten. Zwischen das Licht und den Mann hatte sich ein Schatten gedrängt, und dann war der Mann aus dem Führerstand der *Stolz* gestürzt. Er hatte zu dem Hinterhalt gehört. Also hatte der Angriff begonnen.

»Ausrücken, alle Mann ausrücken!«, schrie er. »Leichte Lufttruppen, sichert die Maschine. Infanterie ...« Noch während er sprach, strömten einige Männer in die Grube und durchquerten den Bauhof. »Haltet sie auf!« Er deutete auf die Angreifer.

Ein Dutzend seiner Soldaten war bereits flügelschlagend in der Luft und schoss so schnell es ging auf die Maschine zu. Ein weiteres Dutzend preschte an ihm vorbei. Diese trugen Schild und Speer und waren schwerer gerüstet. Als Thalric erneut einen Blick auf die Eindringlinge warf, meinte er, Stenwold an der Spitze zu erkennen. Bei derartigen Operationen sollte ein Befehlshaber seine Truppen anführen, und Thalric empfand Achtung vor seinem Gegner.

»Du.« Er wandte sich zu dem jungen Fliegenboten um, der sich hinter ihm bereithielt. An der kaiserlichen Livree, die er über einem Lederpanzer trug, war zu erkennen, dass er kein Einheimischer war, sondern zur Armee gehörte. »Geh zu Major Godran. Sag ihm, er soll mit drei ... nein, vier Kompanien anrücken, und zwar schnellstmöglich. Und er soll die Automotive und das Aufklärungsluftschiff mitbringen.«

»Jawohl, Kapitän.« Der Bote schoss in Richtung Heerlager davon.

Thalric, der eben noch von mehr als zwei Dutzend Soldaten umgeben gewesen war, fand sich plötzlich verlassen wieder.

Stenwold war kein guter Läufer, und die flinkeren Mitstreiter hatten ihn überholt, noch ehe er die Hälfte der Strecke zurückgelegt hatte. Da hörte er ein schrilles Pfeifen. Mindestens einen Wachposten hatten die Motten offenbar nicht rechtzeitig gefunden. Vor ihm sah er Gestalten vor den Laternen vorbeihuschen, die unter der Schutzplane der *Stolz* aufgehängt waren. Im Licht der Gaslampen blitzte Stahl auf, und er hörte unterdrückte Schmerzenslaute und abgehackte Schreie. Inzwischen hatten sich Tisamon und Tynisa an die Spitze vorgearbeitet und rannten mit mörderischer Geschwindigkeit auf die Maschine zu. Dort angekommen, würden sie nicht viel mehr ausrichten können, als Blut zu vergießen.

Über ihm sauste ein Mottenkrieger hinweg, weiße Augen und der Bogen verschwammen im Grau seines Umhangs. Mittlerweile waren die meisten an ihm vorbeigezogen, und ihm gingen die Kräfte aus. Um wieder zu Atem zu kommen, verlangsamte er seine Schritte und schaute sich um.

Zu seiner Linken war nichts zu sehen bis auf zwei Karren, die sich wie eine dunkle Wand auf einem abgezweigten Schienenstrang erhoben. Rechts türmte sich die Dunkelheit auf, denn dort erhoben sich zwei kegelförmige Berge mit Bauaushub. Im Vorbeigehen sah er zwischen ihnen eine weitere Schienenautomotive, die sich gegen das Ungetüm der *Stolz* winzig ausnahm. Hinter ihren Fenstern bewegte sich etwas, und an der ihm abgewandten Seite liefen Leute entlang.

Vor ihm brachen plötzlich heftige Kämpfe aus. Die Feuerstacheln der Wespen blitzten auf, und es ertönten Schreie von Verwundeten. Inzwischen war er nahe genug am Geschehen, um erkennen zu können, wie ein Mottenkrieger gegen die unnachgiebige Metallhülle der *Stolz* geschleudert wurde. Im Licht der Gaslaternen leuchtete der Rauch, der von seiner Brandwunde aufstieg. Die Fangschreckenfrau aus Tharn breitete ihre Flügel aus und schwang sich empor. Gerade wollte der Anführer der fliegenden Wespen seine Angriffsgeschwindigkeit drosseln, als sie ihn schon aus der Luft mähte.

»Nach rechts!«, brüllte Stenwold. »Ju! Scuto! Tis und Nisa! Zur Maschine. Der Rest zu mir!«

Nachdem er den Befehl geschrien hatte, wollte er stehen bleiben, aber das war gar nicht so einfach, da seine Füße auf dem Kies und Schotter ins Schlittern gerieten. Gleichzeitig versuchte er, die Armbrust nach oben zu richten.

Ein Wespentrupp lief direkt auf sie zu. Sie waren gut gerüstet, mit erhobenen Schilden und vorgereckten Speeren bildeten sie einen Keil. Gerade hatte er einen Bolzen eingelegt, als bereits zwei Geschosse von hinten an ihm vorbeischossen und sich zitternd in die Schilde der Angreifer gruben. Der Keil näherte sich in vollem Lauf, und Stenwold fischte in seinem Beutel nach einer Granate.

Kurz darauf erklang ein ohrenbetäubender Knall, als Balkus mit dem Nagelbogen das Feuer eröffnete. Unverzüglich folgten zwei weitere Donnerschläge, die in der Grube widerhallten, und die Spitze des Keils brach unvermittelt zusammen, als zwei Männer ins Taumeln gerieten. Die Bolzen hatten sowohl Schilde als auch Rüstungen durchschlagen. Doch dann ging Balkus auf die Knie und versuchte, ein verklemmtes Geschoss aus der Waffe zu lösen. Weiter hinten wurde ebenfalls ein Soldat getroffen, denn Sperra war mit ihrer Armbrust in die Höhe geflogen, um die Angreifer von oben zu beschießen. Einen Moment lang brauchte der Keil, um sich neu zu formieren, und Stenwold sah, dass die Wespen ihre Speere in die linke Hand wechselten, um ihren Stachel einsetzen zu können.

Ein besserer Befehlshaber als er hätte sicher innerhalb von Sekundenbruchteilen und mit genialischem Gespür die Situation eingeschätzt und eine Strategie entwickelt. Doch Stenwold war kein Soldat, darum bellte er einfach: »Angreifen!«. Im selben Augenblick zündete er die Granate, indem er an dem Zündstahl schnippte, und schleuderte die Metallkugel von sich.

Sie traf den Schild einer Wespe, prallte von ihm ab und rollte seinem Nebenmann vor die Füße. Dem Soldaten blieb gerade noch genug Zeit zu sehen, was da vor ihn gerollt war, als die Granate auch schon explodierte. Metallsplitter stoben in alle Richtungen, zerrissen den Soldaten und trafen seine Kameraden. Selbst Stenwold, der seine Gruppe anführte, traf noch eine Scherbe an der Schulter.

Und dann fielen sie übereinander her. Stenwold zückte sein Schwert, und kurz darauf prallten die Feinde aufeinander. Er war mittendrin. Einen Wespensoldaten traf er in die ungeschützte Achsel. Der Mann sackte zusammen, klammerte sich aber verzweifelt an Stenwold fest.

Neben ihm holte der geharnischte Käfer mit der Streitaxt aus, ließ sie auf den Schild seines Gegners herabsausen und brach ihm den Arm. Noch zweimal ertönte das Krachen des Nagelbogens, als Balkus aus nächster Nähe auf die Wespen feuerte. Dann warf er sich die Waffe auf den Rücken, zog sein Kurzschwert und focht mit der Zielstrebigkeit, die seinem Volk zu eigen war.

Ju lief immer noch auf die Maschine zu. Dort wurde heftig gekämpft, und es lagen bereits viele Gefallene herum. Mit Hilfe ihrer Nachtsicht erkannte sie, dass es sich zwar vor allem um Wespen handelte, aber es waren auch schon drei Motten getötet worden. Eine von ihnen konnte Achaeos sein.

Das darf ich gar nicht denken. Obwohl sie nicht anders konnte, als daran zu denken, trugen ihre Füße sie wie automatisch weiter auf die Maschine zu.

Immer mehr Wespen erschienen bei der *Stolz* und wandten sich ihnen zu. Ein Energiestrahl schoss über ihren Kopf hinweg. Ein anderer sauste auf Tynisa zu, und sie wich ihm geschickt aus. Kurz darauf stürzte sie sich auch schon mit ihrem Vater in die Schlacht.

Sie waren ihr nur wenige Sekunden, nur wenige Schritte voraus. Ju traute ihren Augen nicht. In Myna hatte es nur Hinweise darauf gegeben, aber sie hatte Tisamon noch nie wirklich kämpfen sehen. Und sie hätte sich nicht träumen lassen, dass ihre Ziehschwester ihm im Fechten kaum nachstand.

Sie ließen den Wespen keine Zeit und keinerlei Verteidigungsmöglichkeiten. Aus der Dunkelheit stürmten sie in das grelle künstliche Licht und wateten im Blut – so jedenfalls kam es Ju vor. Tisamon und seine Klinge tanzten miteinander, als wären sie zwei Wesen, die aus unterschiedlichen Richtungen zuschlugen, aber wie Ameisen aus derselben Stadt im Geiste miteinander verbunden waren. Und Tynisa blieb keinen Wimpernschlag lang still. Egal wie schnell ihre Gegner mit dem Schwert zustießen, sie war stets schon weg. Das Rapier in ihrer Hand ruhte nicht, niemand konnte es parieren oder ihm ausweichen. Es folgte den Bewegungen seiner Beute, jagte ihr unerbittlich nach, bis es sich in ihr Blut getaucht hatte.

Ohne sich um sie zu kümmern, schlüpfte Scuto zwischen ihnen hindurch und sprang in den Führerstand der *Stolz*, der sich direkt hinter dem Getriebe befand. Einen Augenblick später torkelte er bereits wieder heraus, und die Feuerlanze eines Wespenstachels streifte ihn an der Schulter. Der Soldat setzte ihm mit dem Kurzschwert nach, die Klinge prallte jedoch scheppernd an Scutos Plattenpanzer ab. Dieser ergriff seinen Gegner, umklammerte ihn und stieß ihm seine gebogenen Dornen in den zuckenden Leib.

Ju war die Lust vergangen, sich einzumischen. Nicht weil sie sich vor den kaiserlichen Soldaten fürchtete, sondern weil sie Angst hatte, Tisamon und seine Tochter könnten in ihrem Blutrausch womöglich nicht mehr zwischen ihr und den Wespen unterscheiden. Dann fasste sie sich ein Herz und stieß dem Mann, mit dem Scuto rang, das Schwert in den Rücken.

Sie spürte, wie die Klinge an den Ringen seines Kettenpanzers entlangschabte und in ihn eindrang, und das blanke Entsetzen fuhr ihr in alle Glieder. Zum ersten Mal hatte sie wahrhaft jemandes Blut vergossen, und es war ein schreckliches, zutiefst abstoßendes Gefühl.

Doch sie hatte keine Zeit, sich darüber Gedanken zu machen. Scuto schleuderte den leblosen Gegner bereits zur Seite, sprang auf die Maschine und streckte ihr die dornige Hand hin.

Draußen ging das Töten weiter, aber sie waren endlich im Führerstand und rissen die Augen auf. Sie standen vor der Steuerung eines Blitzgetriebes, und keiner von beiden hatte jemals etwas Vergleichbares gesehen. In der Mitte befand sich eine milchige Glasplatte, hinter der Spulen zu sehen waren, die wie Kristalle funkelten, tanzten und leuchteten. Zu beiden Seiten sah sie Anzeigen und Hebel, Schieberegler und Kippschalter, die ihr allesamt nichts sagten. An Scutos Miene konnte sie ablesen, dass er die Armaturen noch weniger durchschaute.

»Ich wünschte, Totho wäre hier«, sagte sie traurig. »Zu der Zeit, als ich meinen Mechanikkurs belegt habe, hat man dieses Ding hier erst angedacht. Ich kenne mich nur mit ... den Grundlagen aus.«

»Gut«, sagte Scuto, holte mit dem hinteren Ende seiner Armbrust aus und hämmerte sie gegen die Glasscheibe. Doch die wurde dadurch noch nicht einmal angekratzt. »Beim Abdruck des Gießers!«, schimpfte er. »Muss einen ganzen Fuß dick sein. Da kann ich nicht einmal eine Granate draufwerfen. Meinst du, du kannst dieses Teil überhitzen?«

Ju warf einen Blick auf die Schalter. Als Expertin auf einem Gebiet gehandelt zu werden, von dem sie nicht viel wusste, war nicht gerade eine Alltäglichkeit für sie. »Ich kann es probieren«, sagte sie. »Wohl oder übel.«

Scuto blickte auf den Bauhof hinaus. »Aber probier es schnell«, mahnte er.

Der Keil der Wespen war zusammengebrochen. Nut zwei Soldaten hatten überlebt und ergriffen die Flucht, und Balkus steckte bereits ein neues Magazin in seinen Nagelbogen, um sie zu erledigen. Stenwold schaute sich in dem Wirrwarr der Gefallenen um. Da die Wespen von allen Seiten angegriffen worden waren, waren ihre Leichen nicht verstreut, sondern türmten sich mitunter sogar übereinander. Auch einer von Scutos Käfern lag mit verbranntem Gesicht auf dem Schlachtfeld, und ein Stück weiter starrte eine Fliege mit gebrochenen Augen an den Nachthimmel.

Die anderen wandten den Blick nun ebenfalls hastig nach oben, da Energieblitze auf sie herniederprasselten. Schon war die zweite Angriffswelle der Wespen heran. Diesmal stürzten sie sich mit ausgestreckten, Funken sprühenden Händen und eingelegten Lanzen auf sie herab. Balkus feuerte einen Bolzen nach dem anderen auf die fliegenden Feinde. Wenn sie ihr Ziel fanden, bohrten sich die Geschosse in ihre Ziele, und die Wespen taumelten und plumpsten zu Boden.

»In Deckung!«, schrie Stenwold.

Im selben Moment wurde einer seiner Ameisenmänner beim Nachladen seiner Armbrust von einem Stachel getroffen. Sperra hatte sich bereits in den Schatten einer kleinen Baumaschine geduckt und kurbelte fiebrig an der Spannvorrichtung ihrer Waffe.

Gerade als sich Stenwold hinter einen Erdhügel warf, kam am Himmel hektische Bewegung auf. Aus dem fragwürdigen Schutz seiner Deckung wagte er einen eingehenderen Blick und sah, dass sich der Himmel in ein Schlachtfeld verwandelt hatte. Die Wespen wirbelten durch die Luft und wehrten sich gegen Achaeos und seine Leute. Wie ein Blitz sauste die Libelle durch das Gewühl, wechselte abrupt die

Richtung und schoss selbst im schnellsten Flug noch einen Pfeil ab, der eine ahnungslose Wespe im Genick erwischte. Währenddessen packte der Fangschreckenmann einen Gegner am Gürtel und schlitzte ihn mit zwei raschen Bewegungen auf. Dann ließ er den schlaffen Körper zu Boden fallen. Gleich darauf traf ihn ein Bolzen in der Seite, so dass auch er sich fallen ließ. Er lebte zwar noch, aber eine Wespe, die im selben Augenblick landete, bohrte ihr Kurzschwert in seinen Leib, noch ehe er das Gleichgewicht wiedergefunden hatte. Der siegreiche Soldat wollte sich wieder in die Luft schwingen, aber Stenwold jagte ihm einen Bolzen in die Brust.

Jemand stieß eine Warnung aus, die er nicht verstand. Einen Moment später erklärte sie sich von selbst, denn das Rattern eines Getriebes aus Richtung des Heerlagers verriet ihm alles, noch bevor er die gigantischen Umrisse der Automotive sehen konnte. Das klobige und schwer gepanzerte Gefährt glich einem hässlichen, vernieteten Topfhelm mit schmalen Sehschlitzen. Auf seinen vier langen Beinen, deren Gelenke wie bei einer Spinne weit nach oben ragten, bewegte es sich ruckartig und abgehackt, kam aber rasend schnell vorwärts. Unter dem stumpfen Bug waren zwei große Armbrüste festgemacht, die sogleich das Feuer eröffneten. Weiter hinten erkannte Stenwold ein aufgesetztes Wurfgeschütz – aber es war nicht einfach nur das. Als die Umrisse der Waffe deutlich wurden, warf sich Stenwold erneut in Deckung, denn er hatte die großen Holzmagazine des Geschützes erkannt. Es war eine

Schnellfeuerballiste, eine wahrhaft moderne Waffe. Sekunden später hörte er bereits das Klack-klack-klack der Schleuder, als sie Bolzen um Bolzen abfeuerte.

Bald würde das Geschütz sie aufreiben. Sie mussten es zerstören, bevor es richtig loslegen konnte.

Schon nach zwei Schritten verließ ihn der Mut, denn er sah, dass der geharnischte Käfer von den Armbrüsten am Bug getroffen wurde. In seinem Berg aus Metall plumpste er zu Boden, und aus seinem Brustpanzer ragten zwei Pfeile heraus. Eine der Fliegen aus Tharn wollte über das Gefährt hinwegfliegen, aber die Balliste ließ sich mühelos drehen. Das Geschoss ging glatt durch die Fliege hindurch, so dass sie für einen Moment stillzustehen schien, bevor sie abstürzte.

Die Automotive rumpelte weiter und wurde immer schneller. Hinter ihr marschierte ein weiterer Trupp Wespen. Wieder holte Stenwold eine Granate heraus und fragte sich, wie dick der Panzer wohl war. Er würde es gleich herausfinden.

Er betätigte die Zündung und zählte, während ein Geschoss der Balliste neben ihm einschlug. Dann schleuderte er die Granate, und ausnahmsweise hatte er die Entfernung richtig eingeschätzt. Gerade als sie aufkam, detonierte sie. Einen Moment lang sah Stenwold nichts als Feuer. Erst allmählich schälten sich die Umrisse der Automotive wieder aus den Flammen. Auf staksenden Spinnenfüßen schwankte sie zurück. An der Vorderseite war sie eingebeult, und eine der Armbrüste war unbrauchbar geworden, ihre

Spannarme hingen nutzlos herab. Sekunden später stapfte das Ungetüm bereits weiter voran.

»Zerstört es!«, rief er hilflos, da er selbst nicht wusste, wie sie das bewerkstelligen sollten.

Auch hinter der Automotive waren mittlerweile Kämpfe ausgebrochen, da sich zwei oder drei der Tharner auf den Wespentrupp herabgestürzt hatten. Stenwold konnte den Heuschreckenmann ausmachen, der mit seinen zwei Messern sprang und tänzelte und blutige Ernte einfuhr. Die Balliste schwenkte nach hinten, so dass er die gepanzerte Rückseite des Sitzes sah, in dem der Schütze saß.

»Jetzt! Los!«, bellte er und lief auf das Gefährt zu, ohne zu wissen, ob ihm jemand folgte.

Ein letztes Mal holte Achaeos aus, und sein Dolch schlug Funken an der Rüstung des Gegners. Dann erhob er sich in die Luft und machte sich Kreise ziehend davon. Zwei oder drei Energielanzen schwirrten an ihm vorbei. Als er zurückschaute, sah er, dass der Soldat mit zornigem Gesicht und ausgestreckter Hand hinter ihm herflog. Achaeos beschrieb eine rasante Schleife am Himmel, so dass die Wespe sich nach ihm umdrehen musste. Kaum war Achaeos nahe genug heran, stach er zu und traf den Soldaten im Bein. Als sich der Wespenmann zu ihm umwandte, schoss gerade eine weitere Motte an ihm vorbei, umklammerte seinen Nacken und hielt ihn fest. Achaeos schwenkte zurück und rammte dem Soldaten zwei-, drei-, viermal die Klinge in den Leib, bis er leblos zur Erde stürzte. Darauf durchpflügten die beiden Motten das Schlachtfeld wieder auf getrennten Bahnen.

Achaeos' Männer und Frauen hatten sich aufgeteilt, jeder kämpfte nunmehr für sich. Das war ihre Art zu kämpfen, sowohl bei Überfällen als auch im Krieg. Die Motten waren nicht bekannt dafür, dass sie in den Krieg zogen, in mitternächtlichen Scharmützeln wie diesem jedoch trat ihre kriegerische Natur zutage. Achaeos steckte den Dolch weg, nahm seinen Bogen vom Rücken und öffnete die Kordel, die seinen Köcher verschlossen hielt.

Schwerfällig trampelte die Automotive über das Schlachtfeld, und das mörderische Gerät der Erfinder auf seiner Spitze drehte sich hin und her, spie Tod und Verderben aus. Als er darüber hinwegflog, sah er, dass ein paar wenige einen Angriff auf das Ungetüm wagten. Einer von ihnen war Stenwold.

Zweifellos würde er dabei sein Leben lassen. Der füllige alte Käfer stapfte beinahe so schwerfällig dahin wie die Maschine selbst. Wie das Gesicht eines blinden Gottes schwenkte die Waffe auf dem Gefährt in Stenwolds Richtung. Natürlich glaubte niemand von ihnen an Götter, aber die Erfinder hatten sie dennoch geschaffen.

Achaeos griff auf seine Kunst zurück, die Kunst der Gedankenbeeinflussung, die er vor so langer Zeit bei Ju eingesetzt hatte, und schoss an dem Sehschlitz der Balliste vorbei. Der erste Bolzen verfehlte ihn, der zweite auch. Dann erschütterte ihn das Gefühl einer Verbindung, und er nahm den Schützen mit seinem Blick gefangen.

Als er flügelschlagend nach oben wich, hielt er die Verbindung aufrecht. Ein paar wertvolle Sekunden lang würde ihm der Blick des Schützen folgen, während seine Waffe sich selbst überlassen war und blind herumschlingerte.

Thalric begriff nicht, was auf dem Schlachtfeld vor sich ging, so sehr er sich auch bemühte. Da gab es nichts zu begreifen. Daran waren die verfluchten Motten und ihre Verbündeten schuld.

Während Stenwolds erbärmlicher Haufen gut hätte in Schach gehalten werden können, hatten die Motten die Kämpfe eskalieren lassen. Vor wenigen Augenblicken waren die Gefechte um die *Stolz* erstorben, und jetzt stürzte ein neues Geschwader der leichten Lufttruppen auf die Angreifer nieder, um ihnen den Garaus zu machen. Die Kämpfe fingen von Neuem an, und gleichzeitig kam die Automotive trotz erbitterten Widerstands zügig voran. Wenn sie erst einmal bei der *Stolz* angelangt wäre, wäre der Kampf so gut wie gewonnen. Doch Thalric wusste, dass es keine Gewissheiten gab. Stenwold hatte mehr Mitstreiter zusammengetrommelt, als er erwartet hätte. Selbst die Zerschlagung des von Scuto geleiteten Agentenrings hatte den Käfer nicht aufgehalten.

Major Godran gesellte sich zu ihm. Da er den Überfall auf Collegium befehligen sollte, betrachtete er den Kampf um die *Stolz* voller Sorge und Skepsis.

»Schaut Euch das an!«, keuchte er und zeigte auf das Kampfgetümmel rund um die Maschine.

Thalric sah es sehr wohl. Eigentlich hätte das Ganze anders verlaufen sollen: Die Wespen hätten ihre Stacheln auf einige wenige Kämpfer abgefeuert und die restlichen Überlebenden anschließend mit Schwert und Speer erledigt. Stattdessen war daraus eine ganz andere und einseitige Angelegenheit geworden. Dieser Fangschreckenkrieger bewegte sich wie Licht und Schatten, so dass ihn die Stacheln der Wespen immer wieder verfehlten. Näherten sich die Soldaten ihm mit dem Schwert, wurden sie erschlagen. So einfach war das.

Der Fangschreckenkrieger war so schnell, dass Thalric seinen Bewegungen nicht folgen konnte, und er hatte eine Aura des Todes um sich. Selbst die Luft, durch die er wirbelte, schien tödlich zu sein, und so schlug er die Angreifer zurück. Nein, er tat mehr als das – er metzelte sie dahin.

Immer noch kroch die Automotive langsam, aber unaufhaltsam über den Bauhof. Allerdings würde sie nicht ausreichen. Suchend blickte Thalric nach oben. Das einzige Fluggerät, das ihnen in dieser Situation von Nutzen sein konnte, war ein Aufklärungsluftschiff mit zwei Schnellfeuerarmbrüsten im Rumpf, das er als bleichen Punkt am Nachthimmel ausmachen konnte. Aber es war bereits in Kämpfe verwickelt. Einige Motten schwirrten um das Luftschiff, schlitzen den Gasballon auf, klammerten sich an die kleine Gondel und stachen auf die Besatzung ein. Dieser Schachzug war also schon vereitelt, bevor er ausgeführt wurde. Von dieser Seite war keine Hilfe mehr zu erwarten.

Ihm blieb nur noch eines übrig.

»Ich gehe selbst mit einer Truppe hinunter«, beschloss er.

»Seid Ihr sicher, dass das klug ist, Kapitän?«, fragte Godran.

»Ich habe keine andere Wahl, Major.« Thalric klopfte einem Feldwebel auf den Brustpanzer. »Ihr und Eure Leute kommt mit mir!«, sagte er und erhob sich in die Luft.

Wieder hatte Stenwold eine Granate in der Hand. Auf halbem Wege zu der Automotive bemerkte er, dass sich die Balliste in seine Richtung drehte. Als er direkt vor ihrem Lauf stand, spannten sich die Arme nach hinten. Die Kraft des gebogenen Stahls und der aus Pferdehaar geflochtenen Sehne hätte ausgereicht, ihn glatt in zwei Teile zu spalten.

Aber sie wurde nicht abgefeuert. Einen Moment lang starrte er noch auf den Bolzen, dessen Spitze eine acht Zoll messende Stahlkappe trug, dann schwenkte der Lauf zur Seite und richtete sich in den Himmel. Stenwold zündete die Granate und warf sie beinahe im selben Augenblick.

Bestimmt war die Lunte nicht lang genug, denn er wurde unvermittelt von den Füßen gerissen. Feuer versengte ihm die Augenbrauen, Metallsplitter prasselten auf ihn ein und gruben sich in seine Lederrüstung. Kurz darauf schleuderte die Wucht der Detonation den Lauf der Balliste nach hinten, und vier seiner Leute stürmten an ihm vorbei. Der Käfer mit der Donnerarmbrust wurde von dem verbleibenden

Buggeschütz getroffen, sackte zusammen und landete beinahe auf Stenwolds Beinen. Der Skorpion Rakka polterte mit erhobener Axt auf die Automotive zu, gefolgt von Balkus und Sperra. Die Fliegenfrau flog in die Höhe und feuerte einen Bolzen auf den Schützen der Balliste ab, doch das Geschoss prallte wirkungslos an der Panzerung ab. Darauf fuhr die Balliste, die unermüdlich Bolzen auf Bolzen durch die Luft schwirren ließ, herum und verfolgte Sperra. In der allgemeinen Verwirrung gelang es Rakka, sich der Automotive seitlich zu nähern.

Allerdings war der hünenhafte Skorpion nur mit einer Axt bewaffnet, und noch während er damit ausholte, fragte sich Stenwold, was er damit ausrichten wollte. Dann ließ Rakka die Axt auf die Stelle herniedersausen, an der eines der Beine aus dem Maschinengehäuse austrat.

Zunächst glaubte Stenwold, dass sich der Skorpion damit vergeblich bemühte, doch er unterschätzte die ungeheure Kraft dieses Mannes, denn diese war mit Hilfe der Kunst seines Volkes gesteigert. Die Axt grub sich tief in den Metallmantel des Beins und lädierte die Kolben und Antriebswellen im Innern. Als die Automotive den nächsten Schritt machte, kam dieses Bein nur noch halb so weit wie die anderen, so dass die ganze Maschine einen Drall bekam.

Ein Stachel verbrannte Rakkas ungeschützten Rücken, und der Skorpion heulte auf. Balkus ließ den Nagelbogen mehrere Male krachen, um dem Skorpion Feuerschutz zu geben. Dieser holte erneut aus und konzentrierte seine ganz Kraft auf den einen

Punkt der Maschine. Mit einem unartikulierten Schlachtruf hieb er auf das Bein ein, und dann noch einmal, obwohl er im selben Moment erneut von einer Energielanze getroffen wurde. Schon beim ersten Schlag war das Bein zur Seite gekippt, und seine Gelenke waren mit einem Mal wie eingefroren. Mit dem zweiten Hieb musste er das Bein beinahe abgetrennt haben, denn als die Automotive den nächsten Schritt tat, brach es vollends ab, und die Maschine fiel vornüber. Während sich ihre Nase in die Erde grub, ruderten die Hinterbeine hilflos in der Luft.

»Weg da!«, rief Stenwold und lief voraus.

Balkus zerrte den verwundeten Rakka von der Automotive weg, und Stenwold zündete die nächste Granate, um sie auf die Balliste zu schleudern.

Sie prallte von dem Geschütz ab, aber da er zu weit geworfen hatte, landete sie jenseits davon auf der geneigten Hülle der Automotive und rollte zurück. Dann explodierte sie mit lautem Donner, und wo eben noch die Balliste gewesen war, gab es jetzt nur noch verbogenes Metall und eine geöffnete Luke.

Stenwold sah sich nach Balkus um. Der Ameisenkrieger legte Rakka auf den Boden und griff wieder zum Nagelbogen. Bevor ihm Stenwold noch etwas zurufen konnte, kletterte er auf die Hülle der gestürzten Automotive, richtete seine Waffe auf die Luke und feuerte auf die Besatzung, die aussteigen wollte.

Dem Gefährt waren jedoch mindestens zwei Wespentrupps gefolgt, und Stenwold fühlte sich alt und hundemüde. Das Herz schlug ihm wie ein Hammer in der Brust, und seine Lungen brannten. Das war nichts mehr für ihn. Wie jeder gute Spionagechef sollte er mit einem Stapel Papiere in einer Studierstube sitzen, weit weg von hier. Er richtete sich auf und verbarg sich im Schatten der zerstörten Automotive, wo er die Angreifer erwarten wollte.

Doch sie waren bereits in Kämpfe verwickelt und näherten sich nicht. Zunächst erkannte er nicht, gegen wen sie kämpften. Achaeos' Krieger konnten es nicht sein, denn die trugen keine Rüstungen.

Als er sie schließlich erkannte, traute er seinen Augen nicht, denn er sah Männer mit Piken, Armbrüsten und Kettenpanzern: Milizen aus Helleron. Auch wenn sie weniger entschlossen und wendig als die Wespen fochten, so waren sie in der Überzahl und schlugen sich wacker.

Erst dachte er, Grünweis müsse sie geschickt haben, aber woher hätte der Magnat davon wissen sollen? Dann fiel ihm die naheliegende Erklärung ein: Die Unruhe auf der Baustelle musste früher oder später jemandem auffallen. Und als die Wachen hier angelangt waren, um nach dem Rechten zu sehen, hatten sie angenommen, die Wespen hätten es auf die *Stolz* abgesehen, und sie angegriffen.

In rasendem Tempo kam Thalric herangeflogen und sah, wie der Fangschreckenkrieger tänzelnd herumwirbelte und zwei seiner Leute vor ihm zurückwichen. Noch im Zurückweichen starben sie. Kalte Finger legten sich um Thalrics Herz. Da er weiter in der Welt herumgekommen war als die meisten seiner Landsleute, hatte er Geschichten von den Waffenmeistern der Fangschrecken gehört, von den letzten Sprösslingen dieses wahrhaft alten Ordens. Er konnte kaum fassen, einem leibhaftigen Waffenmeister zu begegnen.

Noch einmal würde er eine solche Gelegenheit nicht bekommen. Fasziniert beobachtete er die blitzschnellen Bewegungen der Fangschreckenklaue, die Schritte, die er machte, den Rhythmus seiner Angriffe. Doch Thalric selbst war auch kein Anfänger, die Kunst des Stachels war ihm zur zweiten Natur geworden, kräftiger und besser ausgebildet als bei seinen Landsleuten.

Als der Fangschreckenkrieger wieder nach einem seiner Soldaten schlug, entfesselte Thalric den Stachel, und eine goldene Lanze schoss wie eine Sternschnuppe aus seiner Hand.

Doch sein Gegner tat das Unmögliche und drehte sich aus der Schusslinie heraus, ohne seinen Kampf zu unterbrechen – allerdings nicht weit genug. Während der Fangschreckenmann seinen letzten Gegner niedermachte, indem er ihn gegen die *Stolz* schleuderte, streifte die Energielanze seine Seite.

Von Siegestaumel erfüllt, landete Thalric auf der Maschine. Er war entschlossen, dies hier zu Ende zu bringen. »Tisamon!«, hörte er jemanden ausrufen. Der Stimme nach musste es Jubelgut Werker sein.

Vor seinen heranstürmenden Männern sprang Thalric auf den Boden, die linke Hand ausgestreckt, um das Feuer seiner Kunst zu schleudern, in der Rechten das Schwert. Der verwundete Fangschreckenkrieger krümmte sich und versuchte mühsam, sich aufzurichten. Ein weiterer Treffer, dann wäre es ein Leichtes, in den Führerstand einzudringen und sich derer zu entledigen, die darin zugange waren. Sich Jubelguts zu entledigen, falls sie in der Fahrerkabine war.

Die Vorstellung schmerzte ihn zwar, aber es ging um das Wohl des Imperiums. Sie befanden sich im *Krieg*.

Gerade als er aufschaute, stürzte sich Tynisa mit vorgerecktem Rapier vom Maschinendach auf ihn herab. Dabei stieß sie einen Schrei aus, der ebenso wild war wie der Ausdruck ihres Gesichts.

Er riss die Klinge hoch und wich zurück, aber zu spät. Zu spät.

Die Rapierspitze war auf seine Brust gerichtet. Als sie auf die gestreifte kaiserliche Rüstung traf, glitt sie glatt hindurch, ohne dass sich die Klinge sonderlich bog. Doch die Metallschicht raubte dem Stich immerhin so viel Wucht, dass der Stahl kaum durch das Kupfermaschenhemd drang. Ring für Ring zertrennte das Rapier das teure Panzergeflecht, glitt nach unten und ritzte Thalrics Haut ein, was höllisch wehtat, aber nicht gefährlich war. Schließlich riss das Kupferstahlhemd unten aus, und das Rapier bohrte sich in seinen Schenkel.

Mit einem Schmerzensschrei ging er auf die Knie und stieß mit der eigenen Waffe zu. Allerdings war der Schlag, der ihren Bauch traf, zu schwach, denn Thalric war vor Schock und Schmerzen kraftlos. So schlitterte seine Klinge erst ein Stück über den Waffenrock, bevor sie ihre Taille ritzte und beim Rückstoß ihren Arm erwischte. Sie ruderte zurück, und obwohl er sah, dass sich die Finger ihrer Hand öffneten, weigerte sich ihr Rapier, zu Boden zu fallen.

Er erhob sich, sackte aber im selben Augenblick wieder in die Knie. Gleichzeitig feuerte er seinen Stachel auf sie ab. Blitzschnell wich sie aus, und die Feuerlanze schmolz eine faustgroße Delle in die Hülle der *Stolz*.

»Ihr habt ihn getötet!«, kreischte Tynisa und stürzte sich auf ihn.

Er ließ sich nach hinten fallen und rollte zur Seite. Dennoch traf ihn das Rapier am Kopf, so dass er blutete. Mit dem Schwert um sich schlagend, richtete er sich auf. Notgedrungen wich sie zurück, und wieder hob er die Hand für einen weiteren Energiestrahl.

Tisamon sprang auf, erst in gebeugter Haltung, bevor er sich mit einem mühsamen Ruck vollends aufrichtete. Die ganze Zeit über strahlten die beiden eine tödliche Ruhe aus. Der Fangschreckenkrieger hatte zwar einen Arm um seine verbrannte Seite geschlungen, aber in der anderen Hand glänzte die Klinge, an der das Blut von zwei Dutzend Wespen klebte. Und noch immer war sie durstig und kampflüstern.

Der Fangschreckenkrieger hatte die Zähne gebleckt. Sollte das eine schmerzverzerrte Miene darstellen, oder war es ein Grinsen der Vorfreude?

Als das verwundete Ungeheuer wie ein Henker vor ihm stand, verlor Thalric die Nerven. Nicht zum ersten Mal fürchtete er sich, aber noch nie hatte er sich aus so gutem Grund gefürchtet. Mit hektisch flatternden Flügeln wich er vor dem verrückten Schlächter und seiner blutrünstigen Tochter zurück. Inzwischen hatten seine Leute zu ihm aufgeschlossen und stürzten sich in den Kampf. Fassungslos beobachtete er, wie sich Tisamon und Tynisa seinen Männern stellten. Beide waren verwundet, beide bewegten sich nicht mehr mit derselben Wendigkeit wie zuvor, und doch hielten sie stand.

Thalric rappelte sich auf und blickte sich nach der Automotive um, die mittlerweile da sein musste. Doch sie brannte. Drei ihrer Beine waren erstarrt, ein viertes völlig losgerissen. Aus dem Führerhaus und den Sehschlitzen leckten Flammen heraus. Dahinter erkannte cr eine Feuerspur am Himmel, wo das zerstörte Aufklärungsschiff zur Erde trudelte.

Ju legte zwei weitere Hebel um und drehte an einem Kurbelrad. Da floss Energie in die Maschine, und die Fußplatten unter ihr vibrierten. Sie war beinahe am Ziel. Die Kammer hinter der Glasscheibe war weißglühend, und Scuto hatte zwei Stoffbahnen darüber gelegt, um nicht geblendet zu werden. Die mächtige *Stolz* bebte. Ju wusste, dass die Maschine von ihren Erfindern nicht für solche Belastungen geschaffen worden war.

»Fast«, sagte sie und kurbelte das Rad um drei volle Umdrehungen weiter, wodurch sich die überladenen Spulen im Rumpf der Maschine immer näher aufeinander zubewegten. Sie vermochte sich die Blitze, die von Spule zu Spule knisterten und sich in immer kürzeren Abständen jagten, nur vorstellen.

Schließlich verwandelten sich die Blitze in reine Bewegungsenergie.

»Ju …«, begann Scuto nervös.

»Nur noch ein kleines Stück«, beteuerte sie.

»Ju!«, rief er. »Nicht noch weiter! Wir müssen raus hier!«

»Warum?«, fragte sie und hob den Blick von den Reglern.

Sie sah nur einen halben Scuto. Die Hälfte, die am weitesten von der Glasscheibe entfernt war, bestand aus dunklen Schatten, aber der Rest verschwand in einer ungeheuren Lichtflut. Reines Licht, aber nicht heiß, und doch schmolz das dicke Glas wie Eis an einem warmen Frühlingsmorgen dahin. Von einem flüssigen Glühen überzogen, rann es an der Metallwand hinab und bildete einen wächsernen See auf dem Boden.

»Wir müssen raus hier!« Verzweifelt und aus voller Brust rief er zur Tür des Führerstands hinaus, für alle, die es hören konnten: »Haltet euch vom Zug fern!«

Tynisa vernahm den panischen Schrei der Buckelzirpe. Die überlebenden Wespen, die noch laufen konnten, ergriffen bereits die Flucht. Als sie einen Blick zu Tisamon warf, bemerkte sie, dass er schwankte, und sein Gesicht war trotz des Mondlichts erschreckend bleich.

Sie fing ihn auf, legte sich seinen Arm um die Schulter und schlang den eigenen um seine Hüfte. Vor Schmerz heulte er auf, aber ihnen blieb keine Zeit. Hinter ihnen quoll weißes Licht aus der Führerkabine der *Stolz* und sickerte zwischen den Fugen des Maschinengehäuses hervor.

Vor ihnen kauerte ein Wespenmann auf den Knien, derselbe, der Tisamon getroffen hatte. In der Hoffnung, ihn zu erstechen, bevor er einen Stachel abfeuern oder sich mit der Waffe wehren konnte, richtete sie das Rapier auf ihn. Kurz trafen sich ihre Blicke, und sie erkannte Schmerz, Bitterkeit und eine gewisse Resignation in seinen Zügen. Dann trugen ihn seine Flügel hoch in den Himmel, und er war verschwunden.

Sie rannte weiter. Tisamon hielt, so gut es ging, mit ihr Schritt, und wenn es nicht ging, schleifte und zerrte sie ihn.

Schließlich fielen sie zu Boden. Ein Blick zurück zeigte ihr, dass die *Stolz* aus jeder Fuge und jedem Riss weißes Feuer spie.

Dann explodierte die Maschine.

Doch es war keine Explosion im eigentlichen Sinne. Zunächst wurde das Dach der Führerkabine mit einem ohrenbetäubenden Krachen nach oben geschleudert, und ein Strahl aus Blitzen schoss geradewegs in einen Wolkenwirbel empor, der sich plötzlich über der *Stolz* bildete und den ganzen Himmel verfinsterte.

Einen Augenblick später raste der Blitzstrahl wieder herab, und die Lanze aus gleißendem Weiß traf die *Stolz* und zerriss sie in tausend Stücke.

Tynisa war geblendet, sah nur noch Weiß, und der Donner, der unaufhörlich über den Himmel grollte, schluckte jedes andere Geräusch. Jetzt erst fiel ihr ein, dass sie Ju nicht hatte aus der Maschine steigen sehen.

Zwanzig

Schmerzen weckten Tynisa. Sie hatte sich gedreht, und da hatte der Schlaf sie aus seiner wohligen Umarmung gestoßen. Zunächst bestand die ganze Welt aus diesem betäubenden Stechen in ihrer Seite und vor allem aus dem höllischen Brennen in ihrem Arm. Dann fiel ihr wieder ein, warum das so war. Der Treffer am Arm war zwar nicht so schlimm gewesen, aber danach hatte sie mit ihrem Vater gegen einen Trupp Wespen gefochten. Dann war sie gerannt, er hatte sich auf sie gestützt, und am Ende hatte es eine furchtbare Explosion aus Licht und Stahl gegeben …

An mehr konnte sie sich nicht erinnern, denn an diesem Punkt hatten sie alle Kräfte verlassen. Sie hatte keine Ahnung, wo sie sich befand. *Vielleicht haben mich die Wespen gefangen genommen!*

Bei diesem Gedanken riss sie die Augen auf. Der düstere Raum wurde nur spärlich von Fenstern weit oben erhellt. Kurz glaubte sie, sie wäre wieder im Unterschlupf der Widerstandsgruppe in Myna, aber die Bauweise dieses Ortes war anders. Nur die Stimmung war dieselbe.

Sie stützte sich auf einen Ellbogen und stellte fest, dass jemand ihre Wunden gewaschen und verbunden hatte. Neben ihr lag eine Frau, an die sie sich vage erinnerte. Sie gehörte zu Scutos Leuten und hatte an ihrer Seite gekämpft. Ob sie bewusstlos war oder nur schlief, konnte Tynisa nicht erkennen, aber sie trug fleckige Verbände um die Brust und am Kopf. Tynisa, die von derlei Dingen nicht viel Ahnung hatte, vermutete, dass es schlecht um sie stand.

Hinter der Frau lag Tisamon und schlief. Als sich Tynisa aufsetzte, spürte sie ein Stechen in der Seite. Die Fäden zerrten, aber die Wunde brach nicht auf. Er lebte also. Seine bloße Brust hob und senkte sich. Von der Hüfte bis zum Schlüsselbein verlief eine glänzende Brandwunde, aber er lebte. In den letzten hektischen Augenblicken vor ihrer Bewusstlosigkeit war sie sich nicht mehr sicher gewesen, ob irgendeiner von ihnen überleben würde.

Sie drehte den Kopf und sah den Rücken eines Mottenmannes, der neben ihr kniete. Irgendetwas sagte ihr, dass es Achaeos war, denn er verhielt sich nicht mehr so reserviert wie seine Volksgenossen. Aus irgendeinem Grund hatte er sich geöffnet.

Sie drehte sich noch weiter um. Aufgrund des Geräuschs, das sie verursachte, wandte sich Achaeos zu ihr um, und da erkannte sie, dass er sich um Ju gekümmert hatte.

Ihre Ziehschwester war zwar wach, aber in Gesicht, an Kopf und Rumpf mit Dutzenden kleinen Wunden und Pflastern übersät. Sie sah so schlimm aus, dass Tynisa ein Keuchen ausstieß. »War das … die Explosion?«

Aus der Nähe von Jus Füßen erklang ein heiseres Kichern. Erst jetzt sah Tynisa, dass sich zu ihren Füßen eine weitere Reihe Matten anschloss. Dort lag Scuto, und zwar auf dem Bauch. So konnte sie sehen, dass sich über die Dornen und Stacheln auf seinem Rücken ein wahres Schlachtfeld von Bläschen zog.

»Ich fürchte, diese Sprenkel hat sie von mir«, sagte die Buckelzirpe. »Uns blieb nur noch eine Sekunde, da habe ich sie geschnappt und bin gesprungen. Manchmal vergesse ich die Beschaffenheit meines Körpers, weißt du. Aber die Nadelstiche sind nicht tief, und bald ist sie wieder so gut wie neu, schließlich sind diese Käfer zähe Gesellen. Allerdings hat man ihr erst die Lederrüstung aufschneiden müssen, weil sie nicht mehr von mir abgegangen ist.«

»Und ...? Wie haben wir uns geschlagen? Wen haben wir verloren?«

»Zu viele.« Von einer Sekunde auf die nächste wurde Scuto ernst. »Rakka ist tot. Pedro und Gaffel Heller. Archidamae, die einen Schuss abgekriegt hat, als wir aus der Werkstatt geflohen sind, ist im Kampf um die *Stolz* gestorben. Und viele, viele mehr. Es ist leichter, die zu nennen, die noch leben. Balkus, der Hund, hat keinen einzigen Kratzer abbekommen, aber Sperra hat's böse erwischt. Und die Frau neben dir hast du ja gesehen, der geht's gar nicht gut. Mich mitgerechnet, haben fünf von meiner Gruppe überlebt. Das war's mit unserer Organisation in Helleron. Nicht dass es sich letztlich nicht gelohnt hätte, dass der Chef uns hierherbefohlen hat, aber wir haben teuer dafür bezahlt. Die Leute von dem jungen Mottenmann sind da drüben. Die haben auch ordentlich was abbekommen.«

Achaeos nickte nur. Tynisa sah, dass er Jus Hand besorgt umklammerte.

Thalric knirschte mit den Zähnen. Der Feldscher verarztete sein Bein, und während die Wunde mit einer heißen Nadel genäht wurde, stöhnte der Kapitän auf und biss auf ein Stück weiches Holz.

»Da habt Ihr noch einmal Glück gehabt«, erklärte der Feldscher, und Thalric wusste, dass er schon mit weit weniger glücklichen Menschen zu tun gehabt hatte, bevor ihm dieses Unglück widerfahren war. »Ein Stück weiter, und es hätte die Hauptschlagader erwischt. Dann wäret Ihr innerhalb von Minuten verblutet, Kapitän.«

Und wenn die Klinge nicht von zwei Rüstungen aufgehalten worden wäre, hätte sie mich erwischt. Natürlich war das nur die halbe Wahrheit, denn indem das Rapier seine leichte kaiserliche Rüstung und das wertvolle Kupferstahlhemd aufgeschlitzt hatte, hatte es ihm auch einen hübschen Kratzer beigebracht, der von der Brustwarze bis zum Bauchnabel verlief. Aber er hatte schon Schlimmeres erlitten und dennoch weitergekämpft.

Angesichts seines Versagens war jede noch so tiefe Wunde ein Klacks. Auf ihn wartete ein leerer Bogen Papier. Was er darauf schreiben würde, musste er an Oberst Latvok, General Reiner oder ein anderes ranghohes Rekefmitglied schicken. Dann würde entschieden werden, wie viel Schaden er dem Imperium verursacht hatte.

Die Wespen packten bereits und brachen ihre Zelte ab. Der Rat der Magnaten sandte eine ungeduldige Delegation nach der anderen zu ihm und war nicht mehr so leicht hinters Licht zu führen. Ob das Imperium die *Stolz* zerstört hätte, verlangten sie zu wissen. Hätte er ihnen gesagt, dass die Wespen versucht hatten, die Maschine zu retten, hätte das nur weitere unangenehme Fragen aufgeworfen. Dieser Rückschlag konnte Thalric leicht die Karriere kosten, vielleicht sogar das Leben, falls politische Erwägungen seinen Tod nahelegten. Doch den Ehrgeiz des Imperiums würde er kaum bremsen.

Schon oft hatte sich Thalric gefragt, wie er wohl reagieren würde, wenn sein Stern fallen würde, während das Volk des Imperiums immer noch hell am Nachthimmel erstrahlte. Überrascht und erleichtert stellte er fest, dass ihn der Gedanke tröstete. Er war nur ein kleines Rad im Getriebe, und selbst wenn er verlorenging, würde das Getriebe bis in alle Ewigkeiten weitersurren. Dieser Tage würde im Süden der Überfall auf Tark stattfinden, wenn er nicht schon begonnen hatte. Wie alle Ameisenstädte würde Tark erst nach einem brutalen, blutigen und unerbittlichen Kampf fallen. Letztlich würde das Imperium durch zahlenmäßige Überlegenheit, höhere Beweglichkeit, strategisches Geschick und unbedingter Entschlossenheit obsiegen.

Und Helleron? Jetzt verließ Thalric die Stadt mit seinen zweitausend Mann in Richtung Imperium.

Später jedoch würde er oder sein Nachfolger mit fünftausend oder gar fünfzigtausend hierher zurückkehren. Nachdem die ersten Meldungen aus Tark die Runde gemacht hatten, redeten sich die Käfer von Helleron ohnehin ein, dass das gesamte kaiserliche Heer nach Tark marschiert sei. Allerdings bildeten die Wespen, die Tark belagerten, lediglich die Vierte Armee, unterstützt von Hilfstruppen und dem Pionierkorps. Helleron würde bald merken, dass das Imperium noch viele Armeen in der Hinterhand hatte.

Als der Feldscher die genähte Wunde abtupfte und seine Werkzeuge zusammenpackte, legte sich Thalric bereits die Worte für seinen Bericht zurecht und empfand dabei weder Furcht noch sonst eine Gefühlsregung.

Stenwold versammelte diejenigen um sich, die reisefähig waren. Nach den letzten beiden erholsamen Tagen waren das Ju, Tynisa und sogar Tisamon, obwohl dieser immer noch große Schmerzen litt und den Waffenrock lose über die Schulter geworfen hatte, damit er seine Brust nicht berührte.

»Jetzt ist es so weit«, konstatierte Stenwold. »Wir haben einen kleinen Sieg gegen einen mächtigen Feind errungen. Nicht für Helleron, nicht für Collegium, und auch nicht aus Rache oder um der Gerechtigkeit willen. Nein, unser Ziel war edler, denn wir haben für die Tieflande gekämpft. Jetzt haben die Tieflande noch die Möglichkeit, sich zusammenzuschließen.

Mehr als einen Streich haben wir freilich nicht geführt, denn schließlich tobt in Tark der Krieg, wie ihr wisst, und ich verspreche euch, dass das Imperium weitere Truppen gen Westen senden wird. Wir müssen die Kunde davon verbreiten. ›Einigkeit oder Knechtschaft‹ muss unsere Warnung lauten, denn diese Worte sagen nichts anderes als die Wahrheit. Das ist die Zukunft der Tieflande: Einigkeit oder Knechtschaft. Falls wir je Einigkeit erreichen, wird sie nicht lange überdauern. Doch die Knechtschaft mag ewig auf unseren Schultern lasten.

Darum werde ich nach Collegium reisen, denn das ist der beste Nährboden, auf der Einigkeit gedeihen kann. Die Stadt hat sich bereits mit den Ameisen von Sarn verbündet, und dieses Netz muss ausgeweitet werden. Wenn Tark fällt, was ich befürchte, wird das ein leuchtendes Fanal aus zehn Fuß großen Buchstaben sein, die da sagen: *Das Imperium muss aufgehalten werden.*

Da die Wespen ihre Agenten nach Collegium, Sarn, Merro und die anderen Städte schicken werden, wird es für uns höchst gefährlich. Ihre Unterhändler werden in jeder Stadt beteuern, dass das Imperium nur gute Beziehungen im Sinn hat und lediglich die Feinde der jeweiligen Stadt angreifen will. Fielen diese Feinde, die uralten Rivalen, dann könnten sie sich doch gemeinsam und freudig die Hände reiben. Und so werden sie die Tieflande Stück für Stück verschlingen und letztlich ihr Ziel erreichen.

Unser Krieg wird nicht mit Schwertern ausgefochten, sondern mit Worten. Die Schwerter sind zwar da, aber wir müssen ihre Träger davon überzeugen, dass sie sie aus der Scheide ziehen, damit sie wehrhaft in der Sonne blitzen.

Nach Collegium und Sarn habe ich bereits Boten gesandt, und sogar in die Spinnenreiche, deren Bewohner seit jeher gegen die Vereinigung der Tieflande waren. In der derzeitigen Situation würde ich jede Hilfe entgegennehmen, die sich mir bietet. Selbst in die Hallen der Tausendfüßler oder zu den Moskitofürsten würde ich Bittschriften senden, wenn sie mehr als bloße Legende wären. Wenn sich die Lage allerdings noch weiter verschlechtert, mache ich es vielleicht trotzdem.«

Er ließ den Blick über die angeschlagene und verletzte Gruppe schweifen. Seine Nichte und seine Adoptivtochter mit ihrem leiblichen Vater. Der treue, zähe Scuto und Balkus, der Ameisensöldner, der hier war, obwohl er keinen Sold bekommen hatte. Der stets unergründliche Achaeos inmitten seiner alten Feinde, und die Fliege Sperra, die darauf bestanden hatte, dass man sie von ihrem Krankenbett zu dem Treffen trug, weil sie hören wollte, was besprochen wurde.

Stenwold musste an seine alten Gefährten von damals denken, an Marius und Tisamons Geliebte, die beide nicht mehr waren.

Aber sie sind nicht umsonst gestorben, schwor er sich. Jedes Schwert, das gegen das Imperium erhoben wurde, und jedes Wort, das sich gegen die Wespen richtete, zählte. Er würde die Menschen aufstacheln und hinter sich versammeln, er würde sie wachrütteln und ihnen die Augen öffnen, damit sie ihre Schwerter zückten. Und falls er am Ende nicht genügend Streiter auf seiner Seite hätte und das Imperium die ihm bekannte Welt überrennen würde, dann nicht deshalb, weil er ihm nicht mit aller Macht und Entschlossenheit widerstanden hatte.

»Kommt ihr mit mir nach Collegium?«, fragte er, und in keinem Gesicht, nicht einmal in Achaeos' verschlossener Miene, las er ein »Nein«.

Als Salma mit seinen beiden Gefährten Tark erreichte, waren die Wespen schon da, auch wenn noch kein einziger Schuss abgefeuert worden war. Das kaiserliche Heerlager umschloss die halbe Stadt, und Salma war es unbegreiflich, wie sich eine solche Arme so schnell hatte durch die Wüste bewegen können.

Skrill hielt die Hand schützend über die Augen und musterte die Wimpel und Banner, die Maschinen und Truppenteile. »Sie haben massive Artillerie. Mauerstößel und Schrotwerfer sind noch die harmlosesten Geschütze. Sieht so aus, als hätten sie Hilfspioniertruppen von den Käfern aus Szar, wenn ich mich nicht irre. Grillensappeure aus der Großen Grube. Ein paar wilde Wespen von den Bergstämmen, um Angst und Schrecken zu verbreiten. Und sogar Ameisen aus Maynes haben sie rekrutiert. Wahrscheinlich wissen sie, wie sehr die Ameisen es lieben, andere Ameisen umzubringen. Und unter einer Plane stehen reihenweise Geräte, Automotiven oder so was. Schneid mich auf, sag ich dir, aber das ist die gesamte Vierte Armee mit Verstärkung. Heiliger Strom!«

Schweigend betrachteten Salma und Totho das Heerlager. Noch nie hatten sie so viele Soldaten auf einem Haufen gesehen, ganz zu schweigen von der Ausrüstung, den Maschinen, Erdwällen, Sklaven, Lasttieren, dem Tross und den Marketendern.

Da wurde ihnen bewusst, dass auch Tark so etwas noch nie gesehen hatte. Niemand in den Tieflanden hatte je ein solches Heer erblickt.

DIE SCHWARMKRIEGE
werden fortgesetzt in:

DIE GEFLÜGELTE ARMEE

Danksagungen

Ich habe es der Inspiration, Hilfe und Ermutigung so vieler Menschen zu verdanken, dass dieses Buch geschrieben werden konnte, dass ich ihre Namen an dieser Stelle unmöglich alle aufzählen kann. Dennoch möchte ich mich bedanken: für die Unterstützung meines engsten und weiteren Familienkreises, für die zweimal im Jahr stattfindenden Treffen der Deadliners-Schreibgruppe in York, für die Übungsstunden im Schwertkampf und Bogenschießen in der Wildnis von Reading, für spätabendliche Besäufnisse in den Kaschemmen Oxfords – und bei meinen ältesten und besten Freunden, Wayne, Martin und Shane, denn sie waren von Anfang an dabei.

Besonders möchte ich mich außerdem bei meinem Agenten Simon Kavanagh und bei Peter Lavery, Jon Mitchell, Michael Bhaskar und allen anderen bei Macmillan bedanken, die all das möglich gemacht haben.